HEYNE<

AF185171

LADINA BORDOLI

Das Fundament der Hoffnung

Roman

Band 1 der Mandelli-Saga

WILHELM HEYNE VERLAG
MÜNCHEN

Penguin Random House Verlagsgruppe FSC® N001967

2. Auflage
Originalausgabe 08/2021
Copyright © 2021 by Ladina Bordoli
Copyright © 2021 dieser Ausgabe
by Wilhelm Heyne Verlag, München,
in der Penguin Random House Verlagsgruppe GmbH,
Neumarkter Str. 28, 81673 München
Redaktion: Katja Bendels
Printed in Germany
Umschlaggestaltung: bürosüd, München,
unter Verwendung von © Trevillion Images / Ildiko Neer
Satz: Satzwerk Huber, Germering
Druck und Bindung: GGP Media GmbH, Pößneck
ISBN: 978-3-453-42463-0

www.heyne.de

Prolog

Cerano d'Intelvi, Norditalien
Juni 1948

Die ersten Strahlen erhellten die grünen Bergwipfel am Horizont des Val d'Intelvi. Der Garten auf dem sanft absinkenden Gelände unterhalb des Hauses lag noch im Schatten. Tautropfen glänzten auf dem Gras, und die Feuchtigkeit fraß sich an den Knien durch Auroras Kleid. Die kühle Morgenluft prickelte auf ihren Wangen. Nervös warf sie einen Blick über die Schulter zum Haus zurück, das ihr Großvater Tommaso – wenn man den Erzählungen von Nonna Camilla glauben wollte – mit eigenen Händen aus Stein erbaut hatte.

Scheu und einsam stand es, umgeben von grünen Wiesen und buschigen Obstbäumen abseits des Dorfes mit Blick auf das stufenweise abfallende Tal. Zwei Reihen militärisch angeordneter Fenster mit grünen Klappläden verliehen dem sandfarbenen Gebäude den Anblick einer eigenwilligen Mischung aus Kaserne und Herrenhaus. Der von Laubbäumen überschattete Hof vor der Eingangstür und die Sonnenterrasse in der ersten Etage boten der Familie vor allem im Sommer einen perfekten Rückzugsort, um die Tage im Freien zu verbringen. Aurora jedoch liebte vor allem den von Sträuchern und Ranken überwucherten, mit einer Trockensteinmauer umrandeten Garten. Dort hatte ihr Vater Daniele für sie und ihren Bruder Tommaso eine Holzschaukel und einen Sandkasten aufgebaut. Daneben gab es noch einen kleinen Gemüsegarten für Mamma und Nonna Camilla. Direkt nebenan grasten jetzt im Sommer die Pferde der benachbarten Bauern auf der Weide.

Noch hatte man sie nicht entdeckt. Flink klopfte Aurora den Sand in Form und bearbeitete die Details ihrer Arbeit mit einem Holzzweig. Um ein wirklich schönes Schloss bauen zu können, musste man den Sand formen, solange er noch feucht war. Die beste Konsistenz, das wusste Aurora aus Erfahrung, wies er am Morgen nach einem Sommergewitter auf. Fest und schwer lag er dann in der Hand – eine kühle Knetmasse, die ihren luftigen Träumen Gestalt verlieh. Sie betrachtete das Märchen, das sie soeben mit ihren eigenen Händen aus Sand und Regenwasser erschaffen hatte – ein wunderschönes, mit fünf Türmen versehenes Schloss. Den Innenhof hatte sie mit Kieseln ausgelegt, und in dessen Mitte lud ein Platz mit einem Springbrunnen zum Verweilen ein. Im Brunnen befand sich noch kein Wasser, da würde sie sich noch etwas einfallen lassen müssen, aber die Zinnen der Burg waren bereits mit Blumen und Gräsern verziert, und ein großzügiger Wassergraben schützte das Bollwerk vor unerwünschten Eindringlingen. Perfekt wäre, wenn darin noch Fische schwimmen könnten. Dazu müsste sie ...

»Aurora!« Die Stimme ihrer Mutter Armida durchschnitt die Luft wie ein Donnergrollen. Aurora zuckte zusammen. Hatte Tommaso etwa wieder gepetzt? Natürlich hatte er das.

Die ersten warmen Sonnenstrahlen bahnten sich bereits einen Weg über die Köpfe der buschigen Hecken hinweg. Sobald sie das Sandschloss erreichten, würde es Stück für Stück in sich zusammenfallen.

Aurora spürte die Elektrizität der nahenden mütterlichen Gewitterwolken förmlich in ihrem Rücken. Verzweifelt an ihrer Unterlippe nagend blickte sie auf ihr Werk und dann an sich hinunter. Der feuchte Sand hatte dunkle Flecken auf ihrem Kleid hinterlassen. Die würden zwar wieder trocknen, doch vermutlich erst, wenn die Messe schon vorbei war. Sie seufzte. Jetzt blieb ihr nur, wenigstens eilig die Sandreste unter ihren Fingernägeln herauszukratzen.

»Gütiger Himmel, was zum ...« Ihre Mutter schnappte hörbar nach Luft. »Aurora!« Dieses Mal glich ihre Tonlage dem grellen Zucken eines Blitzes am Himmel. »Was in aller Welt tust du da?«

Aurora drehte sich langsam um und versuchte, möglichst ruhig zu bleiben. Sie wusste ja selbst nicht genau, was an diesem Morgen in sie gefahren war. Beim Anblick der perfekten Modelliermasse hatte sie einfach alles um sich herum vergessen, den Besuch in der Kirche ebenso wie ihr schönes blaues Kleid. Ihre Gedanken purzelten wild durcheinander, lockten mit prunkvollen Gewölben, auf Hochglanz polierten Böden, in der Sonne funkelnden Scheiben an stolzen Türmen ...

Aurora räusperte sich und fühlte, wie ihre Wangen glühten. Sie hatte sich wieder einmal in ihren Träumereien verloren und konnte verstehen, dass ihre Mutter wütend auf sie war. Mit ihren elf Jahren war sie zu alt, um sich wie ein Kleinkind zu benehmen. Zumal sie ausgerechnet ihr Sonntagskleid trug, und ein neues noch dazu. Nonna Camilla, deren Passion das Nähen war, hatte es speziell für sie angefertigt.

Mammas Blick streifte entsetzt von Auroras sandgepeinigtem Kleid über ihre wahrscheinlich mit grauen Sandwolken verschmierten Wangen bis hinauf zu ihren wirren schwarzen Locken.

Oje.

Mammas graubraune Augen glitzerten verräterisch. Würde sie jetzt schon wieder weinen, wie so oft, wenn sie ihre Tochter dabei ertappte, dass sie mit einer Maurerkelle anstelle einer Puppe spielte? Dabei wollte Aurora ihre Mutter nicht verletzen, das war nie ihre Absicht gewesen. Wie so oft, hatte sie sich einfach vergessen.

»Wo ist Tommaso?«, fragte sie, um das Thema zu wechseln.

»Dort, wo er sein sollte. An der Haustür. Bereit für die Kirche. Sauber.«

Sauber ... So wie Mamma es betonte, klang es unheilvoll. Aurora schluckte betreten und senkte den Blick. Sie hätte sich nicht von ihren Gedanken verzaubern lassen, sondern auf ihre Pflichten besinnen sollen.

»Geh und zieh dir das alte rosa Sonntagskleid an. Wasch dir das Gesicht und kämm dich! Abmarsch, aber schnell. Wir werden wieder die Letzten sein!« Mamma presste die Lippen aufeinander und verschränkte die Arme vor der Brust. Ihre zu schwungvollen Locken geföhnten kastanienbraunen Haare wippten im Takt ihrer Verärgerung.

O ja, sie war wütend. Sehr wütend.

Aurora huschte mit gesenktem Kopf an ihr vorbei ins Haus und lief die Treppe hinauf in die obere Etage. Gespenstisch hallte der Klang ihrer Schritte durch das Haus. Dabei schweiften ihre Gedanken schon wieder ab. Man hätte den Fußboden hier im Haus auch mit einem fantasievolleren Muster oder gar einem Mosaik belegen können. Ihr Zimmer sah aus wie ein Schachbrett, und der Flur erinnerte eher an ein Krankenhaus ...

Oben angekommen riss sie sich das sandbeschmutzte Kleid vom Leib und zog ihr rosafarbenes über. An den berühmt-berüchtigten Camilla-Locken, die von ihrer Großmutter über ihren Vater an sie weitervererbt worden waren, scheiterte sie beinahe. Mit schmerzverzerrtem Gesicht versuchte sie, die wirren Strähnen zu teilen. In solchen Momenten beneidete sie Mamma um deren glatte, glänzende Haare, die sich in jede beliebige Form frisieren ließen.

Als sie fertig war, blickte sie zur Kontrolle noch einmal in den Spiegel. Abgesehen von ihrer störrischen Haarpracht teilte Aurora mit ihrem Vater auch noch dessen runde Nase, die in ihrem Gesicht zum Glück recht zierlich ausgefallen war. Ihre vollen Lippen und die kräftige Figur hingegen hatte sie von ihrer Mutter geerbt.

Aurora lief nach unten in die Eingangshalle, wo bereits alle Familienmitglieder mit vorwurfsvollen Mienen auf sie warteten – mit einer Ausnahme: Tommasos Mundwinkel berührten beinahe seine Ohren, so breit grinste er. Mit seinem Sonntagsanzug und den sorgsam zur Seite gescheitelten Haaren machte er einen vorbildlichen Eindruck. Abgesehen von seiner etwas rundlichen Körperform und der dazu passenden kräftigen Nase, die er Papa zu verdanken hatte, war ihr Bruder das Ebenbild seiner Mutter.

»Petze!«, zischte Aurora und warf ihm einen strafenden Blick zu.

»Reine Notwehr, Schwesterlein«, flüsterte er, während sie nebeneinander hinter ihren Eltern und Nonna Camilla nach draußen auf den Hof traten. Dabei tanzten seine buschigen Augenbrauen spöttisch auf und ab. »Ich war gerade auf dem Weg in die Küche, um mir ein paar *biscotti* in die Tasche zu stopfen, als Mamma auf der Türschwelle erschien. Um sie abzulenken, sagte ich, ich hätte dich gerade aus der Tür rennen sehen. Ist es nicht einfach famos mitanzusehen, wenn sie sich so schrecklich aufregt?« Er strahlte sie voller Entzücken an. »Ach, nun mach nicht so ein Gesicht, kleine Schwester. Ich schenke dir gleich etwas von meinem Kirchenproviant, versprochen.«

Aurora schüttelte verärgert den Kopf. Ihr Bruder sorgte ständig für Tumult im Hause Mandelli, entweder indem er selbst Mamma durch sein Verhalten zur Weißglut trieb, oder indem er ihren Zorn provozierte, weil er Aurora bloßstellte oder neckte.

Tommaso umarmte Aurora innig und drückte ihr einen Kuss auf die Wange. »Sei mir nicht böse, Auri ... du kriegst die Hälfte der Beute, einverstanden?«

»Gut.« Sie nickte. Darauf ließ sie sich gern ein, denn so wurde ihr Opfer wenigstens anständig belohnt.

Bevor sie losliefen, wandte sich Aurora ein letztes Mal um und warf einen sehnsüchtigen Blick in den Garten. Die Sonne war mittlerweile weitergewandert und sandte ihre heißen Strahlen auf sie hinunter.

Sie würde ein neues Schloss bauen müssen ...

Kapitel 1

Cerano d'Intelvi, Norditalien
April 1956

Dunkelheit legte sich über die lombardischen Berge in der Ferne und über das kleine Dörfchen Cerano. Durch die lang gezogenen Flure des Hauses der Familie Mandelli hallten gedämpfte Stimmen. Aurora stand an der Tür zum Wohnzimmer und begrüßte Verwandte und enge Freude. Sie alle waren gekommen, um der Familie in dieser schweren Stunde beizustehen. Tröstende Umarmungen und die üblichen Beileidsbekundungen wurden ausgetauscht.

»Bitte, setzt euch.« Aurora wies auf die robusten Holzstühle, die sie in Erwartung der Kondolenzbesuche aus der Küche geholt hatten. Die feudalen Sitzgelegenheiten waren bereits vergeben. Nonna Camilla saß mit halb geschlossenen Augen in einem altrosafarbenen Sessel direkt neben der Couch und murmelte leise vor sich hin. Der rechte Mundwinkel hing dabei schief nach unten. Seit sie vor fünf Jahren einen Schlaganfall erlitten hatte, war sie nicht mehr dieselbe.

Auroras Vater hatte bleich und mit starrem Blick auf der Couch Platz genommen und umklammerte die Hand seiner

Mutter, als könnte sie ihn vor dem Untergang retten. Einige betagte Dorfbewohner, die mühsam den langen Weg bis hinaus zum Landhaus der Mandellis gekommen waren, füllten die übrigen freien Sitzplätze auf dem Sofa und den Stoffsesseln. Wie Nonna Camilla dämmerten auch sie im Halbschlaf vor sich hin. Auf der linken Seite, um den steinernen Kamin herum, standen ein paar jüngere Freunde und Bekannte und unterhielten sich leise. Die schweren Stoffvorhänge, die massiven Möbel und die in die niedrige Decke eingebrachten Holzbalken verschluckten jedoch ohnehin die meisten Geräusche.

Aurora drückte sich kurz die kühlen Hände an die glühenden Wangen. Fiebrige Wärme erfüllte das volle Wohnzimmer.

In der Mitte des Raums lag Auroras Bruder Tommaso auf seinem Totenbett. Die robuste Holzwand an der Kopfseite des Sargs war mit Blumengeschenken übersät. Er war so bleich und still ... Aurora konnte einfach nicht glauben, dass sie sein kehliges Lachen nie wieder hören würde.

Langsam schritt sie durch den Raum und setzte sich auf den letzten noch freien Stuhl direkt neben dem Sarg. Ihre zitternden Hände spielten mit dem Amulett, das sie um den Hals trug. Der Schmuck war einem grob behauenen Stein in Form eines Senkbleis nachempfunden und hatte ihrem Bruder gehört, der ihn niemals abgelegt hatte, weder bei der Arbeit noch beim Schlafen oder Baden. Diesen Anhänger zu tragen, gab Aurora das Gefühl, Tommaso nahe zu sein. Als das morsche Baugerüst bei der Sanierung der Hausfassade der Colombos in Castiglione unter ihm nachgegeben hatte, war das Kleinod mit ihm zusammen in die Tiefe gestürzt. Über die Details wollte sie lieber nicht nachdenken. Auf keinen Fall wollte sie seine widernatürlich verrenkten Glieder und sein blutüberströmtes Gesicht mit den erschlafften Zügen in ihrer Erinnerung verewigen ...

Nein.

Sie dachte an den schiefen Schneidezahn, den man so deutlich gesehen hatte, wenn er lachte, an sein albernes Kichern, wenn er sich bei etwas ertappt gefühlt hatte, die liebevolle Art, wie er sie immer *Auri* gerufen hatte.

Das waren die Dinge, die Aurora in ihrem Herzen und in ihren Gedanken bewahren wollte. Nicht die grauenhaften Bilder seiner letzten Minuten auf Erden. Das war nicht Tommaso.

Auroras Mutter, ihre Tante Carla und ihre beiden Cousinen Emma und Daria gingen durch den Raum und boten den Anwesenden auf Tabletts Brioches und diverses Gebäck an. Dazu reichten sie Espresso.

Als Mamma auch vor ihr stehen blieb, schüttelte Aurora dankend den Kopf. Müdigkeit drückte bleischwer auf ihre Schultern und zog an ihren Lidern. Die Stunden der Totenwache zogen sich endlos dahin. Zugleich fühlte sich ihr Magen an wie ein flammendes Inferno – sie konnte jetzt unmöglich etwas essen, auch wenn Mammas vorwurfsvoller Blick ihr genau das nahelegte.

Alle im Raum redeten leise und mit gedämpften Stimmen, als wäre es eine Beleidigung für den Verstorbenen, sich in einer normalen Lautstärke zu unterhalten. Dabei hätte Tommaso es ganz sicher bevorzugt, wenn man bei seiner Totenwache gelacht und dem Leben gehuldigt hätte. Er selbst hatte Trauerveranstaltungen immer als unnatürlich bedrückend empfunden und nie verstanden, warum das so sein musste.

Die meisten Anwesenden schienen ihn offensichtlich nicht besonders gut gekannt zu haben, denn sonst hätten sie sich ebenso wie Aurora daran erinnert, dass er lieber gelacht als geweint hatte, und dass er gerne laut und gestenreich geredet hatte, anstatt sich in einem so unnatürlichen Flüsterton zu unterhalten.

»Mein herzliches Beileid.«

Aurora blickte auf und wandte sich in die Richtung, aus der die Stimme kam.

»Ich weiß, wie es sich anfühlt, geliebte Menschen zu verlieren. Ich wünsche dir die nötige Kraft, um die Trauer zu tragen, aber auch den Mut, die Erinnerung an Tommaso lebendig zu halten. Er wird mir fehlen.«

Es war Michele Tunesi, der zu ihr sprach, der einzige Maurer in der winzigen Baufirma ihres Vaters, die etwa dreißig Gehminuten entfernt im etwas größeren Castiglione d'Intelvi lag. Aurora kannte seine tragische Familiengeschichte. Seine Eltern waren schon jung verstorben, und er war als Waisenkind bei seiner kaltherzigen und kinderfeindlichen Tante aufgewachsen.

Sie erhob sich, trat einige Schritte vom Sarg ihres Bruders weg und begrüßte ihn förmlich.

»Tommaso mochte solche Veranstaltungen nicht«, sagte Michele. »Sie waren ihm immer zu tragisch.« Ein trauriges Lächeln zeigte sich auf seinem Gesicht. Er hielt eine Espressotasse in der Hand und knabberte an einer Brioche. Sein sorgfältig zurückgekämmtes Haar schimmerte so schwarz wie die Federn eines Raben, und der Schatten eines Bartes betonte sein kantiges Kinn. Tiefbraune Augen musterten sie neugierig. Er hatte sich Tommaso zu Ehren in einen Anzug gequetscht, dessen Jackett an den Schultern spannte. Das

Hemd in klassischem Weiß war ihm im Brustbereich eindeutig zu eng und an Bauch und Hüften zu weit.

Aurora kannte Michele schon seit vielen Jahren, hatte ihn jedoch schon länger nicht mehr gesehen. Früher hatte sie ihrem Vater in den Schulferien hin und wieder bei einigen Arbeiten helfen dürfen – sehr zum Leidwesen ihrer Mutter, die der Ansicht war, dass dies keine Tätigkeiten für eine junge Frau seien. Nach dem Ende ihrer Schulzeit war Aurora den Baustellen dann auch ferngeblieben. Für ein vierzehnjähriges Mädchen schickte es sich nicht länger, auf Gerüsten herumzuturnen, mit älteren Männern zu lachen und sich die Hände und Fingernägel an den rauen Steinen aufzureißen. Tatsächlich waren die Blicke der Handwerker auch zunehmend neugieriger geworden, und selbst die Kunden hatten Aurora mit mehrdeutigem Interesse gemustert. Das war auch ihr selbstverständlich nicht entgangen. Sie konnte nachvollziehen, warum ihre Mutter mit ihrer Ferienbeschäftigung nicht allzu glücklich gewesen war und darauf bestanden hatte, dass sie sich damenhafteren Beschäftigungen wie Kochen, Putzen oder Gartenarbeit zuwandte – auch wenn diese wiederum so gar nicht nach Auroras Geschmack waren.

In Micheles Blick sah sie jetzt jedoch nichts dergleichen. Trauer spiegelte sich in den unergründlichen, von einem dichten Wimpernkranz umrahmten dunkelbraunen Augen. Er war etwas älter als Tommaso, und die beiden Männer hatten sich stets gut verstanden.

Aurora erwiderte sein dezentes Lächeln. »Solche Anlässe haben bei meinem Bruder jedes Mal zu akuter Unterzuckerung geführt«, bestätigte sie. »Er hätte sich wohl vorwiegend am Gebäck orientiert.« Sie senkte den Blick, während sie wehmütig an zahlreiche eben solcher Situationen mit Tommaso zurückdachte. Michele gab ein undefinierbares Grummeln von sich und nickte kauend.

Verstohlen rieb sich Aurora die feuchten Handflächen an ihrem Kleid ab und strich sich nervös durch die widerspenstigen Locken.

»Er wäre ein guter Capo geworden. Ich hätte gerne für ihn gearbeitet«, nahm Michele das Gespräch schließlich wieder auf.

Aurora schwieg.

Seine Worte berührten sie. Sie sah die Ernsthaftigkeit in seinen Augen und den betrübten Schimmer darin. Tommaso hätte einmal das Bauunternehmen ihres Vaters übernehmen sollen, doch nun war er fort und mit ihm auch die Zukunft, die ihr Vater für seine kleine Firma geplant hatte. Mit Stolz und Tränen der Rührung in den Augen hatte er vor ein paar Jahren verkündet, dass sein einziger Sohn nun die Ausbildung zum Maurer absolvieren und in die Fußstapfen seines Vaters treten würde, und jetzt ruhte der Hoffnungsträger dieser Prophezeiung verstummt einige Meter neben ihnen in einem Sarg.

Niemand sprach das Offensichtliche aus, doch die Fragen tummelten sich in den Blicken und dem Getuschel der Anwesenden. Wie ging es mit dem Betrieb weiter? Auroras Vater war mit seinen vierundvierzig Jahren noch jung, es blieb ihm also Zeit, eine neue Lösung zu finden. Allerdings war Aurora sich gar nicht sicher, ob er das überhaupt wollte.

»Mein Vater braucht deine Hilfe jetzt mehr denn je«, sagte sie und sah Michele ernst an.

Der erwiderte ihren Blick. »Er kann auf mich zählen.«

Aurora atmete erleichtert aus. Michele hatte offenbar nicht vor, das sinkende Schiff zu verlassen und ihren Vater seinem Schicksal auszuliefern, denn ohne ihn, da war sie sich absolut sicher, wäre Papa im Moment nicht in der Lage, den Betrieb aufrechtzuerhalten.

»Ich danke dir«, hauchte sie.

Plötzlich legte sich eine Hand auf ihre Schulter. Sie wandte sich um und blickte in das betrübte Antlitz ihres Cousins Antonio Mandelli. Antonio war zwei Jahre älter als Aurora und arbeitete ebenfalls als Maurer. Sie fiel ihm in die Arme, und er drückte sie fest an sich.

»Wo sind Onkel Ugo und Tante Marta?«, fragte sie, nachdem sie sich wieder aus seinen Armen gelöst hatte.

»Bei deinem Vater.« Antonio wies mit dem Kinn zu Papa hinüber, der noch immer auf dem Sofa saß und Nonna Camillas Hand hielt. Reglos starrte Auroras Vater vor sich hin, während sein Bruder und dessen Frau versuchten, zu ihm Kontakt aufzunehmen. »Wie geht es dir?« Antonios Blick schweifte zu dem aufgebahrten Tommaso. Dann sah er Aurora an und wischte ihr sanft die Tränen von den Wangen. Er war ihr Lieblingscousin. Mit seinen hellbraunen Augen und den schwarzen glatten Haaren glich er auf fast schon unheimliche Weise den frühen Fotos ihres mittlerweile verstorbenen Großvaters Nonno Tommaso.

Sie und ihr Bruder, der traditionsgemäß nach seinem Großvater benannt worden war, hatten als Kinder und Jugendliche viel Zeit mit Antonio verbracht, der oft seine Sommerferien bei ihnen auf dem Land verlebt hatte.

»Gut so weit«, log Aurora. Sie fühlte sich, als klaffte in ihrem Innern eine riesige, stetig blutende Wunde, und je weiter die Nacht voranschritt, desto stechender wurden die Schmerzen. Schon jetzt fürchtete sie sich vor den Tagen nach der Beerdigung, wenn die Stille über das Haus hereinbrechen und jegliche Möglichkeit der Ablenkung verdrängen würde.

»Kannst du dich noch an die Ferien erinnern, bevor du in die Schule gekommen bist?« Ein wehmütiger Zug legte sich um Antonios Mundwinkel.

Aurora lächelte. »Wie könnte ich diesen Sommer vergessen ... die Nächte in unserem selbst gebauten Baumhaus, unserer *Villa Sorglos*. Die Tage beim Baden im Waschzuber, bei dem wir uns vorgestellt haben, er wäre der Schwimmteich unseres Herrschaftshauses. Natürlich weiß ich das noch. Tommaso und ich sprachen oft über diese Zeit.« Die Gedanken an diese schwerelosen Tage erfüllten sie mit Traurigkeit.

Aurora ließ über Antonios Schulter hinweg den Blick über die anwesenden Trauergäste schweifen. Michele war zum anderen Ende des Raumes hinübergegangen und unterhielt sich mit Francesco Corti, einem Zimmermann aus dem Dorf. Ihre Blicke trafen sich. Aurora wandte sich hastig ab und konzentrierte sich wieder auf ihren Cousin.

»Und wie geht es dir? Hast du dich zwischenzeitlich für die Damenwelt erwärmt?«, fragte sie lächelnd, wohl wissend, dass er ein eigenwillig veranlagter Junggeselle war.

»Wenn ich sehe, wie es meinem Cousin Tommaso ergangen ist ...«

Aurora nickte. Das war ein weiteres dunkles Kapitel in der näheren Vergangenheit der Mandellis. Ihr Bruder hatte sich nämlich noch in diesem Jahr mit seiner Angebeteten vermählen wollen. Aus für die Familie unerfindlichen Gründen hatte seine langjährige Gefährtin seinen Antrag jedoch abgelehnt und war mit einem Arzt nach Como gezogen. Man munkelte, dass sie mit dem Mediziner schon länger eine Affäre hatte.

»Die Wankelmütigkeit der Frauen scheint mir eine neuzeitliche Erscheinung zu sein«, sinnierte Antonio weiter. »Solange dem so ist, sehe ich mich nicht dazu veranlasst, mich zu binden.«

Aurora seufzte zustimmend und sagte matt: »Gottlob hat es das Schicksal für Tommaso so eingerichtet. Hätte er noch eine Witwe und einen Säugling zurückgelassen, wer hätte sich dann um die beiden gekümmert? Wir haben zwar ein Dach über dem Kopf und ein bescheidenes Einkommen, aber auch das wird nun ohne Tommaso geringer ausfallen. Und auch die Wirtschaftslage im Land könnte besser sein.«

Antonio nickte. Sein Blick veränderte sich, und seine Schultern sackten nach vorn, als trügen sie eine schwere Last. Aurora musterte ihn schweigend und ließ ihm Zeit. Was auch immer an ihm nagte, er musste selbst entscheiden, ob er sie in seine Gedanken einweihen wollte oder nicht.

»Auri … ich werde auswandern«, sagte er schließlich, ohne ihr in die Augen zu sehen.

»Was?!« Vor Schreck verschluckte sie sich beinahe, konnte einen Hustenanfall allerdings gerade noch verhindern. Verstohlen sah sie sich um. Hatte sie womöglich zu laut gesprochen? Doch niemand schien von ihrem Ausbruch Notiz zu nehmen.

Antonio zuckte mit den Schultern. »Genau aus diesem Grund. Der Krieg hat aus unserem Land eine Ruine gemacht. Es gibt zwei Millionen Arbeitslose in Italien, die Wirtschaft ist zerstört. Wir einfachen Handwerker haben hier keine Zukunft.« Jetzt endlich sah er sie an, und seine Augen glänzten. »Ich werde in die Schweiz gehen, Auri. Von Chiavenna aus sind es nur drei oder vier Stunden. In meinem Umfeld gibt es viele, die diesen Schritt bereits gewagt haben, und alle berichten von paradiesischen Zuständen. Es gibt jede Menge Arbeit für uns *muratori*, und alle werden regelmäßig und gut bezahlt.«

»Das ... kommt ein wenig überraschend«, sagte Aurora. »Aber ich freue mich für dich.« Sie musterte ihn nachdenklich. Die Erleichterung darüber, dass er sie nun in seine Entscheidung eingeweiht hatte, war ihm deutlich anzusehen. Nicht alle in der Verwandtschaft würden es dermaßen großzügig und verständnisvoll aufnehmen wie sie. Für einige unter ihnen grenzte eine Auswanderung an Verrat, weil man diejenigen, die zu Hause immer noch ums Überleben kämpften, ihrer Ansicht nach einfach im Stich ließ.

»Was sagen Onkel Ugo und Tante Marta dazu?«, fragte sie daher.

Antonio zuckte die Schultern, und ein schuldbewusstes Lächeln erschien auf seinem Gesicht. »Das kannst du dir bestimmt denken. Sie sind nicht sehr begeistert. Doch selbst Papa muss zugeben, dass er als Angestellter im *supermercato* nicht ansatzweise das verdient, was die Schweiz an Löhnen verspricht.« Er musterte sie eindringlich und wechselte das Thema. »Was ist mit dir?«, fragte er. »Hast du eine Anstellung gefunden?«

»Na ja, ich helfe meiner Mutter im Haus und im Garten. Und du weißt ja, Nonna Camilla hat mir schon als kleines Mädchen das Nähen beigebracht. Und da wir all unsere Kleider selbst nähen, gibt es genug zu tun. Gelegentlich unterstützen wir außerdem Vater im Büro – Abrechnungen, Briefe, Lohnabrechnungen, solche Sachen halt. Eine Anstellung zu finden, ist in der aktuellen Wirtschaftssituation schier unmöglich.« Sie zuckte mit den Schultern. »Aber es ist ganz nett ... ich habe ein Dach über dem Kopf und kann

die Eltern durch meine Anwesenheit ein wenig entlasten.«
Sie schenkte ihm ein Lächeln.

»Nett?!« Antonio griff ihre Wortwahl auf, legte den Kopf
schräg und fixierte sie mit einem eindringlichen Blick. »Ich
sage dir jetzt mal was, Aurora: Als wir Kinder waren, hast du
von uns allen die besten Sandburgen gebaut. In den Schulferien waren die Ziegelsteine, die durch deine Hände gingen,
immer perfekt gesetzt. Du hast ohne Messinstrumente gesehen, wenn eine Mauer schief war, und du warst stets diejeni-
ge, die die perfekten Steine zum Bau einer Natursteinmauer
gefunden hat.«

Aurora schwieg. Sie wusste nicht, was er ihr damit sagen
wollte. Das waren doch *tempi passati*, Kindheitserinnerun-
gen. Warum grub er sie ausgerechnet jetzt, an der Totenwache ihres Bruders, aus? Sein eindringlicher Blick ließ sie
erschauern. Sie mochte es nicht, wenn ihr jemand auf den
Grund ihrer Seele starrte.

»Merke dir meine Worte, Cousine, denn ich werde bald
nicht mehr da sein, um sie dir nochmals zu sagen: Von uns
dreien warst du immer die begabteste *muratrice*. Du bist ein
geborenes Talent, ein Rohdiamant. Jeder konnte das sehen.
Dein Leben ist zu kurz, um *nette* Dinge zu verrichten.«

Er schloss sie noch einmal in seine Arme, drückte sie und
verabschiedete sich dann mit einem knappen Nicken, um
seinem Onkel sein Beileid auszusprechen.

Der nächste Morgen brach an, ohne dass Auroras Kopf auch
nur einmal das Kopfkissen berührt hatte. Die ganze Nacht
hindurch waren Freunde und Verwandte der Mandellis
gekommen, um ihnen selbst gemachtes Gebäck zu bringen
und mit ihnen gemeinsam zu trauern. Doch so tröstend die
zahlreichen Umarmungen und Gespräche auch gewesen

waren, es war ihnen dennoch nicht gelungen, das klamme Gefühl des Verlustes zu vertreiben.

Gedankenverloren starrte Aurora aus der Balkontür ihres Zimmers. Vor ihr streckte ein knorriger Kastanienbaum seine Äste in den nebelverhangenen Himmel. Im Hintergrund zeichneten sich im trüben Licht des Morgens die Umrisse benachbarter Landhäuser oder Bauernhöfe ab. Sie seufzte tief.

Ein Blick in den Spiegel auf der Schranktür ließ Aurora zusammenzucken. Dunkelviolette Schatten umrahmten ihre Augen und verliehen ihr das Aussehen einer Todgeweihten. Das leuchtende Dunkelbraun ihrer Iris, das an manchen Tagen wie flüssige Schokolade schimmerte, war dem schmutzig-matten Graubraun einer Regenpfütze gewichen, und die schwarzen Locken standen ihr vom Kopf ab wie die Borsten eines Reisigbesens, spröde und ohne jeden Glanz. Es kostete sie enorme Überwindung, sich für die Trauerfeier umzuziehen und die Treppe ins Untergeschoss hinabzusteigen. Unten warteten bereits zahlreiche Trauergäste und unterhielten sich mit leisen Stimmen, die das Haus der Mandellis wie ein Summen erfüllten. Das Echo der Gespräche im Eingangsbereich hallte penetrant durch die langen, steinernen Flure. Aurora hätte sich am liebsten die Ohren zugehalten.

Ein paar strahlend blaue Augen stachen aus der grauschwarzen Masse heraus und blickten Aurora entgegen. Worte waren nicht nötig. Aurora eilte die letzten Stufen hinunter und fiel ihrer Freundin mit einem leisen Schluchzen in die Arme. Es bedeutete ihr sehr viel, dass Maria an diesem Tag den weiten Weg von Mailand zurück in ihre alte Heimat gefunden hatte, um Aurora in diesem leidvollen Moment beizustehen.

»Du hast mir so gefehlt!«, flüsterte sie und drückte Maria noch enger an sich. Die hielt sie ganz fest, und die beiden jungen Frauen lösten sich erst voneinander, als die Gesellschaft sich zum Aufbruch bereit machte.

Vier junge Männer aus dem Kreis der Freunde wurden dazu auserkoren, Tommaso zu tragen. Sie hoben den Sarg auf ihre Schultern und nahmen ihn mit.

Fort von seinem Zuhause und seiner Familie.

Wie eine schwarze Schlange kroch der Trauerzug schweigend über den Feldweg, der zum Dorf führte. Den Kopf bildete der Sarg, gefolgt von Aurora mit ihren Eltern und Nonna Camilla, die von Antonio in einem Rollstuhl geschoben wurde. Ein Zaun aus schiefen Holzpfosten und Draht flankierte den Pfad.

Ihr Weg führte sie durch die engen, mit abgetretenem Kopfsteinpflaster ausgelegten Gassen des Dorfes in Richtung Kirche. Verblichene Fassaden in verschiedenen Ocker- oder Pastelltönen ragten auf beiden Seiten himmelwärts. Schiefe und ausgetretene Steinstufen führten zu Hauseingängen, die irgendwo im Schatten verborgen lagen. Mancherorts versperrte eine moosüberzogene Natursteinmauer mit einem morschen Holztor den Blick in einen chaotischen Innenhof. Unkraut spross aus den Ritzen der Hausmauern oder zwängte sich durch die Pflastersteine nach oben, dem spärlichen Licht entgegen. Auf einigen der mit Metallgeländern versehenen Balkone stapelte sich Müll anstelle von Blumen, die in diesem zwielichtigen und muffigen Ambiente ohnehin verkümmert wären. Die Strahlen der Sonne erreichten diesen schmalen Weg selbst an schönen Tagen nur selten, sodass die Feuchtigkeit in den schattigen Winkeln nie ganz verschwand.

Schritt für Schritt näherte sich der Trauerzug der Via Roma, an der auch die Kirche lag. Im Gotteshaus angekommen, das ironischerweise dem heiligen Tommaso geweiht war, bahrte man den Verstorbenen erneut auf. Die Trauergäste verteilten sich in den Reihen der Kirchenbänke, und Padre Bresciani trat nach vorn. Doch seine Predigt konnte Aurora keinen Trost spenden. Tommaso war erst zweiundzwanzig gewesen, als er auf brutalste Weise aus dem Leben gerissen worden war. Welchen Trost konnte es da schon geben? Kein einziges, liebevolles Wort brachte ihn zurück ...

»Die Wege des Herrn sind unergründlich.« Padre Brescianis Worte klangen wie eine Entschuldigung und hallten schaurig durch das Gewölbe der kleinen Dorfkirche, genauso modrig und feucht wie das Gemäuer, das sie umgab.

Während der Geistliche Tommasos Lebensweg nachzeichnete, ließ Aurora den Blick durch die kleine Kirche gleiten. Das Kirchenschiff wurde durch die wenigen Kronleuchter an der Seite in goldenes Dämmerlicht getaucht. Einzig das rechteckige Buntglasfenster an der Stirnseite des Gebäudes ließ etwas Tageslicht herein. Die Säulengänge links und rechts der schmucklosen braunen Holzbänke waren mit Blumen- und Blattornamenten aus Stein verziert. Verborgen im Halbdunkel der Bögen überzogen Fresken mit biblischen Geschichten die Wände. Einheimische Künstler hatten sie und die zahlreichen anderen Gemälde und Stuckverzierungen angefertigt. Fröstelnd zog Aurora ihre Wolljacke enger um den Leib, ihre Füße fühlten sich klamm an.

Schließlich senkte der Priester den Blick zum Gebet. Aurora faltete ihrer Mutter zuliebe ebenfalls die Hände und schaute auf ihre Schuhe. Sie selbst hatte noch nicht entschieden, ob sie Gott weiterhin vertrauen wollte. Zu sehr schmerzte es sie, dass er nicht da gewesen war, um ihren einzigen Bruder vor dem Unglück zu bewahren.

Plötzlich spürte sie ein Kribbeln in ihrem Nacken und wandte vorsichtig den Kopf. Ihr Blick traf den des Maurers Michele, der schräg hinter ihr saß. Beobachtete er sie schon lange? Hastig drehte sich Aurora wieder nach vorn. An Tagen wie diesen wurde man von zahlreichen Augenpaaren genau beobachtet. Zeigte man genug Trauer? War man angemessen gekleidet? Der Voyeurismus der Dorfbewohner kannte auch in solchen Situationen keine Grenzen. Letzten Endes war eine Beerdigung in Cerano d'Intelvi genauso eine Veranstaltung, die die graue Einöde des Alltags unterbrach, wie eine Hochzeit oder ein anderes Fest.

Nebel schmiegte sich wie eine kühle Umarmung um die Kirchturmspitze, als sie das Gotteshaus verließen. In der Ferne grollte der Donner. Als der Trauerzug die Kirche umrundete und den Vorplatz des Friedhofs überquerte, prasselten die ersten Regentropfen auf Auroras Kopf. Sie spannte ihren Schirm auf und lauschte dem bedrückenden Trommeln, das der Leere in ihrem Inneren Ausdruck verlieh. Eine makabre Melodie der Vergänglichkeit.

Der mit rotbraunen Steinen gepflasterte Weg führte sie an einer stattlichen Säule mit einem Kreuz auf der Spitze und an sorgsam gestutzten Lorbeersträuchern vorbei zu einem schmiedeeisernen Tor. Dahinter befand sich der bescheidene Friedhof der Gemeinde Cerano. Zahlreiche Nischen, die an kleine Häuser mit Dach erinnerten und in ihrem Inneren weitere Malereien mit biblischen Szenen beherbergten, zierten die Mauern rund um das Kirchenareal und den Friedhof. Kleine Monumente, die entweder die Statuen von Heiligen vor dem Wetter schützten oder nostalgische Laternen enthielten, stellten die einzige Zierde dar. An der weißen Gräbermauer, die die gesamte Rückseite der Begräbnisstätte einnahm, leuchteten unzählige Blumen wie bunte Farbkleckse in den trüben Morgen.

Endlich erreichten sie die kleine Kapelle auf der rechten Seite des Friedhofs, wo Tommaso zum letzten Abschied ein weiteres Mal aufgebahrt wurde. Mit tränennassen Augen und tiefer Betroffenheit berührten manche der Anwesenden seine leblosen Finger oder ließen ihren Blick über das schlafende Gesicht streifen. Aurora, die mit ihren Eltern neben dem Sarg ihres Bruders stand, schüttelte den Kondolierenden mechanisch die Hände, doch keine der aufrichtigen Beileidsbekundungen konnte in diesem Moment ihr erstarrtes Herz erreichen.

Als die meisten der Trauergäste schließlich gegangen waren und Aurora sich auch von Maria mit einer innigen Umarmung verabschiedet hatte, kam der schlimmste Teil für die Familie. Sie mussten ihren Tommaso endgültig loslassen und ihn der steinernen Höhle in der Gräbermauer übergeben. Für immer. *Für immer*.

Mit langsamen, schweren Schritten schob Papa Nonna Camillas Rollstuhl hinter dem Sarg her zur Grabstätte. Aurora spürte sein Zittern, als er sich neben sie stellte, und konnte förmlich hören, wie etwas in ihm zerbrach, als das Grab mit einer Steinplatte luftdicht verschlossen wurde. Nun war Tommaso endgültig von ihnen gegangen und hatte sie zurückgelassen.

Eine bleierne Stille, die nur durch das Prasseln der Regentropfen auf ihren Schirmen unterbrochen wurde, griff nach Auroras Herz und presste mit eiserner Faust jeden Tropfen Leben aus ihm heraus. Sie holte tief Luft und versuchte, die

Tränen zurückzuhalten, doch es gelang ihr nicht. Wie ein wilder Bach liefen sie über ihre Wangen und in den Kragen des schwarzen Kleides. Die Hand, mit der sie ihren Schirm so fest umklammert hielt, dass sie ebenso kalt und blutleer war wie der allgegenwärtige Tod, zitterte. Ihr war schwindlig, und ihre Seele schrie vor Schmerz – ein stummes und zugleich markerschütterndes Brüllen. Doch sie durfte jetzt nicht zusammenbrechen. Sie musste stark sein, nicht zuletzt ihren gebrochenen Eltern zuliebe, die sich kaum aufrecht halten konnten und von heftigem Schluchzen geschüttelt wurden.

Nach dem letzten Teil der Begräbniszeremonie verabschiedeten sich auch die nahen Verwandten von ihnen, und Aurora, ihre Eltern und Nonna Camilla kehrten langsam über den Feldweg nach Hause zurück.

Das Haus empfing sie mit einer schweren, unnatürlichen Stille. Der Geruch nach Staub und Feuchtigkeit, der an regnerischen Tagen wie diesen besonders intensiv war, drang in Auroras Nase. Früher war ihr Zuhause stets von Lachen und Lebendigkeit erfüllt gewesen. Nonna Camillas Zetern hatte jedes Mal durch die Flure gehallt, wenn ihre Enkelkinder ihr mal wieder einen Streich gespielt und ihr Blätter ins Bett gelegt oder die Strumpfhose mit alten Zeitungen gestopft hatten. Meistens war es Tommaso gewesen, der seine Schwester zu den Schandtaten angestachelt hatte, und in dem Bemühen, ihrem großen Bruder in allen Belangen nachzueifern, hatte Aurora jedes Mal aufgeregt mitgespielt und sich danach dicht an ihn gedrängt auf dem Dachboden versteckt. Später dann, als sie älter waren, nutzten sie die geräumige Küche des Landhauses, um sich mit ihren Freunden zu treffen. Gemeinsam hatten sie gekocht, gelacht und getrunken, was Papa stets mit einem Schmunzeln und Mamma mit einem Stirnrunzeln quittiert hatte. All diese Bilder schwirrten nun durch Auroras Gedanken wie ein Stummfilm in Schwarz-Weiß.

»Möchte jemand einen *caffè* oder Tee?« Die Stimme ihrer Mutter hallte durch die leeren Gänge des Hauses. Nonna Camilla nahm das Angebot dankend an und schlurfte ins Wohnzimmer, doch Aurora und ihr Vater schüttelten stumm den Kopf und steuerten zeitgleich die Treppe ins Obergeschoss an. Jeder von ihnen wollte nun, da alle Verwandten heimgekehrt waren, alleine sein.

Aurora schloss die Tür ihres Zimmers, legte sich auf ihr Bett und beobachtete den sachten Tanz der Äste des Kastanienbaums vor ihrem Fenster.

Es war der dunkelste Tag in ihrem Leben.

Kapitel 2

Als Aurora am nächsten Tag zum Frühstück erschien, saß ihre Familie bereits an dem dunkel lackierten Holztisch im Esszimmer. Drei Hängelampen tauchten den mit Möbeln und Ziergegenständen voll bepackten Raum in mattes Licht. Nur spärlich gelangte etwas Tageslicht durch die dicken weißen Vorhänge am Fenster.

Noch immer fühlte sich Auroras Magen bleischwer und wie versteinert an. Wenn sie die nächsten Wochen jedoch halbwegs überstehen und ihren Eltern eine Stütze sein wollte, musste sie bei Kräften bleiben.

Schweigen hing in der Luft. Das stete Ticken der Wanduhr bildete das einzige Geräusch im Haus. Nonna Camilla nagte an einem Stück Gebäck und rührte selbstvergessen Zucker in ihren Cappuccino, wobei sie die Hälfte verschüttete. Mamma und Papa saßen mit hängenden Schultern und leeren Mienen vor ihren Espressotassen und ihren Brioches, die noch vollkommen unversehrt auf ihren Tellern lagen. Ihre Augen waren blutunterlaufen und die Haut aschfahl. Der Blick von Auroras Mutter hing an den gerahmten Fotos über der Kommode – Aurora und ihr Bruder beim Spielen im Garten, Tommaso bei seinem ersten Schultag, die gesamte Familie neben dem Weihnachtsbaum, die beiden Geschwister in der Badewanne …

Das Schlimmste jedoch war Tommasos leerer Platz am Tisch, der Aurora wie ein düsteres Mahnmal ins Auge stach. »Buongiorno ...«, flüsterte sie und setzte sich möglichst geräuschlos auf ihren Stuhl. Doch niemand erwiderte ihren Gruß. Ihre Eltern blickten nicht einmal auf. Es war, als existierte sie gar nicht.

Einzig Nonna Camilla bemühte sich um ein fröhliches Lächeln, das allerdings ein wenig schief geriet, da ihr rechter Mundwinkel nicht mehr mitspielte. »Buongiorno, *principessa*«, nuschelte sie.

Auroras Vater griff stumm nach seiner Tasse und hob sie zum Mund. Dabei zitterte seine Hand so stark, dass er ein wenig von seinem Espresso verschüttete.

Erschrocken riss Mamma die Augen auf und strich ihrem Mann liebevoll über den Unterarm. Doch als wären ihre Finger heiß wie glühendes Eisen, zuckte dieser unter ihrer Berührung zusammen, zog den Arm hastig weg und fauchte: »Lass das!« Die Augenlider ihrer Mutter flatterten, und ihr Mund bebte, sie schwieg jedoch tapfer und verbarg die Hände in ihrem Schoß. Tränen glitzerten in ihren Augenwinkeln.

Aurora griff nach einer Brioche und goss sich etwas Kaffee aus der Espressokanne ein. Doch auch sie konnte nur mit Mühe ein Zittern unterdrücken. Ihre Arme fühlten sich erschöpft und kraftlos an, so wie auch alles andere an ihr. Sie hatte in der vergangenen Nacht keine einzige Stunde geschlafen.

Tief durchatmend gab sie sich innerlich einen Ruck und biss in ihre Brioche. Bittere Galle sammelte sich an ihrer Zungenwurzel, doch sie kaute weiter und schluckte. Der Bissen rollte wie ein Stein ihre Speiseröhre hinunter und landete schließlich mit einem schweren Aufprall in ihrem leeren Magen.

Plötzlich erhob sich Auroras Vater von seinem Stuhl und stürmte aus dem Raum. Ein lauter Knall verkündete kurz darauf, dass er das Haus verlassen hatte. Nonna Camilla hob überrascht den Blick und starrte dem Flüchtenden mit verwirrter Miene hinterher.

»Geht er schon wieder zur Arbeit?« Auroras Stimme klang in der bedrückenden Stille des Hauses beinahe ketzerisch.

Ihre Mutter schüttelte den Kopf und wischte sich eine Träne von der Wange.

»Wo geht er denn dann hin? Sollte ihn in diesem Zustand nicht jemand begleiten?«

»Bitte lass ihn, Aurora, wir können nichts tun. Jeder Versuch, ihn zu trösten, würde bloß seinen Zorn schüren.« Immerhin hatte Mamma ihre Stimme wiedergefunden, auch wenn sie noch etwas rau klang nach der durchweinten Nacht. Das Mandelli-Heim war kein schalldichter Bunker; Geräusche jeglicher Art drangen mühelos wie Geistwesen durch die Wände und dünnen Holztüren und hallten von den Steinböden wider.

Der milde Schein der Frühlingssonne begleitete sie, als die Familie eine Woche später zum traditionellen Erinnerungsbesuch auf den Friedhof zurückkehrte. Tränen verschleierten Aurora die Sicht, als sie ein paar Blumen vor dem Grab ihres Bruders ablegte, doch die Sonne wärmte ihre feuchten Wangen und trocknete sanft ihre Tränen. Nachdem sie eine Weile stumm und in stillem Gedenken neben ihren Eltern und Nonna Camilla gestanden hatte, hob sie langsam den Kopf. Die von dichtem Wald überwucherten Berghänge rund um das Tal strahlten nach den Regentagen der vergangenen Woche in einem satten Grün. Vogelgesang tanzte durch die Luft, und die ersten Graspferdchen huldigten mit ihrem Zirpen dem Frühling.

Egal wie karg und erbarmungslos sich der Winter oder das Wetter auch zeigen mochten, dachte sie, die Natur erhob sich stets wie ein Phönix aus der Asche gestärkt zu neuer Pracht.

Warum gelang dies den Menschen so selten?

Auroras Gedanken wurden unterbrochen, als sich ihre Eltern umwandten und den Weg zur Kirche antraten. Sie nahm die Griffe von Nonna Camillas Rollstuhl und folgte ihnen. Papa hatte sich im Anschluss an den Grabbesuch eine Messe geleistet. Verstohlen tupfte er sich die Spuren der Tränen mit einem Stofftaschentuch aus dem Gesicht.

Ein paar Dorfbewohner warteten bereits vor der Kirchentür. Es war nicht unüblich, dass auch andere an den außerordentlichen Gottesdiensten teilnahmen, aus persönlichen Gründen oder aber aus erneuter Respektbekundung den Trauernden und dem Verstorbenen gegenüber. Unter den Wartenden befand sich auch Michele. Der Maurer trug denselben Anzug wie vor einer Woche. Offenbar besaß er nur diesen einen. Jemand sollte ihm gelegentlich einen neuen nähen, dachte Aurora. Wahrscheinlich hatte Michele keine Partnerin, sonst hätte sie ihn bestimmt längst darauf aufmerksam gemacht oder ihm selbst etwas Passendes angefertigt, etwas, das seinen breiten Schultern und seiner athletischen Figur schmeichelte, ohne zu eng zu sein.

Mit einem formellen und kräftigen Händedruck begrüßte der Maurer Aurora und ihre Familie, wobei sein Blick kurz über ihr Kleid huschte. Heute trug sie ein anderes Modell als bei der Beerdigung vor einer Woche. Ein samtiges Blau ersetzte das alles erstickende Schwarz. Wenn in einem Monat der nächste Erinnerungsbesuch am Grab ihres Bruders anstand, würde sie sich für ein dunkles Tannengrün entscheiden, hatte Aurora beschlossen. So symbolisierten die Stoffe ihre eigene, langsame Rückkehr ins Leben. Ein Dasein, das zwar eine schmerzhafte Lücke aufwies, aber dennoch gelebt werden wollte. So hätte es sich Tommaso gewünscht.

Sie betraten das kühle Innere des Gotteshauses und setzten sich auf eine Holzbank. Ihre Schritte hallten gespenstisch durch das sonst stille Gewölbe.

Michele folgte ihnen mit einigem Abstand und kam unschlüssig neben ihnen zum Stehen.

»Darf ich?« Er deutete auf den freien Platz an Auroras Seite. Die nickte stumm und richtete dann den Blick nach vorn zum Altar.

Als sich Michele, der in Castiglione d'Intelvi wohnte, nach der Messe von ihnen verabschiedete, spiegelten sich Unsicherheit und eine stumme Frage in seinen Gesichtszügen. »Arrivederci«, sagte er und strich sich zögerlich über die zurückfrisierten Haare.

Aurora ahnte, was ihn beschäftigte. Seit einer Woche weigerte sich ihr Vater beharrlich, die Arbeit wieder aufzunehmen. Michele respektierte diese Tatsache, doch wie lange noch? Jeder Tag ohne Arbeit bedeutete für ihn, auf seinen Lohn verzichten zu müssen. Noch hielten ihn die Treue zur Familie Mandelli und das Mitgefühl mit seinem Chef davon ab, sich eine neue Beschäftigung zu suchen. Doch wie lange würde das noch so bleiben? Irgendwann benötigte Michele wieder ein regelmäßiges Einkommen, wie jeder andere auch. Aurora musterte ihren Vater, als könnte sie ihm mit ihrem eindringlichen Blick eine Antwort auf die unausgesprochene Frage seines Mitarbeiters entlocken.

Wie so oft in den vergangenen Tagen zeigte Papa jedoch keinerlei Regung. Er starrte mit zusammengepressten Lippen und leerem Blick in die Ferne. In letzter Zeit kam es Aurora so vor, als wäre ihr Vater im Geiste bereits selbst ins Jenseits hinübergewechselt. Worte erreichten ihn nur selten. Blicke erwiderte er nicht. Berührungen ertrug er nicht. Langsam, aber stetig entfernte er sich von seiner Familie und entglitt ihnen immer mehr. Doch während Mamma an seinem Verhalten schier zu verzweifeln schien, hatte Aurora die Verbindung zu ihm noch nicht verloren. Sie und ihr Vater hatten sich schon immer sehr nahegestanden, und auch jetzt verstand sie ihn ohne viele Worte.

»Möchtest du nicht zu einem Mittagsimbiss bleiben? Nur etwas Bescheidenes.« Mamma legte Michele die Hand auf den Unterarm, um ihr wohlwollendes Angebot zu unterstreichen. Papa sah sie an und blinzelte einmal, ließ sich ansonsten jedoch keine Gefühlsregung anmerken.

»Sehr gerne, vielen Dank.« Ein Lächeln huschte über Micheles Gesicht. »Tommaso bedeutete mir sehr viel. Ich habe bis zur letzten Minute an seiner Seite gearbeitet. Es freut mich, den heutigen Erinnerungstag im Kreise seiner Familie noch etwas verlängern zu dürfen.«

Schweigen. Ein betretenes Räuspern, dann liefen sie los. Niemand wollte sich den Bildern stellen, die seine Worte heraufbeschworen. Irgendwann jedoch würden sie darüber reden müssen. Es ging nämlich nicht nur darum, dass Daniele Mandelli seinem Mitarbeiter gegenüber in der Pflicht stand. Die Sanierungsarbeiten an der Hausmauer mussten fertiggestellt werden. Aurora ging davon aus, dass sich der Bauherr in der nächsten Woche bei ihrem Vater melden würde, sollte er die Arbeiten bis dahin nicht wieder aufgenommen haben. Die Menschen hierzulande maßen dem Tod und der Trauer großen Wert bei – ebenso wie der Huldigung des Lebens. Doch auch hier durften die Dinge nicht stillstehen. Während des Zweiten Weltkriegs hatten tragische Verluste zur Tagesordnung gehört. Arbeitslosigkeit und Verzweiflung beherrschten den Alltag zahlreicher Menschen. Verständlicherweise erwartete die Gesellschaft von den Mandellis also, dass sie sich irgendwann aufrafften und weitermachten. Mit dem Schmerz in ihren Herzen. So wie viele andere auch.

Zumal die Familie noch zu den Privilegierten im Land gehörte, die eine bescheidene Firma ihr Eigen nennen durften und sich bisher trotz der schwierigen wirtschaftlichen Verhältnisse einigermaßen über Wasser halten konnten. Nonno Tommaso hatte ihnen außerdem ein wunderschönes Heim erbaut, das der gesamten Familie ein sicheres und behagliches Dach über dem Kopf bot. Doch all dies stand auf dem Spiel, wenn das Familienunternehmen keine Einkünfte mehr abwarf. Tief in ihrem Innern befürchtete Aurora, dass ihr Vater das Schicksal mit seinem Verhalten übergebührlich herausforderte.

Nachdem sie die Via Roma überquert hatten, gingen sie schweigend durch die schattigen Gassen des Dorfes. Aurora musste sich konzentrieren, damit Nonna Camillas Rollstuhl auf dem unebenen Kopfsteinpflaster nicht umkippte oder ihre Großmutter abwarf wie ein bockendes Pferd. Sie passierten die Werkstatt von Luigi, dem Schuhmacher. Der Geruch nach Leder drang in Auroras Nase. Aus einem offenen Fenster über ihnen wehte gedämpfte Musik zu ihnen herab. Im Schatten eines Hauseingangs beobachte Aurora eine Katze dabei, wie sie eine Maus verspeiste.

Das Leben ging weiter, als wäre nie etwas geschehen.

Am Ende des Dorfes bogen sie schließlich in den Feldweg ein, der zu ihrem Haus führte. Dort angekommen setzten sich die Herren ins Esszimmer, während Aurora mit ihrer Mutter in der Küche verschwand.

Sie half ihr dabei, einige Gebäckstücke, Brot, kaltes Fleisch und Käse auf einem Teller zu drapieren. Nebenher kochte Kaffee in der Bialetti auf dem Herd. Aurora ließ den Blick über die schlichten braunen Holzfronten der Küchenschränke gleiten, die von blauen und gelben Kacheln umrahmt wurden, und starrte dann gedankenverloren aus dem großen Küchenfenster, während sie auf den Kaffee wartete. Unter ihr breitete sich der Garten aus. Bald würde der Oleander wieder seine wunderschönen zartrosa Blüten präsentieren. Die ersten Obstbäume auf den Wiesen außerhalb der Mauern, die ihr Grundstück begrenzten, zeigten ebenfalls bereits grüne Spitzen. Als der Kaffee mit einem Rauschen nach oben sprudelte, zwang Aurora ihren Blick mit einem kaum hörbaren Seufzen vom Fenster weg und drehte sich zum Herd um. Mamma verzierte die Speisen noch rasch mit Gurken und Tomaten, dann servierten sie die kleine Stärkung, die anstelle eines Mittagessens gereicht wurde. Auroras Vater saß mit vor der Brust verschränkten Armen auf einem Stuhl und starrte die gegenüberliegende Wand an, während sich Michele hungrig über das Essen hermachte und dankbar einen Espresso entgegennahm. Nun ließen sich auch die Frauen am Tisch nieder, und Aurora knabberte anstandshalber an einem Windbeutel, den sie mit einem *caffè* nachspülte. Doch kaum hatte sie geschluckt, spürte sie auch schon ein undefinierbares

Brennen in der Magengegend, das sich schnell in ihrem ganzen Körper auszubreiten schien. Peinlich berührt versuchte sie, das leichte Zittern ihrer Hände zu unterdrücken, und stellte die Espressotasse zurück auf den Unterteller.

Nach einer Weile schweigenden Kauens sammelte Michele verlegen einige Krümel auf seiner Hose zusammen und murmelte mit gesenktem Blick: »Die Colombos haben mich heute Morgen auf der Straße gefragt, wann sie mit der Fertigstellung ihrer Mauersanierung rechnen könnten … Und wir haben den Marinos aus Argegno eine neue Gartenmauer versprochen. Die Marinos sind treue Kunden von einem meiner Freunde, der als Gärtner arbeitet. Er hat uns wärmstens empfohlen, weshalb sie explizit und konkurrenzlos nach uns gefragt haben. Ich weiß allerdings nicht, wie lange wir noch mit ihrer Geduld rechnen können … Argegno befindet sich an der Hauptstraße am Comer See, es dürfte also nicht schwer sein, eine Ersatzfirma zu finden, wenn wir uns nicht bald beeilen.« Er schwieg und zeichnete mit dem Finger den Verlauf seiner Hosennaht nach. Schließlich holte er tief Luft und fuhr fort: »Und die Pandolfis … ein vermögender Arzt und seine Gattin aus Como, die in Castiglione d'Intelvi ein Ferienhaus besitzen, hätten gerne einen gemauerten Kamin. Ich bin sicher, dass sie noch zusätzliche Aufträge für uns haben, sollten wir die Arbeit gut verrichten. Bestimmt befinden sich in ihrem Bekanntenkreis außerdem noch mehr reiche Leute.« Er hob den Kopf und fixierte seinen Chef, in dessen Gesicht sich kein einziger Muskel regte. Papa sah aus wie eine seelenlose Körperhülle, die man zufälligerweise auf diesen Stuhl gesetzt hatte.

Das Blut rauschte in Auroras Ohren, und ihr Herzschlag beschleunigte sich. Verstohlen strich sie ihre feuchten Handflächen an ihrem Kleid ab. Sollte sie sich einmischen? Oder würde sie damit alles nur noch schlimmer machen?

»Daniele ...« Mamma fasste seine Hand. Sofort zuckte er erschrocken zusammen und schaute sie mit böse funkelnden Augen an. Dann erhob er sich schweigend und verließ das Zimmer. Schritte polterten die Steintreppe hinauf, dann fiel mit einem ohrenbetäubenden Knall eine Tür ins Schloss und ließ die Fensterscheiben erzittern.

»Ich versuche nur, an die Zukunft der Firma zu denken«, sagte Michele leise und sah sich entschuldigend um. »Die Zeiten sind schon hart genug. Wir sollten die Chancen, die uns das Leben bietet, nicht leichtfertig wegwerfen. Ich bin ehrlich mit dir, Armida, wenn wir nicht bald handeln, werden wir alles verlieren.«

Sein Blick richtete sich auch auf Nonna Camilla, deren Gatte das kleine Bauunternehmen damals gegründet hatte. Doch die erhob sich nur umständlich und verkündete: »Ich bin müde, ich lege mich ein wenig hin.« Mit diesen Worten schlurfte sie aus dem Esszimmer und verschwand im Flur. Aurora sah ihr nach. Die frühere Camilla wäre in Zeiten wie diesen der Fels in ihrer Brandung gewesen, hätte den Haushalt organisiert und ihrem Sohn, Trauer hin oder her, den Marsch geblasen.

Tränen glitzerten in den Augen ihrer Mutter, und ihre Lippen bebten.

Michele stand ebenfalls auf und strich sich ein wenig verlegen seinen Anzug glatt. »Ich habe eure Gastfreundschaft lange genug beansprucht. Entschuldigt bitte, dass ich diese unliebsamen Themen ansprechen musste. Aber ich könnte es mit meinem Gewissen nicht vereinbaren, euch diese Informationen vorzuenthalten. Die Leute reden.« Er deutete eine Verbeugung an und ging zur Tür, die in den Flur führte.

»Aurora, Schatz, würdest du Michele bitte zur Tür begleiten, ja?« Mamma konnte sich nicht mehr lange beherrschen. Ihre Schultern bebten bereits verräterisch. Aurora schluckte trocken. Doch dann erhob sie sich, straffte die Schultern und geleitete ihren Gast, wie es sich gehörte, zur Haustür.

»Danke Michele. Ich wünsche dir einen schönen Abend«, sagte sie.

Er blieb stehen und drehte sich zu ihr um. Die Hände in seinen Hosentaschen vergraben, sah er ihr tief in die Augen, bevor er mit einem Seufzer den Blick senkte und die glänzend polierten Spitzen seiner Lederschuhe musterte. Schließlich hob er den Kopf und fixierte sie erneut mit seinen dunkelbraunen Augen. »Versuch ihn zu überreden, Aurora. Die Ablenkung durch die Arbeit wird ihm guttun.« Er schwieg einen Augenblick, und sein Blick glitt langsam über ihre Figur, bevor er mit einem sanften Lächeln hinzufügte: »Das Kleid steht dir übrigens sehr gut. Es erinnert mich an die eleganten Damen aus Como.« Und mit diesen Worten wandte er sich endgültig ab und ging.

Aurora spürte, wie ihre Wangen von seinem Kompliment glühten. Aufgewühlt starrte sie ihm noch einige Minuten lang hinterher. Erst als sie fröstelte, wurde ihr bewusst, dass sie schon längst wieder im Haus sein sollte.

Mamma saß, den Kopf in die Hände gestützt, leise schluchzend am Tisch. Von Papa fehlte nach wie vor jede Spur.

»Soll ich ... noch Wäsche waschen oder schon mal das Abendessen vorbereiten?«, fragte Aurora leise. Doch ihre Mutter schüttelte heftig den Kopf.

»Heute nicht. Wenn du Hunger hast, nimm dir etwas aus dem Kühlschrank. Ich kann nicht mehr …« Ihr ganzer Körper bebte von den Weinkrämpfen.

Aurora strich ihrer Mutter sanft über den Rücken. Dann zog sie sich eine Wolljacke über und verließ das Haus. Sie brauchte dringend frische Luft und die Stille der Einsamkeit. In ihrem Inneren herrschte ein unüberschaubares Chaos.

Draußen vor dem Haus schlang sie die Arme um den Leib und starrte eine Weile in den mattblauen Himmel. Der Nachmittag schritt voran, die Schatten wurden bereits länger. Bald schon würde das Licht verblassen. Schließlich lief sie los.

Das Knistern ihrer Schritte auf dem grasüberwucherten Feldweg war das einzige Geräusch um sie herum, als sie von einer unbestimmten Sehnsucht getrieben zurück ins Dorf und zum Friedhof lief.

Das schmiedeeiserne Tor quietschte, doch der unliebsame Laut vermochte es nicht, die heilige Stille der Ruhestätte zu stören. Ohne nachzudenken, steuerte Aurora die Grabmauer an und blieb vor den frischen Blumen stehen, die sie am Vormittag hergebracht hatten.

Sie sprach ein stummes Gebet, dann hob sie den Kopf.

»Tommaso, du fehlst uns so sehr.«

Tränen liefen ihr über die Wangen und in den Kragen ihres Kleides. Endlich durfte sie loslassen, die Beherrschung verlieren, sich der Verzweiflung in ihrem Inneren hingeben. Mehrere Minuten lang gelang es ihr nicht, zu sprechen. Ihr Körper wurde von heftigem Schluchzen geschüttelt. Schließlich schnäuzte sie sich die Nase und tupfte sich die Tränen aus dem Gesicht.

»O Tommaso, was soll ich nur machen?«, flüsterte sie. »Vater ist ein Phantom, weder richtig lebendig noch tot. Er weigert sich, wieder zur Arbeit zu gehen und das Unternehmen weiterzuführen. Aber so werden wir alles verlieren! Was soll ich bloß tun? Wie kann ich Papa aus seiner düsteren Welt zurück in die Wirklichkeit holen?«

Sie schwieg, als erwartete sie tatsächlich eine Antwort. Vogelgezwitscher drang an ihr Ohr, begleitet vom fröhlichen Zirpen der Heuschrecken in den umliegenden Wiesen.

Ein Schmetterling tanzte vor ihr auf und ab und setzte sich schließlich auf eine der Blumen vor Tommasos Grab. Aurora betrachtete ihn – das Symbol der Wiedergeburt, der Metamorphose ...

Selbst Jahre später konnte sie nicht sagen, wessen Stimme es war, die aus ihrem Herzen gesprochen hatte, doch in diesem Augenblick hörte sie sie klar und deutlich: *Lange genug warst du eine Raupe, Schwester. Nun sei ein Schmetterling. Nutze die Gelegenheit und verwandle dich in das, was wirklich in dir steckt.*

Kapitel 3

Mit weit aufgerissenen Augen und wild schlagendem Herzen lag Aurora die ganze Nacht wach. Sie verspürte weder Hunger noch Durst. Ein Sturm wirbelte durch ihre Gedanken, fegte alles von den Regalen und vertauschte festgesetzte Ideen so lange, bis sie zu etwas Neuem wurden. Bei Anbruch der Dämmerung hielt sie das Brennen und Kribbeln in ihren Gliedern nicht mehr aus. Sie sprang aus dem Bett, wusch sich und kleidete sich an. In der Küche traf sie auf ihre Mutter, die bereits gedankenverloren Karotten schälte.

»Wo ist Papa? Beim Frühstück im Esszimmer?«

Mamma schüttelte träge den Kopf.

»Wo ist er dann? Hat er gestern nicht gehört, was Michele gesagt hat?« Sie suchte den Blick ihrer Mutter, doch die wich ihr gekonnt aus, drehte ihr den Rücken zu und wusch sich die Hände in der Spüle ab.

»Er ist noch im Bett«, murmelte sie schließlich.

Aurora riss ungläubig die Augen auf. »Um diese Uhrzeit?« Ihr Vater stand normalerweise selbst an Sonntagen bei Tagesanbruch auf.

Endlich drehte sich Mamma um, und Aurora schnappte bei ihrem Anblick erschrocken nach Luft. Ihre sonst so stolze Mutter, die sich das italienische Lebensmotto *fare una bella figura*, eines kultivierten Erscheinungsbilds egal in welcher Situation, stets zu eigen gemacht hatte, blickte sie aus rot verweinten Augen an. Blauviolette Schatten breiteten sich nicht nur über die Tränensäcke, sondern auch über die Augenlider aus. Durchscheinende Haut spannte sich wie Pergament über ihre hervorstehenden Wangenknochen. Die mittellangen graubraunen Haare klebten ihr fettig und unfrisiert an den Schläfen. Noch nie in ihrem gesamten Leben hatte Aurora ihre Mutter in einem so desolaten Zustand erlebt. Sie schien über Nacht um Jahrzehnte gealtert zu sein. Wüsste Tommaso, was sich gerade in seinem Elternhaus abspielte, würde er sich im Grab umdrehen, da war sich Aurora absolut sicher.

»Nein, er schläft nicht«, antwortete Mamma müde. »Er liegt bloß da und starrt an die Decke. Er spricht nicht und weigert sich beharrlich aufzustehen«

Aurora starrte ihre Mutter schweigend an. Ihr Kopf fühlte sich an, als wäre er aus Watte, und in ihren Ohren rauschte es. Sie schloss die Augen und versuchte verzweifelt, nicht den Boden unter den Füßen zu verlieren. Da hörte sie, wie eine leise Stimme zu ihr sprach. Anfangs konnte sie die Worte noch nicht verstehen, doch dann, ganz langsam, wurde die Stimme immer lauter, bis sie schließlich den Sturm in ihren Ohren durchdrang: *Sei ein Schmetterling ...*

Plötzlich wusste Aurora, was sie zu tun hatte. Sie warf sich einen Wollmantel über und lief aus dem Haus.

Kälte schlug ihr entgegen und prickelte auf ihren Wangen. Noch roch man die letzten Ausläufer des Winters in der Luft. Mit grimmiger Entschlossenheit schritt sie voran, und je näher sie ihrem Ziel kam, desto stärker spürte sie die Kraft des Schicksals, die ihre Absicht zu bestätigen schien.

Nach knapp einer halben Stunde erreichte sie die kleine Ortschaft Castiglione. Die bescheidene Baufirma ihres Vaters, die aus einer großen Halle für den Betrieb und das Lager sowie einem geschlossenen Unterstand für die Fahrzeuge gleich nebenan bestand, lag direkt neben einer Autowerkstatt. Nonno Tommaso, der das kleine Unternehmen 1911, ein Jahr vor Papas Geburt, gegründet und allein mit seiner eigenen Arbeitskraft – und später dann mit der Unterstützung seines Sohnes Daniele – betrieben hatte, hatte damals noch alles in den Gewölben des Landhauses untergebracht. Erst nach seinem Tod war Auroras Vater dann mit dem Werkhof in die etwas größere Nachbargemeinde umgezogen. Das Haus hatte für das wachsende Unternehmen mit seinen zunehmend komplexer werdenden Gerätschaften, die Lagerung des Materials sowie die Transportgefährte einfach zu wenig Platz geboten. Zudem war die abgeschiedene Lage dem Geschäft nicht dienlich und für die Abwicklung der Aufträge zu umständlich gewesen.

Aurora grüßte ihre Nachbarn, die Automechaniker, mit erhobener Hand und steckte den Schlüssel ins Schloss der Eingangspforte im Tor. Sie spürte ihre interessierten Blicke im Rücken. Wärme durchflutete ihren Körper, und ihr Herzschlag beschleunigte sich. Ein feines Lächeln zog ihre Mundwinkel nach oben, als sie im Halbdunkel den Baubetrieb betrat und nach dem Lichtschalter tastete.

Die Deckenlampen flammten auf und fluteten den Raum mit einem gelblichen Licht. Aurora sah sich um. Lange war es her, seit sie dieses Gebäude zum letzten Mal betreten hatte. Noch immer nahm eine Werkbank mit diversen Werkzeugen die gesamte linke Wand ein. Der Rest des Raumes war, abgesehen vom Eingangsbereich, mit frei stehenden

Regalreihen gefüllt. Hinten rechts, von der Eingangstür aus nicht einsehbar, befand sich Papas Heiligtum, sein Büro.

Ihre Schritte knirschten auf dem mit Sand gesprenkelten Betonboden. Neugierig tauchte sie in das Labyrinth aus Regalen ein und ließ die Finger über die Holzplanken gleiten. Maurerkellen in allen nur erdenklichen Größen und Formen. Eimer mit verkrustetem Mörtel. Reibbretter, Maurerschnur, Senkblei, Gerüstmaterial und Mörtelmischer.

Sie schloss die Augen und sog den Geruch nach Steinstaub, Sand, Gips, Eisen und Holz in sich auf. Wie sehr hatte sie all das vermisst. Die Welt der Frauen bot zahlreiche Verlockungen, von zauberhaften Stoffen über betörende Parfüms bis hin zu der Kunst, aus hochwertigen Rohstoffen ein köstliches Menü zuzubereiten. Wirklich zu Hause hatte sich Aurora in dieser Welt allerdings nie gefühlt.

Ihr Zuhause war hier ... im Schmelztiegel von Gesteinen und Sedimenten. Hier wurde Träumen eine massive Form verliehen, die manchmal sogar die Jahrhunderte überdauerte.

Sie hörte Schritte hinter sich.

»Daniele?«

Auch wenn Aurora ihn von ihrer Position zwischen den Regalen aus nicht sehen konnte, so erkannte sie ihn dennoch sofort an seiner tiefen, klangvollen Stimme. Ihr Herz stolperte kurz. Sie lief den Gang entlang und trat in den freien Raum der Werkstatt hinaus.

»Guten Tag, Michele.« Die Überraschung, sie hier zu sehen, stand ihm ins Gesicht geschrieben.

»Aurora? Entschuldigung ... ich dachte ...« Er sah zu Boden und suchte nach Worten. Dann hob er den Blick, strich sich über die Stoppeln seines Bartes und wartete darauf, dass sie etwas sagte.

»Du dachtest, mein Vater sei endlich wieder zur Vernunft gekommen, nicht wahr? Da muss ich dich leider enttäuschen. Es ist schlimmer denn je. Heute Morgen ist er nicht einmal mehr aus dem Bett aufgestanden. Ich fürchte, wir werden gezwungen sein, einen Arzt zu rufen. Mutter ist mit seinem Verhalten restlos überfordert.« Die Abgeklärtheit in ihrer Stimme erstaunte sie selbst.

Michele musterte sie neugierig mit seinen dunkelbraunen Augen. »Suchst du etwas Bestimmtes? Kann ich dir helfen? Soll ich dich vielleicht nach Argegno zu Dottore Alberti bringen? Ich könnte dich mit der Vespa der Firma hinfahren.« Er lehnte sich an die Werkbank und trommelte mit den Fingern auf das Holz. Eine schwarz glänzende Strähne fiel ihm in die Stirn.

»Ehrlich gesagt, weiß ich selbst nicht so genau, was mich hergetrieben hat. Es war ein ...« Sie zögerte kurz. »... Impuls, den ich gar nicht näher beschreiben kann. Vielleicht habe ich einfach gehofft, hier auf eine Lösung für das Dilemma zu stoßen.« Sie schlenderte durch den Raum. »Es wäre sehr freundlich, wenn du mich nach Argegno bringen könntest.«

Die Baufirma besaß zwei Fahrzeuge, eine Zweisitz-Vespa und die seit 1953 produzierte Piaggio Vespa Ape B, das erste dreirädrige Motorfahrzeug dieses Herstellers, das Auroras Vater zum Materialtransport diente.

Michele ging zielsicher in den hinteren Teil der Werkstatt und kehrte mit einem Schlüssel zurück, den er mit einem triumphierenden Grinsen hochhielt. »Die Firmenfahrzeuge stehen in der Garage nebenan.« Er wies mit dem Daumen in die erwähnte Richtung und lief los.

Aurora nickte, folgte ihm nach draußen und schloss die Tür des Werkhofs wieder hinter ihnen, während er die Vespa aus dem Unterstand holte.

Kurz überlegte sie, ob es sich wohl schickte, sich hinter Michele auf den Sozius zu setzen und an ihm festzuhalten, selbst wenn sie dazu den gesitteteren Damensitz wählte. Doch sie hatte keine Wahl. Also verwarf sie ihre Bedenken. Hier ging es nicht um Etikette oder Anständigkeit, es ging um das Wohl ihres Vaters. Hilfe war dringend nötig. Sollten die Leute doch denken, was sie wollten.

Aurora atmete tief durch und schwang sich dann hinter Michele auf den Sitz. Hitze wallte trotz der morgendlichen Kälte ihren Hals hinauf, als sie ihre Arme zaghaft um seine Mitte schlang und das Spiel der Muskeln unter ihren Fingerspitzen fühlte. Zum Glück konnte Michele ihr Unbehagen nicht sehen, da sein Blick nach vorn gerichtet war. Die Automechaniker nebenan beobachteten sie jedoch mit unverhohlener Neugierde.

So nahe war sie einem Mann erst ein einziges Mal gewesen, im zarten Alter von fünfzehn Jahren. Damals hatte es mit einem flüchtigen, keuschen Kuss, versteckt in ihrem Garten hinter dem Lorbeerbusch geendet. Ansonsten hatten ihre Eltern sich stets bemüht, Aurora vor zu engem Kontakt mit dem anderen Geschlecht zu bewahren. In einem ländlichen Kaff wie Cerano bot sich dazu ohnehin nicht besonders viel Gelegenheit, denn die meisten jungen Leute, insbesondere die Männer, zog es schon früh auf der Suche nach Arbeit in die größeren Städte oder gar noch weiter in die Fremde.

Michele startete den Motor und fuhr mit ohrenbetäubendem Knattern los. Der Ruck des Anfahrens hätte Aurora beinahe von ihrem Sitz geworfen. Sie schlang ihre Arme enger um seinen Leib. Obwohl sie sich bemühte, möglichst aufrecht zu sitzen, fiel sie vor den Kurven, wenn Michele die Vespa kurz bremste, wiederholt gegen seine breiten Schultern. Der Fahrtwind spielte mit ihren störrischen Locken und kühlte ihre glühenden Wangen. Sie schloss für einen kurzen Moment die Augen und spürte, wie sich ihr Mund zu einem Lächeln verzog. Kühl und anschmiegsam lag Tommasos Senkblei-Amulett auf ihrer Brust.

Ein paar Schaulustige starrten aus den Fenstern oder streckten ihre schlaftrunkenen Gesichter aus den Türen, als sie laut knatternd durch die Gassen des kleinen Örtchens fuhren. In mancher Miene erkannte Aurora deutliche Missbilligung bei dem Anblick ihres flatternden Kleides auf dem Motorrad, und das bloß eine Woche, nachdem man ihren Bruder zu Grabe getragen hatte!

Doch die Leute verstanden nicht, worum es hier ging. Vermutlich unterstellten sie Aurora, sich gedankenlos ihren Vergnügungen hinzugeben, anstatt zu trauern. Doch das Gegenteil war der Fall. Der Schmerz über den Verlust ihres Bruders hatte in ihr eine neue Energie und Kraft geweckt. Sie hatte erkannt, dass sie es war, die die Geschicke ihrer Familie nun in die Hand nehmen musste. Sie war der Schmetterling. Wenn sie nicht für Hilfe und Stabilität sorgte, tat es niemand.

Stolz reckte sie das Kinn. Die Droge der Rebellen, ein Gefühl des Widerstands gegen die starren gesellschaftlichen Gepflogenheiten, durchflutete ihren Körper, als sie das Dorf hinter sich ließen und auf die Landstraße einbogen.

Letzte Nebelschwaden sprenkelten den milchig blauen Himmel, und buschige grüne Bäume säumten die Straße aus dem Tal hinaus in Richtung des Comer Sees. Farn, Himbeersträucher und andere Wildkräuter überwucherten die hügeligen Abhänge zu beiden Seiten. Aurora genoss das leise Schwingen, mit dem die Vespa sie durch die Kurven trug, bis sie nach etwa zehn Minuten Argegno erreichten. Vor ihren Augen breitete sich der Lago di Como wie ein silbern glitzernder Teppich aus. Schwäne und Enten tummelten sich in Ufernähe und hofften auf spendierfreudige Spaziergänger.

Aurora blieb kaum Zeit, das wunderschöne Gewässer zu bewundern, denn schon lenkte Michele die Vespa zielsicher in die schmalen Gassen des Ortes. Vor einem mehrstöckigen ockerfarbenen Haus hielt er an.

»Wir sind da.«

Aura stieg vom Beifahrersitz der Vespa und betrat das kühle Treppenhaus des Gebäudes. Die Arztpraxis befand sich in einer ehemaligen Wohnung in der ersten Etage. Sandfarbene, gemusterte Steinböden zweigten vom Flur in angrenzende Räume ab. Im Wartezimmer, gleich links neben dem Eingang, saßen zwei ältere Leute. Gegenüber, im einstigen Wohnzimmer, stand ein massiver Schreibtisch aus Holz. Aurora meldete sich bei der Empfangsdame. Nachdem diese ihren Vorgesetzten über Auroras Anliegen informiert hatte, begleitete sie Aurora zum Sprechzimmer. »Sie haben Glück. Heute ist nicht viel los.« Sie bedeutete ihr mit einer einladenden Handbewegung einzutreten.

Rotbraune Holzregale, ein paar Zimmerpflanzen sowie schokoladenfarbene Ledersessel verliehen dem Raum einen Hauch von Behaglichkeit. Die üblichen Utensilien wie eine Waage, ein Skelett und epische Anatomiewälzer komplettierten die Einrichtung.

Dottore Alberti war ein sportlich gebauter Mann um die fünfzig, dessen gelockte braune Haare sorgsam aus dem Gesicht gekämmt waren. Pragmatisch, aber freundlich dreinblickende karamellfarbene Augen musterten Aurora, während sie ihr Anliegen erklärte. Eine Stunde und einen Espresso später bestieg der Arzt ebenfalls seine Vespa und folgte Aurora und Michele zurück ins Val d'Intelvi, auf direktem Weg nach Cerano.

Michele wartete vor dem Landhaus der Mandellis, während Aurora, dicht gefolgt von Dottore Alberti, das Halbdunkel des Eingangsflurs betrat.

»Mamma? Wo bist du?« Auroras Stimme hallte unheimlich durch das stille Haus. Ängstlich zog sich ihr Herz zusammen. Wo waren ihre Eltern? Und Nonna Camilla?

Ihre Mutter erschien in der Tür, die ins Wohnzimmer führte. Noch immer war sie bloß mit ihrem Morgenmantel bekleidet und von den Spuren ihrer schlaflosen Nächte und sorgenvollen Gedanken entstellt. Ihre Augenwimpern schimmerten feucht.

»Dottore Alberti ist hier, um sich Vaters Gesundheitszustand anzusehen ... und deinen«, fügte Aurora noch hinzu, als ihr klar wurde, dass auch ihre Mutter nicht mehr lange durchhielt. Der Arzt schien ihre Einschätzung zu teilen, denn er sah sie an und nickte. Dann ließ er sich zuerst nach oben ins Schlafzimmer zu Papa führen. Das Elternschlafzimmer befand sich am Ende des langen Flurs im ersten Stock. Als sie eintraten, schlug ihnen abgestandene Luft entgegen. Eine Tapete in verschiedenen Senf- und Brauntönen überzog die Wände an drei Seiten des Raums. Gegenüber dem Bett stand ein massiver Holzschrank mit Schnitzereien an den Türen. Er hatte Nonno Tommaso gehört. Die

Fensterläden waren fast komplett geschlossen, stattdessen sorgte das gelbliche Licht einer roten Nachttischlampe mit Stoffschirm für eine milde Helligkeit. Staub tanzte in ihrem Lichtkegel. Auf Papas robustem Holznachttisch lagen auf einer gehäkelten Decke eine Dose mit Lakritz-Hustenbonbons, ein zerknülltes Stofftaschentuch sowie ein silberner Glockenwecker, dessen stetiges Ticken das einzige Geräusch im Raum bildete.

Auroras Vater lag auf dem Bett und atmete flach. Sein Blick war starr an die Decke gerichtet.

Der Arzt setzte sich auf die Bettkante, kramte in seinem Lederkoffer und machte sich dann erst einmal daran, die Vitalfunktionen seines Patienten zu kontrollieren. Aurora verfolgte die Untersuchung von der anderen Seite des Bettes. Immer wieder stellte der Dottore ihrem Vater Fragen zu seinem Wohlbefinden, doch die blieben, wie zu erwarten war, unbeantwortet. Nach zwanzig Minuten verstaute er sein Stethoskop zusammen mit den anderen Utensilien wieder in seinem Koffer. Dann hob er bedächtig den Kopf und sah Aurora an. Sie ahnte bereits die Antwort, die er ihr geben würde.

»Organisch fehlt ihm nichts. Er leidet unter einer depressiven Verstimmung beziehungsweise unter akuter Trauer. Noch ist sein Zustand nicht so besorgniserregend, dass ich eine Einlieferung in eine Klinik für nötig halte. Ich empfehle, das Gespräch mit dem Dorfpriester zu suchen und sich dem Gebet zu widmen. Eine erfreuliche Beschäftigung, ein Zeitvertreib, wäre überdies hilfreich. Zudem verordne ich absolute Ruhe und gelegentliche Spaziergänge an der frischen Luft. Ebenfalls essenziell ist eine feste Tagesstruktur mit regelmäßigen Mahlzeiten und eine ständige Beaufsichtigung seiner Person.« Dabei hob er mehrdeutig die

Augenbraue. Was wollte er damit andeuten? Dass sich ihr Vater womöglich selbst Leid zufügen könnte?

Aurora schluckte.

»Manche Krankheiten heilt die Zeit, Signorina. Sollte sich sein Zustand jedoch verschlimmern, informieren Sie mich bitte früh genug.« Die Worte des Arztes waren alles andere als aufmunternd. Und die Probleme der Familie wurden dadurch auch nicht gelöst. Ihre Zukunft stand mehr denn je auf Messers Schneide. Plötzlich fehlte Aurora die Luft zum Atmen, und sie fühlte sich, als hätte jemand zwei zentnerschwere Steine auf ihre Schultern geladen, die sie unerbittlich nach unten drückten.

Alberti erhob sich und ging nach unten, wo er auch Mamma kurz untersuchte. Ihr Zustand erwies sich als weniger besorgniserregend als der von Papa, doch riet er auch ihr zu beruhigenden Tees, Spaziergängen und Gebeten.

Schließlich begleitete Aurora den Arzt zur Tür und schüttelte ihm zum Dank die Hand. Sie vereinbarten, dass er nach einer Woche nochmals vorbeikommen würde, um insbesondere die Fortschritte ihres Vaters zu beurteilen.

Stumm folgte Aurora Dottore Alberti mit ihren Blicken, während dieser sich auf seiner Vespa über den Feldweg entfernte. Die Gedanken in ihrem Kopf drehten sich wie ein Karussell.

Als sich eine Hand auf ihre Schulter legte, zuckte sie erschrocken zusammen.

Michele.

Sein Blick drückte Bedauern aus. Vermutlich ließ ihr Gesichtsausdruck ihn ahnen, dass der Arzt nichts Gutes verkündet hatte. Doch die Wärme seiner Berührung spendete ihr Trost. Micheles wortloser Ausdruck seiner Unterstützung war in diesem Moment das Einzige, das sie davon abhielt, selbst in dem Gefühl von Ohnmacht und Panik zu versinken.

»Er wird die Arbeit bis auf Weiteres nicht wieder aufnehmen, habe ich recht?«

Sie schüttelte den Kopf und starrte zu Boden. Verzweiflung schnürte ihr die Kehle zu. Schließlich sah sie auf und suchte Micheles Blick.

»Michele, wie viel von Vaters Handwerk verstehst du? Kannst du ohne ihn weiterarbeiten? Du bist doch ein Fachmann, oder nicht?«

Er strich sich mit der Hand durch die Haare und seufzte. »Theoretisch ja, wenn auch bedeutend langsamer, da ich nur noch alleine bin ... Vorher waren wir zu dritt. Ich kann es versuchen, aber ewig wird es ohne weiteres Personal nicht gehen. Dazu kommt noch, dass ich von Preisbildung keine Ahnung habe. Dieser Bereich war stets die Aufgabe von Capo Daniele, nicht meine. Ich war bloß die ausführende Handwerkskraft.«

Aurora nickte betreten und nagte an ihrer Unterlippe. Das Herz schlug ihr bis zum Hals. Sie spürte, wie sich aus dem Karussell in ihrem Kopf ein Gedanke herauslöste, aber sie konnte ihn nicht greifen.

»Dann ... könntest du morgen mit der Sanierung der Fassadenmauer bei den Colombos fortfahren? Wenn du ein neues Gerüst benötigst, kümmere dich um das Material und lass mir die Rechnung zukommen. Ich werde inzwischen versuchen, mir einen Überblick über die Buchhaltung meines Vaters zu verschaffen. Vielleicht kann ich mir die Dinge mit etwas Nachdenken zusammenreimen.« Sie zuckte hilflos mit den Schultern.

Michele nickte. »Aber sicher, ich lege gleich morgen los. Immerhin setzen wir so unseren Kunden gegenüber ein positives Zeichen.« Er zögerte kurz, dann strich er ihr sanft über den Arm. »Hab einen schönen Tag. Und ... danke für deine Bemühungen.« Er schob die Hände in die Hosentaschen und ging davon.

»Ich danke dir!«, rief sie ihm hinterher, als er die Vespa bestieg. Seine Hilfsbereitschaft hatte immerhin dafür gesorgt, dass sich ein winziger Brocken der schweren Last auf ihren Schultern gelöst hatte und zu Boden gefallen war. Doch noch immer fehlte ihr die Luft zum Atmen. Angst nagte an ihrem Herzen. Unerbittlich und grausam.

Als Aurora ins Haus zurückkehrte, war es bereits Mittag. Sie kochte sich einen Espresso und belegte ein Panino mit Schinken. Dann verschanzte sie sich mit dem dampfenden Gebräu und ihrem Mittagessen in ihrem Zimmer. Sie setzte sich an den aus grobem Holz gezimmerten Schreibtisch und schob die Zeitungen, die sie gelegentlich las und aus denen sie immer wieder interessante Artikel über das Weltgeschehen ausschnitt, zur Seite. Unzählige Fragen und Gedanken wirbelten durch ihren Kopf und verlangten Gehör.

Eine Zeit lang starrte sie kauend und trinkend auf die gelbe, mit Rosen gesprenkelte Wandtapete vor ihr und lauschte dem Durcheinander in ihrem Kopf. Ohnmacht schrie mit Kampfgeist um die Wette. Doch dann tauchte eine unerwartet deutliche Botschaft aus den Wirren ihres Geistes auf.

Von uns dreien warst du immer die begabteste muratrice. *Du bist ein geborenes Talent, ein Rohdiamant. Jeder konnte das sehen. Dein Leben ist zu kurz, um nette Dinge zu verrichten.*

Antonios Worte hallten durch ihren Kopf. Und dann stimmte noch ein anderes Echo in diesen Kanon ein: *Sei ein Schmetterling ...*

Ganz langsam wichen Furcht und Beklemmung aus ihrer Brust. Aurora atmete tief durch. Neue Kraft und eine leise Euphorie durchströmten sie wie die ersten Sonnenstrahlen die noch dämmrige Welt.

In diesem Moment wusste sie endlich mit absoluter Sicherheit, was zu tun war.

Kapitel 4

Seit Tommasos Tod hatte sie diesen Ort nicht wieder betreten – aus Angst vor dem Schmerz, den die Erinnerungen darin in ihr wachrufen würden.

Vorsichtig drückte Aurora die Klinke zu Tommasos Zimmer hinunter und ließ die Tür aufschwingen. Ein leises Quietschen erklang. Wie oft hatte ihr Bruder sich in letzter Zeit genau darüber geärgert und sich jeden Tag aufs Neue vorgenommen, die Scharniere zu ölen ...

Staub tanzte im Licht des Tages, das durch das Fenster hineinfiel. Aurora trat mit leisen Schritten ein und schloss die Zimmertür hinter sich. Im selben Moment brachen die Eindrücke über sie herein, und Aurora schloss überwältigt die Augen. Tommasos Duft schwebte noch immer im Raum, als würde er nach wie vor jeden Abend von der Arbeit zurückkehren, und sein Lachen hallte durch ihre Erinnerung, als hätte sie es vor wenigen Minuten noch gehört. Lange Zeit stand sie reglos da und erlaubte dem Sturm der Erinnerung, über sie hinwegzufegen. Irgendwann aber öffnete sie vorsichtig die Augenlider und ließ ihren Blick durch das Zimmer gleiten. Der Fliesenboden bestand hier aus einem Muster an gelben, braunen und weißen Quadraten. Ein paar Kleidungsstücke hingen über dem Stuhl neben der Tür, die auf den Balkon hinausführte, darunter standen Tommasos auf Hochglanz polierte Lederschuhe. Langsam ging Aurora zum Bett ihres Bruders hinüber. Vor ihrem geistigen Auge sah sie ihn in seine Laken verwickelt daliegen und hörte ihn tief und friedlich atmen. Auf dem Nachttisch lag ein aufgeschlagenes Buch – seine Bettlektüre, ein Bildband über Automobile, die ihn immer fasziniert hatten. Der Pyjama, den er bis zuletzt getragen hatte, lag sorgsam zusammengefaltet und bereit für den Abend auf dem Kopfkissen.

Langsam ging Aurora weiter durch den Raum. Auf einem abgewetzten Holztisch neben der Balkontür stand ein Radio mit abgeknickter Antenne; daneben lag ein Kalender, auf dem einige Samstage mit Kugelschreiber umrahmt waren. Vermutlich Tommasos Pläne für einen Abend mit seinen Freunden. Seit ihn seine langjährige Freundin verlassen hatte, hatte er jede sich bietende Gelegenheit genutzt, um neue Damenbekanntschaften zu machen.

Aurora spürte die Präsenz ihres Bruders wie eine sich bald erfüllende Prophezeiung in jedem Detail, das sie roch, anfasste oder sah – eine Prophezeiung, die jedoch nie mehr Wirklichkeit werden würde.

Ihr Rundgang endete vor dem eigentlichen Grund, warum sie das Zimmer betreten hatte – dem Einbauschrank gegenüber dem Bett. Sie atmete tief durch und öffnete die Schranktür. Vor ihr stapelten sich Tommasos Arbeitshosen, seine Arbeitshemden, robusten Pullover und Jacken. Langsam und mit klopfendem Herzen zog Aurora aus den einzelnen Stapeln jeweils ein Kleidungsstück heraus.

Sie hielt inne und lauschte auf Schritte im Flur. Nichts.

Hastig klemmte sie sich die Kleidung unter den Arm, durchquerte den Raum und spähte vorsichtig auf den Flur hinaus, bevor sie aus dem Zimmer schlüpfte. Einen Raum weiter schloss sie mit einem Seufzer der Erleichterung die Tür hinter sich. Das Adrenalin ließ ihre Hände leicht zittern. Mit geübtem Blick betrachtete sie die Kleidungsstücke. Obwohl er als Kind ein wenig pummelig gewesen war, hatte sich Tommaso in den vergangenen Jahren aufgrund der körperlichen Arbeit zu einem schlanken jungen Mann entwickelt. Aurora selbst wiederum vereinte gesunde Rundungen mit einem muskulösen Körperbau. Viele Veränderungen musste sie nicht vornehmen, damit ihr die Arbeitskleidung ihres Bruders passte.

Nach zwei Stunden war sie fertig.

Sie zögerte einen kurzen Moment. War das, was sie hier tat, unmoralisch? War es eine Sünde, die Kleidung eines Verstorbenen zu tragen? Wurde man bestraft, wenn man sich als Frau erdreistete, sich nicht nur die Kleidung, sondern auch die Rolle eines Mannes überzustreifen?

Und war all das angesichts der Notlage, in der sich ihre Familie befand, nicht völlig irrelevant?

Gott, so fand Aurora, stand in ihrer Schuld. Er hatte weggesehen, als ihr Bruder seine rettende Hand und seinen Schutz gebraucht hatte. Wenn der Herr im Himmel, aus welchen Gründen auch immer, beschloss, ihrer Familie die Zukunft zu rauben, musste er ihnen dann nicht wenigstens dabei helfen, sich eine neue aufzubauen?

Mochte Auroras Ansinnen auch mit jeder gesellschaftlichen Regel brechen, so war dies doch der einzige Weg, den sie sah. Sie musste sich aktiv in die Geschicke des Familienunternehmens einmischen, und zwar sofort, sonst war es für immer zu spät.

Sie war der Schmetterling, der Rohdiamant. Das war ihre Bestimmung.

Am nächsten Morgen erwachte Aurora bereits bei Tagesanbruch. Draußen herrschte noch das dämmerige Zwielicht, das zwischen Nachtschattenblau und schmutzigen Grautönen schwankte. Bald jedoch würde die Sonne ihre Finger über die Bergkämme strecken und das Tal mit ihrer Wärme erfüllen. Es dauerte noch ungefähr zwei Stunden, bis die Arbeit im Freien überhaupt aufgenommen werden konnte, doch Auroras störrische Augenlider hatten nicht vor, sich noch einmal zu schließen, und ihr Herzschlag legte bereits an Fahrt zu. Adrenalin flutete ihr System. Schwungvoll sprang sie aus dem Bett, dessen Metallgestell vorwurfsvoll quietschte, und ging zu dem Stuhl mit den Kleidern, die sie am Vortag bereitgelegt hatte. Jeder Quadratzentimeter ihres Körpers juckte und kribbelte.

Wie lange war es her, seit sie zum letzten Mal ihre Hände in Sand, Mörtel und Staub hatte stecken dürfen, zum letzten Mal über ein Gerüst geturnt war und Steine in Form geklopft hatte? Viele Jahre waren es, viel Wasser seitdem den Telo hinab in den Comer See geflossen. Aus dem heranwachsenden Mädchen, das heimlich im Sandkasten gespielt hatte, hatte sich eine junge Frau entwickelt, die den Erwartungen ihrer Eltern und der Gesellschaft entsprechend alle unerwünschten Züge und Neigungen in die hintersten Winkel ihres Wesens verdrängt hatte. Jetzt aber spürte sie, wie all das zurückkehrte. Sie fühlte sich wie ein Wildbach, den man jahrelang versucht hatte zu kanalisieren und zu zähmen, und der nun seine festgelegte Bahn verließ und wieder seiner Natur folgte.

Aurora zog ihr Nachthemd über den Kopf und warf es achtlos aufs Bett. Dann griff sie nach der Kleidung ihres Bruders, zog sie hastig an und streifte sich anschließend wieder sein Amulett über. Der Schmuck vermittelte ihr das Gefühl, als würde Tommaso sie an diesem schicksalhaften Tag begleiten.

Der raue Stoff kratzte auf ihrer zarten Haut. Verglichen mit den weichen, fließenden Materialien, aus denen man Frauenkleider nähte, fühlte sich Tommasos Arbeitskluft robust und massiv an. Aurora blickte in den Spiegel und runzelte die Stirn. Die Kleidung eines Mannes sah an einer Frau lächerlich aus. Genau das wollte sie jedoch vermeiden. Irgendetwas musste sie sich also einfallen lassen. So, wie sie jetzt dastand, passten Tommasos Sachen zwar in der Größe, doch der maskuline Schnitt verlieh ihnen das Aussehen eines Kartoffelsacks. Ein bisschen mehr Taille, kürzere Ärmel und ein noch schmaleres Hosenbein würden bestimmt Abhilfe schaffen. Ein verwegenes Grinsen stahl sich in Auroras Gesicht, sie straffte die Schultern und reckte das Kinn. Es gab noch viel zu tun. Die Welt war auf Frauen wie sie nicht vorbereitet. Sie hatte von Damen gehört, die sich wie Männer kleideten und aufführten, um in deren Welt Macht und Ansehen zu gewinnen. Frauen, die ihrer Natur treu blieben und trotzdem ihren eigenen Regeln und Vorstellungen folgten, gab es jedoch kaum. Jedenfalls kannte Aurora keine.

Im türkisfarben gekachelten Badezimmer, das sich gegenüber ihrem und dem Schlafzimmer ihres Bruders befand, vollzog sie das übliche Morgenritual, wusch und schminkte sich dezent. Einzig die drahtigen Locken flocht sie zu einem Zopf, um durch sie nicht an der Arbeit gehindert zu werden oder sich dadurch gar zu verletzen. Sie betrachtete sich erneut kritisch in dem viereckigen Spiegel, der über dem Lavabo hing und zugleich als Schrank für Hygieneartikel diente. Die linke Hälfte hatte stets ihr gehört, die rechte Tommaso.

Für den ersten Tag würde ihre Aufmachung reichen, beschloss sie und verließ das Bad.

Von neuer Zuversicht erfüllt, ging Aurora die Treppe hinunter ins Erdgeschoss. Das Haus war vollkommen still; außer ihr schien noch niemand wach zu sein. Nach einem doppelten Espresso und zwei Brioches streifte sie sich Tommasos Arbeitsjacke über und verließ das Haus.

Im Hof blieb sie noch einmal stehen. Müsste die Tür nicht hinter ihr ins Schloss fallen? Verwirrt drehte sie sich um. Ihre Mutter stand, nur mit einem Morgenmantel bekleidet, im Türrahmen. Mit den blauen Augenringen, den hervorstehenden Wangenknochen und der farblosen Haut wirkte sie in der Dämmerung wie ein Gespenst. In ihren Augen spiegelte sich ein Tanz an Gefühlen. Von Fassungslosigkeit über Entsetzen bis hin zu blanker Angst wirbelte alles durch ihren Blick. »Aurora ... was in Gottes Namen ...?« Die Lippen der Mutter bebten, und ihr versagte die Stimme.

Aurora bemühte sich, ihr ein beruhigendes Lächeln zu schenken. »Mach dir keine Sorgen Mamma, ich tue bloß, was getan werden muss. Du hast Micheles Worte gehört. Irgendjemand muss etwas unternehmen. Tommaso ist nicht mehr bei uns, Papa ist in seinem Geist weit fort, Nonna Camilla ein Schatten ihrer selbst, und du ... sieh dich an, Mamma, es fehlt nicht mehr viel, und auch du zerbrichst an dieser Situation. Mein geliebter Bruder, Gott hab ihn selig, hätte mir zugestimmt, das spüre ich tief in meinem Herzen.« Sie legte sich die Hand auf die Brust, um ihre Worte zu unterstreichen.

»Aber ... was sollen denn die Leute denken?«

»Willst du, dass das Schiff sinkt, Mamma? Und wir alle mit ihm?«

»Die Menschen werden sich das Maul zerreißen!«, rief ihre Mutter entsetzt.

Aurora verschränkte die Arme vor der Brust. »Es interessiert mich nicht, was die Dorfbewohner sagen und denken. Ich schaue nicht tatenlos zu, wie die Zukunft meiner Familie zerstört wird. Sollte ich scheitern, kann ich wenigstens behaupten, es immerhin versucht zu haben.«

Auroras Mutter zog sich den Morgenmantel enger um den Leib. »Kind, sie werden nicht nur über dich *reden*, sie werden dich zerstören. Niemand wird dir auch nur einen einzigen Bauauftrag geben. Glaub mir, ich kenne das Wesen der Menschen länger als du.« Und mit diesen Worten wandte sie sich ab und schlurfte gebeugt wie eine Greisin zurück ins Haus.

Aurora machte sich auf den Weg zum Werkhof der Baufirma und verfolgte dabei, wie Cerano im Gleichschritt mit der aufgehenden Sonne hinter den Bergen erwachte. Der Duft von frischem Brot stieg ihr in die Nase, als der Bäcker im Dorfzentrum seinen Laden öffnete und einige Metalltische und Stühle vor seinem Verkaufslokal drapierte. Durch das Schaufenster konnte Aurora die vollen Regale sowie die mit *pasticcini* gefüllten Vitrinen sehen. Einige Häuser weiter drang das Klirren von Tassen, dicht gefolgt von lauten Mahlgeräuschen aus Brunos Kaffeebar.

Nach wenigen Minuten jedoch ließ Aurora den Alltagslärm des Dorfes hinter sich und folgte der Straße weiter nach Castiglione. Um sie herum wurde es still, nur das Zwitschern der Vögel in den Baumkronen war zu hören. In dieser Idylle klangen Auroras Gedanken plötzlich sehr laut.

Langsam aber stetig fraß sich die unheilvolle Prophezeiung ihrer Mutter wie Rost in ihre glanzvolle Rebellenrüstung. Überschätzte sie die Situation? War es jugendlicher

Leichtsinn, der sie all dies tun ließ? Doch selbst wenn – welche Wahl hatte sie denn? Sollte sie die Hände in den Schoß legen und zusehen, wie ihre Eltern den Verstand verloren? Was wurde dann aus ihr, einer mittellosen jungen Frau ohne Ausbildung vom Land? Dasselbe Ende blühte ihr zwar auch, wenn ihr Vorhaben scheitern sollte, aber erst dann. Und noch war sie nicht bereit aufzugeben.

Sie war Aurora Mandelli, der Schmetterling, der Rohdiamant. Aufgeben war keine Option.

Zwanzig Minuten später erreichte sie den Werkhof. Michele wartete bereits vor dem Tor. Erstaunen blitzte in seinen Augen auf, als er sie in ihrer neuen Arbeitskleidung erblickte. Anders als bei ihrer Mutter verwandelte sich sein Gesichtsausdruck jedoch augenblicklich in ein schiefes Grinsen.

»Denkst du wirklich, dass du in deinem *muratrice*-Aufzug schneller Durchblick durch den administrativen Dschungel bekommst?« Er lehnte sich gegen die Wand und schob die Hände in die Hosentaschen. Aurora, die mit dem Schlüssel hantierte, spürte förmlich, wie sein Blick über ihre Gestalt wanderte.

»Ich hatte nicht vor, mich tagsüber im Büro zu verkriechen. Das kann bis zum Abend warten. Ich werde dich zu den Colombos begleiten. Möglicherweise bin ich etwas aus der Übung, trotzdem behaupte ich mal, dass ich dir eine wertvolle Unterstützung sein werde. Oder wie gedenkst du, das Gerüst alleine zu reparieren?« Seinem penetranten Blick folgend, fügte sie noch hinzu: »Ja, die Kleidung ist noch ein bisschen unglücklich gewählt. Ich arbeite daran und bemühe mich um einen *artgerechteren* Aufzug.« Sie schmunzelte, und Michele gab ein kehliges Lachen von sich.

Eine halbe Stunde später hatten sie das Rohmaterial für die Reparatur des Fassadengerüsts sowie das Maurerwerkzeug auf die Brücke der Piaggio geladen. Da das dreirädrige Motorrad keinen Doppelsitz besaß, musste Aurora gezwungenermaßen ebenfalls auf der Ladebrücke mitfahren.

Michele lenkte das Gefährt zielsicher durch die Gassen der überschaubaren Ortschaft und parkte nur fünf Minuten später vor dem zweistöckigen Haus der Familie Colombo. Das Gebäude lag an einer Weggabelung, direkt neben der Apotheke und beherbergte im Erdgeschoss einen Friseursalon für Herren. Die oberen Etagen, so hatte Michele Aurora erklärt, waren von den Colombos bewohnt. Die Fassade bestand aus Natursteinmauern sowie aus rosa verputzten Flächen. Zwei kleine Metallbalkone und mit braunen Läden versehene Fenster gewährten den Bewohnern jederzeit einen Blick auf das Treiben der Straße.

Aurora kletterte von der Ladung und legte den Kopf in den Nacken. Das gebrochene Gerüstbrett war deutlich zu sehen. Nässe und kontinuierliche Beanspruchung hatten dazu geführt, dass es dem Gewicht ihres Bruders nachgegeben hatte.

Hitze schoss Aurora in die Augenwinkel, und eine unsichtbare Hand presste ihre Kehle mit erbarmungsloser Gewalt zusammen. Sie rang nach Luft, und ihr Blick wurde trüb. Suchend sah sie sich nach etwas um, an dem sie sich festhalten konnte.

Da tanzte plötzlich ein Schmetterling vor ihr auf und ab und setzte sich auf eine einzelne Blume, die trotz der widrigen Umstände zwischen den Steinmauern Wurzeln geschlagen hatte und nun erblühte. Aurora folgte dem Schmetterling mit ihren Blicken und spürte, wie sich der Druck in ihrer Kehle langsam legte. Sie griff nach dem Amulett und atmete tief durch.

»Lass uns das Brett mit einem Seil hinaufziehen und fachgerecht anbringen«, sagte sie noch ein wenig heiser an Michele gewandt. »Dann können wir mit der Arbeit loslegen.«

Er nickte und kletterte mit eleganten, fließenden Bewegungen auf dem Gerüst nach oben in die zweite Etage. Dort befestigte er ein Seil und ließ es hinunter.

Nach einer Viertelstunde waren die Spuren des Unglücks beseitigt. Jedenfalls äußerlich. Aurora kletterte zu Michele nach oben und stellte sich neben ihn.

»Das Haus der Colombos ist schon sehr alt und hat stark unter dem Einfluss von Feuchtigkeit und direktem Regen gelitten«, erklärte er. »An vielen Stellen sind die Fugen ausgespült worden oder mit Moos und anderem Unkraut überwuchert. Wir müssen die abgenutzten Mörtelfugen herausspitzen und durch neue ersetzen, damit sich keine Steine aus der Fassade lösen und hinunterfallen.« Michele fuhr mit den Fingern über besagte Stellen, die teilweise auch prompt aus der Mauer bröckelten.

Sie machten sich ans Werk. Aurora begnügte sich vorerst damit, ihm die nötigen Utensilien zu reichen und ihn bei der Arbeit zu beobachten, während er auf ihre Bitte hin jeden einzelnen Arbeitsschritt kommentierte und erläuterte. Sie mochte seine präzisen und kraftvollen Bewegungen und den routinierten Tanz seiner groben, rauen Hände.

Am späten Vormittag wurde plötzlich ein Fenster in der Nähe der Stelle, die Michele und Aurora gemeinsam bearbeiteten, aufgerissen. Signora Colombo streckte den Kopf ins Freie. Sie war etwa Mitte sechzig; ihre kurzen braun gefärbten Haare waren auftoupiert und zur Zierde mit einer Glitzerspange an der Schläfe fixiert. Dezentes Make-up betonte die dunklen Augen und schmalen Lippen.

»Habt ihr *muratori* Lust auf einen *caffè* und ...« Sie brach mitten in ihrer euphorischen Rede ab, als sie Aurora erblickte. Ihre Stirn kräuselte sich. Einige endlos scheinende Sekunden lang fehlten ihr komplett die Worte. Aurora beschloss, dass Angriff in diesem Fall die beste Verteidigung war.

Sie trat nach vorne, reichte der Kundin die Hand und stellte sich vor. »Ich bin Aurora Mandelli, Tommasos Schwester und Danieles Tochter. Möglicherweise haben Sie schon von mir gehört, allerdings in anderem Zusammenhang.« Sie bemühte sich um ein humorvolles Augenzwinkern, das die völlig verstörte Signora Colombo nicht ansatzweise erwiderte.

»Mein herzliches Beileid«, antwortete sie stattdessen reflexartig. Monoton und desinteressiert. Kein Funke Mitgefühl zeigte sich in ihren braunen Augen. Ihr leerer Blick streifte Aurora bei den Worten nur flüchtig, dann wandte sie sich wieder Michele zu.

»Ich ...«, versuchte Aurora noch einmal ihre Anwesenheit zu erklären. Sie schaute Michele Hilfe suchend an, als Signora Colombo noch immer keine Anstalten machte, sich ihr zuzuwenden.

»Aurora hat sich bereit erklärt, mir ein wenig zu helfen, bis ihr Vater wieder in der Lage ist, die Geschicke der Baufirma selbst in die Hand zu nehmen. Selbstverständlich ist das ungewöhnlich, dennoch bin ich um jede helfende Hand froh, damit ich meine Arbeit hier zeitnah beenden kann und Ihr Haus wieder in einem stabilen Zustand ist.«

Nun lichteten sich die Wolken in Signora Colombos Gesicht minimal. »Ach so, dann treten Sie nun also in

Tommasos Fußstapfen und übernehmen Daniele Mandellis Stellvertretung. Wie vorbildlich!« Sie strahlte Michele an. »Werden Sie einmal sein Nachfolger sein, jetzt, wo er keinen Sohn mehr hat?« Signora Colombo reckte klatschsüchtig das Kinn nach vorne, und ihre Augen drohten bei all der Neugierde beinahe aus ihren Höhlen zu platzen. Pointiert schnellte ihre Augenbraue nach oben und verlieh ihrem Ausdruck unangemessener Sensationsgier noch den letzten Feinschliff.

Aurora starrte Signora Colombo fassungslos an. Tommasos Tod lag erst wenige Tage zurück, und schon diskutierte man über die Geschäftsführung? Und das, als hätte ihr Vater keine weiteren Nachkommen mehr, mit denen er seine bescheidene Baufirma weiterführen könnte. Ein scharfer Schmerz schnitt ihr ins Herz.

»*Wir* sind uns über die Zukunft der Firma noch nicht einig. Aber die Familie macht sich darüber natürlich fortlaufend Gedanken«, mischte sie sich in das Gespräch ein, von dem man sie ziemlich offensichtlich ausgeschlossen hatte.

Endlich wandte sich Signora Colombo ihr erneut mit Befremden zu und schenkte ihr ein gekünsteltes Lächeln. »Aber natürlich. Die Bonfadinis aus Argegno befanden sich ja mit ihrer Autowerkstatt und ausschließlich weiblichen Nachkommen in einem ähnlichen Dilemma. Gottlob hat deren Älteste, Isabella, noch vor dem Ruhestand des Vaters einen tüchtigen Automechaniker aus Como geheiratet, der nun die Geschicke der Firma übernimmt. Der Herr im Himmel sorgt stets für gute Lösungen, seien Sie unbesorgt. Auch Ihnen wird bestimmt bald Hilfe zuteil.« Zum ersten Mal wirkte das Lächeln der Dame echt. »*Caffè* für Sie beide? Gebäck dazu vielleicht?«

»Sehr gerne, herzlichen Dank.« Auroras Lächeln war künstlich und aufgesetzt.

Die anfängliche Euphorie über ihre neue Herkulesaufgabe schwand mit jeder Stunde des angebrochenen Tages. Wie bei einer undichten Leitung tropften unaufhörlich und mit zunehmender Intensität Zweifel in ihr Bewusstsein. Dazu kam die noch völlig ungewohnte körperliche Beanspruchung. Als sich der Nachmittag dem Ende näherte, war Aurora dankbar, die Arbeit niederlegen zu können.

»Machen wir für heute Schluss«, drangen endlich die erlösenden Worte von Michele an ihr Ohr. Sie räumten ihre Sachen zusammen und kehrten zum Werkhof zurück, wo sie alles reinigten und für den nächsten Tag vorbereiteten.

Als sie fertig waren, sagte Michele: »Ich gehe noch auf ein Bier ins *Grotto Ghiggi*. Möchtest du mitkommen?«

Aurora schüttelte den Kopf. »Wohl eher nicht. Ich wollte mich noch in den Papierkram einlesen ...« Müde strich sie sich eine Strähne aus der Stirn.

»Das schaffst du heute sowieso nicht mehr. Mach lieber Feierabend.«

So leicht konnte er sie jedoch nicht überzeugen. »Das Feierabendbier ist eine männliche Tradition. Man würde mich dort nicht gerne sehen«, erklärte sie.

»Da bin ich anderer Meinung«, widersprach Michele. »Wenn du möchtest, dass dich die anderen Handwerker akzeptieren, musst du dich zeigen, an ihren Ritualen teilnehmen. Dann werden sie dich eher in ihrer Mitte aufnehmen.«

Das klang plausibel. Aurora gab sich innerlich einen Ruck. »Ich trinke kein Bier, das schmeckt mir nicht. Ich bevorzuge Wein, *caffè* oder Tee.«

»Wonach auch immer dir ist, Aurora.« Michele machte eine einladende Handbewegung und strich sich mit einem Lächeln die Haare aus der Stirn. Sie verließen den Werkhof und schlenderten zu Fuß zu der rustikalen kleinen Gaststätte, in der sich nach Feierabend stets die Handwerker aus dem Dorf trafen.

Die Sonne eilte bereits dem Horizont entgegen, und Schatten fraßen sich von den Bergkämmen her durch die schmalen Gassen Castigliones. Aurora fröstelte und zog sich die Jacke enger um den Leib.

»Ist dir kalt? Möchtest du meine Jacke?« Micheles Miene zeigte Besorgnis.

Sie schüttelte den Kopf. »Schon gut.« Doch seine aufmerksame Art behagte ihr und löste ein Gefühl wohliger Wärme in ihrem Inneren aus.

Das gedrungene Steingewölbe des *Grotto* war zum Bersten voll. Als sie die Tür aufzogen, schlug ihnen lauter Lärm entgegen. Das donnernde Lachen maskuliner Baritone vermischte sich mit Gläserklirren und Stühlerücken. Zu dichtem Nebel geballte Qualmwolken erfüllten den mit schmucklosen, abgewetzten Holzmöbeln bestückten Raum und erschwerten Aurora das Atmen. Bei ihrem Eintreten allerdings erstarben alle Geräusche innerhalb weniger Sekunden, als hätte jemand den Stecker aus einem Radio gezogen. Alle Blicke richteten sich auf sie. In manchen spiegelte sich urteilsfreie Neugierde, einige jedoch waren von Missbilligung und Spott durchdrungen.

»Was ist denn das für ein Mannweib, das du uns da bringst, Michele?«, spottete ein Mann in der Berufskleidung eines Malers und nahm einen kräftigen Schluck von seinem Bier.

»Sie hat einen Namen, Luca«, gab Michele zurück, spannte den Rücken und reckte das Kinn nach vorne. »Aurora Mandelli ist Danieles Tochter. Weder ist sie ein Mannweib noch sonst auf irgendeine Weise zu verurteilen. Sie hilft mir bei der Arbeit, weil ihr Vater durch die Trauer erkrankt ist.«

Schallendes Gelächter kommentierte seine Worte, und Aurora spürte, wie sich die Tränen in ihre Augenwinkel drängten. Sie hätte auf ihre weibliche Intuition hören und Micheles Einladung ablehnen sollen. Was hatte sie sich bloß dabei gedacht? Dass man sie mit offenen Armen empfangen würde? Am liebsten wäre sie einfach davongerannt. Doch sie wusste, dass dies ihre Situation nur noch verschlimmert hätte. Also beschloss sie, das Gegenteil zu tun.

Sie biss die Zähne zusammen, straffte die Schultern – und blieb.

»Komm, wir setzen uns da hinten an den Tisch und besprechen den morgigen Arbeitstag«, schlug Michele vor und zeigte auf einen Zweiertisch in der hintersten Ecke des Lokals. Aurora folgte ihm und setzte sich mit dem Rücken zu der zwischenzeitlich johlenden und pfeifenden Meute. Scheu ließ sie den Blick durch das Gewölbe gleiten. Staubfäden hingen von den seitlich angebrachten Lampen, und die verblichenen Schwarz-Weiß-Fotografien an den Wänden zeigten rauchende oder trinkende Männer. An den Seiten des Raums reihten sich leere Schnaps- und Weinflaschen, die wohl als Dekoration dienten. Die Bar, eine spärlich beleuchtete Nische mit Regalen und einem Tresen, war ebenfalls mit Flaschen aller Art vollgestopft. Der Geruch von Feuchtigkeit vermischte sich mit jenem abgestandenen Biers.

Der Wirt, ein Mittfünfziger mit schmierigen, halblangen grauschwarzen Haaren und einem riesigen Muttermal auf der Nase nahm mit gleichgültiger Miene ihre Bestellung auf. Ohne ein Wort verschwand er anschließend hinter dem Tresen und machte sich daran, die Getränke bereitzustellen.

»Sie sind nicht mehr ganz nüchtern. Du darfst ihr Verhalten und ihre Kommentare nicht allzu ernst nehmen«, versuchte Michele, Aurora zu trösten, bevor er den anderen Gästen zurief: »Hört endlich auf damit, ihr Dummköpfe, kümmert euch um euren eigenen Dreck!«

Die Männer steckten die Köpfe zusammen und bedachten sie auch weiterhin gelegentlich mit mehrdeutigen Blicken, hörten aber wenigstens auf zu grölen und zu johlen.

»Du hast gesagt, sie würden mich akzeptieren, wenn ich herkomme. Stattdessen verspotten sie mich.« Das Gefühl der Demütigung schnürte Aurora noch immer die Kehle zu und wog zentnerschwer auf ihrer Brust.

Michele seufzte ergeben und trommelte mit den Fingern auf den Tisch. Dann sah er sie an und nahm ihre Hände in seine. »Dann lass sie ihr dummes Zeug reden, Aurora, das muss dich nicht kümmern. Sie können dir nichts anhaben. Ich bin an deiner Seite. Lass mich dir helfen.«

Seine plötzliche Berührung jagte ihr einen seltsamen Schauer über den Rücken. Unwillkürlich zuckte sie zusammen. Michele bedachte sie mit einem langen, eindringlichen Blick. Verwirrt senkte sie die Augen, ließ ihre Hände jedoch in seinen liegen.

Erst als der Gastwirt mit ihrem Wein und seinem Bier an den Tisch trat, zog Michele seine Hände zurück. Der Wirt, der es offenbar gesehen hatte, starrte ihn mit einem hässlichen Grinsen an. Aurora ignorierte er.

Kapitel 5

Vierzehn Tage waren mittlerweile vergangen, seit Aurora zum ersten Mal in die Arbeitskleidung ihres Bruders gestiegen war.

Dottore Alberti hatte ihnen vor einer Woche nochmals einen Besuch abgestattet und ihnen mit seinem besorgten Kopfschütteln bestätigt, dass es um Papas emotionale Gesundheit weiterhin nicht gut bestellt war. »Er braucht mehr Zeit.«

Nach der demütigenden Begebenheit im *Grotto* hatte Aurora die restlichen Feierabende, im Gegensatz zu Michele, nicht mehr im Wirtshaus verbracht. Stattdessen widmete sie die stillen und dunklen Abendstunden der Aufarbeitung der Buchhaltung. Wenn sie danach immer noch nicht einschlafen konnte, weil Sorgen und Zukunftsängste sie wachhielten, beschäftigte sie sich mit ihrer neuen Arbeitskleidung. Mit kindlichem Entzücken verpasste sie Tommasos alter Alltagskluft einen Schnitt, der ihren weiblichen Rundungen schmeichelte, ohne jedoch anrüchig oder provokativ zu wirken.

Am Morgen beim Frühstück war Aurora so in Gedanken versunken, dass sie die Frage ihrer Mutter zuerst gar nicht wahrnahm. Erfahrungsgemäß schwiegen ihre Eltern seit Tommasos Tod bei den gemeinsamen Essen, wenn sie denn überhaupt daran teilnahmen. Daher hatte sie es sich zur Angewohnheit gemacht, die Zeit zum Nachdenken, Planen und Rückschauhalten zu nutzen.

Es war Sonntag, und sie würden sich gleich auf den Weg zur Messe machen. Vater hatte sich zu diesem Zweck tatsächlich dazu bewegen lassen, das Bett zu verlassen und einen Espresso zu trinken.

»Aurora? Ich habe dir schon zweimal eine Frage gestellt.« Ein irritierter Unterton färbte Mammas Stimme.

Aurora blickte von ihrem Teller auf. Die Augenbrauen ihrer Mutter bildeten ein markantes V, die Lippen waren zu zwei blutleeren Strichen zusammengepresst. »Entschuldige, ich war in Gedanken ...«, sagte sie.

»Das ist mir aufgefallen«, entgegnete Mamma. »Es muss ja etwas sehr Wichtiges sein, dem verträumten Ausdruck in deinen Augen nach zu urteilen.« Mit ruckartigen Bewegungen faltete sie ihre Stoffserviette zusammen und legte sie neben ihre Espressotasse auf den Tisch. »Ich fragte, wann du gedenkst, damit aufzuhören.« Plötzlich veränderte sich ihr Gesichtsausdruck. Die Verärgerung verschwand, ihre Lippen kräuselten sich, und Tränen schimmerten in ihren Augen. »Die Leute reden über dich, Aurora. Sie zerreißen sich den Mund darüber, dass du dich mannstoll aufführst.«

Papa starrte mit leerem Blick an die Wand, als beträfe ihn diese ganze Diskussion nicht. Nur Großmutter hob bei dem Wort »mannstoll« erschrocken den Kopf.

Bevor sie jedoch etwas fragen konnte, erwiderte Aurora: »Wieso mannstoll? Ich verrichte eine handwerkliche Tätigkeit, was ungewöhnlich erscheinen mag, aber ich arbeite doch nicht in einem Bordell oder so.« Sie warf irritiert die Hände in die Luft.

»Die Leute denken, dass du auf diesem Weg absichtlich die Nähe zu möglichst vielen Männern suchst«, sagte Mamma. »Sie beschreiben dein Verhalten als lasziv. Vor einiger Zeit hat man dich sogar im *Grotto Ghiggi* gesehen! Man munkelt ...« Ihr Blick wanderte verstohlen zu Papa hinüber. »Man erzählt sich außerdem, dass du auf der Suche nach einem geeigneten Ehemann bist, der die Firma an Tommasos Stelle weiterführen wird. Zu diesem Zweck sollst du allen Männern schöne Augen machen – auch Michele, der im Übrigen eine Verlobte in Chiavenna hat, wie mir zu Ohren kam.«

Die Wanduhr tickte. Eine volle halbe Minute lang. Hitze schoss Aurora ins Gesicht, und das Blut rauschte ihr in den Ohren. »Mir war nicht bewusst, dass Michele eine Verlobte hat. Weder er noch Papa haben je etwas erwähnt ...« Aurora war froh, dass sie bereits saß. Es fühlte sich an, als zöge ihr jemand den Boden unter den Füßen weg. Leichter Schwindel durchdrang ihre Gedanken und breitete sich darin aus wie zäher Nebel. Sie hörte ihr Herz so laut pochen, als wollte es ihren gesamten Leib ausfüllen.

»Wer ist verlobt? Müssen wir ein Kleid nähen?« Camilla, die bisher schweigend ihren Cappuccino geschlürft hatte, sah ihre Enkelin verwirrt an.

»Niemand ist verlobt, Nonna«, antwortete Aurora. »Alles gut. Das hast du falsch verstanden. Wir reden über Kunden aus Argegno.«

Diese Antwort schien ihre Großmutter zu befriedigen, denn sie lehnte sich entspannt in ihrem Stuhl zurück und nagte an einer Brioche.

Auroras Mutter straffte den Rücken und sah ihre Tochter nun mit zurückgekehrter Empörung an. »Bitte sag mir, dass du nicht versucht hast, unseren Mitarbeiter zu verführen.«

Sie blickte hilfesuchend zu ihrem Mann. Papas Augenlid zuckte, ansonsten war in seinem Gesicht jedoch auch jetzt keine emotionale Regung erkennbar.

»Nein!« Aurora beugte sich nach vorne und schlug wütend mit den Händen auf den Tisch. »Ich wollte damit bloß sagen, dass man mir nicht auch noch unmoralisches Verhalten unterstellen kann, wenn ich überhaupt keine Kenntnis von einer Verlobten hatte! Das alles ist doch vollkommen absurd. Du weißt selbst, dass das nicht stimmt. So bin ich doch gar nicht!« Eine vereinzelte Träne der Wut rollte heiß und einsam über ihre Wange. Mit einer energischen Bewegung wischte sie sie aus dem Gesicht.

»Seit du diese seltsamen Sachen machst, Aurora, bin ich mir nicht mehr sicher, wer du bist. Du hast dich verändert.« Kälte schwang in den Worten ihrer Mutter mit.

»Du weißt doch, warum ich das tue, oder? Mamma?« Aurora schielte Hilfe suchend zu ihrem Vater hinüber. »Ich möchte helfen! Ich versuche, die Zukunft unserer Familie zu retten. Wie in aller Welt kann man mir da ein unmoralisches Verhalten vorwerfen?! Das verstehe ich nicht.« Sie zwang sich, tief ein- und auszuatmen. Ihre Worte klangen selbst in ihren eigenen Ohren ungewöhnlich hysterisch. Emotionen stauten sich in ihrer Brust und wollten aus ihr herausbrechen, doch sie konnte nicht einmal sagen, welche genau es waren.

»Du hast die Menschen, wie sie sind, noch nie verstanden, Aurora. Schon als kleines Mädchen nicht. Bereits damals hast du dich, gelinde ausgedrückt, seltsam verhalten. Stets musste ich mich vor den anderen Müttern rechtfertigen. Ich hatte tatsächlich die Hoffnung, dass es sich auswächst. Vor zwei Wochen sagte ich dir, dass die Leute dich zerstören würden, wenn du so weitermachst. Und nun haben sie genau damit begonnen.« Mit diesen apokalyptischen Worten erhob sie sich. »Lasst uns aufbrechen, sonst kommen wir zu spät zur Messe.«

Auroras Vater schien nur auf dieses Stichwort gewartet zu haben. Mechanisch stand er von seinem Stuhl auf und stakste in den Flur, um sich eine Jacke überzuziehen. Auch Nonna Camilla beeilte sich, ihnen zu folgen. Sie murmelte noch immer etwas von einer Verlobung und einem Kleid, während sie brav in ihren Rollstuhl kletterte.

Auf dem Weg zur Kirche glühte Auroras Kopf. Es war einfach nicht wahr, was man über sie erzählte. Sie hatte in den vergangenen vierzehn Tagen geschuftet wie ein Tier. Täglich hatte sie von Michele neue Fertigkeiten erworben, sich an alte erinnert. Und nach der Arbeit auf der Baustelle hatte sie sich abends noch durch die Papiere ihres Vaters gewühlt, hatte sich Notizen gemacht und versucht, sein System zu verstehen. An Micheles Seite hatte sie bereits einen ersten Kundentermin wahrgenommen, wenn auch mehr als stille Zuschauerin, denn als aktive Fachberaterin. Da es sich bei den Interessenten um die Marinos, Kunden seines Freundes handelte, war es nicht weiter aufgefallen, dass Michele anstelle seines Capos Daniele die Besichtigung vor Ort vorgenommen hatte. Signora Marino war ohnehin nicht dabei gewesen, weshalb sich der Austausch zwischen den Männern angeboten hatte. Der Gartenmauer der Marinos würden sie sich gleich in der folgenden Woche widmen. Gottlob hatte der Hausherr nur nach einem Richtpreis gefragt, den Michele aufgrund der jahrelangen Erfahrung an der Seite seines Chefs bedenkenlos hatte angeben können.

Größere Bauchschmerzen bereitete Aurora allerdings der Termin bei Dottore Pandolfi und seiner Gattin, die sich aktuell in ihrem Ferienhaus in Castiglione aufhielten. Die beiden bedurften sicherlich einer umfassenderen und kompetenteren Beratung, als sie ein einfacher Handwerker bieten konnte.

Aurora betrachtete das Profil ihres Vaters. Den Blick in eine namenlose Ferne gerichtet, trottete er wie eine Marionette mit Nonnas Rollstuhl neben ihnen her.

Die Dorfbewohner hatten sich vor dem Eingang des Gotteshauses versammelt und unterhielten sich im milden Sonnenschein des Morgens. Die Blätter der Lorbeerbüsche auf dem Vorplatz nebenan glitzerten noch feucht, und einige Vögel jagten sich verspielt zeternd in den Zweigen. Beim Erscheinen der Mandellis jedoch erstarben die Gespräche, und zahlreiche Köpfe wandten sich ihnen ungeniert zu. Während Auroras Vater all das nicht einmal wahrzunehmen schien, versteifte sich ihre Mutter sichtlich neben ihr. Mit aufgesetztem Lächeln grüßte sie die Anwesenden und suchte sich einen Warteplatz etwas abseits der Menge.

Aurora konnte die Vorurteile in den Köpfen der Menschen so deutlich sehen, als würden sie sie offen aussprechen. Viola Brunelli, die mit ihr die Grundschule besucht hatte und Aurora noch nie hatte leiden können, presste missbilligend und mit altbekanntem Neid die Lippen zusammen, während es in den Augen von Bianca Pozzi hämisch glitzerte. Dies galt jedoch eher Auroras Mutter, der sie nie verziehen hatte, dass sie ihr den ältesten Mandelli-Sohn vor der Nase weggeschnappt hatte. Alice Ferrari, die direkt neben Bianca stand, reckte bereits schwatzhaft das Kinn nach vorne. Es war ihr anzusehen, dass sie gerne noch mehr Details erfahren hätte, um den kursierenden Gerüchten eine noch lebhaftere Dimension zu verleihen. Auroras Blick glitt weiter und traf auf den des jungen Bäckersohns, der sie lüstern anstarrte, woraufhin Mamma sie strafend ansah und wortlos eine Augenbraue hob.

Am liebsten wäre Aurora davongerannt und hätte sich in ihrem Zimmer verkrochen. Sie fühlte sich wie ein Trabant in ihrem eigenen Heimatdorf, als gehörte sie nicht mehr hierher, als passte ihr Puzzlestück nicht mehr in das dörfliche Gefüge. Doch sie unterdrückte diesen Impuls, hob das Kinn und begleitete ihre Eltern folgsam ins Innere der Kirche.

Während Padre Bresciani die Messe las, wanderten Auroras Gedanken zurück zur Mauer der Marinos, der sie sich nächste Woche widmen wollten. Während des Beratungsgesprächs hatte sie sich nicht getraut, Michele dazwischenzufunken und ihre Gedanken mitzuteilen, doch sie fragte sich, warum er den Marinos nicht vorgeschlagen hatte, Steine aus dem Flussbett des Telos in die Mauer einzubauen? Wäre das nicht kostengünstiger geworden, anstatt sie vom Steinbruch zu kaufen? Abgesehen davon hätten diese naturbelassenen Steine der Trockensteinmauer einen ganz besonderen Anstrich verliehen. Die ungezähmte Wildheit der einheimischen Landschaft hätte sich dadurch mit der kühlen Präzision des Bauwerks zu einem Kunstwerk ...

Auroras Gedanken wurden von Padre Brescianis Predigt unterbrochen.

»Matthäus spricht: ›Wenn irgendein Mensch hundert Schafe hätte und eins unter ihnen sich verirrte: Lässt er nicht die neunundneunzig auf den Bergen, geht hin und sucht das verirrte? Und so sich's begibt, dass er's findet, wahrlich ich sage euch, er freut sich darüber mehr denn über die neunundneunzig, die nicht verirrt sind.‹« Der Priester ließ das Echo seiner Worte verklingen, ehe er weitersprach.

»Wir dürfen Gottes Schafe sein. Wir können uns dafür oder dagegen entscheiden. Doch sollten wir wissen: Ein Schaf ohne Hirte wird in der erbarmungslosen Wildnis früher oder später umkommen.«

Auroras Mutter faltete die Hände und verkrampfte sich dabei dermaßen, dass ihre Knöchel schneeweiß hervortraten. Ihre Finger zitterten, und ein leichtes Beben erfasste ihre Lippen.

Aurora senkte den Blick, betrachtete ihre Schuhe und schluckte leer. Ein Rascheln verriet, dass sich zahlreiche Köpfe nach ihnen umdrehten.

Sie hätte nicht herkommen sollen. Die Demütigung, die ihre Eltern durch ihre Anwesenheit erfahren mussten, zerriss sie förmlich.

Am Ende der Aneinanderreihung biblischer Drohungen durch den Geistlichen erhob sie sich wie alle anderen und straffte die Schultern, auch wenn Trauer und Verbitterung ihr die Kehle zuschnürten.

Als sie durch das Kirchenportal hinaus in die Sonne trat, legte sie den Kopf in den Nacken und starrte in den mit nebligen Wolkenformationen gesprenkelten Himmel. »Herr, ich habe verstanden«, betete sie stumm. »Ich werde dein Haus nicht noch einmal betreten und so Schande über deine Anhänger und meine Familie bringen. Dennoch hoffe ich, dass du gelegentlich nach mir suchst, wenn ich mich in der Wildnis verirren sollte ... Lass mich da draußen nicht allein. Nimm mir nicht die Hoffnung und den Glauben an deine Milde.«

Demütig senkte sie den Blick.

Eine einsame Träne kullerte undramatisch über ihre Wange, und sie wischte sie eilig fort, bevor jemand sie entdeckte.

Kapitel 6

»Guten Morgen.« Michele stieß sich von der Wand ab und wartete neben Aurora, bis sie die Tür zum Werkhof aufgeschlossen hatte.

»Buongiorno.« Es klang abweisender, als sie beabsichtigt hatte. Automatisch wich sie seinem Blick aus.

»Hattest du ein anstrengendes Wochenende?« Er zwinkerte ihr zu.

Ohne eine Miene zu verziehen, schüttelte sie den Kopf. »Lass uns die Piaggio beladen, damit wir möglichst bald zu den Marinos aufbrechen können.«

Michele musterte sie einige Sekunden lang wortlos, und sie konnte sehen, wie es in seinem Kopf arbeitete. Vermutlich versuchte er gerade, sich einen Reim auf ihr Verhalten zu machen. Recht so, es sollte ihm nicht besser ergehen als ihr.

Nach einer Viertelstunde waren sie abfahrbereit. Aurora kletterte wie immer zum Material auf die Ladebrücke, und Michele stieg auf den Sattel.

Das Haus der Marinos lag an den Ausläufern des Städtchens Argegno, mit Blick auf den Comer See. Ein weitläufiger Garten, der mit Bäumen und Büschen bepflanzt war, gehörte ebenfalls zum Grundstück. Das Zentrum der Grünfläche bildete eine Steinbankgarnitur unter einer Weinreben-Pergola. Die Familie hatte das Haus von den Eltern des Mannes geerbt. Es bestach sofort durch seine ungewöhnliche Form. Zwei Türme flankierten den Mittelteil des Gebäudes und verliehen ihm so den Anblick einer Mischung aus Schloss und Landhaus. Stellenweise blätterte verblichener sandfarbener Putz von der Fassade, und das Grün der Fensterläden war durch zahlreiche sonnenintensive Sommermonate verschossen. Mauerwerk und Holz machten noch einen stabilen Eindruck, würden in absehbarer Zeit aber sicherlich einer Sanierung bedürfen. Die Mauer, die das Gelände von der Straße abgrenzte, war hingegen bereits in ihre Einzelteile zerfallen. Regen, die Luftfeuchtigkeit durch den nahen See sowie die Zeit hatten unaufhörlich an den Gesteinen genagt und sie zu Sand pulverisiert. Zudem hatten Moos und wilde Pflanzen auf und zwischen den modrigen Steinen einen optimalen Nährboden gefunden. Sobald die Piaggio zum Stehen kam, sprang Aurora von der Ladebrücke und begann damit, das mitgebrachte Material abzuladen. Michele beeilte sich, ihr dabei zur Hand zu gehen. Immer wieder spürte sie seinen Blick auf sich ruhen, doch sie hielt eisern an ihrem Schweigen fest.

»Wenn es für dich in Ordnung ist, könntest du schon mal die zerfallenen Steine der bestehenden Mauer beiseite räumen«, schlug er vor. »Ich hole solange die neuen. Danach können wir gleich loslegen.«

Sie kommentierte seinen Vorschlag mit einem wortlosen Nicken, streifte sich Handschuhe über und machte sich daran, die alten Mauerreste wegzuräumen. Michele musterte sie ein paar Sekunden lang, zuckte dann mit den Schultern und knatterte davon.

Mit grimmiger Entschlossenheit packte Aurora die zerbrochenen Steine zur Seite und schaffte so Stück für Stück

Platz für eine neue Mauer. Eine Trockensteinmauer aus Bruchsteinen sollte es werden, so der Wunsch der Marinos.

Nach einiger Zeit kehrte Michele mit der ersten Ladung Steine zurück und begann damit, die neue Natursteinmauer zu erstellen. Die Stirn in angestrengte Falten gelegt, klopfte er die unförmigen Brocken mit Handfäustel und Steinmetzwerkzeug in die passende Form. Schweiß lief ihm über die Stirn und durchnässte seinen Haaransatz, während seine Schläge gespenstisch durch den fortgeschrittenen Morgen hallten.

Aurora beobachtete ihn verstohlen. Bisher hatte sie weder seine Technik noch seine Vorgehensweise infrage gestellt und sich ihm in jeder Hinsicht fachlich untergeordnet. Doch jetzt sah sie, dass seiner Arbeit die Perfektion fehlte, und seinem Auge der Sinn für Ästhetik. Er wählte unter den Steinen nicht den mit der optimalen Form für den entsprechenden Mauerabschnitt, sondern irgendeinen, der gar nicht in die entsprechende Lücke passte. Und wenn er ihn dann zurechtklopfte, fehlte ihm das Feingefühl – der Fels brach an der falschen Stelle. Auch *fühlte* er die Steine nicht; sie lagen vollkommen dissonant da und schmiegten sich nicht aneinander. Seine Mauer war keine Einheit, keine stimmige Melodie, kein farblich abgestimmtes Gemälde, sondern ein ungeschicktes Flickwerk.

Beim Mittagessen setzten sie sich in der Sonne ins Gras und aßen Sandwiches. Noch waren die Tage kühl, sodass man sich nach einem Vormittag im Schatten nach der milden Wärme der Sonne sehnte. Ein sanfter Wind spielte mit Auroras Haaren und zupfte eine Locke aus ihrem Zopf.

Michele betrachtete sie mit einem zaghaften Lächeln, beugte sich nach vorne und strich ihr die Haarsträhne hinters Ohr. »Du bist heute so schweigsam. Geht es dir nicht gut?«

Auroras Haut kribbelte wohlig unter seiner Berührung, doch sie schob diese Empfindung entschlossen beiseite. »Du hast nie erwähnt, dass du verlobt bist.« Die Worte sprudelten aus ihr heraus, bevor sie sich selbst daran hindern konnte.

»Du meinst Giorgina ...« Er seufzte, senkte den Blick und zupfte einige Halme aus dem Gras. Schweigend drehte er sie in den Fingern und warf sie schließlich weg. »Wir haben uns ein paar Tage vor Tommasos Unfall verlobt. Angesichts der traurigen Umstände hielt ich diese nicht besonders wichtige Mitteilung einfach für unangebracht.« Sein Blick tanzte zärtlich über ihr Gesicht.

Warum machte er das?

»Sie wohnt in Chiavenna«, setzte er schließlich hinzu. »Wir sehen uns nicht sehr oft.«

Aurora erwiderte seinen Blick möglichst nüchtern. Dann erhob sie sich und erklärte: »Ab jetzt kümmere *ich* mich um die neue Mauer. Du kannst die alte entsorgen.«

Entschlossen ging sie zu dem Steinhaufen hinüber und machte sich an die Arbeit. Sie ließ verschiedene Steine durch ihre Hände gleiten und fühlte deren Ecken und Kanten, bevor sie sich für den richtigen entschied. Dann drehte und wendete sie ihn auf der Mauer so lange, bis er perfekt saß und sich wie ein Liebhaber an seinen Vorgänger anschmiegte. Anfangs ging es nur langsam voran. Je weiter der Nachmittag jedoch fortschritt, desto besser und zielsicherer wurde ihr Gespür für die kunstvolle Perfektion, die sie für ihre Natursteinmauer verlangte.

Michele beobachtete sie aus einigen Schritten Entfernung und ließ sie gewähren, obwohl sie nicht seine Technik zur Anwendung brachte. Schließlich wandte er sich seiner eigenen Aufgabe zu, und Aurora versank ganz in ihrer Arbeit.

»Wir sollten langsam zusammenräumen. Es ist schon spät.«

Aurora erwachte wie aus einer Trance und blickte auf. Die Sonne stand bereits tief am Himmel, und die umliegenden Bäume und das große Haus warfen lange Schatten. Benommen klopfte sie sich den Staub aus der Kleidung und strich sich eine Locke aus dem Gesicht.

Michele schmunzelte und betrachtete sie belustigt.

»Was?«, fragte sie eine Spur zu heftig.

Er trat einen Schritt näher und wischte ihr mit dem Ärmel seiner Jacke sanft über die Wange.

»Du hast Sand und Dreck im Gesicht, Auri.«

Auri.

So nannten sie nur die Mitglieder ihrer Familie, und selbst die nur gelegentlich. Natürlich wusste Michele von Tommaso um den Kosenamen, doch hatte er ihn noch nie benutzt.

»Warum machst du das?« Wut explodierte in ihrem Inneren und trieb ihr die Tränen in die Augenwinkel. Reflexartig ballte sie die Hände zu Fäusten.

Michele trat einen Schritt auf sie zu, sodass sich ihre Nasen beinahe berührten. Sein Atem strich warm über ihr Gesicht hinweg.

»Warum mache ich *was*?« Er ließ die Finger ihre Schläfe hinunter bis zu ihrem Hals gleiten. »Meinst du das hier?« Seine Stimme klang rau und dunkel. In seinen Augen brodelte es.

»Mit mir flirten«, erwiderte Aurora leise, beinahe flüsternd. »Mich berühren. Warum machst du das, wo du doch vergeben bist?« Sie konnte das Beben in ihrer Stimme nicht unterdrücken. Ihr Brustkorb hob und senkte sich unter ihren hastigen Atemzügen, und ihr Herz hämmerte gegen ihre Rippen, als wollte es ausbrechen.

»Ich will dich küssen, Auri. Seit dem Augenblick, als ich dich nach Jahren zum ersten Mal wiedergesehen habe, verfolgst du mich bis in meine Träume.« Er nahm ihr Gesicht in seine Hände und senkte den Kopf. Sanft berührte er ihre Lippen. »Ich habe mich längst von Giorgina getrennt«, flüsterte er und legte seine Lippen erneut auf ihre. »Das war nur eine sehr kurze Verlobung.«

Auroras Fäuste öffneten sich, und ihre Anspannung löste sich unter Micheles Kuss. Sie schloss die Augen, und die Welt um sie herum versank.

Im Haus der Marinos öffnete jemand ein Fenster. Das unerwartete Geräusch durchschnitt den Zauber des Augenblicks und holte Michele und Aurora ruckartig zurück auf den Boden der Tatsachen.

»Los, räumen wir auf und machen, dass wir fortkommen.« Er grinste, strich sich die Haare aus dem Gesicht und drückte ihr einen flüchtigen Kuss auf die Wange.

Aurora lächelte und senkte den Blick. Ihre Wangen glühten. In ihrem Inneren tobte ein Sturm; Gefühle und Gedanken wirbelten wirr durcheinander. Schweigend sammelte sie das Werkzeug ein und legte es auf die Ladebrücke der Piaggio. Derweil räumte Michele die Steine zusammen, sodass sie alle ordentlich an einem Ort lagen. Danach fuhren sie nach Hause.

Darüber, dass jener Teil der Mauer, den Aurora angefertigt hatte, komplett anders aussah als seiner, verloren sie beide kein Wort.

Kapitel 7

Der nächste Arbeitstag begann für Aurora mit einer seltsamen Mischung an Gefühlen. Sie fühlte sich ausgelaugt, beschwingt und ängstlich zugleich. Auch hatte sie in der Nacht kaum geschlafen. Noch Stunden nach dem Kuss hatten ihre Lippen geprickelt. Der Nachhall des Adrenalins hatte sie mit offenen Augen und klopfendem Herzen durch die Nacht getrieben, während gleichzeitig die körperliche Erschöpfung an ihr genagt hatte. Und als wäre all das noch nicht genug, stand an diesem Vormittag das erste Treffen mit dem Ehepaar Pandolfi an. Zusätzlich zu einem gemauerten Kamin im Garten liebäugelten sie nun auch noch mit einem Sitzplatz, einer Steintreppe und einem Heidegarten. Zu sämtlichen Ideen erwarteten sie nun fachmännische Vorschläge, und in einem zweiten Schritt natürlich eine Offerte der ungefähren Kosten.

Mit schwerem Kopf, aber beschwingtem Gang wollte Aurora gerade das Haus verlassen und sich auf den Weg nach Castiglione zum Werkhof machen, als ihre Mutter aus dem Halbdunkel des Flurs trat, die Arme vor der Brust verschränkt und ihr den Weg versperrte. Aurora zuckte erschrocken zusammen.

»Was verheimlichst du uns, Aurora?«, fragte Mamma scharf. »Ich sehe es dir doch an! Bitte erspare mir die Schmach, es erneut von einem Reißmaul wie Alice Ferrari zu erfahren.« Wie so oft seit Tommasos Tod glitzerten Tränen in ihren Augen, und die Lider flatterten verdächtig.

»Mamma«, versuchte Aurora sie zu beruhigen, ohne auf ihre Frage genauer einzugehen. »Mach dir keine Sorgen. Ich werde euch sonntags künftig nicht mehr zur Messe begleiten, das dürfte die Lage etwas entschärfen.« Mit einem leichten Lächeln huschte sie an ihrer Mutter vorbei.

Doch die war noch nicht fertig. »Ich war auch einmal in deinem Alter, Aurora«, sagte sie. »Du solltest wissen, dass die jungen Männer vollkommen anders denken und empfinden als du.« Ihr Blick nahm einen ernsten und eindringlichen Zug an und bohrte sich bis in Auroras Herz. Die errötete und fühlte sich, als könnte ihre Mutter die gestrigen Ereignisse wie einen Film von ihren Augen ablesen – mit allen intimen Details. »Du bist kein Kind mehr, Aurora, mancher Leichtsinn hat im Erwachsenenleben Konsequenzen.«

Worauf sie genau anspielte, ließ ihre Wortwahl offen.

Aurora, die darauf keine Antwort wusste, beschloss, das Gespräch zu beenden, indem sie die Haustür hinter sich ins Schloss warf und loslief. Sie hatte die ständigen Unkenrufe und apokalyptischen Drohungen ihrer Mutter satt. Als ob das Leben bloß eine Verkettung unglücklicher Umstände, ein Epos tiefen Leids wäre, gepflastert mit falschen Entscheidungen!

Je näher sie dem Werkhof kam, desto schneller schlug ihr Herz. Sie sah ihn schon von Weitem, wie jeden Morgen entspannt an die Wand gelehnt. Heute nahm sie ihn allerdings deutlicher wahr als je zuvor. Seine kantigen Gesichtszüge, mittendrin die schmalen Lippen, umgeben von dunklen

Bartstoppeln. Die schwarz glänzenden Haare hatte er anders als sonst zu einem Seitenscheitel gekämmt. Seine dunklen Augen maßen ihre Erscheinung und folgten jedem ihrer Schritte. Ein geheimnisvolles Lächeln zog seine Mundwinkel nach oben. Aurora erschauerte und strich sich die feuchten Hände an der Hose ab. Gleichzeitig fühlte sie in ihrem Inneren eine wohlige Wärme aufsteigen.

»Guten Morgen, Schönheit.« Er trat näher und schnupperte an ihren Haaren. Sie kicherte wie ein Schulmädchen und stieß ihn ein wenig von sich.

»Nicht hier draußen Michele«. Gehetzt warf sie einen Blick auf die Autowerkstatt nebenan, in deren Garage bereits Licht brannte.

Michele gab sich gespielt verstimmt. »Dann beeil dich endlich und schließ auf. Du hast mir gefehlt.«

Kaum war die Tür auf, stieß er sie sanft hinein und zog die Tür zu. Ohne die Beleuchtung anzuschalten, fasste er sie um die Taille und zog sie an sich. Seine Lippen wanderten hinter ihr Ohr, den Hals hinab und suchten schließlich ihren Mund.

Aurora schmiegte sich in seine kräftige Umarmung und sog tief seinen herben Duft in ihre Lunge. Nach einer Weile jedoch löste sie sich widerwillig aus seinen Armen und seufzte. »Wir müssen an die Arbeit. Die Pandolfis erwarten uns in einer Viertelstunde. Ich möchte nicht unpünktlich sein.«

Als sie den Lichtschalter betätigte und die Deckenlampen den Raum in helles Licht tauchten, erlosch die Magie zwischen ihnen augenblicklich. Geschäftig sammelten sie die Dinge ein, die sie für den Beratungstermin benötigen würden, und beluden die Piaggio.

Fünf Minuten später ratterten sie durch die Gassen Castigliones, Aurora wie immer mit angewinkelten Beinen auf der Ladebrücke des bescheidenen Transporters.

Das mehrstöckige Herrenhaus der Pandolfis befand sich etwas abseits des Dorfes, direkt an der Straße. Buschige Laubbäume umgaben das Gebäude und reckten ihre Äste auf das Steindach. In geschmackvollem Kontrast zu der hellgrauen Natursteinfassade leuchteten die Fensterläden honigbraun. Eine drei Meter hohe, moosbewachsene Bruchsteinmauer grenzte links an das Haus an und schlängelte sich an der Straße entlang. Sie hielt Schaulustige davon ab, einen neugierigen Blick auf das Grundstück dahinter zu werfen. Das massive Holztor, das die Mauer in Hausnähe unterbrach, war geschlossen.

Sie wurden bereits erwartet.

»Lass mich reden«, raunte Michele ihr zu und brachte die Piaggio vor dem Haus zum Stehen.

Aurora hob fragend die Augenbrauen. Warum? Leider blieb ihr keine Zeit mehr, ihm zu widersprechen.

»Buongiorno!« Signor Pandolfi kam auf sie zu, streckte Michele seine schwulstige Pranke entgegen und betrachtete Aurora wohlwollend von Kopf bis Fuß, bevor er ihr mit einem milden Lächeln zunickte. Die Strahlen der Morgensonne spiegelten sich auf der kahlen Rundung seines Schädels. Der korpulente Endfünfziger hatte mehr Ähnlichkeit mit dem Erscheinungsbild eines Fleischers als eines Mediziners.

Signora Pandolfi, die beträchtlich jünger war als ihr Mann, warf Aurora einen abschätzigen Blick zu, während sie Michele mit unverhohlenem Interesse musterte. Kokett richtete sie ihre wasserstoffblonden Locken und schürzte die beerenroten Lippen.

»Wollen wir gleich vor Ort sprechen?«, schlug Signor Pandolfi gut gelaunt vor und pflügte seine Wohlstandstrommel ohne auf eine Antwort zu warten zu dem Holztor in der Steinmauer. Michele und Signora Pandolfi, deren purpurroter Mantel im Takt ihrer zierlichen Schritte leicht wippte, folgten ihm. Aurora ging unbeachtet hinter den dreien her. Signor Pandolfi holte einen antik aussehenden, rostigen Schlüssel aus der Tasche seiner Jacke und öffnete das zweiflüglige Tor in den Garten. Mit einer einladenden Geste bedeutete er ihnen, ihm zu folgen.

Die Grünfläche des Pandolfi-Anwesens, die sich nun vor ihren Augen auftat, war in ihren Ausmaßen ungefähr doppelt so groß wie die der Marinos in Argegno. Eine Gruppe von Nadelbäumen formierte sich im hinteren Bereich des Grundstücks zu einem Wäldchen. Daneben erhob sich ein Steingebilde, das Aurora an einen heidnischen Tempel erinnerte. Zu ihrer Rechten führte ein kurzer Laubengang mit Sitzbänken von der Terrasse des Hauses bis zu der penibel getrimmten Rasenfläche hinunter. Am Ende dieser Arkade, beinahe direkt gegenüber des großen Holztores, stand unter einer von Rosen und Reben umrankten Pergola ein langer Holztisch mit robusten Stühlen. Laternen zierten die Decke der Konstruktion.

Der Hausherr schloss das Holztor und kam direkt neben der Pergola zum Stehen. »Hier wünschen wir uns einen Backsteinkamin, damit wir im Sommer draußen grillen können. Daneben stellen wir uns in gleicher Bauweise, vielleicht sogar miteinander verbunden, einen Pizzaofen vor.« Der Arzt wandte sich Michele zu und lächelte. Er wartete offenbar auf Vorschläge.

Dieser verschränkte die Arme vor der Brust und setzte einen nachdenklichen Gesichtsausdruck auf. »Nun, normalerweise werden sowohl der Kamin als auch der Pizzaofen aus feuerfesten Backsteinen erstellt. Der Ofen für die Pizza natürlich mit Kuppel ...«

Aurora betrachtete die Stelle, an der der Doppelofen stehen sollte, und ein Bild materialisierte sich vor ihrem inneren Auge. Weiße Kuppeln, spitz zulaufend. Romantisch und spektakulär gleichermaßen. Ein Hauch von Exotik in einem italienischen Garten ...

»Wie wäre es denn mit einem Kamin, der wie ein Miniatur-Taj-Mahal aussieht? Helle Steine, vielleicht sogar Marmor, bauchige Kuppeldächer, imposante Spitztürme ...« Sie zeichnete ihre Vorstellung mit den Händen in die Luft. »Die Öffnung des Ofens bildet den Eingang. Links und rechts davon Säulen oder Galerien ... das wäre etwas wirklich Besonderes. Verspielt, orientalisch und außergewöhnlich.« Sie biss sich entsetzt auf die Zunge. Hatte sie etwa gerade laut gedacht?

Die fassungslosen Gesichter der Umstehenden bestätigten ihr diese unliebsame Wahrheit.

»Ich ... das habe ich in der Zeitung gesehen«, stammelte sie. »Den Palast, meine ich. Irgendwie hat mich dieses Bauwerk fasziniert. Da Sie bereits einen Tempel in Ihrem Garten besitzen, dachte ich, es könnte sich zu einem harmonischen Gesamtbild zusammenfügen.«

Michele räusperte sich und strich sich durch die Haare. Eine leichte Röte überzog seine Wangen. Signor Pandolfi wandte ihr seinen Kugelbauch zu und musterte sie mit seinen Glupschaugen.

»Ich muss sagen, so etwas Eigenartiges habe ich noch nie gehört. Allerdings ...« – sein Blick glitt gemächlich über ihre Erscheinung – »... bin ich für das Ungewöhnliche stets empfänglich. Sie haben interessante Ideen, wenn ich mir die Bemerkung erlauben darf. Wie ist Ihr Name?«

Nun war es an Aurora, rot anzulaufen. Reflexartig strich sie sich eine Strähne aus dem Gesicht und wischte sich die feuchten Handflächen an der rauen Stoffhose ab. »Aurora ... Mandelli, Signore.«

Er hob erstaunt eine Augenbraue. »Wie die Firma?«

Aurora schluckte und nickte. Ihr Mund war staubtrocken. Sie erinnerte sich wieder an die befremdliche Reaktion von Signora Colombo auf ihren Namen, und an Micheles Worte, dass besser er die Gesprächsführung übernahm. Nun hatte sie alles vermasselt. »Das ist korrekt«, sagte sie. »Ich bin Aurora Mandelli, Daniele Mandellis Tochter.« Sie trat einen Schritt vor und deutete eine altmodische Verneigung an, da ihr ein Händeschütteln noch komischer vorgekommen wäre.

Signora Pandolfi maß sie mit einer Mischung aus Belustigung und Verachtung, während ihr Mann die Arme vor der Brust verschränkte und nachdenklich auf seinen Fußsohlen vor und zurück wippte.

»Ich bin mir nicht sicher, ob das fachlich ... ähm, also ... umsetzbar ist«, schaltete sich jetzt Michele in das Gespräch ein. »Auch wenn es eine durchaus verlockende Idee ist, sehr kreativ und alles, aber vermutlich nicht praktikabel.« Er warf Aurora einen entschuldigenden Blick zu.

Hitze wallte in ihrem Inneren auf. Sie konnte nicht sagen, ob es Beschämung oder Zorn war; jedenfalls war es sengend heiß und verlangte danach, aus ihr herauszubrechen. »Natürlich ist es fachlich umsetzbar«, widersprach sie. »Auf dieselbe Art und Weise, wie der echte Palast auch umsetzbar war. Der Kern des Gebäudes sowie die Minarette und

Kuppeln bestehen innen aus gebrannten Ziegelsteinen, die man mit weißem Marmor eingekleidet hat. Das alles wäre hier selbstverständlich bedeutend kleiner und mit mehr Fingerspitzengefühl zu errichten. Alternativ könnte man sich auch für eine noch ausgefallenere Variante entscheiden und anstelle der Marmorverkleidung ein Mosaik wählen. Aus welchem Material auch immer. Natürlich müsste man zwischen den feuerfesten Steinen und der Außenhülle eine Isolationsschicht einbauen, damit die Hitze den Marmor nicht sprengt.« Sie fühlte, wie ihre Wangen pulsierten. Was war bloß in sie gefahren? Woher kam diese Ideenflut? Warum nur redete sie so viel? Und das auch noch ohne dazu aufgefordert worden zu sein?

Es war die Leidenschaft in ihrem Herzen, die nach Ausdruck verlangte und nicht mehr länger eingesperrt bleiben konnte. Die Bilder, das Gefühl, die Farben, alles kam von selbst. War einfach da.

»Meiner Meinung nach klingt das ordentlich verrückt. Ein normaler, funktionaler Kamin genügt doch vollauf.« Signora Pandolfi schlang den Mantel enger um ihren Leib und gab sich gelangweilt. Mit einem verführerischen Lächeln legte sie ihrem Gatten die Hand auf den Arm. »Giuseppe, lass uns reingehen, mir ist kalt. Ich finde es albern, dass man über einen simplen Kamin eine halbe Stunde philosophieren muss.«

Der Arzt blickte gehetzt zwischen Aurora und seiner quengelnden Frau hin und her. »Wir überlegen es uns noch mal und melden uns dann in einigen Tagen mit der endgültigen Entscheidung. Und über den Heidegarten, den Sitzplatz und die Steintreppe reden wir dann ein anderes Mal. Wir werden ja noch gut zwei Wochen hier sein.« Ein salbungsvolles Lächeln, das seine Augen nicht erreichte, entstellte sein Mondgesicht.

»Selbstverständlich bauen wir Ihnen auch einen herkömmlichen Kamin, keine Frage«, erklärte Michele eilig. »Meine ... Kollegin besitzt eine künstlerische Ader und wollte Ihnen daher eine Alternative anbieten. Fühlen Sie sich durch die Idee bitte nicht zu irgendetwas gedrängt.«

Aurora senkte verlegen und durch Micheles Worte ein wenig verletzt den Blick. Sie hatte genau gespürt, dass Signor Pandolfi von ihrer Idee beeindruckt gewesen war. Aber würde sich der Arzt gegen sein junges Betthäschen durchsetzen? Hoffentlich hatte sie den Bogen nicht überspannt.

Schweigend schlenderten Michele und Aurora zurück zu ihrem Transporter. Sie hatte eigentlich gehofft, nun die Ausmaße des Kamins aufnehmen und mit einer Kalkulation beginnen zu können, unabhängig davon, für welche Variante sich das Ehepaar entscheiden würde. Auch hatten sie natürlich auf weitere Aufträge gehofft – die Gartenmauer sah desolat aus, und auch die Hausfassade würde bald einer professionellen Hand bedürfen.

Wir überlegen es uns noch mal, klang jedoch sehr vage ...

Michele stieg auf den Sattel der Piaggio und lenkte das Fahrzeug in Richtung Argegno. Immerhin wartete eine Gartenmauer darauf, weitergebaut zu werden.

Bei den Marinos angekommen, lud er Aurora ab und fuhr gleich wieder los, um neue Steine zu besorgen. Sie versuchte derweil, sich wieder in ihre Arbeit einzufühlen. Eine Trockensteinmauer war ein Kunstwerk, das viel Sorgfalt bedurfte. Das Gebilde kam ohne Mörtel, Sand oder Erde aus. Daher musste es zahlreichen Herausforderungen gewachsen sein. Die Mauer sollte in sich stabil sein und nicht umkippen, deshalb durften zwischen den Steinen keine allzu großen Lücken entstehen. Und letzten Endes musste das Bauwerk auch noch ästhetischen Ansprüchen genügen.

Aurora schloss die Augen und atmete mehrmals tief durch, bis sie sich beinahe in einem meditativen Zustand befand. So gelang es ihr am besten, intuitiv die richtigen Bausteine zu finden und miteinander zu einem Gesamtkunstwerk zu vereinen.

Stein auf Stein schlängelte sich die Mauer entlang des Grundstücks der Marinos.

Plötzlich nahm Aurora aus den Augenwinkeln einen Schatten wahr.

Eine junge Frau Mitte zwanzig war in einigen Schritten Entfernung aufgetaucht. Sie hatte ihre halblangen schokoladenbraunen Haare mit Klammern aus dem Gesicht gekämmt. Sommersprossen tummelten sich auf ihrer Stupsnase, und ihre dunklen Augen beobachteten Aurora neugierig. Mit einem Schmunzeln auf den Lippen trat die junge Frau näher. Sie trug ein weinrotes Kleid mit Blumenmuster und darüber eine Strickjacke.

»Das sieht toll aus! Ich bin so froh, dass ihr hier seid und unser Grundstück endlich wieder einen respektvollen Rahmen erhält. So schade, dass ich bei der ersten Besichtigung nicht dabei sein konnte, aber leider hatte ich einen Arzttermin. So wie es aussieht, habt ihr meinen Mann allerdings gut beraten.« Sie nagte an ihren Fingernägeln und blickte sich unschlüssig um. »Ist es anstrengend, diese Tätigkeit als Frau zu verrichten? Arbeitest du schon lange für die Mandellis? Entschuldige meine Neugierde, mein Mann findet das immer ganz schrecklich.« Sie kicherte wie ein kleines Mädchen und kniff leicht errötend die Augen zusammen.

Aurora legte die Steine nieder, die sie gerade bearbeitet hatte, wischte sich die schmutzigen Hände an der Hose ab und richtete sich auf.

»Nun«, sagte sie vorsichtig. »Ich empfinde die körperliche Betätigung als sehr befriedigend. Man ist abends von einer schier komatösen Müdigkeit erfüllt und schläft herrlich – was in meinem Fall eine willkommene Erlösung ist. Ich ... bin Aurora ... Mandelli.«

Die junge Frau riss die Augen auf; ein weicher und verletzlicher Ausdruck erschien darin. »Du bist die Schwester ... mein herzliches Beileid. Was für eine furchtbare Geschichte. Unser Gärtner hat uns davon erzählt.« Sie legte sich betroffen die Hand aufs Herz und kräuselte die Augenbrauen. Das Lächeln verschwand augenblicklich von ihren Lippen. Dann streckte sie die Hand aus. »Entschuldige meine Unhöflichkeit, ich bin Marisa.« Aurora nahm ihre Hand, und ein betretenes Schweigen entstand, während sie sich vorsichtig musterten.

»Mein Vater ist derzeit nicht in der Lage, die Firma weiterzuführen«, erklärte Aurora schließlich mit leiser Stimme. »Die Trauer lähmt ihn und zerstört ihn täglich ein wenig mehr. Deshalb habe ich mich dazu entschlossen, Michele zu helfen. Bauen fasziniert mich, seit ich ein kleines Mädchen war. Früher durfte ich Vater manchmal auf der Baustelle helfen, und obwohl ich zu Beginn ein wenig aus der Übung war, hoffe ich doch, dass ich Michele nun eine gute Unterstützung bin.« Aurora verschränkte die Arme hinter dem Rücken und lächelte.

Marisa trat neben sie und begutachtete die Mauer. »Das da hast du gemacht, oder?«, fragte sie und zeigte auf das letzte Stück, an dem Aurora gerade gearbeitet hatte. »Der Anfang sieht anders aus.«

Aurora nickte und zog instinktiv den Kopf ein. »Wie ich sagte, ich bin noch ein wenig eingerostet. Bestimmt wird Michele meinen Mauerteil nochmals nacharbeiten, damit es euch am Ende auch gefällt und ...«

»Ich finde deine Mauer wesentlich schöner«, unterbrach Marisa sie. »Sie ist irgendwie ... kunstvoll. Formvollendet. Und edel.« Die junge Frau kniete sich vor die Trockensteinmauer. »In meiner Freizeit male ich sehr viel. Ich habe ein Auge für Ästhetik. Glaub mir, da liegen Welten zwischen dem ersten und dem zweiten Mauerabschnitt. Der Anfang kann sich auch sehen lassen und ist für das Anforderungsprofil vollkommen ausreichend. Aber das, was du gemacht hast« – sie blickte auf und grinste –, »lässt Herz und Auge jubeln.«

Sie richtete sich wieder auf und legte Aurora eine Hand auf die Schulter. »Hast du Lust auf einen *caffè*? Ich könnte dir meine Bilder zeigen.« Marisas Hand und ihre Worte fühlten sich nach der deprimierenden Begegnung mit den Pandolfis am Morgen warm und tröstlich an. Aurora wollte gerade zusagen, als ein Knattern die Ankunft der Piaggio ankündigte. Mit einem Blick auf das sich nähernde Gefährt sagte sie: »Ich bedauere. Michele möchte bestimmt, dass wir zügig weiterarbeiten, da wir gerade erst angekommen sind. Trotzdem herzlichen Dank für die Einladung ... ich nehme sie sehr gern ein anderes Mal an.«

»Wunderbar! Dann lasse ich euch Steinvirtuosen mal weitermachen.« Marisa Marino hob zum Gruß die Hand, ein keckes Grübchenlächeln auf dem Gesicht, und lief zurück ins Haus.

Aurora mochte sie. Sehr sogar.

»Wie läuft's?« Michele begutachtete die Mauer. Aurora hielt den Atem an. Würde er etwas sagen? Stolz schlich in ihr Herz. Sie hatte sich mit der Bruchsteinmauer enorm viel Mühe gemacht – nicht zuletzt, um ihn von ihrem Talent und ihren Fähigkeiten zu überzeugen.

Doch sein Gesichtsausdruck blieb vollkommen emotionslos. »Wenn es für dich in Ordnung ist, übernehme ich jetzt wieder die Trockensteinmauer und würde dich bitten, die verwitterten Steine der alten Grenzmauer abzutragen. Wir sollten jetzt darauf achten, dass wir zügig vorankommen. Du kannst gerne zu einem späteren Zeitpunkt noch mal weiterüben.« Er griff nach dem Werkzeug und machte sich daran, die nächsten Felsbrocken zurecht zu klopfen. »Siehst du, hier bedarf es einer kleinen Korrektur.« Er veränderte den von ihr erstellten Abschnitt, indem er Teile davon zurückbaute und durch andere Bausteine ersetzte. »Kleine Anpassung, große Wirkung. Keine Sorge, das wirst du bald auch lernen. Das kommt mit der Erfahrung.«

Aurora errötete unter seinen Worten – und schämte sich sofort für diese Empfindung. Eitelkeit war hier nun wirklich fehl am Platz. Ihre Arbeit genügte offenbar nicht den Ansprüchen, auch wenn Marisa das behauptet hatte.

In Zukunft musste sie sich eben noch mehr anstrengen.

Kapitel 8

Aurora saß auf der Tischplatte des kleinen Werkhofbüros ihres Vaters und trommelte unruhig mit den Fingern auf das Holz. Michele lehnte mit dem Rücken an einer Wand mit Ordnern. Der Raum, in dem neben dem abgewetzten Schreibtisch auch noch ein mit zerfetztem Leder bezogener Bürostuhl und ein aus groben Brettern gezimmertes Regal standen, war kaum groß genug, um zwei Personen Platz zu bieten.

»Es ist mehr als eine Woche vergangen, seit wir bei den Pandolfis waren ... sollten wir da nicht mal nachfragen, wofür sie sich nun entschieden haben, und Interesse bekunden? Hat Signor Pandolfi nicht gesagt, dass sie bloß vierzehn Tage Urlaub haben? Dann kehren sie bald nach Hause zurück – ohne den Auftrag vergeben zu haben. Kalkulieren müssten wir ihn ja auch noch.« Sie drückte sich die Hand auf die Stirn. Die vielen offenen Fragen bescherten ihr Kopfschmerzen.

»Wir können auf dem Weg zu den Marinos kurz bei ihnen vorbeifahren und nachhaken, wenn du willst.« Michele stieß sich von der Wand ab und trat zu ihr. Mit einem beruhigenden Lächeln schloss er sie in seine Arme und drückte ihr einen Kuss auf die Lippen. Aurora schloss die Augen und atmete tief durch.

»Wir sollten losfahren ...«, sagte sie nach einer Weile heiser und wenig überzeugend.

»Du hast recht. Wir sind ohnehin schon zu spät.« Michele löste sich widerwillig von ihr und verschwand in der Tür zur Werkstatt.

Nach einer Viertelstunde knatterten sie in gewohnter Formation durch Castiglione. Wie vereinbart, nahmen sie einen Umweg zu den Ausläufern des Dorfes, um kurz bei dem Arzt und seiner Gattin vorstellig zu werden.

Aurora sah bereits von Weitem, dass etwas nicht stimmte. Vor dem Haus parkte eine Piaggio Ape, wie sie viele Handwerker zum Materialtransport benutzten. Nur dass es nicht ihre war.

Michele drosselte die Geschwindigkeit, hielt jedoch nicht an. Im Schritttempo tuckerten sie die Steinmauer entlang, die den Garten der Pandolfis vor Passanten abschirmte. In diesem Moment wurde das hölzerne Tor in der Mauer aufgestoßen, und ein Mann, der unverkennbar die Arbeitskleidung eines Maurers trug, schlenderte heraus und machte sich auf der Brücke des Transporters zu schaffen. Auf diese Weise gewährte der Zufall Aurora für drei Sekunden einen Blick hinter die Kulissen und auf die Grünfläche neben dem Herrenhaus. Die Bilder zogen wie in Zeitlupe an ihren Augen vorbei: Ein Ofen stand bereits, wenn auch noch unvollständig. Beim anderen hatte man gerade das Holzgerüst für den Bau einer Kuppel angebracht.

Vor ihnen thronte einzigartig und unverwechselbar eine fast fertiggestellte Miniaturversion des Taj Mahal. Anders als bei seinem echten Vorbild brach sich hier das Licht jedoch an einigen Stellen in Hunderten von Scherbensplittern und erzeugte so ein mystisches Funkeln – die Anfänge eines Mosaiks aus Glas.

Ihre Idee. Ausgeführt von fremder Hand.

Das Blut gefror Aurora in den Adern, ihr Herzschlag setzte kurz aus und stolperte dann unregelmäßig und viel zu hastig weiter.

Kurz bevor sie das Haus der Pandolfis endgültig passiert hatten, wurde die Tür zum Haupthaus aufgerissen, und ein hellblonder Lockenkopf erschien auf der Bildfläche. Signora Pandolfi blieb erschrocken stehen, als sie erkannte, wer soeben in Schrittgeschwindigkeit an ihr vorbeifuhr. Sie knöpfte sich den blutroten Mantel zu und folgte ihnen mit den Blicken, wobei sie Aurora mit einem herablassenden Augenaufschlag bedachte. Ein sardonisches Lächeln verzerrte ihren Mund und entstellte ihr Gesicht. Dann hob sie den Kopf, reckte das Kinn und wandte sich ab.

Trotz der reinen Morgenluft und des Dufts nach frischem Grün hatte Aurora das Gefühl, als drücke ihr jemand mit eiserner Hand die Kehle zu.

Michele lenkte den Transporter zurück auf die Hauptstraße Richtung Argegno. Hinter der nächsten Kurve fuhr er an den Straßenrand. Der Motor erstarb. Bis auf das sorglose Zirpen der Heupferdchen und das Zwitschern der Vögel herrschte absolute Stille. Erst nach einer Minute drehte er sich zu ihr um.

Aurora zitterte am ganzen Leib, und Tränen strömten über ihre Wangen.

»Ist es, weil ich eine Frau bin?« Ihre Stimme bebte. Beschämt senkte sie den Blick. »Wofür bestrafen sie mich? Sie klauen meine Idee und lassen sie durch fremde Hände Wirklichkeit werden!«

Michele kletterte neben sie auf die Ladebrücke, schloss sie wortlos in seine Arme und strich ihr die nassen Haare aus dem Gesicht.

»Du hättest auf mich hören und mich reden lassen sollen. Glaub mir, mir gefällt das auch nicht, aber so ist die Realität nun mal. Wir müssen uns nach ihr richten, ob wir wollen oder nicht.« Er spielte mit ihren Fingern. »Ich möchte dich nicht kritisieren, aber ... dir fehlt die Praxiserfahrung. Die Baubranche ist voller Tücken, da braucht man ein dickes Fell. Du bist eine gute Handwerkerin, aber ... dir fehlt das Pragmatisch-Maskuline.«

Aurora hob ruckartig den Kopf und starrte ihn an. »Natürlich fehlt mir das, weil ich eine Frau bin und nie ein Mann sein wollte! Ich habe eine andere Sichtweise, was ist daran falsch? Kann es nicht auch eine Bereicherung sein? Warum sonst zum Henker steht jetzt im Pandolfi-Garten ein verfluchter indischer Tempel als Feuerstelle?« Sie schlug sich mit der Faust auf die Oberschenkel.

Michele seufzte und sah sie eindringlich an. »Ja, aber wir durften sie nicht bauen. Und weißt du warum? Weil Signor Pandolfi dich mit seinen Augen ausgezogen und verschlungen hat wie eine Praline. Vermutlich ist es dir nicht aufgefallen, mir und Signora Pandolfi hingegen sehr wohl. Sie wird schon dafür gesorgt haben, dass du ihrem Gatten nicht mehr zu nahe kommst.«

Natürlich erinnerte sich Aurora an die wohlwollende Musterung durch den korpulenten Arzt. Sie hatte dem Ganzen jedoch keine allzu große Bedeutung beigemessen. Junge Frauen wurden in Italien oft mit solchen Blicken gemustert, daran war sie mittlerweile gewöhnt. Trotzdem wäre sie in der Lage gewesen, ihre kreativen Vorschläge fachgerecht umzusetzen. Hätte man sie denn gelassen.

»Marisa Marino hat vollkommen anders reagiert. Weder mit Eifersucht noch mit Befremden. Warum können das nicht alle?« Sie schniefte und kramte nach einem Taschentuch in ihrer Hose.

Was auch immer sie tat, es war falsch. In den Augen der einen war sie eine maskuline Amazone, andere beschimpften sie als weibisch, und die Nächsten sahen in ihr eine Sirene, die die Männer anmachte. Dabei war sie nichts von alledem. Sie war Aurora Mandelli, eine Frau mit einer Mission. War das denn so schwer zu verstehen?

Nach einer Viertelstunde beschlossen sie, endlich nach Argegno zu fahren, um an der Mauer der Marinos weiterzuarbeiten. Dort angekommen, bat Michele Aurora erneut darum, die alten Steine abzutragen, während er sich um den Bau der Trockensteinmauer kümmerte. Wortlos machte Aurora sich an die Arbeit. Doch der Kloß in ihrem Hals wollte den ganzen Tag über nicht mehr weggehen, und während sie Steine schleppte, saßen die Tränen sprungbereit in ihren Augenwinkeln. Sie hatte sich ihre neue Aufgabe einfacher vorgestellt. Die anfängliche Euphorie, die rebellische Verwegenheit, all das war verflogen. Zurückgeblieben war das schale Gefühl der Ernüchterung.

Nach dem Mittagessen, das sie weitestgehend ablehnte, fuhr Michele neue Steine holen.

»Ich bin mit den Abbrucharbeiten bald fertig, soll ich mit der Mauer weitermachen?«, fragte Aurora, bevor er losfuhr, und musterte ihn hoffnungsvoll.

Er kratzte sich am Kopf, begutachtete das Mauerwerk und ... wich ihrem Blick aus. »Hm ... also, du könntest mir behilflich sein, wenn du schon mal alle Steinbrocken versuchst zurechtzuklopfen. So wie die, die ich bereits eingebaut habe. Das ist eine wichtige Tätigkeit, wenn du Fortschritte machen willst.«

Aurora nickte und senkte den Blick. Hoffentlich sah er ihr die Enttäuschung nicht an.

Sie drehte sich um und machte sich an die Arbeit. Doch kaum war Michele mit der Piaggio verschwunden, erschien Marisa mit verschränkten Armen und ernstem Gesicht neben ihr.

»Ciao.« Ihr Blick wanderte zu der Mauer, und sie kräuselte die Stirn. »Was ist mit der Bruchsteinmauer passiert, die du gemacht hast?« Ungläubig starrte sie auf die Steinformation vor ihnen.

»Michele hat meinen Teil korrigiert. Ich fürchte, ich war nicht gut genug. Aber mit ein wenig Übung werde ich sicher besser, sodass sich das Resultat dann auch sehen lassen kann.« Aurora lächelte, doch offenbar gelang es ihr nicht, die Zweifel, die sie innerlich quälten, aus ihrer Miene zu verbannen. Marisa riss nämlich erstaunt die Augen auf und starrte die Trockensteinmauer an. »Was? Er hat dein Werk durch seine Methode ersetzt? Die Anordnung der Steine ist schnarchlangweilig, und die Mauer wirkt künstlich. Deine Version sah aus wie ...« Sie fuchtelte mit den Händen durch die Luft. »... wie geordnetes Chaos. Weißt du, was ich meine?«

Aurora schüttelte ehrlicherweise den Kopf, als die dunklen Augen sie auffordernd ansahen.

»Nun ... deine Anordnung erweckt den Eindruck, als wären die Steine ganz natürlich so gefallen und hätten sich erstaunlicherweise in der Formation einer Mauer wiedergefunden. Geordnetes Chaos. Zufällige Perfektion. Du weißt, ich habe ein Auge für so was. Wieso hat er das weggemacht?« Die Fassungslosigkeit in Marisas Gesichtsausdruck nahm mit jedem Satz zu. Ihre Stimme wurde zudem immer erregter.

Aurora zuckte mit den Schultern. »Ich weiß es nicht. Ich vermute, dass Ästhetik allein nicht reicht. Wahrscheinlich entsprach meine Version nicht den Stabilitätsanforderungen an ein solches Bauwerk.« Unsicherheit nagte an ihr, und ein Blick in Marisas Gesicht offenbarte ihr, was die junge Frau davon hielt.

»Ach, Pustekuchen! Warum lässt er dich dann Steine klopfen und nicht mauern? Ich behaupte: Entweder will er nicht, dass du Fortschritte machst, oder aber ... er hatte einen anderen, ebenso unerfreulichen Grund, dein Werk zu verpfuschen.« Mit diesen Worten drehte sie sich um und ging ins Haus. Auf halbem Weg durch den Garten rief sie über die Schulter zurück: »Das Angebot mit dem *caffè* steht übrigens immer noch. Gerne auch außerhalb deiner Arbeitszeit.«

Marisas Aussage hallte noch lange in Aurora nach. Es fiel ihr schwer, sich weiter auf ihre Tätigkeit zu konzentrieren. Warum sollte Michele ihr Werk zerstören oder sie in ihrer Entwicklung behindern wollen? Das entsprach doch überhaupt nicht seiner Art. Er unterstützte sie seit dem Tod ihres Bruders selbstlos und tatkräftig. Ohne ihn hätte sie die Firma ihres Vaters unmöglich weiterführen können. Und das war nicht alles. Denn obwohl Aurora zahlreichen Anfeindungen und Verleumdungen ausgesetzt war, bemühte sich Michele stets darum, sie zu beschützen und auf ihrem Weg zu begleiten. Seine realistische Einschätzung der Gesamtlage, auch wenn sie bisweilen unangenehme Wahrheiten enthielt, wusste sie sehr zu schätzen.

Ohne seine Hilfestellung wäre sie verloren.

Kapitel 9

Der Verrat und der Auftragsverlust bei den Pandolfis machten Aurora auch in den folgenden Tagen zu schaffen. Doch gleichzeitig entfachten die körperliche, kreative Tätigkeit und Micheles Nähe in ihr jeden Tag neue Aufregung und Euphorie. Der Freitagabend kam daher wie eine Erlösung über sie. Das Wochenende würde ihr eine Auszeit von der emotionalen Achterbahnfahrt gewähren. Sie wollte sich an den arbeitsfreien Tagen ihren Gedanken widmen, das Chaos darin lichten.

Doch als sie sich von Michele, der gerade das Werkzeug in die Regale räumte, verabschieden wollte, fasste er sie am Arm und hielt sie zurück. »Warte.« Kommentarlos zog er sie an sich. Seine Lippen tasteten über ihren Mund. Wärme breitete sich in ihrem Inneren aus. Bewegt und aufgewühlt erwiderte sie den Kuss. Und erschrak zeitgleich über ihre eigene Leidenschaft.

»Was machst du am Sonntag?« Micheles Stimme klang heiser. »Ich liebe es, dich zu küssen, Auri, aber muss es immer im Verborgenen sein, als wären wir Verbrecher? Ich weiß, es gehört sich nicht, aber ... Das geht nun schon einige Wochen so. Ich ...« Er machte eine kurze Pause, als kostete es ihn Überwindung, weiterzusprechen. »Ich würde dich gerne offiziell einladen. Mit dir ausgehen, egal wie. Gewährst du mir diese Ehre?« Sanft strich er ihr mit dem Zeigefinger über die Nase.

Auroras Puls beschleunigte sich. »Ich gehe nicht mehr zur Messe, seit die Menschen sich andauernd den Mund über mich zerreißen. Wir ... könnten also einen Spaziergang unternehmen, irgendwo etwas trinken oder essen, reden ...?«

»Wunderbar.« Michele besiegelte die Abmachung mit einem Kuss. Seine Hände strichen über ihren Rücken. Sanft und flüchtig. Wie eine Verheißung.

Aurora machte die ganze Nacht hindurch kein Auge zu. Als es endlich zu dämmern begann, sprang sie aus dem Bett und schlich ins Bad. Eine Stunde später stand sie, die schwarzen Locken hochgesteckt und dezent geschminkt, vor ihrem Kleiderschrank. Immer wieder streifte ihr Blick zu dem bordeauxroten Kleid, das sie sich letztes Jahr nach neuester Mode genäht hatte. Sollte sie es anziehen, oder war es zu ... offensichtlich? Verärgert schüttelte sie den Kopf. Mein Gott, das war ein Stück Stoff, nichts weiter, oder? Marisa trug schließlich auch Rot. Mit klopfendem Herzen schlüpfte sie in das Kleid.

Kaum hatte sie die letzte Treppenstufe hinter sich gebracht, erschien ihre Mutter in der Tür zur Küche, die vom Flur im Erdgeschoss abzweigte. »Willst du etwa so zur Messe mitkommen?« Das Entsetzen in ihrer Stimme war deutlich zu hören.

Aurora straffte die Schultern und räusperte sich. »Wie ich bereits sagte, werde ich nicht mehr an der Messe teilnehmen, solange die Menschen mich beäugen wie eine Aussätzige. Ich werde zwar noch mit euch frühstücken, danach habe ich allerdings andere Pläne.« Und ohne die Antwort ihrer Mutter abzuwarten, bog sie ins Esszimmer ab und setzte sich an den gedeckten Frühstückstisch zu ihrem Vater. Der maß sie mit einem kurzen Blick, hielt aber ansonsten an seiner Lethargie fest. Doch an diesem Morgen schätzte Aurora sein Schweigen.

Nonna Camilla riss bei ihrem Anblick die Augen auf. »Habe ich das gemacht? Du siehst aus wie eine Rosenblüte, mein Kind!« Ein Lächeln, das ihr aufgrund ihres hängenden Mundwinkels nur halb gelang, erhellte ihre Züge.

»Nein, das habe ich selbst genäht, Nonna. Aber von dir habe ich gelernt, wie es geht.«

Mamma betrat mit der Espressokanne in der Hand den Raum und setzte sich umständlich. Durch ihre düstere Miene wurde das Gespräch augenblicklich im Keim erstickt. Nonna Camilla mochte nicht immer alles mitbekommen, was um sie herum passierte, für Stimmungswechsel besaß sie allerdings nach wie vor eine feine Antenne. Sie senkte den Blick und starrte auf ihren leeren Teller.

»Dürften wir erfahren, was du vorhast und warum das so wichtig ist, dass du der Messe erneut fernbleibst? Ich verstehe deine Haltung, aber irgendwann muss dir doch klar werden, dass du die Kirche nicht für den Rest deines Lebens meiden kannst. Ich hatte tatsächlich gehofft, du würdest uns wieder einmal begleiten. Vater bestimmt auch.« Mamma schaute Papa um Zustimmung heischend an, ohne jedoch eine Antwort zu erhalten.

»Michele hat mich eingeladen«, erklärte Aurora trotzig und reckte das Kinn vor. Ihre Mutter ließ den Arm, der gerade nach der Bialetti greifen wollte, erschlafft fallen und starrte ihre Tochter verständnislos an.

»Und bevor du jetzt wieder damit anfängst«, fuhr Aurora fort, »nein, er hat keine Verlobte mehr. Ich habe ihn danach gefragt. Man will sich als Frau ja nicht freiwillig wie eine Mätresse verhalten.« Sie griff nach einer Brioche und nahm einen kräftigen Biss.

»Also hatten die Leute doch recht ...«, schnaubte ihre Mutter vorwurfsvoll.

»Womit?«, fragte Aurora aufgebracht. »Weder bin ich mannstoll noch habe ich mir sonst irgendein Verbrechen zuschulden kommen lassen. Michele hat mich höflich darum gebeten, mit mir einen *caffè* trinken und einen Sonntagsspaziergang unternehmen zu dürfen. Da er ein freier Mann ist, verstehe ich nicht, was daran verwerflich sein soll.« Selbstverständlich war das nicht die gesamte Wahrheit, doch niemand hatte sie und Michele bisher bei ihren heimlichen Küssen gesehen. Ihre Eltern durften also annehmen, dass er ihr dezent den Hof machte. Punkt.

»Das Kleid«, antwortete ihre Mutter.

»Was?« Aurora konnte ihr nicht folgen.

»Du fragst, was daran verwerflich sein soll, und meine Antwort lautet: das Kleid.« Ihr Blick bohrte sich erneut förmlich in Aurora hinein. Pulsierende Hitze kroch dieser den Hals hinauf und wärmte ihre Wangen. Doch bevor sie sich gegen die Unterstellung ihrer Mutter wehren konnte, schrillte die Türklingel. Aurora stand ruckartig auf und hätte dabei beinahe ihren Stuhl umgeworfen.

»Das ist er. Ich gehe dann jetzt.« Erhobenen Hauptes, um die Rechtschaffenheit ihres Vorhabens durch ihre Körperhaltung zu unterstreichen, marschierte sie hinaus in den Flur und öffnete die Tür.

Ein charmantes Lächeln aus dunkelbraunen Augen begrüßte sie. Geistesgegenwärtig hielt sie sich am Türrahmen fest und bemühte sich, dabei möglichst entspannt und lässig zu erscheinen. In Wahrheit jedoch fürchtete sie, ihre Knie könnten ihr den Dienst versagen. Doch all die Mühe war vermutlich ohnehin vergebens, denn ihre Wangen glühten und verrieten damit ihre innere Erregung. Warum war sie bloß so fahrig? Schließlich begegnete sie Michele nicht zum ersten Mal. Selbst ihre Lippen hatten bereits öfters miteinander Bekanntschaft gemacht, wenn auch nur heimlich. Was genau löste also diese Nervosität aus? Aurora fand darauf keine Antwort.

Michele beugte sich nach vorne und hauchte ihr züchtig einen Kuss auf die Wange. »Du siehst umwerfend aus.« Der Blick, mit dem er über ihre Erscheinung glitt, war für Aurora beinahe körperlich spürbar. Sie antwortete ihm mit einem verhaltenen Grinsen. »Du siehst aber auch nicht schlecht aus.« Schwungvoll zog sie die Haustür hinter sich zu und hakte sich bei ihm unter, wobei sie den Blick ihrer Mutter in ihrem Rücken spürte.

»Was hältst du davon, wenn wir zu Fuß nach Casasco laufen und dort in einem gemütlichen Gasthaus ein Mittagessen zu uns nehmen?« Er lächelte sie an und schien den Blick gar nicht von ihr abwenden zu können. Das rote Kleid war offenbar eine gute Wahl gewesen.

Aurora fühlte sich durch die stille, aber offenkundige Bewunderung geehrt. Sie war sich bewusst, dass ihre Erscheinung nicht dem vorherrschenden Schönheitsideal entsprach. Ihr fehlten das seidige Haar und die zierliche Statur einer klassischen Laufstegschönheit. Dazu waren ihre Schenkel zu kräftig, ihre Arme zu muskulös und ihr Hintern zu robust. An Micheles Berührungen und den heimlichen Küssen, die sie gelegentlich austauschten, erkannte sie jedoch, dass er sie attraktiv fand, mitsamt ihren rebellischen

Locken, ihrer Stummelnase und den vollen Lippen. Mehr als einmal hatte sie bereits gemerkt, wie sehr er seine Leidenschaft zügeln musste, um nicht die Kontrolle über seine Handlungen zu verlieren. Doch seltsamerweise hegte sie genau diesen Wunsch.

Sie wollte den hemmungslosen Michele kennenlernen. Die Zeit war reif dafür.

Die Straße nach Casasco führte sie tiefer hinein ins Val d'Intelvi. Schlangengleich wand sich der Weg ins Hinterland die Hügel empor, vorbei an Siedlungen und kräftigen Laubbäumen, die wie Soldaten auf sie herabstarrten. Die Atmosphäre war vom Duft sich entfaltender Blütenkelche, Moos und feuchtem Unterholz erfüllt. Nach dem unsteten, nasskalten April schenkte ihnen die Maisonne endlich etwas Wärme. Aurora schloss kurz die Augen und genoss das Gefühl der zarten Sonnenberührung auf ihrem Gesicht.

Nach einer Stunde erreichten sie Casasco. Michele führte Aurora zur Osteria Vista, die an diesem milden Sonntag auch Plätze auf der Terrasse anbot. Ein grünes Meer, bestehend aus Tälern, Wäldern und Abhängen breitete sich in sanften Wellen vor ihnen aus. Sie bestellten ein leichtes Mittagessen und ein Glas Rotwein. Aurora entschied sich für ein *carpaccio di bresaola,* luftgetrockneten Rinderschinken mit Parmesan und Rucola, Michele bevorzugte ein *vitello tonnato,* kalten Kalbsbraten an einer Thunfischsoße mit Kapern.

»Schön, dass du mich heute begleitest. Es ist nicht selbstverständlich, dass man die Tochter seines Vorgesetzten ausführen darf.« Er hob das Glas und zwinkerte ihr zu.

»Danke für die Einladung.« Aurora lächelte. »Ich sehe uns eher als Schicksalsgenossen.« Vorsichtig nippte sie an ihrem

Wein. Der Geschmack von roten Beeren, vermischt mit dem Aroma der Holzfasslagerung umschmeichelte ihre Zunge.

Michele kostete ebenfalls und nickte anerkennend. Doch dann veränderte sich sein Gesichtsausdruck. Er stützte den Kopf auf die Hände und ließ den Blick über Auroras Gesichtszüge streifen. Es fühlte sich an wie eine liebevolle Berührung. Sie erschauerte innerlich.

»Du faszinierst mich«, sagte er schließlich mit rauer Stimme.

»Wieso? Ich meine, was ist denn so beeindruckend an meiner Person?« Jede Faser ihres Körpers spannte sich vor Neugierde und Vorfreude.

Er zuckte die Schultern und lehnte sich in seinem Stuhl zurück. »Keine Ahnung, das kann ich nicht genau sagen. Du bist einfach nicht so wie andere Frauen.«

Bevor Aurora das Gefühl der Enttäuschung über seine nebulöse Antwort näher erkunden konnte, wurde das Essen serviert. Sie hätte gerne gewusst, was sie von ihren Geschlechtsgenossinnen unterschied. Woher nahm er überhaupt die Erfahrung, diesen Vergleich herstellen zu können? Wie viele Frauen hatten denn bereits seinen Weg gekreuzt?

Michele nahm sein Besteck auf und begann zu essen. »Ich habe selten ein so schmackhaftes *vitello tonnato* gegessen«, sagte er. »Noch dazu in der bezaubernden Gesellschaft einer so schönen Frau.« Er bedachte sie mit einem verwegenen Lächeln, und sogleich kroch wieder die Hitze ihren Hals hinauf und pulsierte in ihren Wangen. »Möchtest du auch noch etwas Wein? Ich bestelle uns noch mal einen halben Liter.«

Erstaunt sah Aurora auf die leere Karaffe. Sie konnte sich nicht besinnen, so viel getrunken zu haben. Michele hob bereits den Arm und bat beim Personal um Nachschub.

»Für den Kundentermin nächste Woche in Montronio müssen wir uns noch eine Strategie überlegen«, sagte er kauend. »Die Abfuhr der Pandolfis war sehr verletzend. Ich möchte nicht, dass du so etwas noch mal erleben musst.« Er nahm einen kräftigen Schluck Wein und trommelte mit den Fingern auf den Tisch. Seine Augen waren von Mitgefühl durchdrungen. Unerwartet griff er nach ihrer Hand und nahm sie in seine. »Vielleicht ist es sinnvoller, wenn ich da alleine hinfahre. Ich kenne mich mit solchen kleineren Anbauten für Fahrzeuge, wie sie ihn sich vorstellen, gut aus. Sobald die Kunden uns den Auftrag erteilt haben, führen wir die Arbeit gemeinsam aus. Wenn sie dir dann vor Ort begegnen, können sie von ihrer Bestellung nicht mehr zurücktreten, bloß weil es ihnen missfällt, dass mir eine Frau bei den Tätigkeiten behilflich ist. Außerdem können wir so vermeiden, dass sie dich mit dem Firmennamen in Verbindung bringen und seltsame Fragen stellen.« Er hob abwehrend die Hände, als ahnte er bereits ihre Gedanken. »Glaub mir, mir widerstrebt das genauso wie dir. Ich möchte dir und deiner Familie helfen, aber im Moment fällt mir leider keine bessere Lösung ein, als dich vor den Leuten zu beschützen, indem ich dir Anonymität verschaffe.« Betroffen biss er sich auf die Lippen und schob die Augenbrauen zusammen.

Aurora schluckte. Dann nickte sie. »Und was machst du bei den Kunden in Cerano und Castiglione, die mich kennen? Seit mich Signora Colombo gesehen hat, wissen die meisten doch ohnehin, dass ich nun an der Stelle meines Bruders in unserem Betrieb mithelfe. So etwas spricht sich schnell herum. In Argegno und Montronio mag man es nicht wissen, da gebe ich dir recht. Aber hier?« Eine Welle der Verbitterung erfasste ihr Herz. Sie hatte sich das alles einfacher vorgestellt. Als sie sich in dieses Abenteuer gestürzt hatte, war sie davon ausgegangen, dass allein das Ergebnis ihrer Arbeit genügen würde, um die Menschen von ihren Fähigkeiten zu überzeugen. Was spielte ihr Geschlecht da für eine Rolle?

»Wir sollten den Leuten einfach etwas Zeit geben«, sagte Michele, als hätte er ihre Gedanken gehört. »Gottlob lebt die Firma ja nicht ausschließlich von den Aufträgen in Cerano und Castiglione. Deshalb denke ich, dass wir bei Neukunden, die unsere Konstellation noch nicht kennen, keine Eklats provozieren sollten. Daher mein Vorschlag, das Kundengespräch alleine zu übernehmen. Bei der Kalkulation benötige ich dann selbstverständlich deine Hilfe.«

Aurora griff nach ihrem Weinglas und nahm einen großen Schluck. Der Alkohol löschte das schmerzhafte Brennen in ihrem Inneren für einen Moment.

»Ich schätze, wir müssen es versuchen, nicht wahr?« Sie lächelte gequält. Tief in ihrem Inneren sehnte sie sich jedoch nach Gleichberechtigung und Akzeptanz. Warum musste sie sich hinter Michele verstecken, während er die Aufträge einholte? Genau wie er wollte auch sie Kunden beraten und ihre Wünsche anschließend als *muratrice* umsetzen. Auch sie wollte in dieser schwierigen Zeit Einsatz zeigen, sich die Hände schmutzig machen und bauen.

Es war ihr jedoch klar, dass sich Michele aufrichtig darum bemühte, ihr und ihren Eltern zu helfen. Zeigte sie sich nun aufgrund ihres verletzten Stolzes beratungsresistent und stur, würde sie seine Unterstützung bald auch noch verlieren. Es blieb ihr also vorerst keine andere Wahl, als zu kapitulieren – auch wenn sie nicht beabsichtigte, bis ans Ende ihrer Tage ein Schattendasein zu führen.

Aurora seufzte. »Du hast recht, Michele. Ich bin die Sache zu naiv und zu impulsiv angegangen. Geben wir den Leuten Zeit, sich an mich zu gewöhnen.«

Den Heimweg traten sie schweigend an. Auroras Zunge war schwer vom Wein, ihr Kopf erschöpft von dem trübseligen Gespräch. Die Sonne hatte ihren Zenit mittlerweile überschritten, die Schatten der Bäume und Häuser, welche die Straße säumten, veränderten sich allmählich, während der Nachmittag voranschritt.

Michele fasste ihre Hand und verflocht seine Finger mit ihren. »Sei unbesorgt, wir schaffen das. Ich bin immer für dich da.« Ein sanftes Lächeln erhellte seine Gesichtszüge, während er ihr tief in die Augen sah.

Sie glaubte ihm.

»Sieh mal da!« Michele zog sie näher zu sich heran und wies mit dem Finger auf ein fuchsrotes Eichhörnchen, das flink einen Baumstamm hinaufkletterte. Aurora spürte seinen warmen Atem in ihrem Nacken, und ein wohliger Schauer kroch ihre Wirbelsäule entlang. Als sie sich zu ihm umwandte, musterte Michele sie mit funkelnden Augen. Schließlich griff er erneut nach ihrer Hand, sah wieder auf die Straße und lief weiter.

In Selve, bei der Weggabelung, hielten sie an. Links ging es nach Castiglione, rechts nach Cerano.

Aurora musterte Michele von der Seite und blieb unschlüssig stehen. Er sah sie an. Fragend glitt sein Blick über ihr Gesicht und ihre Gestalt.

»Möchtest du noch auf einen *caffè* zu mir nach Castiglione kommen? Die Sonntagnachmittage sind immer schrecklich öde ... so alleine.« Mit einem feinen Lächeln auf den

Lippen neigte er den Kopf zur Seite und wartete auf ihre Antwort.

Sie zögerte einen Moment, dann nickte sie. »Das sind sie ... bei mir zu Hause sowieso. Vater schweigt, Mutter weint für gewöhnlich, und Nonna Camilla ... sitzt einfach da, faselt von Schnittmustern aus ihrer Jugend und starrt aus dem Fenster.« Stumm griff sie nach dem Amulett an ihrem Hals.

Michele strich ihr eine widerspenstige Locke aus dem Gesicht. Die Berührung löste in ihr erneut ein warmes Kribbeln aus. »Das tut mir leid, Aurora.« Seine Stimme klang rau und dunkel. »Lass uns diese Dinge für einen kurzen Augenblick vergessen. Wir haben eine Pause verdient.« Er nahm ihre Hand abermals in seine und wartete geduldig darauf, dass sie ihm ein Zeichen gab.

Aurora zog ihn wortlos mit sich und bog nach Castiglione ab.

Je näher sie seiner Wohnung kamen, desto schneller schlug Auroras Herz. Der Weg von der Ortstafel des Dörfchens bis zu seinem Haus kam ihr vor wie ein Spießrutenlauf. Immer wieder fürchtete sie, neugierigen Passanten zu begegnen. Michele, der ihre Verunsicherung zu spüren schien, führte sie jedoch zielsicher durch das Labyrinth von dunklen, schmalen Nebengassen. Feuchtigkeit kroch aus den schattigen Ecken der Mauern. Hin und wieder stob eine Katze entsetzt davon, oder das laute Debattieren eines Radiomoderators drang zu ihnen nach draußen. Abgesehen von einigen Kindern, die auf der Straße spielten, kreuzte jedoch niemand ihren Weg.

Endlich erreichten sie die Haustür des Mehrfamilienhauses, in dem auch Micheles Wohnung lag. Sie führte in einen düsteren Flur mit Steintreppe. Der für diese Gebäude typische Geruch nach Moder hing in der Luft. Als die Tür hinter ihnen ins Schloss fiel, seufzte Aurora unwillkürlich. Michele drehte sich mit einem belustigten Glitzern in den Augen zu ihr um.

»Niemand hat uns gesehen, Aurora. Und wenn, dann lass sie reden, was kümmert uns ihr Geschwätz.«

Natürlich gab sie ihm recht. Und doch blieb ein nagendes Gefühl des Unbehagens in ihr zurück, wenn sie daran dachte, dass man sie möglicherweise heimlich beobachtet hatte. War es wirklich die richtige Entscheidung gewesen, Hand in Hand mit Michele durch den Ort zu laufen und mit ihm in seinem Haus zu verschwinden?

Doch nun war es zu spät, sich darüber Gedanken zu machen.

Michele sperrte die Tür zu seiner Wohnung im ersten Stockwerk auf und bedeutete ihr mit einer galanten Armbewegung einzutreten, bevor er die Tür hinter ihnen wieder schloss.

In der kleinen Wohnung herrschte absolute Stille. Aurora hörte ihren eigenen, unregelmäßigen Atem.

Neugierig sah sie sich um. Die Wohnungstür hatte sie direkt ins Wohnzimmer geführt. Rechts von ihr ging eine Tür in die Küche ab, links ging es ins Schlafzimmer und ins Bad. Direkt vor ihr standen abgewetzte Holzmöbel, ein braunes Stoffsofa und eine Stehlampe mit Stoffschirm. Staub tanzte in der Nachmittagssonne, die durch die Fenster schien, und abgestandener Zigarettenrauch hing in der Luft. Auf dem Couchtisch sah Aurora eine Bierdose, daneben eine Schale mit Salznüssen und einen Stapel mit Heften, auf deren Frontcovern Männer ihre Muskeln präsentierten. Zusammengeknüllte Kleidung lag auf dem Sessel neben dem Sofa, und vor dem Fenster stand ein Tontopf mit dem Geripppe irgendeiner Pflanze, die vermutlich nie einen Tropfen Wasser gesehen hatte. Ein flüchtiger Blick in die Küche ließ Aurora erahnen, dass der Espresso noch eine Weile auf sich warten lassen würde. In der Spüle stapelte sich schmutziges Geschirr, darunter vorwiegend Tassen.

Michele legte die Arme von hinten um ihre Mitte und küsste ihren Nacken. Aurora schloss die Augen und berührte seine Hände vor ihrem Bauch.

»Darf ich dir einen *caffè* anbieten? Oder sonst etwas?«, fragte er, und seine raue, tiefe Stimme löste ein wohliges Kribbeln in ihrem Inneren aus. Sie wandte sich um und musterte ihn. »So lange kann ich nicht warten.« Vorsichtig strich sie ihm eine Haarsträhne aus der Stirn.

Er erwiderte ihr feines Schmunzeln mit einem breiten Grinsen. Mit beiden Händen umfasste er ihr Gesicht und küsste sie. Aurora beantwortete seinen Kuss voller Leidenschaft und zog ihn näher zu sich heran. Sie strich über die Knopfleiste seines Hemds und öffnete langsam den obersten Knopf. Als sie zögernd innehielt, wanderten seine Hände über ihren Rücken und öffneten den Verschluss ihres Kleides. Seine Lippen glitten an ihrem Hals entlang tiefer, dabei ließ er den Stoff von ihren Schultern gleiten. Aurora erschauerte. Seine Finger tanzten über ihre nackte Haut und hinterließen eine brennende Spur darauf. Der Blick seiner dunklen Augen strich wie eine Liebkosung über ihre Blöße, während er das Hemd und die Hose auszog. Dann griff er nach ihrer Hand und führte sie an seine Brust. Mit klopfendem Herzen strich sie über die weichen Locken und ließ ihre Finger langsam tiefer gleiten. Sie wollte Michele mit all ihren Sinnen spüren. Und zwar jetzt.

Aurora lag auf dem Rücken und sah hinauf an die Decke. Micheles Hand lag schwer auf ihrer Brust.

Sie hatte es sich anders vorgestellt.

Hatte sie in ihrer Unerfahrenheit etwas falsch gemacht, dass es sich so ... seltsam einseitig anfühlte?

Doch bevor sie sich in ihrem inneren Chaos verlieren konnte, schlug Michele die Augen auf und lächelte sie an.

»Das war gut, danke dir.«

Aurora strich ihm die feuchten Haare aus der Stirn. Seine Worte verdrängten die Zweifel in ihrer Brust, und Stolz blühte zart in ihrem Herzen auf. Sie war jetzt eine Frau, und seinem Kompliment nach zu urteilen, hatte sie alles richtig gemacht. In Gedanken schüttelte sie über ihre romantisch verklärte Vorstellung der Interaktion zwischen Mann und Frau belustigt den Kopf.

Sie sah zu Michele hinüber, doch der hatte seinen Kopf schon wieder an ihre Schulter gelegt und schnarchte leise. Selig wie ein Kind. Aurora lächelte zufrieden.

Sie hatte ihn glücklich gemacht.

Kapitel 10

Als Aurora an diesem Sonntag den Heimweg antrat, senkte sich die Sonne bereits dem Horizont entgegen. Der alltägliche Kampf zwischen Licht und Schatten setzte ein, auch wenn es noch eine Weile dauern würde, bis die Dämmerung anbrach. Fröstelnd zog sie das Jackett, das ihr Michele als Jacke überlassen hatte, enger um den Leib. Da sie nicht damit gerechnet hatte, erst gegen Abend heimzukehren, hatte sie nicht an eine Wolljacke gedacht. Verträumt schnupperte sie an dem Stoff, der nach Michele duftete.

Als sie Cerano hinter sich ließ und in den Feldweg einbog, kam ein leichter Wind auf und zerrte an ihrer Frisur. Beim Haus angekommen, drückte sie leise die Klinke hinunter, doch das verräterische Ding quietschte bei ihrem Eintreten wie ein brüllender Esel. Entsetzt kniff sie die Augen zusammen und sog die Luft ein. Als sie sie wieder öffnete, stand auch schon ihre Mutter mit vorwurfsvoll verschränkten Armen in der Küchentür. Der Duft würziger Speisen hing in der Luft, was Aurora daran erinnerte, dass es seit dem Mittagessen bereits eine Weile her war. Ihr Magen grummelte zustimmend.

Normalweise half Aurora ihrer Mutter bei der Zubereitung der Mahlzeiten, doch heute hatte sie vollkommen die Zeit vergessen.

»Wo warst du?«, fragte Mamma anklagend. »Ich dachte, du triffst dich mit Michele zu einem Spaziergang und auf einen *caffè*?«

Beim Stichwort *caffè* lief Aurora rot an, zumindest befürchtete sie das, weil sie spürte, dass ihre Wangen förmlich glühten.

Die Lippen ihrer Mutter zitterten. Sie ließ ihren Blick über Auroras Erscheinung gleiten und schien dabei einige Schlüsse zu ziehen. »Das wird böse enden ...«, murmelte sie und wandte sich ab, bevor aus dem verräterischen Glitzern in ihren Augen mehr werden konnte.

Aurora lief die Treppe hinauf in ihr Zimmer, riss sich das rote Kleid vom Leib und streifte sich Hose und Shirt über. Dann beeilte sie sich, in die Küche zu kommen und ihrer Mutter bei den Vorbereitungen des Abendessens zu helfen. Ein Braten röstete bereits im Ofen.

In den folgenden anderthalb Stunden erfüllte Schweigen das Haus. Wie ein giftiges Gas hing es in der Luft und erschwerte das Atmen.

Als Aurora nach dem Essen endlich auf ihr Zimmer gehen konnte, warf sie sich mit einem erleichterten Seufzen auf das Bett und starrte an die Decke. Ein feines Lächeln zog ihre Mundwinkel nach oben, als sie an den gemeinsamen Sonntagnachmittag mit Michele dachte. Noch nie in ihrem Leben hatte sie sich dermaßen begehrt gefühlt. Das seltsam schale Gefühl, das sie direkt nach ihrer Vereinigung erfüllt hatte, drängte sie einfach zur Seite. Insgeheim sehnte sie sich sogar nach der nächsten Begegnung dieser Art. Manche behaupteten ja, es würde mit jedem Mal besser ...

Am nächsten Tag konnte Aurora es kaum erwarten, Michele zu treffen. Als sie am Werkhof ankam, begrüßte er sie bereits mit einem raschen Kuss, und kaum war die Tür geöffnet, drängte er sie ins Halbdunkel der Werkstatt.

Sie kicherte, als er neckisch an ihrem Ohr knabberte. »Michele ... bitte, so kann ich mich nicht konzentrieren. Was steht denn nun an, wie planen wir den heutigen Tag?« Sie schob ihn scherzhaft etwas von sich weg.

»Ich kann nicht nachdenken, wenn du so nahe bist. Ich will dich Aurora, jetzt.«

»Aber ... ich halte das für keine gute ...«

Er verschloss ihren Mund mit einem ungestümen Kuss. »Du willst es doch auch. Lass uns den Arbeitstag mit Liebe starten, dann wird alles leichter.«

Er begehrte sie wirklich. Geehrt und ein wenig stolz durch sein Verlangen zog sie ihn zu sich heran. Sein heißer Atem strich über ihre Wange, als er sie kurzerhand auf die Werkbank hob. Ungestüm nestelte er am Knopf ihrer Arbeitshose und zog sie ihr samt dem Höschen herunter. Aurora schloss die Augen, als seine Hände fordernd unter ihr Arbeitshemd wanderten. Mit einem Seufzer schlang sie die Beine um seine Mitte und gab sich ihm hin.

Kaum war er fertig, zog er sich auch schon wieder aus ihr heraus. Mit einem zufriedenen Grinsen strich er ihr mit der Hand über die Wange und küsste sie flüchtig. »Danke, das war gut. Ich mag dich, Auri.«

Aurora sah ihm dabei zu, wie er im Raum auf und ab tigerte und sich dabei das Hemd wieder in die Hose stopfte. Dann griff er nach einem Eimer, lud einige Utensilien hinein und holte aus dem Büro noch einen Block und Schreibzeug.

»Ich fahre jetzt nach Montronio«, erklärte er. »Danach hole ich dich ab, damit wir bei den Malinvernos weitermachen können. Du kannst ja in der Zwischenzeit schon mal das Material bereitstellen. Drück mir die Daumen!« Mit diesen Worten und einem begeisterten Lächeln verschwand er. Kurz darauf hörte Aurora das sich entfernende Knattern der Piaggio.

Sie tat, was er angeordnet hatte, und hing dabei ihren Gedanken nach. Ein Gefühl des Unbehagens rumorte in ihrem Unterbewusstsein, doch konnte sie die Botschaft nicht verstehen. Aurora schüttelte den Kopf und seufzte. Vermutlich haderte sie einfach noch immer mit der Tatsache, dass Michele ohne sie nach Montronio gefahren war, weil er Sorge hatte, dass man sie als Frau in dieser Branche verschmähte. Das Rebellendasein forderte einen hohen Preis, und sie war sich nicht sicher, ob sie stark genug war, ihn zu bezahlen. Bestimmt war die von Michele vorgeschlagene moderate Gangart der korrekte Weg. Sie sollte die Dinge nicht überstürzen und sich in Geduld üben, zumal er derjenige mit der handwerklichen Erfahrung war und sie noch unendlich viel zu lernen hatte.

Als sie alles vorbereitet hatte und er noch nicht zurück war, beschloss sie, ein wenig an die frische Luft zu gehen und einen kurzen Spaziergang durch das Dorf zu machen.

Gerade als sie aus der Werkstatttür trat, flitzte eine Piaggio Ape an ihr vorbei, vollbepackt mit Material. Das Gefährt fuhr in Richtung Cerano. Aurora sah ihm verwundert nach. In diesem Moment bog auch Michele um die Ecke. Wild gestikulierend sprang sie ihm entgegen. »Schnell, Michele, fahr ihnen hinterher! Ich will wissen, wo die hinwollen. Das ist keine ortsansässige Firma.«

Er verstand sofort, wendete die Piaggio und wartete, bis Aurora auf die Ladebrücke geklettert war. Dann donnerte er los und nahm die Verfolgung auf. Als sie Cerano erreichten, waren die Bauarbeiter gerade dabei, vor einem Haus in der Nähe der Kirche ihr Material abzuladen.

Michele hielt an und fragte einen der Männer: »Ciao! Für welche Firma arbeitet ihr?« Der Mann sah sie erstaunt an. »Wir gehören zu den Fumagallis aus Argegno, warum?«

»Nur so. Danke.« Michele startete den Motor und fuhr los. Zurück nach Castiglione.

In Auroras Kopf drehten sich die Gedanken wie in einem Karussell. Ihre Hände krallten sich um den Rahmen der Ladebrücke. Irgendjemand in Cerano hatte aus dem weiter entfernten Argegno einen Konkurrenten herbestellt, weil er nicht wollte, dass die Mandellis die Bauarbeiten an seinem Haus oder Garten ausführten. Bisher hatte es solche Vorkommnisse in dem beschaulichen Cerano nicht gegeben. Bei nur fünfhundertfünfzig Einwohnern bot es sich an, die lokalen Unternehmen zu unterstützen. Sollten die örtlichen Betriebe schließen müssen, würden noch mehr junge Leute in die Städte abwandern. Besonders die älteren Dorfbewohner versuchten, dies mit allen Mitteln zu verhindern, damit so malerische Orte wie Cerano d'Intelvi nicht eines Tages zu einer Erinnerung in Sepia wurden.

Aurora spürte, wie ihr die Tränen in die Augen schossen. Tommasos Tod hatte ihrer aller Leben in den Grundfesten erschüttert ... und vielleicht sogar zerstört. Ihr graute jetzt schon vor dem Moment, in dem ihre Eltern von der Sache erfuhren.

Das Abendessen im Hause Mandelli verlief in gewohnt stiller Manier. Papa starrte wie immer schweigend an die Wand. Immerhin schien das Medikament, das Dottore Alberti ihm verschrieben hatte, um seinen Appetit anzuregen, anzuschlagen, denn statt der winzigen Portionen, die ihr Vater bisher in sich hineingezwängt hatte, aß er nun wenigstens ein wenig mehr. Seine aschfahlen, eingefallenen Wangen nahmen hin und wieder sogar einen rosigen Schimmer an, wenn er ein paar Löffel Suppe schlürfte, etwas Braten mit Polenta oder einen Teller Pasta aß. Oder bildete Aurora sich das nur ein, weil sie sich genau das wünschte und erhoffte?

Nonna Camilla kämpfte ungelenk mit dem Besteck und versuchte, das Essen in und nicht neben den Mund zu schaufeln. Es schmerzte Aurora, mitansehen zu müssen, wie ihre Großmutter schrittweise ihre menschliche Würde verlor. Auch ihre größte Passion, das Nähen, konnte sie nicht mehr verrichten. Plötzlich hob sie den Kopf, legte ihr Besteck nieder und fragte mit vollem Mund: »Wo sind eigentlich Carlotta und Elisabetta? Müssten sie nicht längst zu Hause sein?« Ihr Blick flackerte verwirrt.

Aurora beugte sich nach vorne und streichelte ihre Hand. »Nonna, Tante Carlotta und Tante Elisabetta sind nach Amerika ausgewandert, weißt du noch?«

Ihre Großmutter starrte sie erschrocken an. »Wann denn?«

»Schon sehr lange ...« Aurora drückte ihre knorrige, von der Gicht gekrümmte Hand.

»Hm.« Nonna Camilla griff wieder nach der Gabel und fischte ein paar Penne aus ihrem Teller.

»Ich war heute in Castiglione einkaufen«, wechselte Mamma abrupt das Thema.

Aurora hob den Kopf und bemühte sich um eine offene und freundliche Miene, um Interesse zu bekunden.

»Die Kassiererin hat mir erzählt, dass sie dich und Michele heute Morgen vor dem Werkhof beobachtet hat.« Sie bedachte Aurora mit einem vorwurfswollen Blick.

Die fühlte sich, als würde man ihr den Boden unter den Füßen wegziehen. Wieder einmal rankte sich die altbekannte Hitze ihren Hals hinauf und pulsierte heimtückisch in ihren Wangen. Sie schluckte und schwieg. Was hätte sie dazu sagen sollen?

»Ferner ist mir aufgefallen, dass Handwerker der Fumagallis aus Argegno nun das Haus der Familie Galli renovieren.« Mammas Finger zitterten, als sie sich den Mund mit der Serviette abtupfte, obwohl sie gar nichts mehr gegessen hatte. »Ich habe dich gewarnt, Aurora. Von Anfang an habe ich dir gesagt, dass dein Verhalten Konsequenzen haben wird. Nun ist es so weit. Die Leute wollen nichts mehr mit uns zu tun haben. Und zwar allein deinetwegen.« Sie erhob sich, hielt sich die Hand vor den Mund, um ein Schluchzen zu unterdrücken, und verließ hastig den Raum.

Aurora blieb alleine mit ihrem Vater und ihrer Großmutter zurück. Beide ließen Mammas Ausbruch und ihre Worte unkommentiert. Jeder von ihnen kämpfte gerade mit seinen eigenen Dämonen.

Aurora spürte, wie ihr Herz schneller schlug. Eine schwere Last legte sich auf ihre Brust, und sie hatte das Gefühl, nicht mehr atmen zu können. Verzweifelt wandte sie sich ihrem Vater zu. »Niemand versteht dein Verlangen nach Stille und Rückzug mehr als ich, Papa. Auch ich vermisse Tommaso unheimlich. Aber ... wir dürfen der Trauer nicht das Zepter überlassen. Sie darf unser Leben nicht beherrschen.

Das wäre bestimmt nicht Tommasos Wunsch gewesen.«
Ihre Stimme war kaum mehr als ein verzweifeltes, heiseres
Krächzen. Tränen schossen aus ihren Augen und rannen in
Bächen über ihre Wangen. »Ich wollte ... ich wollte doch
nur die Firma retten. Papa, du weißt, dass ich eine gute
Handwerkerin bin. Warum bestraft man mich für mein
Geschlecht? Ich habe nichts getan. Ich habe mich lediglich darum bemüht, unsere Firma vor dem Untergang zu
bewahren und ... ich habe mich verliebt. In einen anstän-
digen, arbeitsamen Mann. Was ist daran falsch?« Sie starrte
ihn an und schniefte. »Kannst du mir nicht helfen, Papa?
Mich den Kunden vorstellen, mich einführen? Du kannst
mir zeigen, wie man eine gute Geschäftsführerin und Kal-
kulatorin ist. Die Leute werden mich respektieren, wenn du
mich mit ihnen bekannt machst. Ich verlange nicht, dass
das über Nacht geschieht, aber mit der Zeit werden sie auf
dich hören. Dir werden sie glauben. Bitte, Papa ...«

Anders als die vielen Male zuvor rann eine einzelne Träne über die Wange ihres Vaters. Ein Muskel zuckte kurz in
seinem Gesicht, und die Augenlider flatterten. Das war alles,
was er an Emotionen und Reaktion zu bieten hatte. Aber es
war bedeutend mehr als bisher.

»Kind, ich bin furchtbar müde, ich lege mich hin, ja?«
Nonna Camilla stand auf und schlurfte aus dem Raum.

»Buonanotte, Nonna«, wünschte Aurora ihrer Großmutter in einem warmen Ton, ohne jedoch den Blick von ihrem
Vater zu wenden. Doch als er ihr auch nach fünf Minuten
vergeblichen Wartens keine Antwort gegeben hatte, erhob
sie sich schließlich ebenfalls. Sie holte sich einen warmen
Mantel aus ihrem Zimmer und stürmte nach draußen in
die Nacht.

Über ihr wachte stumm und kalt der Mond. Vereinzelt blinkten Sterne am Firmament. Ob es in der unendlichen Weite der Galaxien wohl noch andere Populationen gab? Solche, die ihren Mitgliedern mit mehr Freiheit und Respekt begegneten? Wo es weder Hierarchien noch Unterschiede zwischen den Geschlechtern gab?

Nach einer halben Stunde erreichte sie ihr Ziel, das Mehrfamilienhaus in Castiglione, in dem Michele wohnte. Immer zwei Stufen auf einmal nehmend, erklomm sie die Treppe zu seiner Wohnungstür in der ersten Etage. Sie klingelte und wischte sich mit dem Ärmel des Mantels über das tränennasse Gesicht. Vermutlich sah sie trotzdem aus wie eine Wasserleiche.

Nach einer Weile hörte sie schlurfende Schritte, und die Tür wurde geöffnet. Erstaunt riss Michele die Augen auf, als er sie vor sich stehen sah. Im Hintergrund erklangen die Geräusche eines Films – Schießlärm und markerschütternde Schreie. Aus einem Aschenbecher auf dem Couchtisch schlängelte sich dünner Rauch in Richtung der Zimmerdecke. Daneben stand eine Bierdose. Michele war nur mit einem Unterhemd und einer abgewetzten Stoffhose bekleidet. Die Konturen seines muskulösen Körpers zeichneten sich deutlich unter dem dünnen Stoff ab.

»Was ist los? Ist etwas passiert?« Er legte besorgt die Stirn in Falten und hob fragend die Augenbrauen, während er beiseitetrat, um Aurora hereinzulassen. Nachdem er die Tür hinter ihr geschlossen hatte, ging er zur Couch, schaltete den dröhnenden Fernseher aus, schnippte ein paar Krümel vom Sofa und rückte die Kissen zurecht. Aurora folgte ihm stumm mit den Blicken, während sie sich aus ihrem Mantel schälte.

»Möchtest du etwas trinken?«, fragte Michele und drückte seine Kippe im Aschenbecher aus. »Ich habe natürlich auch Wein oder Tee.« Er stützte die Hände abwartend in die Hüfte.

Aurora schüttelte stumm den Kopf. Ihr gesamter Körper fühlte sich wund an und angespannt wie eine Bogensehne. Unmöglich, auch nur einen Schluck Wasser zu sich zu nehmen.

»Darf ich?« Sie wies höflichkeitshalber auf die Couch und setzte sich, als er nickte und ebenfalls Platz nahm.

Sie holte tief Luft. »Meine Mutter sagt, dass die Kassiererin des Supermarkts uns heute Morgen vor dem Werkhof beobachtet hat.« Betreten senkte sie den Kopf und betrachtete ihre Hände. »Mamma ist der Ansicht, dass die Einheimischen unsere Firma meinetwegen meiden. Weil mein Benehmen in ihren Augen unmoralisch ist. Das ist möglicherweise unser aller Untergang, Michele. Vielleicht …« Der folgende Satz kam nur widerwillig über ihre Lippen. »Unter diesen Umständen ist es wohl besser, wenn wir das zwischen uns beiden … beenden.« Sie schluckte. Die Worte schnürten ihr die Kehle zu.

Michele rückte näher zu ihr, sodass sich ihre Knie berührten. Sanft nahm er ihre Hände in seine, und schützende Wärme umschlang ihre Finger. Er suchte ihren Blick, doch sie vermied es, ihn anzusehen.

»Das alles tut mir sehr leid, Aurora«, sagte er. »Es war nie meine Absicht, dich in Bedrängnis zu bringen. Hätte ich geahnt, dass sich die Leute so darüber aufregen, wäre ich dezenter vorgegangen.« Er strich ihr sanft über die Wangen.

Jetzt erst hob sie den Kopf und sah ihn an. In seinen Augen sah sie denselben Widerstreit, den auch sie fühlte.

Der bloße Gedanke daran, ihre Leidenschaft und ihr zunehmendes Verlangen verneinen oder gar begraben zu müssen, zerriss sie innerlich.

Von einer bisher unbekannten Hast angetrieben, beugte sie sich nach vorne und küsste Michele. »Liebe mich Michele, weil es vielleicht das letzte Mal sein wird«, bat sie.

Und das tat er. Er eroberte sie mit verzweifelter Intensität.

Erneut erfüllte Micheles ungestüme Hingabe Aurora mit Stolz ... aber auch mit Taubheit. Die verschiedenen Formen von Trauer und Schmerz, die ihr Leben in den vergangenen Wochen beherrscht hatten, mussten etwas in ihrem Inneren zum Schweigen gebracht haben. Sie hoffte inständig, er möge diesen emotionalen Defekt ihrerseits nicht bemerken, denn seine Ablehnung und Verachtung hätte sie nicht ertragen.

Verschwitzt lag Michele anschließend in ihren Armen. »Stört es dich, wenn ich rauche?«, fragte er und griff, ohne ihre Antwort abzuwarten, nach der Zigarettenpackung.

»Natürlich nicht«, beeilte sie sich, ihm Absolution zu erteilen, und rückte ihr Kleid zurecht. Blaugrauer Qualm hüllte sie ein, noch ehe das letzte Wort ihre Lippen verlassen hatte.

»Ich habe mir überlegt, ob es dir helfen würde, wenn ...« Er wandte den Kopf und musterte sie zwischen den Rauchschwaden. »Du weißt schon: Wenn wir es offiziell machen. Vielleicht lassen uns die Leute dann in Ruhe. Möglicherweise ändert das auch ihren Blick auf dich.«

Aurora starrte ihn an, als redete er in einer anderen Sprache. Obwohl sie ahnte, was er mit seinen Worten andeutete, so machte es für sie dennoch wenig Sinn. »Wie meinst du das?«

»Na ja ...« Er räusperte sich und richtete sich auf. »Ich spreche von einer Verlobung. Unser Zusammensein in der Öffentlichkeit wäre absolut nichts Anstößiges mehr, wenn die Leute wüssten, dass wir in naher Zukunft Mann und Frau sein werden. Es wäre außerdem auch nicht weiter verwunderlich oder fragwürdig, wenn wir uns als zukünftige Eheleute gemeinsam um die Firma kümmerten. So wie jetzt. Natürlich müsstest du den Menschen trotzdem Zeit geben, deine Rolle zu akzeptieren, und dich anfangs zurückhalten und vorwiegend um die Planung und die Administration kümmern. Derweil übernehme ich den Kontakt zu den Kunden und die Arbeit auf der Baustelle. Damit können die Leute besser umgehen. Ich denke, dass sie dich schneller annehmen werden, wenn sie erst einmal sehen, dass du in geregelten und traditionellen Verhältnissen lebst. Das stärkt deine Position als ehrenhafte Frau und Bürgerin.«

Völlig überrumpelt schwieg Aurora. Eine Stubenfliege drehte mit einem nervtötenden Summen ihre Runden. Micheles Zigarettenrauch kratzte Aurora im Hals, und sie musste husten. Aus Ermangelung einer Alternative griff sie nach der Bierbüchse auf dem Salontisch und nahm einen kräftigen Schluck daraus. Angeekelt verzog sie den Mund.

»Warm schmeckt es nicht mehr besonders gut«, kommentierte Michele ihren Gesichtsausdruck mit einem amüsierten Schmunzeln. »Hör zu Aurora, mir ist bewusst, dass dieser Vorschlag etwas plötzlich kommt. Wir kennen uns erst wenige Wochen ... jedenfalls auf diese Weise. Der Schmerz in deiner Seele zerreißt mich jedoch bei jedem Blick in deine wunderschönen Augen. Ich möchte helfen, egal wie. Nichts wünsche ich mir mehr, als dass es dir gut geht und du von den Leuten akzeptiert wirst. Aber ohne Unterstützung wirst du es nicht schaffen. Überlege es dir in Ruhe. Eine Verlobung ist noch keine Heirat. Und damit können wir ja auch noch warten.«

Aurora nickte. »Ich denke darüber nach.« Es gelang ihr nicht, die aufsteigende Glückseligkeit in ihrem Inneren zu unterdrücken. Vermutlich sah ihr Grinsen ziemlich läppisch aus, als sie Michele einen Kuss auf den Mund drückte.

Es war schon Mitternacht, als Aurora aus seiner Wohnung schlüpfte und mit glühenden Wangen eilig nach Hause lief.

Er begehrte sie nicht nur, sie bedeutete ihm sogar so viel, dass er bereit war, sich für immer an sie zu binden! Eine solche Ehre wurde den wenigsten Frauen in so kurzer Zeit zuteil. Die meisten kämpften jahrelang um die Gunst eines Mannes, verführten und manipulierten ihn, bis er schließlich in eine Ehe einwilligte. Und trotzdem blieben ihnen sein wahrer Respekt und seine aufrichtige Unterstützung oftmals für immer verwehrt.

Nicht so bei Aurora. Michele verehrte sie, und er unterstützte sie ohne Vorbehalte.

Sie lächelte.

Das Leben nahm, und das Leben gab.

Der Schatten verschlang Tommaso. Das Licht gebar Michele.

Kapitel 11

Das Ticken der Wanduhr im Esszimmer war, wie so oft seit Tommasos Tod vor rund zwei Monaten, das einzige Geräusch im Hause Mandelli. Dieses Mal jedoch hing eine knisternde Stille im Raum.

»Etwas Wein, Michele?« Aurora erhob sich von ihrem Stuhl und griff nach der Flasche. Auf sein Nicken hin füllte sie die Gläser aller Anwesenden mit dem vollmundigen Nebbiolo. Dankbar, eine Beschäftigung gefunden zu haben, ließ sie sich damit mehr Zeit als nötig. Endlich kam ihre Mutter mit einer dampfenden Schüssel. Der Sonntagsbraten duftete wie immer vorzüglich. Dazu reichte sie Polenta und Gemüse. Auroras Lieblingsessen.

Sie und ihre Mutter verteilten die Speisen auf die Teller und servierten zuerst Michele und Nonna Camilla eine Portion. Dann folgte das Essen für ihren Vater. Dieser begann sofort damit, die Mahlzeit zu verschlingen. Weder bedankte er sich, noch wartete er anstandshalber, bis alle bedient waren. Aurora warf Michele einen entschuldigenden Blick zu, den dieser mit einem Augenzwinkern quittierte. Gottlob war er über die verheerenden Zustände in ihrem Zuhause ausführlich unterrichtet. Im Grunde genommen war die vorherrschende Situation ja sogar einer der beiden Gründe für seine heutige Anwesenheit.

Während sie stillschweigend aßen, schweiften Auroras Gedanken zurück zu den vergangenen Wochen.

Einen Monat war es mittlerweile her, seit Michele ihr den Vorschlag mit der Verlobung gemacht hatte. Ihre anfängliche Euphorie war jedoch nur einen Tag später nackter Angst gewichen. Zweifel hatten an ihr genagt, ob sie sich wirklich einem Mann versprechen sollte, den sie noch gar nicht so lange kannte. Gleichzeitig fühlte sie sich durch ein unstillbares Verlangen zu ihm hingezogen, und ihm schien es ebenso zu gehen. Und was körperlich so gut zusammenpasste, musste einfach füreinander bestimmt sein, oder nicht? Zudem könnte es ihr tatsächlich gelingen, gemeinsam mit Michele als ihrem Ehemann die Firma ihres Vaters und so ihre gesamte Familie vor dem finanziellen Ruin zu retten.

Den täglich wechselnden Gezeiten ihrer Gefühlswelt ausgeliefert, war es Aurora wochenlang unmöglich gewesen, einen endgültigen Entschluss zu fassen. Michele seinerseits hatte sein Angebot mit keinem weiteren Wort erwähnt. Vermutlich ahnte er, dass sie Zeit brauchte, um eine Entscheidung zu treffen, und dass weiteres Drängen eine Antwort nicht beschleunigt hätte.

Vor zwei Tagen dann war sie bei Einbruch der Dunkelheit Signora Galli auf dem Friedhof begegnet. Aurora hatte am Grab ihres Bruders gestanden, den Mantel fröstelnd um ihren Leib gezogen. Obwohl der Juni tagsüber sommerliche Temperaturen knapp über zwanzig Grad brachte, spürte man im Val d'Intelvi abends die Nähe der Berge, die das Tal in kühle Schatten hüllten. Während sie in stummer Zwiesprache mit Tommaso versunken war, bemerkte sie aus den Augenwinkeln plötzlich eine Bewegung. Sie drehte den

Kopf und sah geradewegs in die verzerrte Miene der Frau, die sich auf der Suche nach Handwerkern bewusst gegen die Mandellis entschieden hatte. Signora Galli war etwa um die fünfzig, und ihre kinnlangen schwarzen Haare waren bereits von weißen Strähnen durchzogen. Ein Doppelkinn verdeckte ihren Hals. Strickpullover und Bleistiftrock erweckten den Eindruck, als seien sie zwei Nummern zu klein gewählt. In ihrer Hand trug sie eine Gießkanne, was darauf hindeutete, dass sie auf dem Weg zu einer Grabstätte war, um die dortigen Blumen zu wässern.

»Es ist mir ein Rätsel, warum der Herr bei so einer Schandtat erneut zusieht. Hat ihm Maria Magdalena nicht gereicht? Ein Weib in einer Männerwelt, ein Klecks im Reinheft unseres Herrn Jesus Christus. Es wird noch böse enden mit all denen, die dich in deiner Sündhaftigkeit unterstützen!«, platzte es unaufgefordert aus Signora Galli heraus. Dabei presste sie die Lippen zusammen und legte die Stirn in Falten.

»Entschuldigung?« Aurora hatte sich ihr nun vollends zugewandt und gab vor, ihre Worte nicht korrekt verstanden zu haben. Immerhin signalisierte sie damit auch, dass sie sich nicht angesprochen gefühlt hatte.

Signora Galli schüttelte schnaubend den Kopf. »Jedenfalls bin ich froh, dass eine seriöse Firma wie die Fumagallis unsere Umbauarbeiten übernommen hat. Man sollte sich das Unglück nicht noch in Form von Magdalenen-Mädchen ins Haus holen.« Mit diesen Worten drehte sie sich um und schleppte die Gießkanne mit leicht seitlich geneigter Haltung zu einem Grab am anderen Ende der Mauer.

Wie erstarrt blickte Aurora ihr noch einige Sekunden lang nach. Dann brach die Wirkung dieser schmerzhaften

Worte wie eine Lawine über sie herein. Verzweifelt, mit zugeschnürter Kehle und dem Druck der Tränen in den Augenwinkeln, lief sie nach Hause.

An diesem Abend verkroch Aurora sich ohne Essen in ihrem Zimmer und leckte ihre Wunden. Es blieb ihr keine Wahl. Bestimmt war es die richtige Entscheidung, Micheles Hilfe anzunehmen.

Nach dem Abendessen, das die ganze Familie mit ihrem Gast schweigend eingenommen hatte, räumten Aurora und ihre Mutter den Tisch ab. Mamma kochte Espresso, und Aurora ordnete einige *cantuccini* und *amaretti* auf einem Tablett an. Beide wussten sie, warum Aurora Michele an einem Sonntag zu ihnen nach Hause eingeladen hatte, und doch sprachen sie nicht darüber. Seit Tommasos Tod fiel es Aurora noch schwerer, einen Zugang zu ihrer Mutter zu finden, als dies ohnehin schon der Fall war. Sie hatte sich ihrem Vater immer weitaus verbundener gefühlt.

Zurück im Esszimmer wurden der Espresso und das Gebäck verteilt. Nonna Camilla griff sofort nach einem Keks und versuchte, ein Stück abzubeißen. Die Krumen landeten auf dem Tisch.

»Hier Nonna, versuch es einmal mit einem der *amaretti,* die sind schön mürbe. Die kannst du besser abbeißen.« Mit einem aufmunternden Lächeln schob Aurora ihrer Groß-mutter den Teller mit den Mandelmakronen in Reichweite. »Die *cantuccini* sind zu hart.« Nonna Camilla lächelte ihr dankbar zu, griff mit leuchtenden Augen nach dem Gebäck und biss umständlich ein Stück ab.

Nun konnten sie den Moment nicht mehr länger hinaus-zögern. Michele sah Aurora fragend an, und sie nickte kaum sichtbar. Er räusperte sich und strich sich die Hände an der Hose ab.

»Wie ihr euch bestimmt denken könnt, bin ich heute nicht ohne Grund von eurer Tochter eingeladen worden.« Er machte eine Kunstpause, um seine Einleitung wirken zu lassen. Auroras Mutter wandte sich ihm mit hochgezogenen Augenbrauen zu, während ihr Vater unbeteiligt seinen *caffè* schlürfte und Nonna Camilla mit dem nächsten Keks kämpfte. »Aurora und ich gehen nun schon eine geraume Weile zusammen aus. Anders als dies bei anderen Paaren der Fall ist, sehen wir uns täglich, weil uns auch die Arbeit vereint. Auf diese Weise haben wir uns auch auf einer alltäglichen Basis kennengelernt. Manch einer mag die Idee für verfrüht halten, doch sind wir aufgrund unserer speziellen Situation der Meinung, dass es angebracht ist ... sich zu verloben.« Er machte eine kurze Pause und blickte Auroras Eltern an. »Diese Entscheidung wurde von uns beiden nicht leichtfertig getroffen. Insbesondere deshalb, weil die Trauer um Tommaso noch frisch ist und das Ereignis überschattet. Wir denken allerdings, dass ein Eheversprechen dazu beitragen könnte, das Gerede der Leute zu besänftigen – was natürlich auch für das Fortbestehen der Baufirma förderlich wäre.« Er beugte sich nach vorne und nahm einen zaghaften Schluck Espresso.

Aurora sah vorsichtig zu ihrer Mutter hinüber. Tatsächlich hellte sich Mammas Miene ein wenig auf, und ein feines Lächeln umspielte ihre Mundwinkel. Aurora konnte sich nicht erinnern, wann sie sie zuletzt so gesehen hatte.

Trotzdem fühlte sie sich genötigt, Micheles Ausführungen zu ergänzen. »Selbstverständlich werden wir nichts überstürzen. Die Hochzeit ist erst für nächsten Sommer, also in rund einem Jahr, geplant. Zuerst soll das Trauerjahr zu Ende gehen. Dieser Umstand gibt uns außerdem genug Zeit für eine sorgfältige Planung. Dennoch möchten wir uns, mit eurer Zustimmung, offiziell verloben und dies im Dorf auch kommunizieren.«

Mit einem hörbaren *Plopp* fiel eine Mandelmakrone auf den Tisch. Nonna Camilla riss die Augen auf. »Heiratet jemand? Müssen wir ein Kleid nähen?« Ihr Blick wanderte von einem zum anderen, und die Mienen der Anwesenden schienen ihr die Antwort zu geben, die sie erwartet hatte, denn sie erhob sich von ihrem Stuhl und erklärte: »Ich bin in meinem Nähzimmer. Ich muss mir Gedanken zu Stoff und Schnitt machen.« Und bevor noch jemand etwas sagen konnte, verschwand sie im Flur und schlurfte die Treppe hinauf. Dabei erfüllte ihr Murmeln die Eingangshalle.

Mamma legte die gefalteten Hände auf den Tisch. »Was für gute Neuigkeiten«, sagte sie, und ihre graubraunen Augen leuchteten auf. Sie drehte sich mit einem sanften Lächeln zu ihrem Mann um. »Tommaso war immer der Meinung, dass Freude das Dasein des Menschen bestimmen sollte, nicht Trübsal. Er fühlte sich in der Nähe von Trauernden nie wohl.« Auf ihrem Gesicht spiegelte sich der Kampf zwischen Erleichterung und Schmerz bei der Erwähnung des geliebten Namens. »Ich denke, es ist in unser aller Sinn, wenn ihr euch, wie es die Tradition gebietet, verbindet.« Mit einer fließenden Bewegung legte sie ihrem Mann die Hand auf den Unterarm.

Papa wehrte sich nicht gegen ihre Berührung. Er wandte den Kopf und musterte Aurora; zum ersten Mal seit Tommasos Tod hatte sie den Eindruck, dass er sie wirklich ansah. In seinen Augen lag jedoch nicht dasselbe Gefühl der

Erleichterung wie in denen seiner Frau, sondern eine nicht näher definierbare Mischung verschiedener Emotionen.

Doch bevor Aurora sich dazu tiefere Gedanken machen konnte, stand ihre Mutter auf. »Lasst uns diese wundervolle Neuigkeit mit einem Gläschen Sekt feiern. Aurora, hilfst du mir mit den Gläsern?« Sie ging zu dem hölzernen Wandschrank mit den Glastüren hinüber und ließ den Blick über die Regale gleiten. »Wir nehmen diese hier.« Sie reichte Aurora vier Kelche. Dann verschwand sie geschäftig in der Tür zum Flur. »Bin gleich wieder da. Ich gehe in den Keller und hole uns einen Spumante d'Asti!«, rief sie über die Schulter hinweg zurück in den Raum. Aurora tauschte einen vielsagenden Blick mit Michele und rollte erleichtert mit den Augen. Jetzt war es raus, ihre Eltern wussten Bescheid. Michele erwiderte ihren Blick mit einem glücklichen Schmunzeln.

Aurora wandte sich noch einmal zu ihrem Vater um und erschrak, als sie merkte, dass er sie noch immer unverwandt ansah. Seine Mimik zeigte ein Lächeln, das mehr an ein Weinen erinnerte. Als ihre Mutter schließlich strahlend mit der Sektflasche in der Hand wieder im Türrahmen erschien, senkte er den Blick und zog sich wieder vollkommen in sich selbst zurück.

»Auf euch!« Mamma hob ihr Glas und prostete zuerst Michele zu. Ihre Stimme hatte mit einem Mal einen weichen und versöhnlichen Ton angenommen, ganz im Gegensatz zu den oft schneidenden Bemerkungen der letzten Wochen. »Auf unseren zukünftigen Schwiegersohn! Wie schön, dass du dich um unsere Tochter bemühst ...«

Aurora blickte ihre Mutter an. Das klang ja gerade, als sei Mamma froh, dass sich endlich mal jemand um sie kümmerte und sie unter seine Fittiche nahm. Mamma versprühte mit jeder Pore Erleichterung.

In Aurora hingegen wuchs der Unmut. Die Aussage ihrer Mutter hatte richtiggehend entmündigend geklungen, als müsste sie vor irgendetwas gerettet werden. So ein Unsinn! Ja, im Moment brauchte sie Micheles Unterstützung, um ihr angekratztes Image wieder ins Lot zu rücken. Sie beide waren sich jedoch einig, dass sie sich nur vordergründig dem Willen der Gesellschaft beugten. War erst einmal Ruhe an der Front, konnten sie sich wieder ihrer Arbeit und der Rettung der Firma widmen. Michele war ihr Komplize, nicht ihr Erretter. Früher oder später würde das auch ihre Mutter begreifen.

Und Papa? Seine Meinung war schwer einzuschätzen.

Selbstverständlich blieb Michele an diesem Abend nicht über Nacht. Die gesellschaftlichen Gepflogenheiten verboten ein offizielles Zusammenleben vor der Heirat. Aurora hätte sich gerne über diese Konventionen hinweggesetzt. Warum gab es für alles und jedes Regeln, die besagten, was moralisch und anständig war und was nicht? Weswegen musste sie sich ständig dem Diktat unausgesprochener Sitten beugen, deren Sinn und Logik sie nicht verstand? In ihrem gesamten bisherigen Leben hatte sie noch nie einen Menschen körperlich verletzt, Macht missbraucht oder Schwächere gequält. Das einzige Verbrechen, das sie in den Augen der Bevölkerung wiederholt beging, war, sie selbst zu sein. Eine Frau, die nicht war wie die anderen. Eine Frau, die andere Vorstellungen und Talente besaß. Eine Frau, die nicht bereit war, ihre Familie und deren Zukunft im Stich zu lassen. Und trotz dieser für ihr eigenes Empfinden tadellosen Absichten, war sie nun gezwungen, sich hinter Michele und einem Ehegelübde zu verstecken.

Am nächsten Sonntag wurde die Verlobung von Aurora und Michele im einzigen Restaurant von Cerano, dem Ristorante Primavera, gefeiert – im engsten Kreis der Familie, jedoch genau beobachtet von der Öffentlichkeit, wie es sich gehörte. Da Micheles Eltern bereits früh verstorben waren, beschränkte sich die Verlobungsgesellschaft auf Auroras Eltern und Nonna Camilla.

Aurora trug ihr weinrotes Kleid – dieses Mal gerechtfertigt und ohne dadurch Anstoß zu erregen. Michele hatte sich auf ihr Anraten hin einen neuen schwarzen Anzug mit einem weißen Hemd gekauft und sah darin einfach umwerfend aus. Wenn sie ihn so in seiner Sonntagskleidung sah, hätte er ebenso gut als Anwalt oder Bankier durchgehen können. Voller Stolz stellte sie sich neben ihn. Dabei genoss sie die interessierten Blicke der Dorfbewohner, die sich im Ristorante ein Bier oder ebenfalls ein Mittagessen gönnten. Die frohe Kunde würde sich wie ein Lauffeuer verbreiten, so viele Ohren gab es in Cerano nämlich gar nicht. Vermutlich wussten schon am Montagabend alle Bürger Bescheid, und spätestens am Dienstag würde sich die Neuigkeit auch im benachbarten Castiglione verbreiten. Neben Geburten und Todesfällen waren Verlobungen und Hochzeiten schließlich die wichtigsten Meldungen auf dem Land.

»Weiß muss der Stoff sein, denke ich. Mit Rüschen vielleicht? Oder …« Nonna Camilla legte die Stirn in angestrengte Falten. Dann wanderte ihr Blick zu ihren gekrümmten Fingern. »Vielleicht musst du mir dabei ein wenig zur Hand gehen, Aurora. Meine Finger gehorchen mir nicht mehr so, wie ich es gerne hätte.«

Liebevoll strich Aurora ihrer Großmutter über die Hand. »Aber natürlich, Nonna. Ich fühle mich geehrt, wenn du mir beim Nähen zusiehst und mir Anweisungen geben kannst.« Diese Antwort beruhigte Nonna Camilla. Sie nickte und brummte etwas Unverständliches vor sich hin.

»Du warst schon immer ein eigenwilliges Kind. Nie hast du das gemacht, was man von dir erwartet hat«, sagte plötzlich eine heisere Stimme.

Die Gespräche am Tisch erstarben. Alle wandten erschrocken die Köpfe und starrten Auroras Vater an, der gerade zum ersten Mal seit Wochen etwas gesagt hatte.

»Das ist eine gute Sache«, sagte er ruhig, erhob sein Weinglas und prostete ihr zu. Aurora starrte ihren Vater verwirrt an. Was sollte sie von seinen Worten halten? Unterstützte er sie in ihrem Vorhaben, oder handelte es sich eher um eine kryptische Warnung?

»Nun, lassen wir die Vergangenheit ruhen. Aus unserer Aurora ist mittlerweile eine Frau geworden. Bald eine Ehefrau!«, mischte sich Mamma ein. Sie hob ihr Weinglas und verkündete mit viel zu lauter und hoher Stimme: »Auf unsere Aurora und ihren Michele! Auf ihre *Verlobung*!« Das letzte Wort schrie sie förmlich bis in die hinterste Ecke des Gasthauses, damit auch alle Anwesenden Bescheid wussten und sich die Neuigkeit verbreiten konnte.

Leichte Verärgerung nagte an Aurora. Warum war die Verkündung eines Eheversprechens dermaßen spektakulär; der Umstand, dass sie sich um die Rettung der Baufirma bemühte, hingegen ein Skandal?

Sie suchte den Blick ihres Vaters. In dieser Sekunde lichteten sich die Nebel darin für einen Moment, und sie erkannte ein vorherrschendes Gefühl in seinen Augen.

Kummer.

Kapitel 12

Als Aurora am Montag nach der Verlobung erwachte, fiel ihr Blick als Erstes auf den Verlobungsring an ihrem rechten Ringfinger. Das Zimmer lag noch im Dunkeln, schon bald jedoch würde die Dämmerung heranbrechen. Bei Tageslicht leuchtete der Bernstein wie flüssiger Honig. Michele hatte den mit kunstvollen Schnörkeln versehenen Goldring bei einem Schmuckhändler in Como erstanden. Während sie mit den Fingerspitzen verträumt lächelnd über das zauberhafte Schmuckstück strich, dachte sie an den bevorstehenden Arbeitstag. Heute würden sie mit dem Vespa-Unterstand in Montronio starten. Aurora fragte sich, ob ihre Kalkulation wohl Sinn machte.

Verunsichert nagte sie an den Fingernägeln. Zusammen mit Michele hatte sie drei Abende lang in den Unterlagen ihres Vaters gewühlt, bis sie ein ähnliches Projekt gefunden hatten, an dessen Kalkulationsschema Aurora sich orientieren konnte. Sie hätte sich allerdings bedeutend wohler gefühlt, wenn sie selbst ein Verständnis für die Preisbildung hätte, anstatt alte Arbeiten zu kopieren. Das barg auf Dauer stets ein gewisses Risiko.

Aurora stand auf und tigerte unruhig durch den Raum. Schließlich wusch und frisierte sie sich im Bad, kehrte ins Zimmer zurück und zog sich ihre Arbeitskleidung an. Mit knurrendem Magen ging sie ins Erdgeschoss. Sie brauchte feste Nahrung, um genug Kraft für die körperliche Arbeit zu haben.

Nachdem sie sich in der Küche mit einem Espresso und einer Brioche eingedeckt hatte, machte sie sich auf den Weg ins Esszimmer. An der Tür blieb sie jedoch wie angewurzelt stehen. Beinahe hätte sie vor Schreck ihren Kaffee verschüttet.

Ihr Vater saß an seinem angestammten Platz am Tisch.

In Arbeitskleidung.

Vor sich dasselbe Frühstück wie Aurora.

Vorsichtig, wie um ihn nicht zu erschrecken und dadurch davonzujagen, ging sie zum Tisch und setzte sich möglichst geräuschlos auf einen Stuhl.

»Buongiorno, Papa.«

»Guten Tag, Auri ...« Er wandte den Kopf und schaute sie geradewegs an.

Sie schluckte und nippte erst einmal an ihrem Espresso. Dann, um Zeit zu gewinnen, biss sie auch in ihre Brioche und kaute ausgiebig, bevor sie die Frage zu stellen wagte, die ihr seit ihrem Eintreten auf der Zunge brannte: »Kommst du mit zur Arbeit?«

Noch immer wirkte das Gesicht ihres Vaters teilnahmslos, doch er hielt Auroras Blick stand. Ohne seine Worte mit einem Lächeln oder einer anderen Emotion zu unterstreichen, antwortete er monoton: »Ich helfe dir dabei, Berechnungen anzustellen, Preise zu bilden und Offerten zu erstellen. Das muss dir jemand mit Erfahrung zeigen. Michele ist ein guter Handwerker, aber von Betriebswirtschaft versteht er nichts.«

Sie nickte zaghaft. So viele Worte auf einmal hatte er seit Tommasos Tod nicht mehr von sich gegeben. Hatte sie gestern deshalb diesen gequälten Ausdruck in seinem Gesicht entdeckt? Machte er sich endlich Sorgen um seine Firma? Fürchtete er, dass sie und Michele scheitern könnten, wenn er ihnen nicht half? Vielleicht war es ihm wichtig, dass sie als zukünftige Familie ein sicheres Einkommen hatten.

»Dann sollte Michele vielleicht auch dabei sein, damit er mehr über die Abläufe der Firma lernt?«

Ihr Vater schüttelte den Kopf. »Michele soll sich um die Baustelle kümmern.« Er wich ihrem Blick aus, schob sich das letzte Stück Brioche in den Mund und trank seinen Espresso. Daraufhin erhob er sich und verschwand im Flur. Die Tür zur Toilette fiel ins Schloss.

Eine Viertelstunde später standen Aurora und ihr Vater abmarschbereit an der Eingangstür. Nachdem sich Papa vergewissert hatte, dass sie bereit war, liefen sie los. Schweigend und jeder mit seinen eigenen Gedanken beschäftigt, marschierten sie durch die Morgendämmerung.

Als sie den Werkhof erreichten, legten die beiden Automechaniker, die nebenan an einer Piaggio Ape schraubten, die Arbeit nieder und reckten neugierig und verwundert die Köpfe. Die Nachricht über Daniele Mandellis Anwesenheit würde sich wie ein Lauffeuer im Dorf verbreiten, ganz so, wie auch Auroras Anwesenheit innerhalb weniger Stunden durch die Gassen der ländlichen Siedlung kursiert war.

In diesem Moment bog auch Michele um die Straßenecke und riss erstaunt die Augen auf, als er Auroras Vater entdeckte.

»Buongiorno, Capo! Heute auch bei der Arbeit?« Mit verschlafenem Gesicht strich er sich die wirren Haare aus der Stirn und lehnte sich lässig an die Wand neben dem Eingang der Werkstatt.

»Guten Tag«, murmelte ihr Vater, schloss die Tür zum Werkhof auf und schaltete die Deckenbeleuchtung an. Zielgerichtet schritt er zu seinem Büro. »Auri? Kommst du?«

»Ich komme gleich …« Aurora blieb unschlüssig neben Michele stehen und schaute ihn an. Ein breites Lächeln erhellte seine Gesichtszüge, als er die Arme um ihre Mitte schlang und sie zu sich heranzog. Sanft küsste er sie. »Ich habe dich letzte Nacht vermisst.« Wärme durchflutete Aurora bei seinen Worten und seinen zärtlichen Berührungen. »Wir werden das nachholen«, versprach sie und senkte mit glühenden Wangen den Blick.

»Auri!«, schallte Papas Stimme durch den Raum.

»Ich komme ja schon!«, rief sie. Unsicher schaute sie Michele an und rang die Hände. »Er meint, dass ich dich heute nicht auf die Baustelle begleiten soll, da er mich in die Preisbildung einführen möchte.«

Ihr Verlobter zuckte mit den Schultern, beugte sich nach vorne und drückte ihr erneut einen Kuss auf den Mund. »Das passt schon.« Er machte sich daran, das Material auf die Piaggio zu laden.

Aurora betrat das Büro ihres Vaters, wo dieser bereits geschäftig in einigen Aktenordnern blätterte.

»Setz dich.« Er wies auf den einzigen Stuhl im Raum. Sie tat, wie er ihr geheißen hatte, und blickte auf die Unterlagen, die er ihr hinhielt.

Die Stunden verflogen. Als Aurora den Kopf wieder hob, drängte schon das fahle Licht des nahen Abends zum Fenster herein.

»Verstehst du nun, wie es in der Theorie funktioniert?« Ihr Vater wies mit dem Bleistift erneut auf seine Notizen. Aurora nickte.

»Ich glaube, ja. Ich trage die Materialkosten zusammen und zähle sie zu den geschätzten Arbeitsstunden, die ich wiederum mit diesem Faktor, dem Preis pro Stunde, multipliziere. Das ergibt die sogenannten Selbstkosten, die als Basis für die weitere Berechnung gelten. Dann schlage ich sowohl auf die Rohstoffkosten als auch auf die Personalkosten einen Zuschlag von fünfzehn Prozent hinzu, um die indirekten Kosten sowie Gewinn und Verlust abzudecken.« Sie nagte nachdenklich an ihrem Bleistift und kniff die Augen zusammen. Hatte sie wirklich nichts vergessen? Die zahlreichen Berechnungsbeispiele, die er mit ihr durchgegangen war, schwirrten nun wie eine Mückenschar durch ihren Kopf.

»Das ist die Ausgangslage«, bestätigte ihr Vater nickend. »Die Schwierigkeit liegt in der korrekten Wahl des Materials und in der genauen Einschätzung der Arbeitsstunden. Das braucht Erfahrung. Auch kann der Preis, den der Markt bereit ist zu bezahlen, von dem abweichen, was du benötigen würdest.«

Aurora sah ihn an. »Wirst du mir jetzt öfter hier Gesellschaft leisten, Papa? Und würdest du mich in den kommenden Wochen auch zu den Kunden begleiten, damit ich noch mehr von dir lernen kann?«

Er strich sich mit seiner schwieligen Hand über die drahtigen Locken, doch bevor er ihr antworten konnte, klopfte es draußen an der Werkstatttür.

»Hallo? Ist da jemand?«

Aurora wechselte einen Blick mit ihrem Vater, und sie setzten sich zeitgleich in Bewegung. Ein ungefähr fünfzigjähriger Mann mit Halbglatze und grauweißen Haarstoppeln stand neben der Werkbank. Als er sie erblickte, kam er eilig näher. Trotz seiner zartgliedrigen Gestalt war sein

Händedruck bestimmt. Lachfalten zierten seine Augenwinkel. Die schlichte Stoffhose und ein weißes Hemd ließen keine Rückschlüsse auf Beruf oder Gesellschaftsschicht zu.

»Ich bin Padre Giudici«, stellte er sich vor, »der Priester der Chiesa San Giorgio in Pellio Intelvi.« Er besaß eine wohlklingende und warme Stimme, die Güte und Geduld zum Ausdruck brachte. »Unsere Friedhofsmauer sowie Teile der Kirchenfassade haben in den letzten Wintern arg gelitten. Ich habe die Pfarrei von Padre Mantovani übernommen. Er sagte mir, dass einzelne Abschnitte der Kirche bereits vor rund drei Jahren renoviert wurden. Durch Ihre Firma. Er erinnert sich an einen Tommaso Mandelli, der hervorragende Arbeit am Objekt geleistet haben soll. Nun bin ich erneut im Namen des heiligen Giorgio hier, um Ihre wertvollen Fachkenntnisse in Anspruch zu nehmen.« Der Padre lächelte, doch das änderte sich schlagartig, als er Auroras Vater ansah. Aurora wandte sich ebenfalls ihrem Vater zu, aus dessen Gesicht bei der Erwähnung von Tommasos Namen jegliche Farbe gewichen war. Seine Hände zitterten. Obwohl bereits mehrere Sekunden verstrichen waren, schwieg er noch immer und starrte den Geistlichen mit halboffenem Mund an.

Plötzlich wirbelte er auf dem Absatz herum und verschwand hinter den Regalen. Kurz darauf schlug eine Tür zu. Er hatte sich im Büro verschanzt.

Padre Giudici musterte Aurora eingehend. »Entschuldigen Sie, ich wusste nicht, dass der Herr seinen Sohn nach Hause geholt hat.« Der Priester kniff die Augenbrauen zusammen, und Mitgefühl flutete seinen Blick.

»Woher wissen Sie das?« Aurora konnte ihr Erstaunen nicht verbergen. Der Geistliche zuckte mit den Schultern, und ein leichtes Lächeln kräuselte seinen Mund.

»Oh, wissen Sie, wenn man so lange in diesem Beruf tätig ist wie ich, erkennt man Trauer, wenn man sie sieht. Hat er Hilfe? Redet er mit jemandem? Mit Ihnen? Aufgrund der Ähnlichkeit gehe ich davon aus, dass Sie seine Tochter sind?«

Aurora senkte den Kopf und betrachtete ihre Schuhspitzen. Ein tiefer Seufzer entrang sich ihrer Brust. Dann hob sie langsam den Blick. »Nein. Er hat sich lange in seine eigene Welt zurückgezogen. Erst gestern hat er überhaupt wieder angefangen zu sprechen. Heute hat er mich zum ersten Mal zur Arbeit begleitet. Ich hatte die Hoffnung, nun würde sich nach und nach alles wieder einrenken. Aber offenbar ist er noch nicht so weit. Er ist nicht bereit für die Menschen da draußen. Hier drinnen, wenn wir alleine sind, geht es. Aber draußen erinnert ihn einfach noch zu viel an Tommaso. Insbesondere in seinem Beruf.«

Der Padre maß sie mit einem langen, eingehenden Blick. »Sie haben ein gutes Herz, mein Kind. Sie verstehen ihn, und das wird er Ihnen danken. Ihrer Kleidung nach zu urteilen, arbeiten Sie auch im Betrieb?«

Aurora errötete. Lieber hätte sie das Thema gewechselt, bevor der Geistliche am Ende noch empört davonlief und sich eine andere Firma suchte, in der keine Frauen die Arbeit von Männern verrichteten. Sie biss sich auf die Unterlippe und zierte sich mit der Antwort ein wenig. Schließlich aber wurde das Schweigen peinlich. Also riss sie sich zusammen und antwortete: »Ich ... lerne von meinem Vater, wie man Aufträge kalkuliert.« Das war immerhin ein Teil der Wahrheit, wenn auch nicht die gesamte. Der Padre schwieg. Erneut streifte sein Blick über ihre Erscheinung, und ein feines Schmunzeln erhellte seine Gesichtszüge.

»Großartig ... dann wäre es hilfreich, wenn sich jemand die Arbeit vor Ort einmal ansehen könnte.«

Vor Erleichterung hätte Aurora beinahe gejubelt. Er gab ihnen eine Chance. In der Administration war eine Frau also kein Sakrileg, selbst wenn sie für eine Dame etwas befremdlich gekleidet war in ihrer Arbeiterkluft.

»Mein Verlobter wird das gerne übernehmen, und Vater und ich machen Ihnen dann ein vernünftiges Angebot.« Aurora strich sich die schweißnassen Hände an der Hose ab. Sollte der Priester noch Zweifel an der Rechtschaffenheit ihrer Firma hegen, würden sie mit diesem Satz bestimmt vom Tisch sein. Hier war schließlich alles so, wie es sich gehörte. Dass sie selbst kein aktives Mitglied der Kirche mehr war, würde er ihr hoffentlich verzeihen, wenn er es herausfand. So ging es schließlich vielen jungen Leuten. Die Zeiten änderten sich eben.

Padre Giudici war schon fast an der Tür, als er sich noch einmal umdrehte. »Wenn es Ihnen nichts ausmacht, dürfen Sie Ihren Verlobten gerne zu dem Termin begleiten. Ich schätze die weibliche Sicht der Dinge. Sie ist offener für Subtilitäten und Ästhetik. Sie müssen Ihre Talente nicht vor mir verbergen. Ich erkenne sie ohnehin.«

Mit diesen Worten verbeugte er sich galant, trat ins Freie und schloss die Tür hinter sich.

Was für ein außergewöhnlicher Mensch!

Aufgeregt rannte Aurora in den hinteren Teil der Werkstatt und riss die Bürotür auf, um ihrem Vater die wundervollen Neuigkeiten zu überbringen. Doch als sie ihn sah, blieb sie abrupt stehen und sagte nichts.

Mit leerem Blick und ausdrucksloser Miene saß Papa an seinem Schreibtisch und starrte aus dem Fenster ins Abendlicht.

Aurora stellte sich hinter ihn, legte die Arme um seinen Hals und drückte ihre Wange an seine. Gemeinsam schauten sie einige Minuten lang schweigend in die Ferne. »Ich vermisse Tommaso unheimlich. Jeden einzelnen Tag. Manchmal höre ich sein Lachen von den Wänden widerhallen, doch wenn ich mich umdrehe ... ist er nicht da«, flüsterte sie heiser.

Plötzlich rumpelte es draußen in der Werkstatt.

»Ich bin zurück!«, rief Michele.

Aurora löste die Arme um ihren Vater und nahm seine Hand. »Lass uns nach Hause gehen, Papa. Das war etwas viel für heute.«

Und ohne ein Wort zu sagen, erhob er sich von seinem Bürostuhl und trottete hinter ihr her.

Michele sah die beiden überrascht an, als sie an ihm vorbeikamen. Während Auroras Vater ohne ein Wort an ihnen vorüberging und die Werkstatt verließ, blieb sie kurz stehen. Sie nagte an ihrer Unterlippe und knetete die Hände.

»Ich denke, es ist besser, wenn ich mich heute Abend um meine Familie kümmere.« Sie sah ihn betrübt an. »Natürlich wäre ich viel lieber bei dir ... aber meine Eltern brauchen mich jetzt.«

»Das verstehe ich. Ich wollte mich ohnehin mit Marcello und ein paar Jungs im *Grotto Ghiggi* treffen. Wir hatten noch gar keine Gelegenheit, meine Verlobung zu feiern. Marcello soll außerdem mein Trauzeuge werden.«

Michele wirkte beinahe erleichtert, dass sie sich an diesem Abend nicht sehen würden.

Zu Hause angekommen, verzog sich ihr Vater sofort auf sein Zimmer.

»Der Tag hat ihn überfordert«, erklärte Aurora ihrer Mutter. »Ich mache ihm ein Panino mit Schinken. Vermutlich wird er uns beim Abendessen keine Gesellschaft leisten wollen. Ich erzähle dir nachher alles.«

Ihre Mutter nickte und verschwand im Esszimmer, um den Tisch für sie beide und Nonna Camilla zu decken, die im Wohnzimmer saß und so laut Radio hörte, dass die Wände des Hauses wackelten.

Nach dem Abendessen sehnte sich Aurora ebenfalls nach Ruhe. Das intensive Zahlenwälzen forderte nun auch von ihr seinen Tribut. Ihr Kopf pochte an den Schläfen, und sie sehnte sich nach ein wenig Muße, um die seltsame Begegnung mit dem Priester aus Pellio zu verarbeiten.

»Auri, warte«, sagte ihre Mutter, als Aurora nach dem Abwasch in ihr Zimmer gehen wollte. »Auf der Kommode im Eingang liegt ein Brief für dich. Von Antonio. Aus der Schweiz.« Sie wischte sich die Hände an der Schürze trocken.

Auroras Herz schlug schneller. Hastig griff sie nach dem Umschlag und verabschiedete sich von ihrer Mutter. »Gute Nacht!«

Zwei Treppenstufen auf einmal nehmend, lief Aurora hinauf und schloss die Tür hinter sich, dann legte sie sich aufs Bett und fischte den Brief mit zitternden Fingern aus dem Umschlag.

Cara Aurora,

ich denke oft an Dich und Deine Familie … ich hoffe von Herzen, dass es Euch gut geht und dass Ihr die Kraft habt, den Verlust und die Trauer, die Euch das Leben auferlegt hat, zu ertragen.

Ich habe mich gut in der Schweiz eingelebt. Meine neue Heimat, das Prättigau, ist ein Tal, das mich von der Landschaft her sehr an Euer Val d'Intelvi, aber auch an die Gegend rund um Chiavenna erinnert. Das Klima und die Szenerie sind von rauer Schönheit, genau wie bei uns. Aus diesem Grund ist meine Sehnsucht nach Italien ein wenig gestillt, wenn natürlich immer noch vorhanden, weil Ihr mir alle unheimlich fehlt.

Stell Dir vor, ich wohne ganz in der Nähe von Davos!

Und es gibt hier viele von uns italiani. *Einsam fühlt man sich selten. Die Arbeit auf dem Bau ist hart, weil hier eine bedeutend andere Gangart herrscht als bei uns. Straßen und Bahnlinien, aber auch mehrstöckige Wohn- und Geschäftshäuser schießen wie Pilze aus dem Boden. Mancherorts wird ohne Unterbrechung im Schichtbetrieb gearbeitet.*

Ich teile mir mit ein paar anderen Bauarbeitern eine Wohnbaracke. Manchmal ist es eine große Herausforderung, mit so vielen Männern auf so engem Raum zu leben. Meine drei Zimmernachbarn schnarchen, gekocht wird in einer Gemeinschaftsküche, und die Wäsche hängen wir über den Drahtzaun vor der Baracke. Privatsphäre hat man absolut keine, und man muss alles gut verstecken, wenn man nicht möchte, dass es gestohlen wird.

Aber ich habe auch schöne und bereichernde Bekanntschaften gemacht und bereits Freundschaften geschlossen. Die Italiener hier sind gut organisiert. An den Wochenenden treffen wir uns zum gemeinsamen Essen, zum Tanzen oder Kartenspielen.

Dennoch hat das Ganze einen etwas bitteren Beigeschmack. Ich hatte nicht damit gerechnet, dass die Schweizer uns so offen ablehnen. Man hat mir erzählt, dass wir als fähige Arbeitskräfte geschätzt würden, was so weit auch stimmt, aber uns Menschen hinter den Handwerkern will man gar nicht kennenlernen. Man stellt uns saisonale Bewilligungen von maximal neun Monaten aus, die zwar verlängert werden können, aber es gibt keinerlei Interesse, uns in die Gesellschaft zu integrieren – im Gegenteil: Die Schweizer beäugen uns mit skeptischen Blicken, möchten uns weder in den Wirtshäusern noch in ihren Wohnungen sehen und haben Gesetze erlassen, die es uns unmöglich machen, unsere Frauen und Kinder herzubringen.

Es tut weh zu spüren, dass wir nicht akzeptiert und allein auf unsere Arbeitskraft reduziert werden. Ich persönlich habe mich unheimlich auf die Schweiz und ihre Menschen gefreut und war auch neugierig, mehr über ihre Gepflogenheiten zu erfahren. Doch ich habe schnell gemerkt, dass das nicht auf Gegenseitigkeit beruht und man im Umgang mit den Einheimischen sehr zurückhaltend sein muss, um nicht ihren Unmut auf sich zu ziehen. Sie mögen es beispielsweise nicht, wenn man sie anfasst oder zu laut ist. Ich gebe die Hoffnung jedoch nicht auf, dass wir uns in ihren Herzen einen Platz verdienen können, wenn wir nur weiterhin arbeitsam sind und uns vorbildlich in ihre Gemeinschaft einfügen. Wir italiani sind kultivierte und wohlerzogene Bürger, was sollte man schon gegen uns einzuwenden haben? Vielleicht ist es einfach die Angst vor dem Fremden, die die Schweizer so reserviert reagieren lässt. Schließlich haben wir ihre Heimat buchstäblich überflutet. Zugleich sind wir es aber auch, die die Schweiz aufbauen. Mit viel Einsatz und Liebe zum Detail. Bestimmt wird man das eines Tages erkennen und sich dankbar zeigen.

Abgesehen davon herrschen hier paradiesische Zustände. Es gibt unglaublich viel Arbeit, und sie wird mit hohen Löhnen, zuverlässig und termingerecht bezahlt; etwas, das man von unserem Staat und unserer Wirtschaft nicht kennt.

So, jetzt habe ich unendlich viel erzählt. Wir sehen uns spätestens zu Weihnachten!

Ich würde mich sehr über Post von Dir freuen. Wie ist es Euch ergangen? Wie kommt Ihr zurecht?

Eine feste Umarmung in die Heimat,

Antonio

Kapitel 13

Ende der Woche begleitete Aurora Michele nach Pellio Intelvi zu Padre Giudici.

Sie wusste, dass ihr Vater noch nicht so weit war, sich mit Kunden zu treffen und insbesondere Tommasos Wirkstätten zu betreten. Dennoch spürte sie, dass er *sie* für bereit hielt, diese Aufgabe zu übernehmen.

Nach einer Viertelstunde erreichten sie den großzügigen Kirchenkomplex der Chiesa San Giorgio.

Das Gotteshaus befand sich abseits des Dorfes auf einer Anhöhe, inmitten von weitläufigen Wiesen und Laubbäumen. Ein mit einer Heiligenstatue als Spitze verzierter Glockenturm ragte in den blauen Himmel. Unterhalb der Glockenfenster verriet eine Uhr, dass sie pünktlich zu ihrem Treffen erschienen.

Aurora blickte sich um. Die Kirchenanlage war von unterschiedlichen Bausystemen durchzogen. So bestand der hervorstehende Teil des Haupteingangs aus einer Backsteinmauer, während Fassade und Turm sandfarben verputzt waren. Auch die Mauer des Kirchhofs setzte sich aus verschiedenen Abschnitten zusammen, je nach Verwitterungszustand und Mauerstil. Eine Einheit war nicht erkennbar.

Padre Giudici wartete bereits vor dem schmiedeeisernen Tor, das zum Friedhof führte. Neben ihm stand ein weiterer

Mann. Er trug einen blauen Anzug, dazu Hemd und Krawatte. Ernste, dunkle Augen musterten sie beim Parken ihres Gefährts. Ein modischer Hut, unter dem lockige braunschwarze Haare hervorquollen, vervollständigte das Outfit.

Aurora kletterte von der Laderampe und beeilte sich, dem Geistlichen die Hand zu schütteln. Michele tat es ihr nach. Padre Giudici begrüßte sie freundlich und stellte den Mann an seiner Seite vor.

»Das ist meine Neffe, Lorenzo Baroni. Er ist Anwalt in Argegno. Da er heute zufällig zu Besuch ist, habe ich ihn gebeten, uns bei der Besichtigung der Handwerksarbeiten kurz Gesellschaft zu leisten. Ich schätze seine Beurteilung der Dinge sehr.«

»Aurora Mandelli«, stellte sich ihm Aurora nun vor und unterstrich ihre Worte mit einem Lächeln.

Signor Baroni neigte den Kopf, als wollte er eine Verbeugung andeuten. »Die Tochter des Baumeisters also, interessant.« Seine Augen verharrten noch einige Sekunden lang auf ihrem Gesicht, ohne dabei über ihre Gestalt zu streifen. Dann wandte er sich Michele zu und begrüßte ihn ebenfalls.

»Ich möchte, dass wir uns zuerst den Friedhof ansehen. Die Renovierungsarbeiten an der Kirchenfassade und der Friedhofmauer sind schnell geklärt. Was mir mehr Sorgen bereitet, ist etwas, das ich bisher noch nicht erwähnt habe.« Der Geistliche trat durch das Tor, blieb aber schon wenige Schritte weiter nachdenklich stehen und verschränkte die Arme hinter dem Rücken. Einige Sekunden lang sprach niemand ein Wort.

»Sehen Sie, was ich meine?« Sein Gesicht nahm einen gequälten Ausdruck an.

Aurora folgte seinem Blick. Vor ihnen breitete sich ein weiter, leerer Platz aus, der mit Kieseln gefüllt war. Den linken Teil des

Friedhofs nahm die Gräbermauer ein. Die vorherrschenden Grautöne verliehen dem Ort etwas Tristes und Steriles.

Padre Giudici fuhr erklärend fort: »Vom vorderen Teil des Friedhofs aus hat man eine zauberhafte Sicht auf den in der Schweiz gelegenen Lago di Lugano. Doch trotz der wunderschönen Natur, die uns hier umgibt, fehlt es diesem Ort an romantischer Melancholie. Die Brücke zwischen Diesseits und Jenseits ist einfach nicht spürbar. Leben und Tod sind nur zwei Aspekte desselben Kreislaufs, wie Tag und Nacht. Wenn ich hier stehe, habe ich jedoch den Eindruck, dass wir Lebenden nichts mit dem Tod zu tun haben wollen, und dass jene, die den Weg ins Unbekannte bereits gegangen sind, kontinuierlich vergessen werden. Man will ihnen nicht wirklich nahe sein, deshalb hat man sie hier in diese Mauern gesperrt ... um eine Trennung zu symbolisieren.«

Michele warf Aurora heimlich einen genervten Blick zu und rollte mit den Augen. Offenbar hielt er das alles für pathetisches Geschwafel. Ganz anders erging es ihr selbst.

Bei den Worten des Padre materialisierte sich ein Garten vor ihrem inneren Auge, und bevor sie es verhindern konnte, sprudelten die Bilder ihrer Vorstellungskraft schon aus ihr heraus. »Sie haben völlig recht«, sagte sie. »Es muss hier mehr Leben und Farbe geben. Wie wäre es mit einer bunten Oase? Einem Steinkreis aus Trockenmauerwerk, bepflanzt mit ...« – sie suchte nach Worten – »... mit Silberdisteln, Lavendel, Oregano oder Rosmarin, Hungerblümchen ... Die Trockensteinmauer bietet Moosen, Farnen und Blumen ideale Voraussetzungen, da sie keinen Mörtel benötigt. Sie allein ist schon ein Symbol für die Symbiose zwischen Leben und Tod. Die Ritzen der grauen Steine bieten viel Raum für Lebendiges aller Art.« Sie spürte, wie das Adrenalin ihre Gefäße flutete und Hitze in ihre Wangen schoss. Sie war in ihrem Element. »Wir könnten hier, inmitten dieser steinernen Einöde, einen Zufluchtsort für die Hinterbliebenen schaffen, einen Ruheplatz, der mit gemütlichen Steinbänken und einem Springbrunnen zum Verweilen einlädt. Man kann auf dieser Insel in Stille sitzen, stumme Zwiegespräche mit den Verstorbenen halten oder ein Buch lesen, um ihnen immerhin im Herzen nahe sein zu können. Wenn wir es schaffen, ein Stück der verspielten Natur rund um den Kirchenkomplex ins Innere dieser Mauern zu holen, dann schlagen wir eine Brücke zwischen dem Reich der Toten und dem der Lebenden.« Sie holte tief Luft. Das Herz pochte ihr bis zum Hals. Die Ideen materialisierten sich in einer ungeahnten Dichte und Flut in ihrem Kopf. Wenn sie doch bloß gleich mit der Arbeit loslegen, die passenden Steine und Pflanzen suchen könnte!

Ernüchterung schlug ihr wie ein Faustschlag ins Gesicht, als sie Micheles fassungslosem Gesichtsausdruck begegnete. Erschrocken presste sie die Lippen zusammen, als könnte das die bereits gesprochenen Worte irgendwie ungeschehen machen. Sie hatte sich mal wieder von ihren kreativen Impulsen überrennen lassen.

Ängstlich sah sie zu Padre Giudici hinüber. Würde auch er sie wie die Pandolfis wieder nach Hause schicken? Nie mehr etwas von sich hören lassen?

Padre Giudicis hellblaue Augen musterten sie mit kindlicher Freude. Auroras Blick glitt zu Lorenzo Baroni, in dessen dunklem Augenpaar sie eine Mischung aus Neugierde und Respekt erkannte.

»Signorina Mandelli, ich bin weder erstaunt noch schockiert, falls Sie das befürchtet haben. Das eben Geschilderte beweist mir lediglich, dass ich richtiglag, Sie hierher einzuladen. Ich wusste instinktiv, dass in Ihnen der Geist des Genialen lebt. Sie sind eine Pionierin, eine Querdenkerin, jemand, der den göttlichen Funken umsetzt und nicht einfach ein Dasein in vorgefertigten Formen fristet.«

Er wandte sich an seinen Neffen. »Habe ich es nicht gesagt, Lorenzo? Was hältst du von der Idee eines Heidegartens, wie ihn Signorina Mandelli beschrieben hat?«

Ein feines Schmunzeln schimmerte in den Augen des Anwalts, und er verzog leicht den Mund. »Du hast mich vorgewarnt, Onkel. Und du lagst mit deiner Prophezeiung richtig. Die junge Frau hat Geschmack und Talent. Wenn du meine Meinung hören willst, dann soll dies die erste Kirche im Val d'Intelvi werden, die eine Friedhof-Oase ihr Eigen nennen darf!«

Micheles Blick wanderte ungläubig zwischen den beiden Herren hin und her. Aufgrund ihrer offensichtlichen Begeisterung wagte er allem Anschein nach nicht, fachliche Bedenken zu äußern. Aurora beschloss, ihm diese Bürde abzunehmen. Sie wandte sich ihrem Verlobten zu und legte ihm die Hand auf den Arm.

»Was meinst du dazu, Michele? Spricht aus handwerklicher Sicht irgendetwas gegen dieses Bauwerk? Habe ich etwas nicht bedacht?«

Michele holte gerade Luft, als ihm Padre Giudici mit den Armen fuchtelnd das Wort abschnitt. »Ach papperlapapp! Sie haben hier schon früher Trockensteinmauern erstellt. Der Heidegarten muss keinen besonderen Anforderungen entsprechen. Ein Steinkreis nach gewohnter Bauweise, das Ganze wird bepflanzt, dazu eine Steinbank und ein steinerner Springbrunnen. So etwas wird in Parks auf der gesamten Welt täglich erbaut.«

Röte kroch Micheles Hals hinauf. Er schloss den Mund wieder. Eine Ader pochte verdächtig an seiner Schläfe.

»Mein Onkel hat recht«, bekräftigte Lorenzo Baroni. »Tatsächlich habe ich ähnliche Gärten schon gesehen, allerdings noch nie auf einem Friedhofsgelände. Setzen Sie Ihre geniale Idee doch einfach nach bestem Wissen und Gewissen gemäß Ihren Vorstellungen um, dann wird das bestimmt eine geschmackvolle Sache.« Er wandte sich dem Priester zu. »Onkel, du verstehst, dass ich nun weitermuss. Meine Kunden warten. Ich wollte wirklich nur kurz Hallo sagen.« Er umarmte den feingliedrigen Mann innig und drehte sich dann noch einmal zu Aurora und Michele um.

»Es hat mich sehr gefreut, Ihre Bekanntschaft zu machen, Signorina Mandelli. Ihre Firma weist eine avantgardistische und einzigartige Handschrift auf. Möglicherweise ...« – er strich sich nachdenklich übers Kinn –, »... hören wir noch voneinander. Ich werde Sie auf jeden Fall im Hinterkopf behalten, sollte ich Bedarf an einem Bauunternehmen haben oder nach einer Empfehlung gefragt werden.«

Er schüttelte auch Michele die Hand und ging dann davon.

»Gut«, sagte Padre Giudici. »Dann sollten wir uns nun wohl noch die langweilige Fleißarbeit zusammen ansehen. Die renovierungsbedürftigen Abschnitte der Mauer und der Kirchenfassade.«

Sie verbrachten noch eine weitere Stunde damit, mit dem Geistlichen sämtliche Flickarbeiten durchzugehen. Diesen Teil der Beratung übernahm Michele. Allerdings legte er dabei nicht den gewohnten Enthusiasmus an den Tag. Seine Stimme klang monoton, als sei er gar nicht daran interessiert, die Aufträge anzunehmen. Gottlob schien der Padre davon jedoch nichts zu merken, denn er blieb weiterhin freundlich, schmunzelte und plapperte gesellig vor sich hin. Aurora notierte derweil alle notwendigen Daten wie Maße, Wünsche und zu erledigende Aufgaben auf einen Schreibblock. Dabei schweiften ihre Gedanken wiederholt zu der zu erstellenden Gartenanlage. Ideen verästelten sich immer weiter in ihrer Vorstellung, aus Knospen wurden Blüten, und als sie die Piaggio bestiegen, um sich auf den Heimweg zu machen, hatte der Heidegarten in ihrem Kopf bereits sehr konkrete Formen angenommen.

Die Grünanlage sollte von oben betrachtet die Form einer sich immer enger windenden Spirale haben, die in einem Zentrum endete. Ein Weg aus lachsfarbenen Kieseln führte ins Innere des schneckenhausförmigen Gebildes und wurde links und rechts von niedrigen Natursteinmauern flankiert, auf deren Kronen und in deren natürlichen Lücken man Büsche, Kräuter, Blumen und Ranken anbringen konnte. Kleine Steinbänke luden zu einer Pause ein. Im Kern der Spirale befand sich der Höhepunkt des Heidegartens: ein runder Steintisch, aus dessen Zentrum ein kleiner Springbrunnen sprudelte und der von kleinen Steinbänken umgeben war. Auch dieser Teil des Gebildes sollte von üppig wuchernden Pflanzen in verschiedenen Farben umgeben sein.

Als sie den Werkhof in Castiglione erreichten, war Micheles Miene ebenso versteinert wie der Friedhof von San Giorgio in Pellio.

»Michele ... es tut mir leid, dass dir die beiden Herren das Wort abgeschnitten haben, das war nicht in Ordnung. Mich interessiert deine Einschätzung zu der Gartenanlage sehr wohl, das weißt du. Die Kunden haben manchmal den falschen Blick auf die Dinge. In ihrer Begeisterung glauben sie, alles sei machbar, möglicherweise ist es das aber nicht.«

Michele lud ein paar Werkzeuge in einen Eimer und drehte ihr dabei den Rücken zu. »Schon gut, Aurora, ich bin für die Renovierungsarbeiten zuständig. Mach du den Garten. Das hat ohnehin mehr mit der Arbeit eines Landschaftsgärtners zu tun als mit solider Maurerarbeit. Frauen haben da möglicherweise einen Heimvorteil – oder pflanzt ihr nicht auch Gemüse und Blumen an bei euch zu Hause?«

Natürlich taten Nonna Camilla, Mamma und sie das regelmäßig. Der Gemüseanbau hatte aber überhaupt nichts mit einem Heidegarten zu tun. Das eine gehörte zur Grundversorgung oder Nahrungsmittelbeschaffung, Letzteres jedoch war Kunst am Bau. Selbst die überall rund um das Mandelli-Haus verteilten Blumenbeete und -töpfe waren wohl kaum vergleichbar mit der raffinierten Bepflanzung eines Heidegartens. Doch Aurora beschloss, das Thema vorerst ruhen zu lassen.

»Ich gehe dann zu Papa, damit wir Padre Giudici möglichst rasch eine Offerte anbieten können. Sicherlich wird er sie noch mit seinen Vorgesetzten besprechen müssen.«

»Das ist anzunehmen. Ich bin nicht sicher, ob die Finanzen der Kirche eine derart ausschweifende Idee wie eine Grünanlage auf einem Friedhof tatsächlich zulassen. Das sieht zwar schön aus, ist aber eine Spielerei. Die Sanierungsarbeiten hingegen sind notwendig. Ich werde Padre Giudici bei meinem nächsten Besuch auch klar kommunizieren, dass die von ihm gewählten Arbeiten nicht die einzigen sind, die meiner Meinung nach anstehen. Aus fachlicher Sicht gibt es noch einige andere Stellen auf dem Kirchengelände, die in naher Zukunft als riskant und baufällig eingestuft werden müssen.«

Aurora nickte und schluckte.

Kapitel 14

Die Wochen gingen ins Land. Mittlerweile war es Dezember geworden. Das kleine Örtchen Argegno am Comer See lag unter einem Deckel aus grauweißem Nebel. Vereinzelt tanzten Schneeflocken durch die Luft und verhedderten sich in Auroras Wimpern. Eine feine, weiße Schicht puderte die Straßen und Häuserdächer. Die eiligen Schritte der Menschen zeichneten sich durch helle Abdrücke in der dünnen Schneeglasur ab. Ein kalter Wind wehte vom See her durch die Gassen des Dorfes und blies Aurora schmerzhaft in die Ohren, als sie zu den Ausläufern der Siedlung marschierte. Die in Orange, Rot oder bisweilen sogar Pastellgrün gehaltenen Häuserfassaden bildeten die einzigen Farbkleckse in der sonst grauen Winteratmosphäre. Obwohl sich die Luft durch den Wind eiskalt anfühlte, reichten die kühlen Temperaturen offenbar noch nicht, um das Wasser eines kleinen Springbrunnens, den Aurora passierte, erstarren zu lassen. Sie zog sich ihren Wintermantel enger um den Leib, griff zum wiederholten Mal in die Tasche desselben und fühlte mit einem verträumten Lächeln auf den Lippen das raue, handgeschöpfte Papier.

Zehn Minuten später erreichte sie ihr Ziel.

Das Haus der Marinos reckte seine beigefarbene Fassade, die an die Form einer Katze mit aufgestellten Ohren erinnerte, in den wolkenverhangenen Himmel. Auf den pyramidenförmig zulaufenden Turmdächern lag ein zarter Hauch von Schnee. Aurora ging den kurzen Kiesweg zu der schweren hölzernen Eingangstür entlang und blieb zögernd davor stehen.

Ihr Herz pochte, als sie die Türklingel betätigte. Unruhig verlagerte sie das Gewicht von einem Bein auf das andere. Ob sie wohl zu Hause war? Üblicherweise hätte sie sich bei der jungen Frau anmelden müssen, aber ihr Besuch sollte eine Überraschung sein.

Jemand hantierte am Türschloss, und Aurora schluckte nervös. Schließlich wurde die Haustür mit einem Ruck aufgerissen, und Marisa stand im Eingang. Ihre Augenbrauen hoben sich überrascht, als sie Aurora sah. Dann entspannte ein breites Grübchenlächeln ihr Gesicht. Anders als bei ihrem letzten Aufeinandertreffen im Frühling trug die junge Frau luftige Männerkleidung und war von Kopf bis Fuß mit Farbklecksen dekoriert. Die Haare hatte sie zu einem lockeren Knoten hochgesteckt.

»Ich weiß, das sieht jetzt ein wenig überfallartig aus, du musst mich auch gar nicht hereinbitten ...« Aurora kramte fahrig in ihrer Manteltasche und zog ein hellgrünes Kuvert hervor. »Ich wollte dir nur etwas überreichen. Bitte sehr.« Sie reichte Marisa den Umschlag. Diese machte jedoch keine Anstalten, ihn zu öffnen, sondern trat beiseite.

»Komm doch rein, oder musst du dich beeilen? Schließlich habe ich dich schon vor Monaten zu einem *caffè* eingeladen. Ich bin heute sowieso in meinem Malatelier und habe daher keine Termine. Es würde mich sehr freuen, wenn du mir etwas Gesellschaft leistest. Na, was denkst du?«

Aurora nickte. »Sehr gerne. Ich bin nicht in Eile. Ich wollte dich nur nicht unangemeldet überfallen.« Sie betrat den

Hausflur und schaute sich um. Schwere Holzmöbel flankierten den Flur abwechselnd zu beiden Seiten, und zahlreiche Gemälde verzierten die Putzwände. Es handelte sich um abstrakt anmutende Strichzeichnungen von Häusern, Gärten und Landschaften, die mit starken Farbstrichen akzentuiert waren.

»Sind das deine Werke?« Aurora blieb neugierig vor einem Bild stehen, das ein Haus mit schmiedeeisernem Tor und Kletterrosen zeigte. Marisa schob die Hände in die Gesäßtaschen ihrer Jeans und legte den Kopf schief.

»Das Haus meiner Großmutter. Ich war als Kind sehr gerne dort. Der Garten war immer so herrlich verwunschen.« Sie schmunzelte. Aurora musste ebenfalls lächeln.

»Komm mit, wir gehen in den Salon.« Marisa wies auf eine Tür am Ende des Flurs. Während sie schweigend den Gang entlangliefen, bestaunte Aurora weiterhin Marisas Einrichtung. Trockenblumen und Skulpturen aus Stein oder Metall zierten die schweren, dunklen Holzkommoden. Teppiche in schlichten Farben dämpften ihre Schritte und verschluckten das Echo des Eingangsbereichs. Anders als bei Aurora zu Hause wirkte das Haus der Marinos geordnet, die Einrichtung bewusst gewählt und aufeinander abgestimmt. Das Landhaus der Mandellis dagegen war noch immer von Nonna Camillas chaotischem und farblich zuckersüßem Geschmack dominiert, dem sich Auroras Eltern nicht zu widersetzen wagten – von den bunt zusammengewürfelten Fliesenböden ganz zu schweigen.

Der Salon der Marinos präsentierte sich in ähnlicher Manier wie der Eingangsbereich. Einheitliche Polstermöbel in sanftem Pastellgrün mit Rosenmuster nahmen den Hauptteil des Raumes ein, und der hölzerne Salontisch passte farblich perfekt zu den im Wohnzimmer verteilten Kommoden und Schränken. Ein Kamin ergänzte das behagliche Ambiente. Auch Marisa hatte einige Möbel mit gerahmten Fotos bestückt, doch geizte sie ansonsten mit Ziergegenständen. Hin und wieder verschönerte eine Vase, eine antike Gaslampe oder eine Skulptur einen Mauervorsprung oder eine beinahe leere Kommode. Gegen die Einrichtung der Marinos wirkte das Mandelli-Heim wie ein Trödelladen.

Marisa wies auf einen der pastellgrünen Sessel. »Setz dich. Ich bin gleich wieder da!« Ihre Gastgeberin zwinkerte ihr zu und verschwand durch die Tür zum Flur. Einige Minuten später kam sie mit einem Silbertablett zurück, auf dem eine Kanne und zwei Tassen sowie ein Teller mit *biscotti* standen. Sie drapierte alles auf dem Salontisch und schenkte Aurora einen Espresso ein. Danach setzte sie sich ebenfalls und wedelte mit dem grünen Umschlag.

»Ich platze vor Neugierde!« Behutsam öffnete sie das Kuvert, zog die Karte daraus hervor und begann zu lesen. Ihre Miene blieb ausdruckslos. Erst als sie das letzte Wort gelesen hatte, hob sie den Blick und musterte Aurora mit einem warmen Glitzern in den Augen.

»Du heiratest!« Mit einem Ruck stand sie auf, trat auf sie zu und beugte sich zu ihr herab.

»Lass dich umarmen! Was für eine Ehre, dass du mich zum schönsten Tag deines Lebens einlädst, wo ich doch so weit weg wohne!« Sie duftete nach frischen Blumen, vermischt mit dem Geruch von Farbe.

»Bei uns ist das gesamte Dorf eingeladen. Du weißt ja, wie so etwas hier abläuft. Unsere Begegnung ist mir in lieber Erinnerung geblieben, also dachte ich, du hättest vielleicht Lust, uns an diesem Tag zusammen mit deinem

Mann Gesellschaft zu leisten.« Aurora trank vorsichtig einen Schluck Espresso. Die offensichtliche Freude, die sich in Marisas Strahlen zeigte, berührte sie.

Marisa griff ebenfalls nach ihrer Tasse und nahm sich einen Keks. Zwischen zwei Bissen meinte sie: »Das Wichtigste habe ich beinahe vergessen: Wer ist denn der Glückliche?« Sie hob fragend die Augenbrauen.

»Ach so ...« Aurora war erstaunt. »Michele natürlich. Steht in verschnörkelter Schrift unten auf der Karte.« Als Marisa bei der Erwähnung des Namens keinerlei Wiedererkennung zeigte, fügte sie noch erklärend hinzu: »Du erinnerst dich, der Maurer, der mit mir zusammen eure Trockensteinmauer erneuert hat?«

Marisa runzelte die Stirn und stellte die Espressotasse mit dem angebissenen Keks zurück auf den Salontisch.

»Dieser Michele? Der Freund unseres Gärtners?« Ihre Stimme nahm einen erstaunten Ton an. Sie blinzelte verwirrt, öffnete den Mund und schloss ihn wieder. »Das war mir nicht bewusst.« Sie bemühte sich um ein Lächeln, doch war ihr das Erstaunen deutlich anzusehen.

Aurora zuckte mit den Schultern. »Naja, als wir die Mauer bei euch saniert haben, hat das mit uns gerade erst angefangen. Wir haben es eine Weile geheim gehalten, aber irgendwann brodelte die Gerüchteküche dann dermaßen unangenehm, dass wir beschlossen, uns offiziell zu verloben.«

»Hm ... dann kennt ihr euch also noch gar nicht so lange? Alessandro und ich waren fünf Jahre ein Paar, bis wir uns an ein Eheversprechen wagten.« Sie lachte trocken und griff erneut nach ihrer Espressotasse. Während sie an dem heißen Getränk nippte, musterte sie Aurora über den Rand ihrer Tasse hinweg.

»Das sagen viele. Und du hast recht, wir sind noch nicht mal ein Jahr zusammen. Die Tatsache, dass Michele nach dem Tod meines Bruders jedoch uneingeschränkt für mich und meine Familie da war und wir infolgedessen täglich sehr eng zusammengearbeitet haben, hat uns in kurzer Zeit zusammengeschweißt. Es ist nicht die Zeit, die zwei Menschen zu Verbündeten macht, sondern die Intensität ihrer Beziehung. Michele war immer für mich da. Auch dann, als sich die Leute den Mund über mich zerrissen haben. Die Verlobung war seine Idee, um mir zu helfen. Tatsächlich hat das Getuschel in den Dörfern seither massiv abgenommen oder gipfelt immerhin nicht mehr in offener Anfeindung.«

Aurora nahm einen Schluck von ihrem Espresso. »Und dank Michele findet mein Vater möglicherweise sogar einen Weg aus seiner Depression. Seit unserer Verlobung lehrt er mich das Kalkulieren von Aufträgen. Kundenbesuche kann er immer noch nicht wahrnehmen, auch ist die Beziehung zu meiner Mutter nach wie vor von beharrlichem Schweigen beherrscht. Ich habe das Gefühl, dass Papa zu Hause viel Stille und Einkehr braucht, um die Eindrücke des Tages und die nach wie vor omnipräsente Trauer zu verarbeiten. Besonders Tommasos Fehlen im Werkhof der Baufirma bedrückt ihn sehr. Trotzdem überwindet er sich, so oft es geht, zur Arbeit zu kommen, um mir zu helfen. Sein Weg zurück ins Leben ist ein langer und beschwerlicher, aber ich habe ja Michele an meiner Seite.«

Sie seufzte und lächelte Marisa an. Diese schwieg einige Sekunden und betrachtete Aurora nachdenklich.

»Bist du dir sicher, dass du mit der Heirat nichts überstürzt? Versteh mich nicht falsch, ich war selbst eine Braut, ich kenne den Reiz des Ganzen. Es ist aber auch ein folgenschwerer Schritt im Leben eines Menschen.«

»Deshalb schlug Michele vor, dass wir uns ein Jahr Zeit lassen, bis wir die Hochzeit vollziehen. Nächsten Sommer geben wir uns das Jawort.«

Marisa trommelte mit den Fingern auf die Armlehne ihres Sessels. »Was macht dein Talent?«, fragte sie plötzlich.

Aurora, von dem abrupten Themenwechsel überrascht, verstand nicht, worauf sie hinauswollte. »Was genau meinst du?«

»Nun ... das ist doch offensichtlich. Du hast ein Auge für das Handwerk des Mauerns. Du besitzt eine natürliche Begabung und einen Sinn für Perfektion und Ästhetik.«

Aurora erinnerte sich an das Gespräch mit Padre Giudici. Er hatte das Gleiche gesagt. Ihr Vorschlag für den Friedhof hatte ihn über alle Maßen begeistert. Michele hingegen weniger.

»Na ja ... gelegentlich habe ich Glück, und ein Kunde findet Zugang zu meinen Ideen. Michele ist in Bezug auf meine unkonventionellen Einfälle allerdings nicht so enthusiastisch.« Sie lächelte verlegen.

Marisa legte den Kopf schief und kniff die Augen zusammen. »Kannst du mir Beispiele nennen? Ich verstehe nicht genau, was du meinst.«

»Einen Kunden haben wir verloren, weil ich ihm einen indischen Tempel als Garten-Kamin vorgeschlagen habe ... Obwohl, die Idee hat er schlussendlich umgesetzt, er wollte nur nicht, dass wir den Auftrag ausführen. Das ist also ein blödes Beispiel, warte ...« Sie dachte angestrengt nach. Dann fiel ihr das Offensichtliche ein. »Eure Mauer, unten am Ende des Gartens. Du erinnerst dich.« Marisa nickte, und Aurora fuhr fort: »Mein Teil der Trockensteinmauer musste korrigiert werden. Für Michele bedeutete das viel zusätzliche Arbeit. Meine Version war zu verspielt, und ich brauchte auch viel zu lange, um sie zu erstellen.«

Marisa holte tief Luft, um ihr zu widersprechen, und hob sogar zur Vorankündigung den Zeigefinger, doch Aurora war mit ihrer Aufzählung noch nicht fertig. »Im Sommer und Herbst mussten wir Renovierungsarbeiten an der Kirche San Giorgio in Pellio Intelvi vornehmen. Padre Giudici hat mich explizit zu dem Besichtigungsgespräch eingeladen. Er suchte auch noch nach einer Lösung, um aus dem Friedhof einen freundlicheren Ort zu machen. Wie schon einige Male zuvor ist mein Geist weiter gewandert, als gewünscht war, und ich habe dem Priester einen Heidegarten inmitten der Friedhofsanlage vorgeschlagen. Einen Ort der Einkehr und Ruhe für die Trauernden. Dabei dachte ich an das von dir einst erwähnte geordnete Chaos – einen Garten, der gepflegt, aber dennoch scheinbar wild und natürlich aussieht. Die Idee fand bei dem Geistlichen großen Anklang, Michele schalt mich jedoch dafür.«

»Warum? Das klingt doch wunderbar! Wenn es die Finanzen der Kirchgemeinde zuließen, ist an dieser Idee doch nichts falsch. Wie ist das Resultat geworden?«

»Der Heidegarten sieht traumhaft aus! Eine Oase für Ruhesuchende und Menschen, die etwas Zeit in der Nähe ihrer Verstorbenen verbringen möchten. Leben und Tod, so fand auch Padre Giudici, sind bloß zwei verschiedene Abschnitte in ein und demselben Kreislauf. Warum sollten die Hiesigen sich also nicht zu den Jenseitigen gesellen, mit ihnen stumme oder auch laute Zwiesprache halten oder in Ruhe in deren Nähe ein Buch lesen? Er fand meine

Einfälle unheimlich progressiv. Aber genau das ist das Problem, und da gebe ich Michele recht. Mancher Kunde mag es, und andere wiederum vertreibt man damit. Außerdem besitzt nicht jeder die finanziellen Mittel, meine ausgefallenen Ideen auch zu bezahlen.« Aurora seufzte. Nachdenklich trommelte sie mit den Fingern auf die Sessellehne.

Marisa verschränkte die Arme vor der Brust und ließ ihren Blick über Auroras Gesicht gleiten.

»Das also hat Michele gesagt, ja? Ist es überhaupt schon einmal vorgekommen, dass jemand deinen Vorschlag abgelehnt hat? Ich habe nämlich den Eindruck, dass du intelligent genug bist, deine Kreativität kundengerecht zu steuern. Du würdest einem Bergbauern, dessen Mauer rund um sein Grundstück zerfällt, wohl kaum einen orientalischen Säulengang nahebringen, habe ich recht?« Sie nahm einen Keks, kaute und fügte dann mit halb vollem Mund hinzu: »Abgesehen davon gefällt mir persönlich die jetzige Trockensteinmauer an unserer Grundstücksgrenze nicht besonders. Jedenfalls nicht mehr, seit ich deine Version gesehen habe. Ich habe meinem Mann davon erzählt, er hätte viel darum gegeben, deine Kreation zu sehen. Ich bin fast sicher, er hätte sich ebenfalls für diese Ausführung entschieden.«

Sie kaute weiter. Das Knirschen der Kekskrümel zwischen ihren Zähnen durchdrang als einziges Geräusch die Stille.

Aurora schwieg nachdenklich. »Na ja ...«, begann sie zögerlich. »Michele meinte, wir hätten bisher einfach Glück gehabt. Der eine Kunde, der meine Idee abgelehnt hat, ließ sie danach von einem Konkurrenten nachbauen. Seine Entscheidung hing wohl damit zusammen, dass ich eine Frau war und seine Lebensgefährtin mich nicht gerne in der Nähe ihres Mannes sehen wollte.«

»Was ich nachvollziehen kann, aber das hat nichts mit deinem Talent zu tun. Du bist ein hübsches Ding, das ruft Neid auf den Plan«, bemerkte Marisa trocken.

Aurora knetete ihre Hände und wand sich in ihrem Sessel. »Michele hat viel mehr Erfahrung als ich. Meine Kreativität schießt möglicherweise manchmal übers Ziel hinaus. Es ist tatsächlich besser, wenn ich auf seinen Rat höre, mich zurückhalte und wir vor allem die Arbeiten verrichten, die wir traditionell seit vielen Jahrzehnten anbieten.«

»Die abgesehen davon auch jeder andere anbietet.« Marisa klang nach wie vor angespannt, was für die sonst stets lächelnde junge Frau sehr ungewöhnlich war.

Plötzlich stand sie auf und kniete sich vor Auroras Sessel auf den Boden. Sie nahm ihre Hand und suchte ihren Blick.

»Aurora, bitte, wir kennen uns noch nicht lange, aber ich erkenne eine verwandte Seele. Lass dich nicht in einen Käfig sperren. Auch nicht, wenn man dir verspricht, dass es bloß für kurze Zeit ist oder dass es das Beste für dich ist. Es ist und bleibt ein Gefängnis.«

Die Ernsthaftigkeit ihrer kryptischen Botschaft verunsicherte Aurora.

»Ich kann mit Michele ja noch mal darüber sprechen. Vielleicht finden wir eine Möglichkeit, dass ich meine Ideen wenigstens hin und wieder einbringen kann – wenn wir es vorher absprechen ...«, sinnierte sie in dem Versuch, Marisas Worten gerecht zu werden.

»Das meine ich nicht, Aurora.« Marisa stand auf und ging zur Tür. »Möchtest du mein Atelier sehen?«

Verwirrt erhob sich Aurora und folgte ihrer neuen Freundin in deren persönlichen Garten Eden.

Kapitel 15

Es war fünf Uhr dreißig in der Früh. Dämmriges Grau löste das samtige Schwarz der Nacht ab. Gegen sechs Uhr würde die Sonne über Cerano aufgehen, und mit ihr begann der ereignisreichste und schönste Tag in Auroras bisherigem Leben. Ein Jahr Planung für wenige Stunden Freudentaumel. Unfassbar, dass es endlich so weit war.

Hatte sie überhaupt geschlafen? Es fühlte sich nicht danach an. Dennoch pulsierte ihr Körper, als stünde er unter Strom.

Es war ein seltsames Gefühl zu wissen, dass dies ihre letzte offizielle Nacht im Haus ihrer Eltern und in ihrem Mädchenzimmer war. Vor drei Wochen hatten sie und Michele eine gemeinsame Wohnung in Castiglione gefunden und diese zusammen eingerichtet. Die Tradition verlangte es jedoch, dass die Braut ihr Elternhaus erst nach der kirchlichen Trauung verließ. Erst in der Kirche wurde sie vom Brautvater symbolisch ihrem zukünftigen Ehemann übergeben. Das hatte sie und Michele natürlich nicht davon abgehalten, sich weiterhin heimlich zu treffen. Auroras Herzschlag beschleunigte sich, wenn sie daran dachte.

Seit vor zwei Monaten die Tinte auf dem offiziellen Trauschein der Gemeinde Cerano d'Intelvi getrocknet war, gab es in diesem Prozess kein Zurück mehr. Viel wichtiger als jedes Dokument war in Italien jedoch die öffentliche Trauung vor Gottes Angesicht. Das Amtspapier besaß erst dann einen ernsthaften Wert, wenn die Ehe kirchlich und in der Öffentlichkeit vollzogen worden war. Es war seit Langem das erste Mal, dass Aurora wieder ein Gotteshaus betreten würde. Dieses Mal, so hoffte sie, würde man ihr mit Toleranz und Anerkennung begegnen, schließlich tat sie genau das, was die Tradition verlangte: Sie heiratete.

Vor ihr hing das Brautkleid im Schatten des halbdunklen Zimmers an der Schranktür. Neun Monate lang hatte sie daran gearbeitet, gemeinsam mit Nonna Camilla, die Aurora bei der Wahl des Stoffs und in Bezug auf nähtechnische Tricks beraten hatte. Diese aufregende Aufgabe hatte ihre Großmutter noch einmal sichtlich aufblühen lassen. Sie hatte sich an viele ihrer Fähigkeiten erinnert, und die allgemeine geistige Verwirrung hatte sich dabei manchmal so drastisch reduziert, dass Aurora beinahe glaubte, wieder die alte resolute Camilla vor sich zu haben. Natürlich war das bei ihrer Erkrankung eine Illusion. Es bewies lediglich einmal mehr, dass Leidenschaft die Macht besaß, Wunder zu vollbringen, auch wenn sie nur von kurzer Dauer waren.

Mit einem Ruck erhob sich Aurora aus dem Bett und riss die Vorhänge auf. In der Dämmerung erkannte sie die schwarzen Umrisse des Kastanienbaums vor dem Balkon. Da das anbrechende Tageslicht nicht ausreichte, schaltete sie zusätzlich auch noch die Beleuchtung in ihrem Zimmer an.

Bewundernd strich sie über den seidigen Stoff des Kleides, das sie bald tragen würde. Sie hatte sich für einen zeitgemäßen Schnitt entschieden, der Eleganz und feminine Verspieltheit vereinte. Das Oberteil war, angepasst an die sommerlichen Temperaturen, kurzärmlig; dazu gehörten neckische, kurze Handschuhe. Pailletten glitzerten im Licht der Deckenlampe. Eine sinnliche Schleife trennte den glamourösen oberen Teil des Kleids in der Taille von einem glatten, seidig weißen Rock. Ein Schleier, schimmernde weiße Pumps und ein schlichtes Diadem rundeten das Ensemble ab.

Nun galt es aber zuerst, die Camilla-Locken zu bändigen und zu einer annehmbaren Hochsteckfrisur zu frisieren ...

Gegen neun Uhr trafen bereits die ersten Gäste ein. Familienmitgliedern war es gestattet, im Inneren des Landhauses zu warten, während die eingeladenen Dörfler den Hof fluteten und sich um die Schatten spendenden Laubbäume scharten. Mamma und Tante Carla hatten dort einen Tisch mit gefüllten Gläsern aufgebaut. Die rund vierhundert geladenen Hochzeitsgäste bedienten sich mit Whisky, Spumante und anderen Spirituosen oder Gebäckhäppchen, um sich die Wartezeit zu vertreiben. Ihr ausgelassenes Gelächter und das Summen ihrer Gespräche drangen bis in Auroras Zimmer.

»Bist du bereit?« Ihre Freundin Maria, die extra aus Mailand gekommen war, um die Rolle der Trauzeugin zu übernehmen und Aurora durch diesen Tag zu begleiten, drapierte ein letztes Mal den Schleier und kontrollierte den Sitz des Diadems. Aurora strich über das Amulett ihres verstorbenen Bruders, das sie nie ablegte und daher auch an diesem Tag trug. Heute vermochte die Berührung sie jedoch nicht zu beruhigen.

Ihr Herz klopfte, und die Handflächen fühlten sich feucht an. Im Gegenteil dazu klebte ihre Zunge allerdings völlig ausgedörrt am Gaumen. In ihrem Inneren tobte ein Sturm aus ambivalenten Gefühlen. So lange hatte sie diesem Moment entgegengefiebert, ihren Tag als wunderschöne, von allen bewunderte Braut herbeigesehnt. Bald würde auch sie endlich ein vollwertiges Mitglied der Gesellschaft sein – eine Ehefrau. Der Wunsch nach Tradition und Zugehörigkeit wurde aber auch von Wehmut durchzogen. War sie wirklich bereit zu diesem Schritt? Die Hoffnung, in der Ehe Frieden und Ruhe zu finden, stritt mit einer noch namenlosen Angst um die Wette.

»Du schaffst das schon! Du siehst einfach zauberhaft aus. Er wird dich verehren und auf Händen tragen!« Maria, die Auroras Nervosität spürte, strich ihr liebevoll über die Wange.

Aurora schenkte ihrer Freundin ein Lächeln, das vermutlich ziemlich verkrampft aussah.

»Los jetzt, Auri, zeig dich den Menschen da unten!« Maria trat beiseite und hielt ihr die Tür auf. Langsam und sorgsam darauf bedacht, nicht über den Saum ihres Kleides zu stolpern, schritt Aurora in den Flur und blieb oben auf dem Treppenabsatz stehen. Sofort erstarben die Gespräche im Erdgeschoss, und sämtliche Augenpaare hoben sich und fixierten sie. Aurora entdeckte ihren Cousin Antonio ganz vorne an der Treppe. Er sah sie mit einem schiefen Grinsen an und begrüßte sie mit einem Augenzwinkern. Es bedeutete ihr sehr viel, dass er für ihre Vermählung extra aus der Schweiz angereist war.

Ein ehrfurchtsvolles Raunen ging durch die Menge, als sie zum kollektiven Gruß die Hand hob.

»*Che bella!*«, murmelten einige und ließen ihren Blick bewundernd über das Kleid schweifen.

Mit einem vagen Lächeln schritt Aurora schließlich die Treppe hinunter. Maria, die ihr folgte, hielt ihren Schleier. Am Ende der Treppenstufen wartete Papa in einem feierlichen schwarzen Anzug.

Unten angelangt, begrüßte sie zuerst die anwesenden Verwandten mit innigen Umarmungen. Antonio drückte ihr einen dicken Kuss auf die Wange.

»Unfassbar – die kleine Auri heiratet ... wer hätte das gedacht! Noch dazu einen waschechten *muratore*! Dieser Wahl kann ich nur zustimmen!«, sagte er scherzhaft und schmunzelte.

Als alle begrüßt waren, blieb Aurora vor ihrem Vater stehen. Die Menge schwieg. In seinen Augen schimmerten Tränen der Rührung, und seine Mundwinkel zuckten verdächtig. Der Tradition gehorchend, legte Aurora ihre Hand in seine raue Pranke. Ihre Kehle fühlte sich an wie zugeschnürt, und ihr Magen zog sich schreckhaft zusammen.

»Lasst uns aufbrechen, um zehn beginnt die Kirche. Wir wollen auf keinen Fall zu spät sein!« Die Stimme ihrer Mutter hallte durch den Eingangsbereich. Sie trug ein ärmelloses olivfarbenes Kleid, das am Hals und entlang des Armausschnitts mit einer weißen Bordüre umrahmt war. Dazu passend umschlang eine gleichfarbige Schleife ihre Taille. Helle Knöpfe zierten den Brustteil des Kleidungsstücks. Ihre kastanienbraunen Haare leuchteten im frischen Farbton ihres jüngsten Friseurbesuchs. Auch sie trug eine kunstvolle Hochsteckfrisur.

Wie bunte Vögel schwärmten die Gäste vom Haus der Mandellis auf den Feldweg hinaus, der zum Dorf führte. Das milde Gold der Morgensonne spiegelte sich in glänzenden Locken, mit Pomade frisierten Herrenfrisuren und auf

Hochglanz polierten Schuhen. Aurora hakte sich bei ihrem Vater unter und schritt, dicht gefolgt von ihrer Treuzeugin Maria, zur Spitze der Prozession. Bewundernde Blicke folgten ihr. Unter den Anwesenden erblickte sie auch Marisa Marino, die neben ihrem Ehemann stand. Zu ihren dunklen Haaren und den Sommersprossen trug sie ein graublaues Kleid mit Faltenrock und dazu eine weiße Perlenkette, die auf das gleichfarbige Stoffband in der Taille abgestimmt war. Auch sie hatte sich für modische Samthandschuhe entschieden. Obwohl sie eine hinreißende Erscheinung abgab, fehlte etwas. Marisas sonst neckisches Grübchenlächeln wirkte getrübt, und ihr wehmütiger Blick kroch bis auf den Grund von Auroras Seele und ließ sie erschauern.

Auf dem Weg ins Dorf schwieg Auroras Vater, was dieser ganz gelegen kam. Genau wie er brauchte auch sie in Zeiten des Aufruhrs ein gewisses Maß an Stille. Das Pochen ihres Herzens war ohnehin so laut, dass sie ihre eigenen Gedanken dabei kaum mehr hörte.

Endlich erreichten sie die Kirche des heiligen Tommaso. Der Platz vor dem Gotteshaus an der Via Roma war beinahe leer. Bis auf ein paar Freunde Micheles befand sich der Großteil der Gäste im Schlepptau der Braut. Mitgefühl stieg bei dem Anblick der winzigen Gruppe in Aurora auf. In ihren Augen war die Familie das Wichtigste, was ein Mensch besitzen konnte. Sie verlieh einem Individuum Wurzeln, Halt und Geborgenheit. Umso tragischer, dass ihrem zukünftigen Gatten gerade das fehlte. Doch das sollte sich bald ändern. Ihre Familie würde ihn mit offenen Armen empfangen.

Aurora blickte hinauf zum Glockenturm von San Tommaso, der in einen wolkenlos blauen Himmel hineinragte.

Majestätisch zerteilte das Kreuz auf seiner Spitze das Sonnenlicht und reflektierte es. Die karamellfarbenen Holztüren, die ins Hauptschiff der *chiesa* führten, standen offen. Der Vorplatz des Gebäudes sowie der Eingang waren mit üppigen Blumengestecken geschmückt.

Auf dem achtzackigen Stern, den man in Form eines Mosaiks in den Boden vor der Tür eingelassen hatte, blieb Aurora stehen. Sie atmete dreimal tief ein und aus und suchte den Blick ihres Vaters.

Der Ausdruck darin ließ sie erstarren.

»Bist du dir sicher, dass dich das glücklich macht, Kind?«

Die Frage kam so unvermittelt über seine Lippen, dass Aurora anfangs gar nicht wusste, was sie ihm darauf antworten sollte. Aus den Augenwinkeln nahm sie die unruhigen Bewegungen der Wartenden hinter sich war. Sie runzelte die Stirn und strich ihrem Vater liebevoll über den Unterarm.

»Natürlich bin ich das, Papa, das weißt du doch.« Sie unterstrich ihre Worte mit einem Lächeln.

Er nickte, ohne ihr Lächeln zu erwidern. »Gut, das ist alles, was ich wissen muss.«

Und mit diesen Worten trat er vor und führte sie durch das Kirchenportal, wo sie von Padre Bresciani mit einem Lächeln empfangen wurden.

Das Innere des Gotteshauses erblühte in einem dezenten goldenen Licht. Zum Klang der Orgel führte Papa Aurora über den rotgemusterten Teppich zur Kuppel am Ende des Kirchenschiffs. Hinter ihnen suchten sich die Hochzeitsgäste einen Platz auf den braun lackierten Holzbänken. Nur Maria war es erlaubt, der Braut und dem Brautvater bis nach vorne zu folgen.

Mit jedem Schritt, der Aurora Michele und seinem besten Freund Marcello näher brachte, schlug ihr Herz lauter. Ein undurchdringliches Rauschen erfüllte ihren Kopf und machte das Denken unmöglich.

Vor dem Bräutigam blieben sie stehen.

Michele trug einen schwarzen Frack, dazu eine dunkle Faltenhose, ein weißes Hemd mit einer schimmernden Krawatte und glänzende Lackschuhe. Die Haare trug er in einem Seitenscheitel, den sonst üblichen Dreitagebart hatte er rasiert. Bewundernd musterte er Aurora von Kopf bis Fuß. Ein schiefes Grinsen erhellte seine Miene, und seine Augen leuchteten dunkel. Ohne den Blick von ihr abzuwenden, streckte er die Hand aus, um sie als seine zukünftige Frau in Empfang zu nehmen.

Das war der Moment, in dem der Brautvater seine Tochter symbolisch an den Bräutigam übergab, doch er verharrte mitten in der Bewegung. Aurora sah ihn an. Schweißperlen glänzten auf seiner Stirn. Seine Augenlider zuckten, und sie spürte ein feines Zittern in den Fingern, die noch immer ihre Hand umklammert hielten.

»Papa?«, flüsterte sie leise. »Alles in Ordnung?«

Keine Reaktion. Sein Blick bohrte sich in Micheles, doch er sagte kein Wort.

Dieser runzelte besorgt die Stirn. »Daniele? Brauchst du ein Glas Wasser? Möchtest du dich hinsetzen?«

Doch Auroras Vater schüttelte vehement den Kopf.

Das Murmeln in der Kirche wurde lauter. Aus den Augenwinkeln erkannte Aurora, dass sich die Leute die Hälse verrenkten, um zu sehen, was denn da vorne so lange dauerte. Maria, die neben ihr stand, warf ihr einen verzweifelten Blick zu.

Schließlich überließ Papa Michele Auroras Hand. Mit zusammengepressten Lippen drehte er sich um und setzte sich zu seiner Frau in die erste Reihe.

Aurora zwinkerte ihrem Bräutigam zu. »Er ist schrecklich nervös und sentimental, wenn es um sein kleines Mädchen geht!«, flüsterte sie und schmunzelte. Michele grinste zurück. Schließlich wandten sie sich Padre Bresciani zu. Sofort erstarben alle Gespräche, und es wurde mucksmäuschenstill in der Kirche. Der Geistliche maß Aurora mit einem eindringlichen Blick. Bereits bei der Vorbesprechung der Hochzeitszeremonie hatte er wiederholt auf seine Analogie mit dem verlorenen Schaf angespielt, das endlich den Weg zurück in die Herde gefunden hatte.

Die Trauung nahm zu Beginn einen kirchlich-formellen Charakter mit Lesungen aus der Bibel und Gesang an. Aurora hörte dem Priester nur mit halbem Ohr zu, während ihre Gedanken in die Ferne wanderten. Heute Abend begann für sie ein komplett neuer Lebensabschnitt. Wie würde es sich wohl anfühlen, endlich frei lieben zu dürfen? Sich nicht mehr verstecken oder heimlich treffen zu müssen? Von jetzt an durfte sie morgens neben Michele aufwachen, den herben Duft seiner Haut einatmen und gemeinsam mit ihm frühstücken. Dieses neue Leben bot ihr die Möglichkeit, noch viel intensiver mit ihm zu verschmelzen und in sein Wesen einzutauchen. Es waren die kleinen Dinge, die Eigenarten, Gewohnheiten und Marotten, die einen Menschen ausmachten. Wie würde es sein, Michele endlich richtig kennenzulernen, jede Minute an seiner Seite verbringen zu dürfen? Aurora freute sich auf dieses wundervolle Abenteuer des Lebens.

Padre Bresciani riss Aurora aus ihren Gedanken und holte sie in die Gegenwart zurück.

»Ich bitte nun dich, Aurora Mandelli, und dich, Michele Tunesi, öffentlich zu bekunden, dass ihr zu dieser christlichen Ehe entschlossen seid.«

An Michele gewandt fuhr er fort: »Bist du hierhergekommen, um nach reiflicher Überlegung und aus freiem Entschluss mit deiner Braut Aurora Mandelli den Bund der Ehe zu schließen?«

Als Michele bejahte, wandte sich Padre Bresciani an Aurora.

»Ja«, antwortete auch sie heiser und fühlte, wie ihr das Herz bis zum Hals schlug.

»Ihr seid also beide zur christlichen Ehe bereit. Bevor ihr nun den Bund der Ehe schließt, wollen wir die Ringe segnen, die ihr einander anstecken werdet.«

Aurora und Michele traten vor. Sie hatten sich für schlichte, feine Goldringe entschieden. Padre Bresciani segnete die Eheringe mit einem Segensgebet und besprengte sie mit Weihwasser.

»So schließt jetzt vor Gott und vor der Kirche den Bund der Ehe, indem ihr mir das Vermählungswort nachsprecht. Dann steckt einander den Ring der Treue an.«

Sie wandten sich einander zu.

Michele sprach den Vermählungsspruch als Erster: »Vor Gottes Angesicht nehme ich dich an als meine Frau. Ich verspreche dir die Treue in guten und bösen Tagen, in Gesundheit und Krankheit, bis der Tod uns scheidet. Ich will dich lieben, achten und ehren alle Tage meines Lebens.«

Nachdem er geendet hatte, griff er nach Auroras Hand.

Ihre Finger zitterten leicht, als sie Michele ihre Hand hinhielt. Die Berührung seiner Fingerspitzen fühlte sich warm an, während sich das Metall des Eherings kühl um ihren linken Ringfinger schmiegte. Tränen saßen in ihren Augenwinkeln, als sie von ihrem Ring zu Michele hochschaute.

»Trag diesen Ring als Zeichen unserer Liebe und Treue: Im Namen des Vaters und des Sohnes und des Heiligen Geistes.«

Vorsichtig griff nun auch sie nach dem Ring in der mit Samt ausgelegten Schatulle und streifte ihn Michele mit den vorgegebenen Worten und klopfendem Herzen über.

Einige Sekunden lang musterten sie sich wortlos.

Padre Bresciani bestätigte die Vermählung mit den Worten: »Reicht nun einander die rechte Hand. Gott, der Herr, hat euch als Mann und Frau verbunden. Er ist treu. Er wird zu euch stehen und das Gute, das er begonnen hat, vollenden.« Der Padre zwinkerte ihnen fröhlich zu.

»Ich liebe dich, Michele«, flüsterte Aurora, als die Lippen ihres Ehemanns die ihren berührten.

Sie war jetzt offiziell eine verheiratete Frau. Niemand würde sie je wieder Hure nennen. Vielleicht war jetzt der Moment gekommen, in dem sie aus ihrem Schattendasein hervortreten durfte. Die Verlobung hatte, zusammen mit ihrem Rückzug aus dem öffentlichen Geschehen, der Baufirma den Weg geebnet, und die Ehe würde ihr die Tore nun endgültig öffnen. Sie und Michele würden diese Firma im Kollektiv in die Zukunft führen – als Freunde, als verbündete Handwerksseelen, als Liebende …

Den Eltern der Braut war es als einzigen gestattet, den Eheleuten in der Kirche zu gratulieren.

Mamma drückte Aurora an sich. »Ich bin so stolz auf mein Mädchen. Du bist wunderschön! Möge alles Glück dieser Welt mit dir und deinem Auserwählten sein, möge eure Verbindung von Liebe und einer Schar Kinder gesegnet sein.« Tränen schimmerten in ihren Augen. »Du weißt, dass ich immer für dich da bin, Aurora, auch wenn wir in vielen Dingen nicht immer einer Meinung sind. Zweifle nie daran, dass ich für dich das Allerbeste möchte und dass du stets in meinem Herzen wohnst, egal, was passiert. Du bist meine einzige Tochter, und ich liebe dich über alles.«

Aurora hatte selbst Mühe, das Weinen zu unterdrücken. Nach dem schweren und düsteren letzten Jahr, das insbesondere die Beziehung zu ihrer Mutter auf eine harte Probe gestellt hatte, fühlte sie sich durch diese liebevollen Worte befreit und behütet.

»Danke Mamma, das weiß ich doch.« Sie wischte ihrer Mutter eine einzelne Träne von der Wange. Dann wandte sie sich ihrem Vater zu.

Der sagte nichts. Er schloss sie in seine Arme und weinte. Als er sie schließlich losließ, nahm er ihr Gesicht in seine schwieligen Hände und musterte sie schweigsam, bevor er ihr mit einem zärtlichen Lächeln eine Haarsträhne aus der Stirn strich.

Michele schüttelte er nur mechanisch die Hand. »Herzlichen Glückwunsch, mein Junge«, war alles, was er sagte.

»So, dann wollen wir mal ein paar Fotos machen!« Der Fotograf trat nach vorne und ließ den Blick über die vordersten Bänke gleiten, auf denen er die näheren Verwandten vermutete. »Sie bitte hierhin, nein … etwas mehr links, genau … so ist es gut!« Er dirigierte die Verwandten und Familienmitglieder so lange herum, bis rund um das Brautpaar ein für ihn stimmiges Bild entstand.

Auroras Blick glitt über das Kirchenschiff und traf erneut auf den von Marisa Marino, die in einer der vordersten Reihen saß und dem geschäftigen Treiben des Fotografen zuschaute.

Schwermut zeichnete sich in den Augen ihrer neuen Freundin ab.

Bevor Aurora dieser Beobachtung jedoch mehr Aufmerksamkeit schenken konnte, wurde sie auch schon wieder abgelenkt.

»Jetzt die Braut bitte etwas weiter nach vorne, das Kinn nach oben! *Perfetto!*« Der Kopf des Fotografen verschwand hinter dem Apparat.

Nach einer halben Stunde erlaubte man dem Brautpaar und der Familie endlich, die Kirche zu verlassen. Unter dem erneuten Jubel der Anwesenden schritt Aurora Hand in Hand mit Michele ins Freie.

Die Sonne wärmte ihr Gesicht, als sie aus dem Schatten des Kirchengewölbes trat.

»*Viva gli sposi!* Hoch lebe das Brautpaar!«, rief die Menge und hob jubelnd die Arme.

Aurora legte lachend den Kopf in den Nacken und umarmte ihren Mann. Sein Duft strömte in ihre Nase, und eine wohlige Wärme durchfloss ihren gesamten Körper.

»Ich liebe dich, Michele«, dachte sie unablässig und von Stolz erfüllt, weil er ausgerechnet sie zur Braut auserkoren hatte. Schon einmal hatte er eine Frau zu seiner Verlobten erwählt, doch war sie, Aurora Mandelli, es schlussendlich gewesen, die sein Herz erobert hatte.

Jetzt endlich war es auch den anderen Hochzeitsgästen erlaubt, den frischgebackenen Eheleuten zu gratulieren.

»*Auguri!* Glückwunsch!« Auroras Cousin Antonio drückte sie an sich und strich ihr über den Rücken. »Nun hast du es noch vor mir geschafft, im Hafen der Ehe zu ankern!« Er legte den Kopf in den Nacken und gab ein raues Glucksen von sich.

»Ich gehe stark davon aus, dass du trotzdem eine ganze Schar Schweizer Verehrerinnen hast, richtig?« Sie zwinkerte ihm zu. Eine leichte Röte überzog seine Wangen, und er senkte verlegen den Blick.

»Möglicherweise gibt es da eine, die mir näher ist als die anderen ... Aber lass uns später reden, Cousine, falls wir überhaupt Zeit finden!« Er zwinkerte ihr zu und überließ sie den übrigen Gratulanten.

Nachdem Aurora Onkel Ugo, dessen Frau Marta und ihre Cousinen Emma und Daria in die Arme geschlossen hatte, stand plötzlich Marisa vor ihr.

Die junge Frau betrachtete sie mit ihren warmen, dunklen Augen. Wortlos schloss sie sie in die Arme. »Alles Liebe, Aurora ...« Sie schob sie einige Zentimeter von sich weg und musterte sie eingehend. »Versprich mir, dass du im Herzen eine Mandelli bleibst, komme was wolle.« Ihre Stimme klang ernst, Sorge schwang darin mit.

Michele, der ihre letzten Worte offenbar gehört hatte, wandte sich ihnen stirnrunzelnd zu. »Wir sind in Italien, nicht in der Schweiz. Hier behalten die Frauen ihren Mädchennamen, auch wenn sie meistens der Einfachheit halber mit dem Familiennamen ihres Ehemannes angesprochen werden«, mischte er sich überflüssigerweise in ihr Zwiegespräch ein.

Marisa wandte sich ihm mit straffen Schultern und leicht nach vorn gerecktem Kinn zu. Während sie seine Hand zur Gratulation ergriff, sagte sie mit einem kecken Lächeln: »Herzlichen Glückwunsch auch dir, Michele ... das mit dem Namen ist mir bewusst. Meine Aussage war eine *Frau-zu-Frau*-Botschaft, das versteht ihr Männer nicht.«

Beim Vorbeigehen raunte sie Aurora noch einmal zu: »Ich meine es ernst.«

Diese griff unwillkürlich nach dem Amulett, das kühl auf ihrer Brust lag. Bestimmt hätte ihr Bruder etwas Ähnliches zu ihr gesagt, wäre er heute auch hier gewesen. Sie seufzte und sah hinüber zum nahe gelegenen Friedhof. Tommaso fehlte, er fehlte schmerzhaft.

»*Auguroni*, liebe Nichte!« Tante Carla, dicht gefolgt von ihrem Mann Roberto, drückte ihr einen feuchten Schmatz auf die Wange und holte sie zurück in die laute, bunte Realität ihrer Hochzeit.

Nachdem sie von den rund vierhundert anwesenden Gästen mit Glückwünschen und scherzhaften Zukunftsprognosen überhäuft worden waren, fühlte Aurora bereits den ersten Anfall von Erschöpfung. Das Adrenalin ließ langsam nach, Hunger meldete sich.

»Soll ich den Aufbruch zum Ristorante bekanntgeben?«, fragte Maria, die zusammen mit Marcello die Führung über die Gesellschaft übernommen hatte.

Aurora tauschte einen fragenden Blick mit Michele. Dieser nickte. »Gehen wir zum festlichen Teil über!«, bestimmte er und gab den beiden so das Zeichen fortzufahren.

Die Menschenmasse setzte sich in Bewegung zum Ristorante Casa Rossa, das sich auf halber Strecke zwischen Cerano und Castiglione befand. Dort erwartete man sie bereits. Das Wirte-Ehepaar stand schon vor der Tür und begrüßte zuerst Aurora und Michele, denen sie außerdem Glückwünsche und ihren Segen übermittelten. Gleichzeitig strömten mehrere Angestellte nach draußen und lotsten die Gäste auf die Terrasse, wo man gegen die gleißende Mittagshitze cremefarbene Sonnenschirme aufgespannt hatte und Prosecco sowie einige Snacks servierte. Die Eingeladenen lachten ausgelassen und unterhielten sich gestenreich.

Nach dem Aperitif wurde die gesamte Gesellschaft ins Innere verfrachtet. Mit weißen Tischtüchern und Blumen dekorierte Bankettische zogen sich von einem Ende des Raumes bis zum anderen. Stühlerücken und aufgeregtes Geplauder erfüllte den Saal.

Während sich die Gäste hungrig über die *antipasti* aus kaltem Fisch, eingelegtem Grillgemüse, getrocknetem Fleisch, Oliven und vielem mehr hermachten, wanderte das Brautpaar von Tisch zu Tisch und unterhielt sich mit den Eingeladenen. Sie hatten keine Zeit zu essen, aber immerhin drückte man ihnen ein Glas Wein in die Hand.

»Nun sag schon, wer ist die bildhübsche Schweizerin, die es geschafft hat, dein Herz zu erwärmen?«, rief Aurora ihrem Cousin Antonio über die Musik der Band hinweg in die Ohren und setzte sich neben ihn. Er schob sich grinsend ein Stück Salami in den Mund und wackelte mit dem Kopf.

»Noch ist es nichts Ernstes, jedenfalls aus meiner Sicht. Aber es könnte noch werden. Sie arbeitet bei einem Bäcker, bei dem wir immer unser Brot kaufen. Wie man mir sagte, soll sie die Nichte des Besitzers sein. Ich habe sie einmal auf einen *caffè* eingeladen und mich ein wenig mit ihr unterhalten. Seither ... na ja, spukt sie in meinem Kopf herum. Möglicherweise frage ich sie gelegentlich, ob sie mich zu einem italienischen Tanzabend begleiten möchte.«

Aurora nahm einen Schluck Wein und stibitzte Antonio eine Olive vom Teller. »Erzähl mir mehr von ihr«, bat sie und stützte neugierig den Kopf auf die Hände. »Ist sie hübsch? Hübscher als die Mädchen hierzulande?«

Erneut wackelte ihr Cousin mit dem Kopf. »Das ist es ja gerade: Die meisten Schweizer Frauen sind verglichen mit den Italienerinnen eher bieder. Aber sie nicht. Sie hat weizenblonde Haare und wasserblaue Augen und trägt oft wunderschöne bunte Kleider. Rot, violett, royalblau ...« Sein Gesicht nahm einen verträumten Ausdruck an.

»Sie muss etwas ganz Besonderes sein.« Aurora erhob sich schmunzelnd. »Schreib mir unbedingt, wie es weitergeht, ich würde so gerne noch mehr erfahren, aber ich habe noch dreihundertneunundneunzig andere Gäste, mit denen ich mich unterhalten muss!«

Während das Brautpaar weiter seine Runde machte, wurden der *primo piatto*, der Pastagang, und bald darauf der *secondo piatto*, der Fleischgang mit Beilage, serviert.

»Ich vermute mal, dass sich die meisten Anwesenden kaum mehr bewegen können«, verkündete Michele nach dem Hauptgang. »Wir legen daher eine kulinarische Pause ein. Wer die Verdauung unterstützen möchte, darf sich vorne am Büfett gerne ein *sorbetto* genehmigen!«

Tatsächlich erhoben sich zahlreiche der Hochzeitsgäste, um sich die Beine etwas zu vertreten, nach draußen zu gehen oder ein Sorbet zu löffeln. Auch die Band legte eine kurze Verschnaufpause ein.

»Ich kann nicht mehr«, klagte Marisa und hielt sich den vollen Bauch, als Aurora sich zu ihr und ihrem Mann setzte.

»Kneifen gilt nicht«, erklärte Aurora. »Gleich wird noch *formaggio*, Käse, gereicht, und danach sind noch *pesci* und *gamberoni*, Fisch und Garnelen, geplant und ...«

»Verschone mich!«, schnitt Marisa ihr lachend das Wort ab. »Ich kenne die Menüfolge. Am Schluss noch *torta e dolce,* Torte und Süßspeise und Spumante, wobei Letzterer immerhin nicht mehr gekaut werden muss ...« Sie verfielen alle in übermütiges Gelächter. Der Alkoholpegel im Blut der Feiernden war zwischenzeitlich beachtlich und konnte selbst durch die anhaltende Völlerei nicht komplett überdeckt werden.

Auroras Prophezeiung bewahrheitete sich kurze Zeit später, als die Servicefachleute einen vierzig Kilogramm schweren Käse hereinschleppten und auf einem Tisch drapierten.

Zeitgleich nahm die Musikband das Spiel wieder auf.

»Lass uns tanzen!«, rief Marisa und fasste ihren Ehemann am Arm. »Das ist die beste Verdauung.« Ihre Tanzlust steckte auch andere an, und so wimmelte es zwischen den Tischen schon bald von herumwirbelnden und ausgelassen lachenden Paaren. Manche von ihnen hielten sich überdies auch noch für begnadete Sänger. Angesteckt von all der Fröhlichkeit, suchte Aurora Michele und zog ihn mit sich zu einem freien Platz.

»Lass uns tanzen!«, rief sie übermütig und lachte, als Michele sie mit gespielter Entrüstung maß. Sie fühlte sich wie im Rausch, obwohl sie nicht viel getrunken und noch weniger gegessen hatte. Farben, Geräusche, Lachen, Düfte, alles wirbelte in einem Sturm an Eindrücken an ihr vorbei. Die Musik pulsierte durch ihren Körper.

Plötzlich stand ihre Mutter vor ihr und legte ihr eine Hand auf den Arm. »Ich bringe Nonna Camilla rasch in eines der Gasthauszimmer in der ersten Etage. Sie ist mit dem Lärm und dem vielen Essen überfordert und braucht etwas Ruhe. Die Rossas haben uns freundlicherweise einen Raum überlassen.

Aurora löste sich von Michele und sah in das müde und bleiche Gesicht ihrer Großmutter. Sie beugte sich nach vorne und drückte ihr einen Kuss auf die Wange. »Danke, dass du hier warst, Nonna, ruh dich ein wenig aus. Lass uns wissen, wenn wir dir etwas Torte oder Süßigkeiten aufs Zimmer bringen lassen sollen.«

»Vielen Dank, Liebes.« Nonna Camilla strich ihrer Enkelin zärtlich übers Gesicht. »Wo treiben sich eigentlich Carlotta und Elisabetta wieder herum? Ugo und Daniele habe ich gesehen, aber die Mädchen sind wie immer verschwunden. Dass sie mir bloß keinen Unsinn anstellen!«

»Du solltest dich ein wenig ausruhen Camilla.« Auroras Mutter streichelte ihr liebevoll über die alte knochige Hand und zog sie mit sich fort aus dem Saal.

Gegen fünf Uhr nachmittags hatten ihre Gäste sämtliche Gänge des *menu ricco*, der reichhaltigen Speisefolge, verzehrt. An der Bar des Restaurants konnte man sich nun mit *caffè* und Grappa bedienen. Um achtzehn Uhr dann erhoben sich die ersten Gäste, um den Heimweg anzutreten. Sie alle hatten dem Brautpaar Geschenke in Form von Gaben oder Geld auf einem dafür vorgesehenen Tisch hinterlassen.

»Vielen Dank!« Aurora umarmte eine Frau aus dem Dorf und reichte ihr, wie es die Tradition gebot, als Dankeschön für das Präsent und ihre Teilnahme an der Hochzeitsfeier eine *bomboniera*. Sie hatte sich gemeinsam mit ihrer Mutter für eine Porzellanglocke mit Herzlöchern und einem Schaukelpferd als Glockengriff entschieden. Mit einer cremefarbenen Schleife war seitlich ein Seidensäcklein angebracht, in das man die klassisch mitgereichten drei Konfektmandeln hineinlegen konnte. Das Stoffband der Masche hatte Aurora in aufwendiger Handarbeit mit dem Datum der Vermählung sowie ihrem und Micheles Namen bestickt.

»Ach wie geschmackvoll! Wunderschön!«, stieß die Dame entzückt aus und nahm das kleine Dankesgeschenk freudig entgegen. Sie fasste Aurora am Handgelenk und zog sie näher zu sich heran. »Ich bin sehr erleichtert, dass du diesen Weg gewählt hast, meine Liebe«, flüsterte sie und hob vielsagend die Augenbrauen. Aurora legte die Stirn in Falten. Sie verstand nicht, was die Frau meinte. Die schien ihr die Verwirrung anzusehen, denn sie beugte sich noch weiter vor und murmelte: »Es ist gut, dass du Vernunft angenommen hast und die Arbeit unter den Männern nun gegen das ehrbare Handwerk der Ehefrau eintauschst. Die Aufgabe als Gattin und Mutter ist doch letzten Endes unsere wahre, gottgegebene Bestimmung.« Sie schenkte Aurora ein wohlwollendes Lächeln und verabschiedete sich.

Aurora sah ihr verwirrt nach. War es etwa *das*, was die Leute nun von ihr erwarteten? Einen kompletten Rückzug aus der Firma ihres Vaters? Ein Jahr lang hatte sie sich nun im Verborgenen auf ihre Rückkehr vorbereitet, sich mehrheitlich von der Baustelle ferngehalten, um die Menschen nicht zu erschrecken, so wie es Michele vorgeschlagen hatte. Sie hatte einer Verlobung und anschließend einer Heirat zugestimmt, um zu beweisen, dass sie eine anständige und sittsame Frau war und die Tradition respektierte. Doch das änderte nichts an der Tatsache, dass sie in ihrem Herzen eine *muratrice* war ... und blieb.

Diese Zeremonie mit der *bomboniera* wiederholte Aurora noch unzählige Male, ehe endlich alle Gäste den Heimweg angetreten hatten und der Saal bis auf ihre Familie leer war.

Mit einem erschöpften Stöhnen ließ sich Aurora auf einen Stuhl fallen. Michele tat es ihr gleich und strich sich einige Strähnen, die sich im Laufe des Tages aus seiner sorgfältig mit Pomade fixierten Frisur gelöst hatten, aus der Stirn. Aurora griff nach seiner Hand und streichelte sie.

»Was für ein Tag!«

Er lächelte müde. »Ich bin furchtbar hungrig. Eine Schande, dass auf einer Hochzeit so viel gegessen wird und das Brautpaar nichts davon abkriegt.«

Aurora pflichtete ihm mit einem Nicken bei. »Lass uns bei den Rossas noch eine Pizza bestellen und mit nach Hause nehmen.«

»Gute Idee.« Michele nickte zustimmend.

Nachdem sie die Rechnung beglichen und sich von ihrer Familie verabschiedet hatten, machten sie sich mit ihrem Abendessen auf den Heimweg. Ihre neue gemeinsame, mit drei Zimmern und einer Küche ausgestattete Wohnung lag an der Hauptstraße in einem dreistöckigen, blassgelben Gebäude, direkt über einem Fachgeschäft für Haushaltwaren und Handwerksbedarf. Ihre engsten Freunde begleiteten sie noch. Auroras Eltern wären normalerweise auch noch zum Ausklang des Tages eingeladen gewesen, doch mussten sie Nonna Camilla nach Hause begleiten. Als die Sonne gegen neun Uhr abends endlich hinter dem Horizont verschwand, kehrte in der gemeinsamen Wohnung von Aurora und Michele Stille ein.

Kapitel 16

Die Haustür fiel ins Schloss, und Aurora atmete hörbar aus. Es war ihr erster Abend in ihrem zukünftigen gemeinsamen Zuhause. Die Wandlampen, die in ihrer Form Kerzenständern nachempfunden waren, erhellten den Flur nur spärlich. Durch die offene Küchentür zur Linken drang weiteres Licht in den engen Gang, von dessen Ende drei weitere Türen abzweigten. Rechts hinten befanden sich ein Bad sowie ein noch leeres Zimmer, das für zukünftigen Nachwuchs gedacht war. Links führte eine Tür zu Michele und Auroras Schlafzimmer. Gleich gegenüber der Küche befand sich, durch eine weitere Tür zugänglich, das Wohnzimmer. Die beigefarbene Stofftapete mit weißen Feder- und Blumenornamenten ließ den Korridor optisch heller wirken. Im Eingangsbereich gab es abgesehen von einer Holzgarderobe nur wenige Möbelstücke: eine bauchige, tannengrün lackierte Holzkommode mit geschwungenen Beinen und einer Ablagefläche aus Marmor sowie einen Spiegel, dessen breiter Rahmen mit goldenen Schnörkeln versehen war.

Erschöpft ließ Aurora die Schultern hängen, betrat die Küche und setzte sich auf einen Stuhl am Küchentisch. Michele öffnete das Fenster und zündete sich eine Zigarette an, während er schweigend das Treiben auf der Straße unter sich beobachtete.

Nach einer Weile erhob sich Aurora, ließ sich ein Glas kaltes Wasser aus dem Hahn ein und trat zu ihrem Mann ans Fenster.

Sie trug noch immer ihr Brautkleid.

Da Michele jedoch keine Anstalten machte, sich zu ihr umzudrehen, trank sie ihr Glas stumm aus und beschloss, sich im Schlafgemach schon einmal aus dem weißen Gewand zu schälen. Auf dem Weg durch den Flur öffnete sie die oberste Schublade der Kommode und entnahm ihr heimlich einige Kerzen und eine Schachtel Zündhölzer.

Im Schlafzimmer angekommen, stieg sie voller Vorfreude aus dem schweren Kleid, verteilte die Kerzen und zündete sie an. Mit einem Ruck schloss sie die schweren Stoffvorhänge des Fensters, das ohnehin bloß einen Blick auf die Straße und die umliegenden Häuser gewährte. Das Zimmer erstrahlte in einem romantischen Dämmerlicht. Die zahlreichen, mit Spiegeln versehenen beigefarbenen Schränke gegenüber dem Bett reflektierten das Züngeln der Kerzenflammen.

Aurora stellte sich vor einen der Spiegel und betrachtete sich. Sie trug eine aus weißer Spitze genähte Miederhose mit passendem Büstenhalter. Die Unterwäsche formte ihre weiblichen Rundungen und verlieh ihnen eine nahezu perfekte Silhouette. Das milde Licht der Kerzen sorgte außerdem dafür, dass ihre Haut einen wunderschön goldenen Ton annahm.

Sie hörte Micheles Schritte im Flur, und als sie sich von ihrem Spiegelbild abwandte, sah sie ihn in der Tür stehen. Sein Blick glitt stumm über ihre Gestalt, und ein feines Lächeln umspielte seine Lippen, als er langsam näher trat.

Genüsslich legte er seine Hände um ihre Taille, ließ sie über ihren Körper wandern und zog sie zu sich heran. Sein Kuss schmeckte nach einer Mischung aus Bier und

Zigarettenrauch. Vorsichtig streifte Aurora ihm das Jackett von den Schultern, löste den Knoten seiner Krawatte und knöpfte das Hemd auf. Seine nackte Haut und der Tanz seiner Muskeln fühlten sich wunderbar unter ihren Fingern an.

»Es ist anders, wenn wir Mann und Frau sind«, hauchte sie. Obwohl es nicht das erste Mal war, dass sie Michele auf diese Weise berührte, so war es an diesem Tag doch etwas Besonderes, auch wenn sie ihr Gefühl nicht genau beschreiben konnte.

»Warum sollte es anders sein? Wir sind seit mehr als einem Jahr ein Paar.« Er öffnete ihren Büstenhalter und zog ihr das Höschen aus.

Sie zuckte mit den Schultern und kicherte, weil die Berührung seiner Lippen auf ihrer nackten Haut kitzelte. »Ich weiß nicht, es ist das erste Mal, dass wir uns … als Eheleute lieben. In meiner Vorstellung ist das neu.«

»Wenn du meinst«, murmelte er und drückte sie aufs Bett, während er sich selbst von den Resten seiner Kleidung befreite.

Der Duft von Kaffee und frischem Gebäck erfüllte die Küche ihres bescheidenen Heims. Anders als im Flur bestanden die Wände dieses Raums aus weißem Putz. Hinter dem Kochherd und dem Spülbecken leuchteten geblümte Kacheln. Aus Ermangelung eines weiteren Raums, diente die Küche auch als Esszimmer. Sie bot genügend Platz für einen runden Holztisch mit Stühlen sowie ein kleines geblümtes Stoffsofa.

Michele beugte sich in Hose und Unterhemd aus dem Küchenfenster und zog an seiner Kippe. Die Zeiger der Wanduhr in der Küche rückten gegen neun. Aurora beeilte sich, Tassen und Teller auf der bunten Stofftischdecke zu verteilen, schüttelte die Kissen der Couch neben dem Esstisch aus und drapierte sie besucherfreundlich. Sie hastete ins Bad und warf einen letzten Kontrollblick in den Spiegel. Feine Schweißperlen zierten ihre Nase. Dunkle Ringe umrahmten ihre Augen, und die Haut sah bleich und durchscheinend aus. Der Schlafmangel und die Aufregung der vergangenen Tage waren ihr deutlich anzusehen.

Die Türklingel schrillte.

»Michele?«, rief sie, da sie sich noch rasch die Zähne putzen wollte, bevor die Familie traditionell zum ersten Kaffee bei den Frischvermählten erschien.

»Bin am Rauchen, geh du an die Tür!«, schallte es zurück. Resigniert schnaubte sie, strich sich etwas Zahnpasta in den Mund, verrieb sie von Hand auf den Zähnen und spülte alles mit Wasser nach. Das musste fürs Erste reichen.

Eilig rannte sie zur Tür und riss sie auf. Die müden, aber lachenden Gesichter ihrer Familienmitglieder begrüßten sie. Nonna Camilla strahlte sie an und schien ihren gestrigen Schwächeanfall bestens überstanden zu haben.

»Du siehst müde aus. Hat der Ausklang gestern noch lange gedauert?« Auroras Mutter schloss ihre Tochter in die Arme und drückte sie liebevoll an sich.

»Nein, das nicht, aber nach einem Tag wie diesem ist es mir schwergefallen, einfach einzuschlafen«, erklärte sie.

Ihr Vater legte die Arme um sie und drückte ihr einen Kuss auf den Scheitel. Dann nahm er ihr Gesicht in die Hände und suchte wortlos ihren Blick.

Als Letztes umarmte Aurora ihre Großmutter, die jedoch schon damit beschäftigt war, die Wohnung in Augenschein zu nehmen.

Endlich erschien auch Michele in der Küchentür, um die Familie zu begrüßen. Er war noch immer nicht komplett angezogen. Eine Wolke erkalteten Rauchs begleitete ihn, als er sich an Aurora vorbeischob, um ihre Eltern und Nonna Camilla willkommen zu heißen, bevor er erklärte: »Ich bin gleich zurück, muss mich noch kurz fertig ankleiden.«

Aurora, die genau aus diesem Grund zwei Stunden früher aufgestanden war, sich frisiert und angezogen hatte und überdies noch zum Bäcker gelaufen war, setzte ein entschuldigendes Lächeln auf.

»Bitte, setzt euch.« Sie wies mit der Hand durch die Tür in die Küche. Nachdem sie ihre Familie mit Kaffee und Brioches bedient hatte, ließ auch sie sich auf einen Stuhl sinken und gönnte sich eine Tasse. Von Michele fehlte noch immer jede Spur. Aurora hörte dem fröhlichen Plappern ihrer Mutter über die Gemüsebeete im Garten und die frisch gepflanzten Blumen rund um das Haus nur mit halbem Ohr zu und blickte immer wieder verstohlen in den Flur. Wo blieb er denn die ganze Zeit? Und was dachten ihre Eltern bloß über dieses unhöfliche Verhalten?

Nach einer halben Ewigkeit erschien ihr Ehemann endlich in der Tür und setzte sich zu ihnen.

»Und was steht nächste Woche in der Firma so an?«, fragte Mamma nun, um Interesse am Familienunternehmen zu bekunden. Aufgrund der Hochzeitsvorbereitungen waren die Arbeiten der Baufirma in den letzten Tagen komplett in den Hintergrund getreten.

»Wir haben eine Kundenanfrage aus Castiglione …« Michele zögerte. Offenbar wusste er schon länger davon, hatte es bisher jedoch vermieden, den Rest der Familie Mandelli einzuweihen.

»Die Colombos haben mich angesprochen. Sie möchten einen weiteren Teil ihres Hauses sanieren. Dieses Mal ist es die Steintreppe drinnen. Sie wünschen eine Beratung und eine Kostenschätzung.«

Der Blick von Auroras Vater verdunkelte sich. Nervös trommelten seine Finger auf den Tisch. Auch die Augen ihrer Mutter schimmerten verdächtig. Die Erinnerung an Tommaso lag schwer in der Luft.

Aurora schluckte. Dann hob sie den Blick und straffte die Schultern. Es war an der Zeit, dass sie Verantwortung übernahm und Stärke zeigte. Instinktiv berührte sie das Amulett an ihrem Hals.

Sie war der Schmetterling. Ein Jahr lang hatte sie sich in ihren Kokon zurückgezogen, um Gras über das Gerede der Leute wachsen zu lassen, um sich irgendwelchen ungeschriebenen moralischen Gesetzen zu beugen. Jetzt war es Zeit für die Metamorphose. Sie war kein naives Kind mehr, sondern eine Ehefrau, und als solche ein vollwertiges Mitglied der Gesellschaft und der Erwachsenenwelt.

Tommaso wollte, dass sie endlich in seine Fußstapfen trat, das spürte sie.

»Sehr gut, dann nehmen wir das gleich morgen früh in Angriff. Hast du einen Termin mit den Colombos vereinbart? Ich möchte mich vorher kurz kalkulatorisch vorbereiten.« Hungrig griff sie nach einer Brioche und sah ihren Gatten erwartungsvoll an.

Der wich ihrem Blick aus und trank einen Schluck von seinem Espresso. »Ich halte es für keine gute Idee, wenn du mich zu den Colombos begleitest.« Während er redete, starrte er weiterhin auf die Tischdecke. Aurora hielt in ihrer Bewegung inne.

»Warum?«

Endlich hob er den Kopf und schaute ihr geradewegs in die Augen. »Weil Signora Colombo durch deine Anwesenheit letztes Mal irritiert war. Angeblich hat auch sie nicht damit gegeizt, die Gerüchte über uns beide anzuheizen, nachdem uns die Mitarbeiterin des Supermarkts gesehen hat.«

Aurora zog die Augenbrauen zusammen. »Das war, weil wir nach Ansicht der Gesellschaft ein unmoralisches Verhalten gezeigt haben. Aber jetzt sind wir verheiratet. Wir haben allen bewiesen, dass wir ein ehrbares Paar sind. Das muss sie doch einsehen. Ich bin eine Geschäftsfrau, nicht mehr und nicht weniger.«

»Ich denke, dass wir die Sache langsam angehen sollten, Auri. Deine Anwesenheit könnte sie möglicherweise provozieren.«

Was faselte er denn da? Das ergab doch absolut keinen Sinn! »Warum sollte ich die Menschen mit meinem Auftreten provozieren? Ich habe mich einem Kunden gegenüber noch nie danebenbenommen.«

Michele schlug mit der Faust auf den Tisch, sodass die Tassen auf ihren Untertassen tanzten und klirrten. Ein Löffel fiel scheppernd zu Boden. Auroras Eltern rissen entsetzt die Augen auf. Nur Nonna Camilla, die sich auf ihre Brioche konzentrierte, schien in ihrer eigenen Welt versunken zu sein.

»Weil du eine Frau bist, Herrgott noch mal! Sie geht natürlich davon aus, dass ich Tommasos Nachfolge antrete. Warum verstehst du das denn nicht?« Röte flammte in Micheles Gesicht auf, und er besprühte die Tischdecke mit feinen Speicheltropfen.

Auroras Vater erhob sich langsam von seinem Stuhl und strich den Stoff seiner Sonntagshose glatt. Seine Augen nahmen einen kalten Glanz an. Mit flatternden Augenlidern verkündete er monoton: »*Ich* werde das Ehepaar Colombo beraten.«

»Aber ...« Michele warf die Hände in die Luft und sah seinen Schwiegervater verständnislos an.

»Und Aurora wird mich begleiten.«

Mit diesen Worten verließ er den Raum. Kurze Zeit später fiel die Haustür ins Schloss.

Kapitel 17

Der wolkenlos blaue Himmel versprach einen makellosen, heißen Augusttag. Jetzt, um halb acht, herrschte jedoch noch eine milde Frische.

Michele parkte die Piaggio vor dem Haus der Colombos. Der Motor erstarb, Aurora kletterte von der Ladebrücke und betrachtete das Gebäude, dessen Hausfassade aufgrund der Sanierungsarbeiten im vergangenen Jahr aus der Reihe der deutlich baufälligeren Nachbarhäuser herausstach.

Vor über einem Jahr war ihr Bruder Tommaso hier, an diesem Ort gestorben. Aurora berührte sein Amulett, das sich kalt in ihre Halskuhle schmiegte. Trauer mischte sich mit Wärme und Dankbarkeit. Die Erinnerung konnte ihr niemand nehmen. Das Echo seines Lachens, das noch immer durch ihren Kopf hallte, würde sie stets an die unbeschwerten und frohen Tage ihrer Kindheit erinnern. Aurora blickte zu ihrem Vater hinüber, der gerade von seiner Vespa gestiegen war. Er tat sich eindeutig weit schwerer damit, vom bloßen Andenken zu zehren. Mit steinerner Miene starrte er in eine namenlose Ferne.

»Ich warte dann mal hier draußen«, erklärte Michele trotzig und lehnte sich mit vor der Brust verschränkten Armen an sein Gefährt. Seine Kiefer mahlten, doch er enthielt sich weiterer Kommentare.

»Du kommst auch mit«, bestimmte Papa. »Du musst auch Bescheid wissen.«

Einige Sekunden lang starrten sich die beiden Männer wortlos an. Schließlich stieß sich Michele ab, schlenderte zu ihnen herüber und folgte ihnen in den schattigen Eingang des Gebäudes.

Signora Colombo erwartete sie bereits auf dem Treppenabsatz vor ihrer Wohnung in der ersten Etage. Erstaunt riss sie die Augen auf. »Signor Mandelli!« Ihr Blick glitt über Auroras Vater, als sähe sie ein Gespenst. Dieser ignorierte den überraschten Gesichtsausdruck der Dame geflissentlich. »Buongiorno, Signora Colombo.«

Signora Colombo eilte zurück in ihre Wohnung und rief ihren Gatten. Ein stattlicher Mann im Alter von sechzig Jahren mit weißem, buschigem Haar, das er zu einem Scheitel gekämmt hatte, erschien im Türrahmen. Die eindeutig zu enge Hose schnitt ihm in den Bauch, und sein hellblaues Hemd wies einige Kaffeeflecken auf. Sie mussten die Colombos gerade beim Frühstück gestört haben, wie der dezente Duft nach frisch gebrautem Espresso vermuten ließ.

»Buongiorno!« Signor Colombos Stimme dröhnte durch das steinerne Treppenhaus. Doch statt an Papa blieb sein Blick vor allem an Aurora hängen, die hinter ihrem Vater stand. Bevor er jedoch etwas sagen konnte, ergriff Papa das Wort.

»Das ist meine Tochter, Aurora *Mandelli*. Ich führe sie in die Welt der Kalkulation und Auftragsbearbeitung ein. Zu diesem Zweck wird sie auch an der Arbeitsausführung auf der Baustelle teilnehmen. Sie muss ein Gefühl für die Dinge entwickeln.«

»Ist der junge Herr da Ihr Schwiegersohn? Wie ich hörte, hat Ihre Tochter geheiratet.« Signora Colombo reckte den

Hals, um Michele besser sehen zu können. Wie ein Huhn auf der Suche nach einem besonders schmackhaften Korn, dachte Aurora.

»Das ist korrekt. Nun, was genau ist das Problem mit der Treppe?«, fragte ihr Vater und wechselte gekonnt das Thema. So leicht ließen sich die Colombos jedoch nicht abservieren.

»Das ist eine solide Aufgabe für eine Frau. Büroarbeit«, sinnierte Signor Colombo und stopfte sich das Hemd in seine viel zu enge Hose.

»Eine gute Idee, auch im Hinblick auf eine Schwangerschaft und Kinder«, pflichtete Signora Colombo ihrem Mann bei, während sie mit der Hand an ihren Kopf griff und kontrollierte, ob ihre Haarspange noch richtig saß. »Eine Schreibtischtätigkeit lässt sich gut mit beidem verbinden und kann notfalls sogar von zu Hause aus erledigt werden.«

»Möglicherweise, ja.« Auroras Vater warf seiner Tochter einen Blick zu. Natürlich kannte er ihre zukünftige Familienplanung nicht, und er würde auch nicht danach fragen. Doch er kannte sie gut genug, um zu wissen, dass sie nicht gedachte, sich mit einem Dasein als Hausfrau und Mutter zu begnügen. Wie so oft brauchte es zwischen ihnen keine expliziten Worte, um sich zu verstehen.

Stufe für Stufe sahen sie sich den Zustand der Treppe an und nahmen Maß. Die jahrelange Nutzung der Treppe hatte die Stufen stellenweise erodiert, sodass sie keine gerade Form mehr aufwiesen und an manchen von ihnen sogar kleinere Stücke abgebrochen waren. Was Aurora jedoch weit mehr störte als die Abnutzung, war das Gesamtkonzept des Treppenhauses.

Grautöne wie von schmutzigem Putzwasser beherrschten sowohl die Wände als auch den Boden. Wie in einem schmalen Schacht bohrte sich die Treppe in die Höhe und verschluckte dadurch auch noch das wenige Licht, das sich überhaupt in dieses Gebäude wagte. Im Gegensatz zu der einladenden, neu renovierten Fassade erinnerte das Treppenhaus an den Rachen eines Ungeheuers.

»Ich schlage vor, die Wände weiß zu streichen oder zu verputzen und für die Abdeckung der neuen Treppenstufen einen klaren Stein zu wählen – vielleicht ein edles Cremeweiß oder die Farbe eines tropischen Sandstrandes. Dadurch passt sich das Innenleben des Gebäudes der Frische der Fassade an, wirkt freundlich und einladend. Hinzu kommt, dass die hellen Farbtöne das Treppenhaus wesentlich größer und luftiger wirken lassen.« Aurora drehte sich einmal um die eigene Achse. Sie sah alles bereits klar und deutlich vor ihrem geistigen Auge. Ein zufriedenes Lächeln stahl sich in ihr Gesicht. Genauso musste es hier aussehen. Sie fühlte es mit jeder Faser ihres Körpers.

Plötzlich bemerkte sie die seltsame Stille.

Hatte sie jemanden mitten im Gespräch unterbrochen? Sie wusste es, ehrlich gesagt, nicht. Wieder einmal war die Flut ihrer Ideen ungefiltert und impulsiv aus ihr herausgesprudelt.

Das Ehepaar Colombo starrte sie mit weit aufgerissenen Augen an. Ob das gut oder schlecht war, ließ sich zu diesem Zeitpunkt noch nicht erkennen. Michele lehnte mit vor der Brust verschränkten Armen an der Wand, den Mund zu einem schmalen Strich zusammengepresst. Seine Kiefermuskeln zuckten, und er blinzelte immer wieder. Als erwartete er von Papa irgendeine Reaktion, bohrte sich sein Blick in die Augen seines Chefs. Noch immer sagte niemand ein Wort.

»Nun ... ich habe hierzulande noch nirgends ein von hellen Farbtönen beherrschtes Treppenhaus gesehen, aber ... die angesprochenen Punkte kann ich durchaus nachvollziehen. Manchmal habe ich tatsächlich das Gefühl, als würde mich dieser dunkle Treppenschacht förmlich verschlucken.« Signor Colombo strich sich nachdenklich übers Kinn und ließ den Blick umherschweifen.

»Die Idee ist ... sehr unkonventionell.« Seine Frau legte die Stirn in Falten und musterte das Treppenhaus mit zusammengezogenen Augenbrauen. »Allerdings auch feminin und edel«, pflichtete sie ihrem Mann schließlich bei und nickte.

»Ich stelle Ihnen gerne eine Offerte als Diskussionsgrundlage zusammen«, bot Auroras Vater an. »Der Vorschlag meiner Tochter dürfte nicht wesentlich teurer werden, als wenn wir gängige Farben verwenden. Ich melde mich, sobald ich eine Kalkulation erstellt habe.« Er verstaute Kugelschreiber und Schreibblock in seiner Ledermappe und reichte den Colombos zum Abschied die Hand.

Zurück auf dem Werkhof lud Michele Werkzeug und Material auf die Piaggio und verschwand ohne ein Grußwort zu seiner aktuellen Baustelle.

Aurora zog sich zusammen mit ihrem Vater derweil ins Büro zurück und sie bearbeiteten den Auftrag der Colombos.

Erst jetzt bemerkte sie das feine Zittern in den Händen ihres Vaters. Mit flatternden Lidern setzte er sich in seinen Bürostuhl und tupfte sich verstohlen mit einem Taschentuch den Schweiß von der Stirn. Sein Blick zuckte zu einem gerahmten Foto ihres Bruders, das er, seit er sich wieder öfter im Büro des Werkhofs aufhielt, auf dem Schreibpult platziert hatte.

»Er fehlt mir auch«, flüsterte Aurora und drückte die Hand ihres Vaters. Er seufzte tief. Dann räusperte er sich, straffte die Schultern und holte seine Notizen aus der Ledermappe.

»Das war ein eigenwilliger ... aber solide begründeter Vorschlag, den du den Colombos unterbreitet hast«, sagte er und informierte sie über die benötigten Materialien, deren Preise und den zu erwartenden Arbeitsaufwand.

Nach dem Mittagessen fuhren sie mit der Vespa zu dem Steinmetz, mit dem die Familie seit vielen Jahren zusammenarbeitete, und sahen sich verschiedene Rohmaterialien an, die für die Treppenstufen geeignet sein könnten.

»Darf ich dabei sein, wenn wir den Auftrag der Colombos ausführen? Ich muss die Steine spüren und in ihrer Umgebung sehen, um zu erkennen, wie sie sich einfügen. Möglicherweise fehlt am Ende noch etwas. Das Ganze muss sich ...«, sie fuchtelte mit den Händen wie ein Dirigent durch die Luft, »... für mich wie eine harmonische Melodie anhören, wenn ich das fertige Werk betrachte. Dann bin ich sicher, dass ich den Kunden gut beraten und ihm eine Arbeit abgeliefert habe, die mehr als den Gegenwert des Geldes bietet. Zufriedenheit und Vollkommenheit.«

»Natürlich sollst du dabei sein. Das ist ja der Sinn der Sache.« Ihr Vater schenkte ihr ein liebevolles Lächeln und strich ihr über die Haare – wie damals, als sie noch ein kleines Mädchen gewesen war.

Nachdem sie noch einige andere Kundenanfragen gemeinsam durchgegangen waren, verabschiedete sich Aurora von ihrem Vater und verließ den Betrieb etwas früher, um noch ein paar Einkäufe zu tätigen.

Doch es fiel ihr schwer, sich auf den Lebensmitteleinkauf zu konzentrieren. Gerade der Fall der Colombos weckte ihren Ehrgeiz. Sie wollte Signora Colombo beweisen, dass es durchaus Vorteile brachte, wenn eine Frau die Arbeit verrichtete, die man sonst Männern zugedacht hatte. Sie würde anders vorgehen, mit einem ungewöhnlichen Blickwinkel auf die Dinge. Geleitet von ihrer weiblichen Intuition und ihrem Gespür für Ästhetik.

Mischte man tote Materie oder scheinbar harte Materialien mit femininer Sinnlichkeit, entstand möglicherweise etwas vollkommen Neues, Außergewöhnliches. Und genau das wollte sie beweisen.

Es war bereits neun Uhr abends. Das Ticken der Küchenuhr durchschnitt die Stille in der Wohnung. Durch das offene Fenster strömte warme Luft herein. Autohupen und Motorenlärm drangen zu Aurora hinauf. Obwohl die Sonne bereits untergegangen war, dachte in Castiglione noch niemand an Nachtruhe. Im Gegenteil, dem Lachen und Rufen auf der Straße nach zu urteilen, fing das Leben nun, da die Hitze des Tages vorüber war, erst an.

Auroras Finger trommelten auf die senfgelbe, mit türkisfarbenen Rauten verzierte Tischdecke. Müde starrte sie auf ein Bild an der Wand. Das gerahmte, großformatige Farbfoto zeigte das Haus ihrer Eltern außerhalb des Dorfes, umgeben von grünen Wiesen und buschigen Laubbäumen. Ein Geschenk zur Gründung des eigenen Heims mit Michele. Der Plattenboden unter ihren nackten Füßen fühlte sich kühl an. Seit einer halben Stunde war der Tisch gedeckt, die selbst gemachten Spinatravioli standen auf der Herdplatte und warteten. Die Zeit hatte sogar noch gereicht, sich aus den Baustellenkleidern zu schälen, kurz zu waschen und ein mit Blumen bedrucktes Sommerkleid überzuziehen.

Wo blieb Michele bloß? Der normale Arbeitstag in der Firma ihres Vaters endete um achtzehn Uhr. Danach benötigte man möglicherweise noch etwas Zeit, um zum Werkhof zu fahren, das Werkzeug zu reinigen und das Material zu verstauen. Zwischen dem Werkhof und ihrer gemeinsamen Wohnung lag ein kurzer Fußmarsch von maximal zehn Minuten.

Um halb zehn schloss Aurora das Fenster, nahm ihren Pastateller vom Tisch und füllte ihn mit den zwischenzeitlich lauwarmen Teigtaschen. Als sie sich die erste Gabel in den Mund schob, zog sich ihr Magen zusammen, und ihr wurde schlagartig schlecht. Dennoch zwang sie sich, den Teller Bissen für Bissen zu leeren.

Eine halbe Stunde später räumte sie ihr Gedeck in die Spüle und verstaute Micheles Anteil des Abendessens im Kühlschrank.

Als sie sich gegen halb elf ins Bett legte und die Nachttischlampe ausknipste, fühlte sie sich, als hätte ihr jemand einen viel zu engen Gürtel um die Brust geschnallt. Das Atmen fiel ihr schwer. Die Ravioli, so köstlich sie auch gewesen sein mochten, lagen ihr zentnerschwer im Magen. Eine undefinierbare Angst nagte an ihr. Sollte sie ihre Eltern anrufen? War ihrem Mann womöglich etwas passiert? Hatte man ihn bei der Arbeit aufgehalten? Ihre Intuition verneinte dies jedoch. Es musste einen anderen Grund für sein Fortbleiben geben. Störte es ihn, dass sich ihr Vater nach so langer Zeit wieder in den Arbeitsalltag einmischte? Sie würde ihn darauf ansprechen. Bestimmt ließ sich alles in einem vernünftigen Gespräch klären.

Kurz bevor sie eindöste, hörte sie das Klicken des Haustürschlosses. Ein Poltern und Rumpeln drang vom Flur ins Zimmer, dann fiel die Tür geräuschvoll ins Schloss. Aurora zuckte zusammen. Unregelmäßige Schritte näherten sich dem Schlafzimmer.

»Ciao, Michele ... ist etwas passiert?« Sie setzte sich im Bett auf und tastete nach dem Schalter der Nachttischlampe. Vom grellen Licht geblendet, blinzelte sie kurz und musterte dann ihren Mann, der im Türrahmen stand.

Die sonst so sorgsam zur Seite oder aus der Stirn gekämmten Haarsträhnen fielen ihm unordentlich ins Gesicht. Mit verschleiertem Blick starrte er sie an.

»Gibt es noch was zu essen im Kühlschrank? Ich sterbe vor Hunger.« Die Worte kamen schleppend aus seinem Mund.

»Natürlich, wenn du kalte Ravioli magst ... ich habe sie heute frisch gemacht. Nach einem Rezept von Nonna Camilla.« Aurora bemühte sich um ein Lächeln, auch wenn ihr innerlich nicht danach zumute war. Sie wies mit der Hand überflüssigerweise nach rechts, wo sich die Küche befand.

»Klingt ja vielversprechend, wenn das Kochrezept von der alten Irren stammt.« Ein Glucksen entrang sich seiner Kehle.

»Sie hat einen Hirnschlag erlitten, Michele, darüber macht man sich nicht lustig. Sie ist ein guter Mensch. Du hattest nie Gelegenheit, sie so kennenzulernen wie ich. Dein Urteil ist also hart und unfair.«

Er starrte sie mit blutunterlaufenen Augen an, einen verbissenen Zug um den Mund. »Weißt du, was ich auch *unfair* finde? Hm? Dass uns dein Vater monatelang mit der Firma hängen lässt, sich dann in seinem Büro verschanzt und jetzt tatsächlich denkt, er könnte einfach so wieder die Bühne einnehmen. Was glaubst du, wem es zu verdanken ist, dass die Firma überhaupt noch Kunden hat?« Er tippte sich mit dem Zeigefinger auf die Brust und schob das Kinn vor.

»Da hast du vollkommen recht, Michele, wir ... *ich* ... bin dir zu großem Dank verpflichtet. Du warst da, als es sonst niemand war. Du bist nicht weggelaufen und hast zu uns gehalten, obwohl du mit deinen Qualifikationen bestimmt eine andere Anstellung gefunden hättest. Ich weiß, dass du es dir auch zur Aufgabe gemacht hast, mich vor dem Reiß-maul der Öffentlichkeit zu schützen. All das ist mir bewusst, und meinen Eltern sicher auch.« Sie stand auf, ging zu ihm und legte ihm die Hand auf den Arm. »Ich verstehe deinen Unmut. Lass mich mit Papa reden. Das sind die üblichen Generationenprobleme. Die kriegen wir in den Griff.«

»Es geht nicht nur darum, Aurora. Auch *du* solltest dich etwas zurückhalten. Wir haben doch darüber gesprochen. Bei den Colombos hattest du einfach Glück und konntest dich geschickt aus der Affäre ziehen. Aber den Pandolfis hättest du sicher kein weißes Treppenhaus verkauft. Nicht alle lassen sich von schönen Worten und verträumten Ideen blenden.«

Der Geruch von Bier schlug ihr entgegen. Dem unsteten Funkeln in seinen Augen ausweichend, trat sie einen Schritt zurück und ließ die Hand sinken.

»Du hast doch selbst gesagt, dass ich als Ehefrau mehr Akzeptanz erfahren würde und dann aus dem Schatten heraustreten könne, damit wir die Firma gemeinsam in die Zukunft führen. Ich verstehe nicht, warum du jetzt, wo ich genau das tue, dermaßen ungehalten darauf reagierst.«

Er beugte sich nach vorne. Seine Stimme nahm eine bedrohliche Lautstärke an. »Möglicherweise habe ich mich vor einem Jahr geirrt! Ich *wollte* dir helfen, das habe ich ja oft genug gesagt. Das bedeutet aber nicht, dass ich dir auch helfen *kann!* Nenn es Intuition, aber die Menschen sind nicht bereit für eine Baufirma mit einer Frau, die aktiv am handwerklichen Geschehen teilnimmt und die Firma auch noch leitet! Du hast doch heute selbst gehört, was die Leute als normal erachten: dass du dich im Hintergrund um die Büroarbeit kümmerst, deinen Mann bei seiner Tätigkeit unterstützt und ... vielleicht eine Mutter wirst. Die Zeit ist noch nicht reif, Aurora. Deine Ungeduld wird nicht nur deine Zukunft ruinieren, sondern auch die der gesamten Firma. Willst du das?« Schnaubend schüttelte er den Kopf und warf die Hände in die Luft.

Entsetzt starrte sie ihn an. Was war bloß in ihn gefahren? Vermutlich hatte er einfach zu viel getrunken, weil ihn der Auftritt ihres Vaters zu sehr frustriert hatte. Vielleicht hatte sie selbst es ja ebenfalls mit ihrer Euphorie übertrieben. Sie musste lernen, ihre kreativen Impulse zu zügeln, die sie wie aus dem Nichts überfielen und mit haarsträubenden Ideen über Marmorpaläste, weiße Treppenhäuser und dergleichen fütterten.

Beschämt senkte sie den Blick. »Nein, ich möchte nicht, dass mein ungestümes Wesen alles kaputt macht. Selbstverständlich nicht.« Sie wandte sich ab und kroch zurück ins Bett.

Eine halbe Stunde später erschien auch Michele im Schlafzimmer. Er zog sich schweigend aus und legte sich neben sie. Seine Hand tastete nach ihr.

»Wir sollten ein Kind zeugen«, sagte er, während er ihr Nachthemd hochschob. »Die Leute fragen sich sonst, was mit uns beiden nicht stimmt.«

Aurora lag noch lange wach und lauschte dem Schnarchen ihres Mannes. Bierausdünstungen schwappten dabei gelegentlich zu ihr herüber.

War das das Leben, von dem sie geträumt hatte? War das die Liebe, die sie sich in den einsamen Nächten ihrer Mädchenjahre herbeigesehnt hatte?

Kapitel 18

August 1958

Aurora betrat Dottore Albertis Arztpraxis in Argegno. Der Arzt erwartete sie bereits und empfing sie sofort in seinem Behandlungszimmer. Er wies mit einem Lächeln und einer Handbewegung auf den Sessel vor seinem Schreibtisch und setzte sich, nachdem sie Platz genommen hatte, ebenfalls.

»Was führt Sie zu mir, Signora Mandelli?« Er musterte sie über den Rand seiner Lesebrille hinweg und hielt den Kugelschreiber bereit.

Aurora spürte, wie Wärme ihren Hals hinaufkroch. Die gesamte Situation war ihr unangenehm. Michele hatte sie zu diesem Arzttermin gedrängt.

»Nun ... mein Ehemann und ich versuchen nun schon seit einem Jahr, ein Kind zu bekommen. Leider ohne Erfolg. Langsam macht sich mein ... machen wir uns Sorgen. Ich wollte einfach sichergehen, ob mit mir alles in Ordnung ist. Körperlich.« Sie biss sich auf die Unterlippe.

Der Blick des Arztes glitt forschend über ihre Gesichtszüge. »Ist Ihnen denn irgendetwas Besonderes aufgefallen? Irgendwelche Beschwerden beispielsweise?«

Aurora schüttelte den Kopf. »Mir geht es gut.« Und um ihren Worten mehr Glaubwürdigkeit zu verleihen, unterstrich sie sie mit einem freundlichen Lächeln.

Dottore Alberti erhob sich. »Gut, dann machen Sie sich doch bitte einmal unten frei, ich untersuche Sie kurz.« Er wies auf einen Wandschirm mit orientalischen Mustern, der als Umkleide diente und immerhin ein Mindestmaß an Intimität bot.

Mit klopfendem Herzen trat Aurora anschließend halb nackt vor den Arzt, der ihr bedeutete, sich auf das Behandlungsbett zu legen. Seine professionelle Unbekümmertheit ihrer entblößten Haut gegenüber entspannte sie ein wenig. Kühle Hände tasteten sich über ihren Körper. Nach wenigen Minuten wandte sich Alberti auch schon wieder ab und trat ans Waschbecken, wo er sich die Hände wusch und desinfizierte.

»Sie dürfen sich wieder ankleiden, Signora Mandelli.« Der Arzt ging zu seinem Schreibtisch und ließ sich in den Sessel sinken.

Aurora kletterte von der Liege herunter und verschwand hinter dem Wandschirm. Mit schweißnassen Händen streifte sie sich das beerenrote Sommerkleid mit den neckischen weißen Tupfen wieder über und schlüpfte in die dazu passenden Ballerinas. Als sie hervortrat, wies Alberti erneut mit einem freundlichen Lächeln auf den Sitzplatz vor seinem Schreibpult.

»Bitte setzen Sie sich doch noch einmal kurz.«

Aurora tat, wie ihr geheißen wurde, überschlug die Beine und faltete die Hände im Schoß.

»Ihnen fehlt nichts. Ihr Körper ist sogar in einem bemerkenswert guten Zustand, athletisch und gesund ernährt.

Sollten Sie jedoch nach einem weiteren Jahr immer noch nicht schwanger sein, sind ausführlichere Untersuchungen nötig. Auch bei Ihrem Gatten. Schließlich braucht es dazu stets zwei.« Alberti zwinkerte belustigt.

Obwohl sich Aurora über dieses Urteil freute, fühlte sie keine Erleichterung. Was sollte sie denn jetzt Michele sagen? Er würde einmal mehr außer sich sein vor Zorn.

»Das ... ist natürlich schön zu hören, nur löst das unser Problem nicht. Warum klappt es denn so lange nicht?« Sie rang die Hände, bis die Knöchel ihrer Finger weiß hervortraten.

Der Arzt zuckte mit den Schultern. »Ach wissen Sie, ein Kind zu kriegen, ist keine Selbstverständlichkeit, auch wenn das alle glauben. Da spielen zahlreiche Faktoren eine Rolle, die wir Menschen nicht beeinflussen können. Die Psyche, das Schicksal, Körperliches. Noch, und dafür bin ich außerordentlich dankbar, sind wir nicht Gott. Gehen Sie die Sache entspannt an, dann klappt es am ehesten. Lassen Sie dem Leben Zeit. Ganz sicher gibt es viele Dinge, die Sie abgesehen vom Muttersein begeistern, nicht wahr? Erfreuen Sie sich an diesen, bis es so weit ist.« Er schob sich von seinem Schreibpult weg. Aurora spürte, dass er den Termin hier beenden und sich seinem nächsten Patienten zuwenden wollte.

Obwohl sie die Antwort auf ihre Frage lieber nicht hören wollte, sah sie sich nun doch gezwungen, sie zu stellen: »Kann ... kann es sein, dass ich mich physisch zu sehr verausgabe und ich daher nicht schwanger werde? Ich arbeite oft körperlich. Auf der Baustelle.« Ihr Puls beschleunigte sich.

Dottore Alberti lachte. Herzhaft. »Aber nein doch, Frau Mandelli. Sehen Sie sich an. Sie sind weder mager, noch wirken sie ausgelaugt. Ich gehe davon aus, dass Sie Ihre

Blutungen regelmäßig haben ... also habe ich hier eine rundum gesunde Frau vor mir.«

Sie nickte. »Ja, mein Zyklus ist stabil.«

»Sehen Sie.« Alberti musterte sie eingehend. »Ich habe den Eindruck, dass Ihnen jemand eingeredet hat, dass mit Ihnen etwas nicht stimmt. Ist das so?«

Hitze explodierte in Auroras Innerem. Ihre Wangen brannten wie Feuer, doch sie schüttelte nur stumm den Kopf.

Als Aurora Dottore Albertis Praxis verließ, war sie heilfroh, dass ein frischer Wind vom Comer See her durch die Gassen fegte und ihr Gesicht kühlte. Bis sie bei Marisa ankam, würde sie wieder eine normale Gesichtsfarbe haben. Marisa und Aurora hatten sich im vergangenen Jahr immer mal wieder auf einen *caffè* getroffen und waren mittlerweile zu guten Freundinnen geworden. Es kam selten genug vor, dass sich Aurora mitten unter der Woche einen freien Nachmittag gönnte und dazu noch in Argegno aufhielt. Ein Besuch bei Marisa hatte sich also förmlich aufgedrängt.

Nach wenigen Minuten tauchte die an ein Katzengesicht erinnernde Fassade des Marino-Anwesens vor Aurora auf.

»Aurora! Da bist du ja!«, rief Marisa, als sie ihr die Tür öffnete. »Komm rein, meine Liebe. Ich habe *biscotti* gebacken, und der *caffè* kocht auch gleich. Was freue ich mich, dich endlich wieder einmal zu sehen.« Marisa schloss sie in die Arme und drückte sie an sich, und Aurora erwiderte die innige Umarmung.

»Du siehst besorgt aus«, erklärte ihre Freundin schließlich, schob sie ein wenig von sich und musterte sie kritisch. »Los, machen wir es uns gemütlich.« Ihr Blick verdüsterte sich, als erwartete sie schlechte Nachrichten.

Wie jedes Mal, wenn Aurora bei Marisa zu Besuch war, bestaunte sie die Eleganz des Salons. Das milde Grün der Polstermöbel mit dem verspielten Rosenmuster faszinierte sie immer wieder aufs Neue.

Auf dem Wohnzimmertisch stand bereits ein Teller mit Keksen und Porzellangeschirr.

»Setz dich doch schon einmal, ich schaue nach dem *caffè*.« Marisa verschwand im Flur und kehrte kurze Zeit später mit einer dampfenden Kanne zurück.

Sie goss ihnen das schwarze Gebräu ein, reichte Aurora das Gebäck und machte es sich anschließend in ihrem Sessel bequem.

»So ... und jetzt erzähl, wie es bei Alberti lief.«

»Er sagt, mir fehlt nichts, aber dass es nun einmal nicht selbstverständlich ist, schwanger zu werden.« Aurora nahm einen Schluck aus der zierlichen Tasse und beäugte Marisa über den Rand hinweg.

Die Augen der Freundin glitzerten, und ihr Mund zuckte leicht. »Womit er vollkommen recht hat. Was für ein unglaubliches Glück du hast. Mein Untersuchungsergebnis fiel damals schlechter aus, wie du weißt. Ich werde in diesem riesigen, leeren Haus nie das Lachen von Kindern hören.« Sie senkte den Blick.

Aurora beugte sich nach vorne und strich ihr liebevoll über die Hände. Nach einer Weile sagte sie: »Ja, grundsätzlich ist das Ergebnis positiv. Aber wie soll ich das Michele erklären? Er wird außer sich sein vor Wut.« Sie nagte an ihrer Unterlippe und streckte sich erneut nach den Keksen aus, um Marisa nicht ansehen zu müssen.

Die Freundin legte die Stirn in Falten. »Warum? Müsste er nicht froh sein, dass mit dir alles in Ordnung ist? So stark sein Kinderwunsch auch sein mag, kann er doch auf so eine Nachricht unmöglich mit Zorn reagieren; das ergibt absolut keinen Sinn.«

Aurora zögerte, ehe sie weitersprach. Sie strich sich die Hände an ihrem Kleid ab und steckte sich eine Haarsträhne hinter die Ohren. Lange konnte sie dem Blick ihrer Freundin nicht standhalten. »Mein Mann reagiert oft so. Das ist sein Temperament, fürchte ich. Er ist der Ansicht, dass mich die physische Arbeit zu sehr erschöpft und ich deshalb nicht schwanger werde. Bauarbeiten, so behauptet er, würden eine Frau vermännlichen oder ihren Körper zumindest nachhaltig überfordern. Als ich Dottore Alberti darauf angesprochen habe, erklärte er, dass das bei mir sicher nicht der Fall sei. Aber wenn ich das Michele sage, rastet er aus, weil er sich in seinem männlichen Stolz verletzt und persönlich angegriffen fühlt.«

Marisa wechselte die Haltung auf ihrem Stuhl und nippte an ihrem Espresso. »Moment mal.« Sie hob die Hand, als würde ihr das beim Sortieren ihrer Gedanken helfen. »Du willst mir also weismachen, dass dein Mann dich für euren kinderlosen Zustand verantwortlich macht? Obwohl es zwei dazu braucht, und es durchaus möglich wäre, dass er zeugungsunfähig ist?«

Aurora zuckte verlegen mit den Schultern und nickte stumm. »Zum jetzigen Zeitpunkt, sagt Dottore Alberti, ist es noch zu früh, um anzunehmen, dass irgendeiner von uns unfruchtbar ist. Er sagt, man darf nicht erwarten, dass alles auf Knopfdruck klappt. Man kann also sagen, dass wir völlig in der normalen Bandbreite von Paaren mit Kinderwunsch liegen. Nur wird mir mein Mann das nicht glauben.«

Marisa musterte Aurora eingehend. »Denkst du, dass er womöglich eifersüchtig ist?«

Mehrere Sekunden verstrichen, ohne dass eine von ihnen etwas sagte.

»Schau mal, Aurora, ich kenne dich nun schon eine Weile. Ich kann mich noch gut an unsere erste Begegnung erinnern ... und an zahlreiche danach. Und jedes Mal hast du mir – bewusst oder unbewusst – erzählt, auf welch große Resonanz dein Talent bei euren Kunden stößt. Was ist, wenn genau das Michele stört? Wenn er nicht damit umgehen kann, dass du womöglich eine bessere *muratrice* bist als er?«

»Ich dachte eher daran, dass es vielleicht ein Generationenproblem ist und er sich darüber ärgert, dass mein Vater wieder in der Firma mitmischt. Ich habe Papa sogar darauf angesprochen und ihn gebeten, sich nach Möglichkeit etwas zurückzuhalten.«

»Und? Hat das Micheles Laune besänftigt?«

Aurora senkte verlegen den Blick. »Eigentlich nicht. Allerdings haben sich die Dinge auch etwas unglücklich entwickelt ...«

»Inwiefern?« Marisa beugte sich in ihrem Sessel nach vorne und hob neugierig die Augenbrauen.

Aurora schwieg einen Augenblick und drehte nachdenklich die Tasse in ihrer Hand. »Erinnerst du dich noch an die Colombos? Unser erster Auftrag dort, nachdem Papa wieder ins Geschäft eingestiegen ist, war trotz all meiner Bedenken ein voller Erfolg. Meine Ideen für ihr Treppenhaus haben ihnen wirklich gut gefallen, und seitdem melden sich immer wieder neue Kunden – Bekannte der Colombos und andere, die durch Mund-zu-Mund-Propaganda auf uns aufmerksam geworden sind. Sie alle wollen, dass ich mir ihr

Problem oder ihren Wunsch zusammen mit meinem Vater ansehe und die Arbeiten danach beaufsichtige und koordiniere.« Aurora fühlte, dass ihre Wangen bei dem Gedanken an die wundervollen Arbeiten glühten. Sie war in ihrem Element. »Das führte aber leider immer wieder zum Streit mit Michele, weil ich ihm eigentlich versprochen habe, mich eher auf die Schreibtischarbeit zu konzentrieren und im Hintergrund zu bleiben. Seine Befürchtungen, ich könnte der Firma durch meine Anwesenheit und meine Ideen schaden, haben sich allerdings auch nicht bewahrheitet, weshalb ich das Ganze nicht so tragisch gesehen habe.« Sie zuckte hilflos mit den Schultern und trank einen Schluck von ihrem Espresso.

Marisa betrachtete sie schweigend. Schließlich sagte sie: »Und du willst mir sagen, das sei ein Generationenproblem? Was an deiner Geschichte deutet denn *nicht* auf Eifersucht hin? Du fährst zu den Kunden, schaust dir die Projekte an und überzeugst sie mit deinen Ideen und deiner Arbeit. Wie damals bei mir. Oder bei dem Priester mit seinem Heidegarten.«

Aurora dachte nach und ließ die Worte der Freundin auf sich wirken. »Aber ... Michele liebt mich. Er war es, der mich dazu ermuntert hat, die Firma zu retten, als mein Vater nicht dazu in der Lage war. Sein innigster Wunsch ist es, der Vater meiner Kinder zu sein und mit mir *zusammen* ein Leben aufzubauen. Beruflich und privat.« Sie suchte Marisas Blick. Doch die wandte sich ab und griff nach einem *biscotto*.

»Vielleicht, Aurora, vielleicht«, murmelte sie und stopfte sich den Keks in den Mund.

Kapitel 19

Es war ein freundlicher Sonntagnachmittag. An lichten Tagen wie diesem fraß sich die Sonne schon etwas länger durch die Schatten. Kühle Nächte, die letzten Ausläufer des Winters, rangen mit milden Tagestemperaturen um die Vorherrschaft. Manchmal versanken Castiglione und die umliegenden Bergwipfel jedoch noch im Dunst des Frühlingsregens. Vor allem im Frühling bereute Aurora es, keinen Garten mehr zu haben. Rund um das Anwesen der Mandellis streckten Krokusse, Narzissen und Tulpen ihre Köpfe aus dem Boden, Vögel zwitscherten oder stritten in den Büschen und Bäumen und begannen mit dem Bau ihrer Nester. Die Boten, die das stetige Erwachen der Natur ankündeten, erfüllten Aurora für gewöhnlich mit neuem Tatendrang, als sei auch sie unausweichlich mit den Zyklen der Landschaft um sie herum verbunden. Allerdings hatte sie das Leben dieses Jahr mit einer anderen Knospe belohnt – einer viel wertvolleren, als sie in einem Garten je wachsen würde.

Ein feines Lächeln zog ihre Mundwinkel nach oben, als sie den Stuhl näher ans Küchenfenster rückte, um mehr Licht zu haben. Mit klopfendem Herzen und vor Aufregung zitternden Fingern fischte sie den Brief aus dem Umschlag, entfaltete ihn und begann zu lesen.

Cara Aurora,

was für eine wunderbare Überraschung und Neuigkeit aus der Heimat! Mein Cousinchen Auri wird una mamma! Ich freue mich von Herzen für Euch beide und kann es kaum erwarten, den jüngsten Spross unserer Familie persönlich kennenzulernen. Da werde ich mich wohl aber noch bis September gedulden müssen ... Halte mich unbedingt auf dem Laufenden, ja? Ich möchte alles wissen: Wie es Euch geht, wie das Kleine gedeiht, und natürlich am Ende, welch stolzen Namen es tragen darf. Habt Ihr schon Ideen? Siehst Du, das lange Sehnen und Hoffen, aber auch das Vertrauen ins Leben haben sich gelohnt. Ihr werdet endlich Eltern, das endlose Warten hat ein Ende.
Du wirst für Dein Kind eine unermessliche Bereicherung und Inspiration sein – wie möglicherweise für viele andere Frauen Deiner und nachfolgender Generationen auch. Ich wusste ja immer, was in Dir steckt! Ich bin sehr stolz auf Dich. Was für ein Privileg, Dich zur Mutter haben zu dürfen!

Aurora ließ den Brief sinken und blickte auf die Wanduhr, deren Zeiger langsam vorwärts schlichen. Ihre Wangen fühlten sich warm an. Zum Glück konnte Antonio nicht sehen, dass er sie mit seinen Komplimenten vor Verlegenheit zum Erröten brachte. Nach einem kurzen Moment senkte sie den Blick wieder und las weiter.

Auch bei mir gibt es Neuigkeiten zu berichten. Wie ich Dir schon in meinen letzten Briefen und insbesondere an Weihnachten berichtet habe, pflegen Elisa und ich seit geraumer Zeit eine ernsthafte Beziehung. Sie ist das Beste, was mir je passiert ist. Ich vergöttere sie und möchte mein ganzes Leben mit ihr verbringen. Ja, stell Dir vor, Antonio Mandelli, der eingefleischte Junggeselle kapituliert! Ich bin gespannt, wo dieses Gefühl mich noch hinführt …

Was mir außerdem Hoffnung gibt: In den Köpfen der Schweizer ist ein langsamer Gesinnungswandel spürbar. Wer weiß, vielleicht wird man uns Italienern in Zukunft mehr Rechte einräumen und uns auch erlauben, länger als bloß für die Dauer einer Saison zu bleiben. Das wäre wunderbar! So wie ich früher unter meinem Heimweh nach Italien litt, so fehlt mir nun Elisa während der Wintermonate, in denen die Baustellen ruhen und wir Saisonniers in die Heimat entsandt werden. Zu schade, dass ihre Eltern ihr nicht erlaubt haben, mich über Weihnachten nach Chiavenna zu begleiten. Ich hätte sie dir wahnsinnig gerne vorgestellt.

Ich freue mich, wieder von Dir zu hören, liebe Cousine! Eine feste Umarmung in die Heimat,

Antonio

Aurora faltete den Brief zusammen und sah aus dem Fenster. Während sie das übermütige Treiben einiger Spatzen auf den Dächern gegenüber beobachtete, schweiften ihre Gedanken zurück zu ihrem letzten Treffen mit ihrem Cousin im Winter. Leider hatten sie inmitten der Festivitäten und der zahlreichen Verwandten nur wenig Zeit gehabt, sich in Ruhe zu unterhalten. Sie erinnerte sich jedoch daran, dass er ausgiebig von Elisa geschwärmt hatte. Anscheinend arbeitete sie immer noch bei ihrem Onkel in der Bäckerei und war zwischenzeitlich so etwas wie seine rechte Hand geworden. Wie Aurora war sie nach Antonios Schilderungen talentiert, kreativ und arbeitsam. Sie entwarf diverse neue Brotsorten, erweiterte das Gebäcksortiment und interessierte sich sehr für die italienische Backkunst. Im hinteren Teil des Geschäfts hatte sie außerdem ein kleines Café eröffnet, in dem sie frisch aufgebrühten Kaffee anbot. Ihre Ideen erfreuten sich großer Beliebtheit, und Antonio hatte es ihr zu verdanken, dass er sich trotz aller Vorurteile der Schweizer gegen die italienischen Arbeiter so gut im Land eingelebt hatte.

Dank ihr hatte er weitere Einheimische kennengelernt und war mittlerweile sogar mit manchen von ihnen befreundet. So fand durch das ungleiche Paar eine sanfte Annäherung der beiden Kulturen statt.

Ein Poltern, gefolgt vom Knallen der Eingangstür, die geräuschvoll gegen die Wand geschlagen wurde, ließ Aurora zusammenzucken. Der Briefumschlag entglitt ihrer Hand und segelte zu Boden. Hastig hob sie ihn auf und erhob sich.

Michele lehnte schwer atmend im Türrahmen zur Küche. Seine Augen wanderten unruhig hin und her. Aurora konnte den Alkohol sogar über die Entfernung hinweg riechen.

»Wie war das Treffen mit deinen Freunden im *Grotto*?« Sie bemühte sich darum, sich den Unmut über seinen Zustand nicht anmerken zu lassen. Nichts lag ihr ferner, als die ständig nörgelnde Ehefrau zu mimen. Dennoch belastete es sie, dass Michele sich immer öfter am Abend nach der Arbeit und auch an den Sonntagen mit seinen Kameraden auf einen Drink traf, der sich selten auf ein Glas beschränkte.

Ein abfälliges Prusten war die Antwort. Mit leicht schwankenden Schritten kam er auf sie zu, schob sie unsanft beiseite und nahm sich ein Glas. Er füllte es am Wasserhahn auf, leerte es mit gierigen Schlucken und füllte es erneut nach.

»Du machst aus mir einen Narren, Aurora. Alle meine Kollegen zerreißen sich das Maul über dich und lachen über mich.«

Sie konnte ihm nicht folgen. »Wieso denn?«, fragte sie. »Was haben wir denn gemacht?«

Michele schlug wütend mit der Faust auf den Tisch. »Du bist schwanger, verflucht noch mal! Du solltest aufhören, dich im Betrieb und auf der Baustelle rumzutreiben! Du machst dich lächerlich! Und da dein Vater es offenbar nicht sagt, muss ich es wohl tun.«

Vorsichtig setzte sich Aurora auf einen Stuhl. Wenn er so in Rage war, musste sie ihre Worte sorgfältig wählen. »Richtig, ich erwarte ein Kind, im vierten Monat. Das bedeutet aber nicht, dass ich krank bin. In der Regel berate ich die Kunden und erstelle Offerten. Danach sieht man mich auf der Baustelle meist in der Funktion einer Bauführerin. Ich hebe keine schweren Steine, aber ich erkläre, wie sie aussehen müssen und wo ihr perfekter Platz ist, damit meine Idee Form annimmt. Dasselbe gilt im Falle zahlreicher anderer Arbeiten. Seit ich schwanger bin, führe ich keine körperlich anspruchsvollen Tätigkeiten mehr aus. Es gibt jedoch genug Dinge, die ich durchaus noch erledigen kann. Wie gesagt, leide ich nicht an einer Krankheit oder bin komplett bewegungsunfähig. Im jetzigen Stadium der Schwangerschaft ohnehin nicht. Ich weiß also nicht, was daran lächerlich sein soll. Andere Frauen verrichten täglich Arbeiten im Garten, putzen das Heim der Familie, tragen weitere Kleinkinder herum oder schleppen Einkaufstüten nach Hause. Das findet doch auch niemand absurd.«

Sie strich die Tischdecke glatt und wich Micheles Blick aus. »Außerdem bin ich es unseren Kunden schuldig, die Projekte, die ich ins Leben gerufen habe, auch zu beaufsichtigen und so zu Ende zu bringen, wie ich es versprochen habe. Das wird ohne meine Anwesenheit nicht möglich sein.«

Plötzlich packte eine raue Hand sie am Kinn und drehte ihren Kopf um. Micheles bitterer Atem strich über ihr Gesicht. »Wenn dem Kind auch nur etwas fehlt oder es gar nicht zur Welt kommen sollte, wirst du dafür bezahlen! Deine Selbstsucht ist einfach beispiellos! Noch nie habe ich eine derart kaltherzige, egoistische Frau getroffen!« Er versetzte ihr einen Stoß. »Und wenn du schon so aktiv bist und dich benimmst, als wäre dein geschwollener Leib bloß eine hartnäckige Blähung ... wäre es höchste Zeit, wenn es zwischen uns im Bett auch mal wieder klappen würde. Ich habe schon fast vergessen, wie du dich anfühlst.« Unsanft fasste er sie am Arm und zerrte sie vom Stuhl hoch.

»Aua, Michele, lass das, du tust mir weh!«

Ohne auf ihre Worte zu achten, zog er sie mit sich aus der Küche in den Flur und weiter ins Schlafzimmer.

»Los, zieh dich aus. Es ist Sonntag, und an Sonntagen will ich mich entspannen. Dein seltsames Verhalten versaut mir meine wohlverdiente Freizeit. Willst du das? Als wir uns kennengelernt haben, konntest du nicht genug von mir bekommen. Aber in letzter Zeit geht es dir nur noch um den Betrieb und deine ›Selbstverwirklichung‹.« Er malte mit den Fingern Anführungszeichen in die Luft. »Bestimmt hat man dir erklärt, dass man eine Beziehung pflegen muss, wenn man nicht will, dass sie verkümmert.«

Zweifel und ein schlechtes Gewissen meldeten sich in Auroras Innern, gepaart mit dem nagenden Gefühl aufkeimender Angst. Würde er ihr womöglich wehtun, wenn sie ihm nicht gehorchte? Möglicherweise hatte sie sich tatsächlich zu wenig um ihren Ehemann gekümmert, hatte sich selbst im Reich ihrer Kreativität vergessen und sich nicht genug darum bemüht, ihre junge Familie zu umsorgen.

Mit klopfendem Herzen und ein wenig widerstrebend entkleidete sich Aurora, und gleich darauf umhüllte sie der heiße, biergeschwängerte Atem ihres Ehemanns.

»Früher hast du dir wenigstens noch die Mühe gemacht, so zu tun, als würde dir das Ganze Spaß machen«, knurrte Michele, als er sich kurze Zeit später von ihr runterrollte und aufstand, um sich wieder anzuziehen. Mit grimmiger Miene verließ er das Schlafzimmer und schaltete das Radio im Wohnzimmer ein. Dann hörte Aurora, wie er prustend einige Liegestützen und Bauchübungen machte. Dieses Ritual beruhigte ihn offenbar.

Nach einer Weile erhob sie sich, wusch sich im Badezimmer ein wenig und suchte frische Kleidung aus dem Schrank heraus. Nachdenklich blieb sie vor dem Spiegel stehen und musterte sich.

Das Lächeln, das ihr Gesicht erhellte, als sie über die sanfte Wölbung ihres Bauches strich, wirkte abgekämpft. Trotz dieses Schatzes, der in ihr heranwuchs, fühlte sie sich … leer. Und schmutzig.

Irgendwie war alles so anders gekommen, als sie es sich vorgestellt hatte. Der Tod ihres Bruders hatte ihre Familie entwurzelt. Doch gerade dieses Leid war zum fruchtbaren Boden für eine neue Zukunft geworden. Aurora hätte sich niemals gegen die traditionelle Ordnung der Dinge aufgelehnt oder einen Weg abseits der ausgetrampelten Pfade betreten ... wäre da nicht zuerst dieser grauenhafte Unfall geschehen, der sie alle aus der Spur geworfen hatte. Verlust und Schmerz hatten Aurora und ihre Sicht auf das Leben verändert. Ihre eigene Vergänglichkeit, die der Tod ihres Bruders ihr vor Augen geführt hatte, hatte Fragen aufgeworfen, die sie sich sonst womöglich nie gestellt hätte. Plötzlich begann sie, ihr eigenes Dasein und ihre Vorstellungen vom Leben zu hinterfragen. Hinzu kam die seelische Not, die Aurora täglich am Familientisch der Mandellis erlebt hatte. Die Stille, die das sonst so belebte Landhaus heimgesucht hatte, war beängstigend, Tommasos Lücke beinahe physisch greifbar gewesen. Damals hatte sie einen Fixpunkt in ihrem Leben gebraucht, irgendwas, woran sie sich orientieren und festhalten konnte – einen Grund, morgens aufzustehen. Vielleicht hatte ihre jugendliche Naivität sie verführt und ihr vorgegaukelt, dass sie mit etwas Heldenmut alles erreichen konnte, jenen zu helfen vermochte, die es alleine nicht mehr schafften – wie ihre Eltern.

Doch sie hatte nicht mit dem harschen Gegenwind der Realität gerechnet.

Vielleicht sollte sie in die Zivilisation zurückkehren, bevor die Wildnis sie auffraß. So, wie es der Padre einst in der Kirche verkündet hatte, als er die Geschichte des verlorenen Schafes erzählte.

Kapitel 20

Am nächsten Tag saßen sich Michele und Aurora schweigend am Küchentisch gegenüber und nagten an ihren Brioches. Michele schlürfte seinen Espresso, Aurora war seit der Schwangerschaft auf Tee umgestiegen. Draußen war es noch dunkel, das mattgelbe Licht der Straßenlaternen drang zu ihnen in die Küche.

Michele starrte grimmig in eine aktuelle Ausgabe der Tageszeitung und gab vor zu lesen, nur dass er nie blätterte, auch nach fünf Minuten nicht.

Schließlich fasste sich Aurora ein Herz.

»Es tut mir leid, Michele, wenn ich dich wütend gemacht habe. Das war nicht meine Absicht. Ich fürchte, dass ich mit der neuen Situation noch etwas überfordert bin. Ich gebe mir Mühe, dich nicht weiter zu verletzen. Außerdem habe ich mir vorgenommen, heute mit Papa zu sprechen. Wenn möglich, werde ich ab jetzt keine neuen Aufträge mehr annehmen, die ich persönlich an der Front betreuen müsste. Das überlasse ich dir und konzentriere mich stattdessen auf die Kalkulation und die administrativen Arbeiten im Hintergrund. Die Akquise kann Vater künftig mit dir zusammen vornehmen. Was hältst du davon?«

Michele schob lautstark seinen Stuhl zurück und erhob sich. Sein Blick war kalt und undurchsichtig. »Tu es für dein

Kind, nicht für mich.« Und mit diesen Worten verließ er die Küche und zog sich für die Arbeit an.

Aurora beeilte sich, ihm zu folgen.

Ohne ein Wort zu reden und ohne sich wie früher an den Händen zu halten, tauchten sie in die dämmrigen Gassen Castigliones ein. Als sie den Werkhof der Baufirma erreichten, brannte bereits Licht. Bei ihrem Eintreten hörten sie in Papas Büro das Telefon klingeln. Die Woche startete also gut, sie wurden offenbar gebraucht. Michele machte sich daran, ein paar Werkzeuge auf die Ladebrücke der Piaggio zu laden. Aurora ihrerseits wartete, bis ihr Vater das Kundentelefonat beendet hatte, damit sie ihn auf die Neustrukturierung ihrer Aufgaben ansprechen konnte.

Gerade bevor Michele losfahren wollte, erschien Papa in der Werkstatt. Seine Knollennase zuckte aufgeregt, und es sah aus, als hätte er sich die schwarzen Locken gerauft.

»Wir haben einen sehr lukrativen Auftrag erhalten!« Er rang nach Atem. Michele sah ihn neugierig an. »Erinnert ihr euch noch an die Bauarbeiten an der Pfarrkirche San Giorgio in Pellio Intelvi vor drei Jahren? Padre Giudici und sein trostloser Friedhof?«

»Der Heidegarten!«, platzte es aus Aurora heraus. Die Erinnerung an diese Arbeiten erfüllten sie immer wieder mit Wärme. Sie hatte die Tage in Pellio geliebt, nicht nur wegen des Auftrags, sondern auch wegen der tiefgründigen Gespräche, die sie mit dem Padre geführt hatte. So wie sich ihre Miene vermutlich aufhellte und ihr Herz schneller schlug, zogen emotionale Gewitterwolken über Micheles Antlitz.

»Und jetzt? Will er aus dem restlichen Friedhof einen Spielplatz machen?« Die Stimme ihres Ehemanns nahm eine bittere Färbung an, Hohn verzog seine Mundwinkel.

»Ganz und gar nicht!« Ihr Vater begann damit, im Raum auf und ab zu tigern, als würde ihm das irgendwie helfen, seine Gedanken zu sortieren. »Soeben hatte ich seinen Neffen, den Anwalt aus Argegno, diesen Lorenzo Baroni, am Apparat.«

Er murmelte irgendwas Unverständliches vor sich hin, strich sich über die unrasierten Wangen und blieb schließlich stehen. »Dieser Baroni ist ein vermögender Mann. Er besitzt außerhalb des Ortes ein großes Anwesen, das erst kürzlich in seinen Besitz übergegangen ist, wie er sagt. Jedenfalls erinnert er sich noch sehr gut an die Bauarbeiten bei seinem Onkel. Das Resultat hat ihn über alle Maßen begeistert. Er möchte nun – haltet euch fest – den drei Hektar großen Garten in einen Heidegarten umgestalten – mit einer Trockensteinmauer, wie Aurora sie auf dem Friedhof von San Giorgio errichtet hat. Ein wahres Meisterwerk der Handwerkskunst nannte er es. Kind, mach dich sofort bereit, wir treffen ihn in einer Stunde zu einem Besichtigungstermin.«

Aurora starrte ihren Vater an. So redselig hatte sie ihn seit Jahren nicht mehr erlebt. Gleichzeitig spürte sie Micheles Blick auf sich ruhen, und auch den Zorn, der hinter seiner Fassade brodelte. Mit pulsierenden Wangen sah sie ihren Vater an.

»Papa ... könnte Michele dich nicht an meiner Stelle begleiten?« Sie strich sich demonstrativ über die leichte Wölbung ihres Bauches, um die Frage zu unterstreichen. »Du weißt schon ... ich möchte ein wenig zurückfahren, es langsamer angehen. Wegen des Babys. Ich dachte ...« Weiter kam sie nicht, da schnitt er ihr auch schon das Wort ab.

»Wie meinst du das? Was ist denn mit dem Kind? Ist etwas passiert?« Die Augen ihres Vaters weiteten sich in wachsender Panik.

Aurora schüttelte vehement und mit einem möglichst beruhigenden Lachen den Kopf. »Aber nein doch, uns fehlt nichts. Alles in bester Ordnung. Ich dachte nur, dass es vielleicht besser ist, wenn ich mich nun bei der fortschreitenden Schwangerschaft eher im Hintergrund, sprich im Büro, aufhalte. Nicht mehr an der Front.«

»Ach so.« Ihr Vater zupfte sich den Hosenbund zurecht. »Na, da musst du dir keine Sorgen machen, Liebes. Ich hatte nicht vor, dich mit schweren Arbeiten einzudecken.« Er räusperte sich vernehmlich. »Es geht jetzt erst einmal darum, Signor Baroni einen Vorschlag für sein Gelände zu unterbreiten. Und wenn wir den Auftrag bekommen, werden wir fortlaufend entscheiden, welche Tätigkeiten für dich noch zumutbar sind.« Er legte eine Verschnaufpause ein und kratzte sich am Kopf. »Die Trockensteinmauer kann selbstverständlich auch Michele anfertigen. Unter deiner Anleitung natürlich, das war Signor Baronis ausdrücklicher Wunsch. Mach dir aber wegen des Kindes keine Sorgen, dem passiert nichts. Wir sind ja keine Barbaren!« Er lachte glucksend. Es war sehr lange her, dass Aurora sein Lachen gehört hatte.

Wie ein schauriges Echo hallte es von den Wänden der stillen Werkstatt wider, denn weder Aurora noch Michele sagten ein Wort.

Schließlich wandte sich Auroras Mann mit einem Ruck ab und stürmte aus der Tür.

»Was hat er denn?« Auroras Vater sah seinem Schwiegersohn mit zusammengekniffenen Augen nach.

»Er denkt, ich sollte mich mehr schonen. Wegen des Kindes.«

Ihr Vater musterte sie ernst. Jegliche Leichtigkeit war aus seinem Blick verschwunden, und eine eisige Klarheit zeigte sich darin. »Das soll der Bursche mal ruhig mir überlassen. Im Gegensatz zu ihm habe ich Erfahrung mit schwangeren Frauen. Hinzu kommt, dass ich meine eigene Tochter ... meine einzige noch dazu ... niemals verantwortungslos in Gefahr bringen würde.« Mit diesen Worten ging er zur Tür.

»Hoffentlich kann man dasselbe auch von deinem Mann erwarten«, murmelte er leise, doch Aurora hörte ihn klar und deutlich.

Die Villa Domenica thronte auf einem Felsen direkt über dem Comer See. Ein privater Zufahrtsweg führte von Argegno her den Abhang hinauf und durch ein lichtes Wäldchen zu dem Anwesen, wo ein schmiedeeisernes Tor ihnen den Zugang zum Vorplatz des Herrenhauses versperrte. Vor ihren Augen erhoben sich die beiden Haupthäuser – zwei an mehrstöckige römische Kasernen erinnernde, ein wenig versetzt am Hang stehende Häuserblöcke, die miteinander verbunden waren und von zwei orientalisch anmutenden, sandfarbenen Glockentürmen flankiert wurden. Im Erdgeschoss ließen gigantische Bogenfenster auf einen lichtdurchfluteten Saal im Inneren des Gebäudes schließen. Efeu überzog einen Großteil der cremefarbenen Hausfassade, an die sich buschige Sträucher und knorrige Bäume mit satten, grünen Kronen schmiegten. Der brach liegende Garten, um den sich die Firma Mandelli kümmern sollte, musste sich irgendwo hinter dem Gebäudekomplex befinden.

Noch ehe Aurora und ihr Vater von der Vespa steigen und den Finger auf den Klingelknopf am Tor drücken konnten, wurde schon die Tür des linken Haupthauses aufgerissen. Das verschnörkelte Metalltor schwang auf, und eine Angestellte in einer blauen Uniform mit weißer Schürze eilte die helle Steintreppe hinunter und ihnen entgegen. Aurora schätzte sie auf Mitte dreißig. Die braunen Haare trug sie sorgsam hochgesteckt, und ihre dunklen Augen leuchteten freundlich. Sie war von zierlicher Statur wie die meisten Italienerinnen. Ihr olivfarbener Teint und der Akzent ließen außerdem darauf schließen, dass die Angestellte aus der Umgebung stammte.

»Da sind Sie ja. Signor Baroni erwartet Sie bereits. Ich bin Lucilla, die Haushälterin. Er bat mich, Sie in Empfang zu nehmen, da er noch kurz ein wichtiges Telefonat erledigen muss. Gleich ist er bei Ihnen. Sie können Ihr Gefährt da drüben hinstellen.« Sie wies mit dem Finger auf eine Stelle im Schatten eines Baumes.

Als Aurora und ihr Vater die Vespa geparkt hatten, folgten sie der Haushälterin zur Tür.

Diese trat zur Seite und machte eine einladende Handbewegung. »Bitte, kommen Sie doch herein und folgen Sie mir.« Mit federnden Schritten ging sie voraus. »Signor Baroni bittet Sie, es sich doch schon einmal im blauen Zimmer gemütlich zu machen. Er möchte die Besprechung mit einer Tasse Tee oder *caffè* starten. Danach unternehmen Sie gemeinsam einen Rundgang durch den Garten.«

Sie traten in ein großzügiges Foyer, von dem aus rechts eine weiße Steintreppe, die mit einem roten Samtteppich bespannt war, in die oberen Etagen des Hauses hinaufführte. Mit schweren Goldrahmen versehene Gemälde zierten die Wände, und ein Kronleuchter tauchte den Raum in ein helles, warmes Licht. Bodenlange Wandspiegel vermittelten dem Besucher den Eindruck, als würden unzählige Gänge von dem Eingangsbereich abzweigen.

Aurora wandte erstaunt den Kopf und hatte Mühe, die vielen Eindrücke in sich aufzunehmen. Bereits das Haus der Marinos hatte sie bei ihrem ersten Eintreten über alle Maßen fasziniert. Verglichen mit der Baroni-Villa jedoch war es nur ein schnuckeliges kleines Häuschen.

»Es ist zauberhaft, nicht wahr?«, sagte Lucilla, die Auroras weit aufgerissene Augen richtig gedeutet hatte. Das Echo ihrer Stimme hing noch eine Weile in der Luft. Sie bogen in einen lang gezogenen Flur ein. Skulpturen säumten ihren Weg, und weiche Teppiche dämpften stellenweise ihre Schritte auf dem glänzenden Steinboden.

Vor einer massiven zweiflügeligen Holztür blieb Lucilla stehen. Sie öffnete den rechten Flügel und bedeutete Vater und Tochter einzutreten. »Nehmen Sie bitte Platz. Die Getränke folgen gleich.«

Der Raum trug seinen Namen zu Recht. Hellblaue Wände und Decken verliehen dem Zimmer etwas Luftiges, während samtige, dunkelblaue Stoffsessel mit Goldverzierung für die nötige Erdung sorgten. Ein drei Meter langer Wandspiegel mit goldenem Rahmen sowie goldbraune Holzmöbel gaben dem Wohnzimmer außerdem die erforderliche Behaglichkeit.

Zögernd klopfte sich Auroras Vater die Hose ab und setzte sich ein wenig ungelenk auf einen Sessel, wobei er sich mehrfach versicherte, dass er den Samtbezug des Möbelstücks nicht ruinierte. Aurora sah sich noch immer erstaunt in dem imposanten Raum um. Neugierig blieb sie vor einer

Kommode stehen und betrachtete die darauf platzierten Schwarz-Weiß-Fotos, die Hunde und Katzen verschiedenster Rassen zeigten.

Kurz darauf erschien die Haushälterin mit einem Silbertablett, drei Tassen, zwei Kannen und verschiedenem Zubehör. Augenblicklich beendete Aurora ihren Streifzug und setzte sich ebenfalls in einen Sessel. Lucilla stellte alles auf den lackierten Salontisch.

»*Caffè* oder lieber Tee?« Ihr Blick wanderte von einem zum anderen. Papa entschied sich für einen Espresso, während Aurora einen Früchtetee bevorzugte.

Schweigend schlürften die beiden ihre Getränke. Obschon sie nur etwa fünf Minuten warten mussten, erschien es Aurora wie eine Ewigkeit. Das Ticken der kleinen Standuhr auf einer Kommode gegenüber und das leise Klirren ihrer Untertassen bildeten das einzige Geräusch im Raum.

Dann, endlich, wurde die Tür erneut geöffnet.

»Buongiorno, herzlich willkommen in der Villa Domenica.« Signor Baronis Bariton erfüllte den Raum wie eine wohlklingende Melodie.

Aurora und ihr Vater schnellten von ihren Sitzen hoch.

Ein tiefes Lachen erklang. Baroni hob beschwichtigend die Hände. »Nur mit der Ruhe, setzen Sie sich doch bitte.« Ohne zu zögern, ging er zuerst auf Aurora zu und begrüßte sie mit einer angedeuteten Verbeugung und einem feinen Lächeln. Erneut fiel ihr auf, wie geschmackvoll der Anwalt mit den lockigen braunschwarzen Haaren gekleidet war. Genau wie damals bei ihrer ersten Begegnung vor drei Jahren. An diesem Tag trug er eine schokoladenbraune Stoffhose, ein cremefarbenes Hemd und passend zur Hose eine Weste mit Knöpfen. Eine karierte Krawatte in verschiedenen

Brauntönen komplettierte das Ensemble. Offenbar besaß er außerdem ein Faible für Hüte, denn auch heute trug er eine Kopfbedeckung in der Hand, die er draußen wohl aufsetzen würde – eine Baskenmütze, die vermutlich aus demselben Stoff gefertigt war wie die Anzughose und die Zweireiherweste.

Nachdem er auch ihren Vater sehr herzlich begrüßt hatte, griff Signor Baroni nach der Espressokanne und fragte: »Möchte jemand noch Nachschub? Haben Sie die Kekse schon gekostet? Sie sind köstlich!« Da sie beide den Kopf schüttelten, goss er sich eine Tasse ein und setzte sich in einen blauen Sessel. Die Finger trommelten kaum hörbar auf die Stofflehne.

»Entschuldigen Sie den Zustand meines Heims. Bisher haben meine Eltern hier gewohnt. Im Januar haben sie mir die Villa überlassen und sind in eine sehr schöne und deutlich pflegeleichtere Wohnung im Zentrum von Argegno gezogen. In der kurzen Zeit, seit ich nun hier lebe, ist es mir allerdings noch nicht gelungen, die Moderne hier Einzug halten zu lassen. Meine Eltern waren Kunstliebhaber, allerdings liegt ihrer Sammelwut kein einheitlicher Stil zugrunde, was mich ein wenig stört.« Er lächelte. »Aber eins nach dem anderen. Was sie wirklich grauenhaft vernachlässigt haben, ist die gesamte Gartenanlage des Hauses. Sie haben viel Zeit auf der Terrasse verbracht, aber kaum unten im Garten. Ich bin da vollkommen anders. Ich lese gerne ein Buch unter einem schattigen Baum, lausche dem Geschnatter der Enten an einem Teich oder wandere einfach durch den Garten, um die Düfte der Pflanzen in mich aufzunehmen.«

Er trank einen Schluck von seinem Espresso, wobei sein unergründlicher Blick Aurora fixierte. »Ich bewundere das

Werk, das Sie für meinen Onkel erschaffen haben. Aus Neugierde und um mir Klarheit über mein eigenes Projekt zu verschaffen, habe ich in den vergangenen Wochen viel Zeit auf dem Friedhof der Pfarrkirche meines Onkels verbracht. Es ist unglaublich, was Sie da erschaffen haben, Signora Mandelli. Genau das wünsche ich mir auch. Diese chaotische Perfektion, diese Leidenschaft, diesen Frieden. Sie lassen der Natur Raum und lenken sie dennoch in geregelte Bahnen. Sie erwecken tote Materie zum Leben. Ihre Mauern sprechen, erzählen Geschichten. Über alle Maßen faszinierend. Bitte glauben Sie mir, wenn ich Ihnen sage, dass ich so etwas noch nie zuvor gesehen habe. Und ich kann wirklich nicht behaupten, dass ich nicht schon zahlreiche gepflegte Gärten mit kostspieligen Steinmauern betrachtet habe. Ihre aber ... ist anders.«

Aurora spürte, wie sie unter der geballten Ladung an Komplimenten errötete.

»Ich fürchte, Sie überschätzen meine Fähigkeiten, Signor Baroni. Ich habe nur getan, was Padre Giudici gewünscht hat. Der Friedhof war ein trostloser Ort, das habe ich geändert.«

Signor Baroni schmunzelte. »Nennen Sie es, wie Sie wollen, jedenfalls möchte ich genau das haben.«

»Möglicherweise passt das aber weder zu Ihrem Haus noch zu Ihrem Garten. Jeder Stein, jede Mauer und jedes Werk richtet sich nach seiner Umgebung. Was bei der Pfarrkirche für Harmonie sorgt, könnte bei Ihnen das Gegenteil bewirken«, platzte es aus ihr heraus. Sofort biss sie sich auf die Lippen und sah ihren Vater entschuldigend an. War sie gerade wieder dabei, alles zu sabotieren? Doch ihr Vater sah sie nur fragend an.

»Genau das wollte ich hören, Signora Mandelli. Es hätte mich außerordentlich erstaunt, wenn Sie mir etwas anderes erzählt hätten, denn dann hätte ich mich in Ihnen getäuscht. Sie sind eine Schöpfernatur, kein Mensch, der sich selbst oder andere kopiert oder Fließbandarbeit anbietet. Exakt das suche ich. Ein Werk, das ausschließlich hierher passt. Nirgends sonst. Wie ein Schmuckstück, das für eine einzelne Person angefertigt wurde und sich perfekt ihrem Charakter anpasst. Ich bin sehr glücklich, dass wir uns verstehen! Und nun kommen Sie, sehen wir uns den Dschungel da unten einmal an.« Lorenzo Baroni stellte die leere Tasse auf den Tisch und erhob sich.

Auroras Vater sprang erleichtert von seinem Sessel auf und tupfte sich verstohlen mit einem Stofftaschentuch die Schweißperlen von der Stirn. Unauffällig drehte er sich nochmals um und ließ den Blick kurz über den Sessel gleiten, um sicherzugehen, dass er keinen Schmutz und keine Flecken hinterlassen hatte.

Signor Baronis Schritte hallten durch den langen Korridor, als er sie zurück ins Foyer und von dort nach draußen führte. Während er sich die Baskenmütze aufsetzte, umrundeten sie gemeinsam das Gebäude und stiegen über eine geschwungene Steintreppe in den Garten hinab.

»Selbstverständlich gibt es auch über die Terrasse einen Zugang zur Grünanlage. Aber wenn ich ehrlich bin, ist der Ausblick von oben nicht besonders erfreulich, weshalb es mir lieber ist, wenn wir uns unten ein Bild von diesem Urwald machen.« Ein feines Lächeln erhellte sein Gesicht.

Auroras Vater beeilte sich, zu dem Anwalt aufzuschließen. Immer wieder kratzte er sich am Kopf, öffnete den Mund

und schloss ihn wieder. Aurora beobachtete das seltsame Gebaren. Schließlich versetzte er sich einen innerlichen Ruck. »Signor Baroni, es freut uns natürlich sehr, dass Sie unsere Firma für Ihr Anliegen gewählt haben ...« Er räusperte sich. »Doch bin ich nicht sicher, ob es sich dabei um ein Missverständnis handelt. Wir sind keine Landschaftsgärtner, sondern ein Bauunternehmen.«

Baroni blieb stehen und maß Auroras Vater mit einem langen, nicht deutbaren Blick. Würde er sie beide nun nach Hause schicken?

»Aber Sie gestalten Gärten, korrekt? Sie haben ein Auge für die Ästhetik einer von Menschenhand erbauten Landschaft?«

»Nun ... also ... wir sind nicht unbedingt pflanzenkundig, wenn Sie das ansprechen. Wenn wir auch einige Gewächse kennen, selbstverständlich.« Ihr Vater kramte erneut nach seinem Taschentuch und tupfte sich die Stirn ab.

»Das meine ich nicht. Für die Pflanzen kann ich Ihnen gerne einen Botaniker zur Seite stellen, der Sie unterstützt. Im Grunde genommen suche ich weder einen Gartenbaufachmann noch eine Baufirma, Signor Mandelli. Ich suche jemanden wie Ihre Tochter. Einen kreativen Geist. So, wollen wir denn nun?«

Auroras Vater starrte den Anwalt an, als stammte er von einem unbekannten Planeten. Aurora musste zugeben, dass er tatsächlich alles andere als gewöhnlich war. Sie hatte sich selbst noch nie so wahrgenommen, wie Baroni sie beschrieben hatte. *Schöpfernatur, kreativer Geist.*

Am Fuß der Treppe, die von der Anhöhe der Gebäude ins flache Gelände des Gartens hinabführte, blieb ihr Auftraggeber stehen.

»Sehen Sie, Signora Mandelli, was ich meine?« Er hielt den Blick starr auf die weitläufige Landschaft gerichtet, die sich nun vor ihnen ausbreitete.

Ein wildes Durcheinander unterschiedlichster Pflanzen und verwitterter Steinruinen, deren Ursprungsfunktion nicht mehr erkennbar war, präsentierte sich ihnen. Das Gras auf der Grünfläche vor den Baumgruppen wuchs wild, ohne Schnitt und von Unkraut durchzogen gen Himmel. Mancherorts verfaulten abgebrochene Äste am Boden und versperrten den Weg. Misteln und andere Schmarotzerpflanzen infiltrierten die Baumkronen oder ummantelten die Stämme der Büsche.

Aurora nickte. Er hatte recht. Der Garten war in den letzten Jahrzehnten massiv vernachlässigt worden.

»Darf ich mich ein wenig umsehen?«, fragte sie und schaute ihn an. Ein kaum sichtbares Lächeln erhellte sein Gesicht. Mit einer stummen Geste lud er sie ein, durch die Grünanlage zu wandern.

Langsam flanierte sie, einen Fuß vor den anderen setzend, durch den großflächigen Garten. Hinter sich hörte sie die Schritte der beiden Männer. Hin und wieder blieb sie stehen und sog den erdigen Duft des Bodens und der Baumstämme ein.

»Steinplatten ... es braucht mehrere Pfade, die den Spaziergänger führen. Ich denke da an unförmige Natursteine, jeder ein Unikat.« Niemand sprach ein Wort. Als sie sich zu ihrem Auftraggeber umwandte, sah sie ein begeistertes Funkeln in seinen Augen. Offenbar befand sie sich auf dem richtigen Weg. Ein feines Lächeln schlich sich in ihr Gesicht, als sie sich umdrehte und weiterlief.

»Ein Weg führt zu einem steinernen Springbrunnen, dessen Wasserspeier eine Steinskulptur ist – vielleicht eine

Nymphe, als Sinnbild für den Geist der Natur? Und um die Reinheit des Symbols zu unterstreichen, würde ich den Brunnen aus weißem Stein anfertigen lassen.« Trockene Zweige knackten unter ihren Füßen, als sie eine Baumgruppe passierte. »Ein Gärtner sollte den Bäumen einen verspielten, aber gepflegten Schnitt verpassen, der die Form der steinernen Elemente des Gartens aufgreift.«

Sie wanderten weiter, tiefer hinein in den ungezähmten Teil des Grundstücks. Als sich Aurora ungefähr in der Mitte der Anlage wähnte, blieb sie stehen und drehte sich einmal um ihre eigene Achse.

»Mögen Sie historische Bauten, Signor Baroni? Architektur, die die Jahrhunderte überdauert hat?«

Fragend hob er eine Augenbraue und verschränkte die Arme hinter dem Rücken. »Woran denken Sie? Lassen Sie mich an Ihren Ideen teilhaben.«

»Gern.« Auroras Augen leuchteten. »Bauen wir doch genau hier, im Zentrum Ihres Gartens, eine Begegnungsstätte! Ein ... kleines Amphitheater! Es würde das Herzstück des Geländes bilden – einen Ort der Einkehr, gelegentlich auch einen Platz für geselliges Beisammensein, kulturelle Veranstaltungen, Festessen ... ein solches Rundtheater hat trotz seiner einfachen Bauweise nicht nur eine lange Geschichte, sondern auch eine besondere Magie.« Sie holte tief Luft und wartete gespannt, wie ihr Vorschlag ankam.

Ihr Vater gab ein trockenes Hüsteln von sich und bemühte sich um ein Lächeln. »Nehmen Sie es meiner Tochter nicht übel. Die Fantasie geht gelegentlich mit ihr durch. Natürlich bieten wir Ihnen auch ein ... weniger gigantisches Bauwerk an, um den Garten zu verschönern. Eine Steinbankgarnitur, überdacht mit Weinreben, oder ...«

»Ich finde die Idee eines Amphitheaters fantastisch. Was noch, Signora Mandelli?« Der Blick seiner dunklen Augen bohrte sich in ihre – neugierig, fasziniert.

»Dort hinten auf dem Plateau über dem See bauen wir einen kleinen Tempel. Mit einem Dach, das die Farbe des Wassers aufgreift und einer Holzbank mit Seeblick. Dahin führt ein Pfad aus weißen Kieseln, der links und rechts von Trockensteinmauern gesäumt wird. Die Steine werden nach Fertigstellung der Mauer mit einem Moosgewächs bepflanzt, sodass sie irgendwann mit einer grünen Samtschicht überzogen sind. Das Amphitheater, der Tempel und der Springbrunnen bilden ein Dreigespann. Sie sind Kopf, Herz und Geist Ihres Gartens. Dazwischen bleibt noch unendlich viel Spielraum für kleinere Kunstwerke wie die steinerne Sitzgarnitur, die mein Vater ansprach. Eine verwitterte Steintreppe, die irgendwohin führt, oder zusätzliche Mauern, die den Gartenpfad flankieren, vervollständigen dann Ihr Gartenkunstwerk je nach Wunsch.«

Baroni wippte auf den Füßen vor und zurück und musterte sie schweigend. Auroras Vater griff schon wieder nach seinem Taschentuch, als ein feines Lächeln das Gesicht des Anwalts erhellte.

»Ganz genau so machen wir es. Ich würde sehr gerne eng mit Ihnen zusammenarbeiten, Signora Mandelli, und die einzelnen Etappen des Gartens schrittweise gemeinsam besprechen. Ich bin überzeugt, dass Sie mir etwas vollkommen Einzigartiges erschaffen werden.«

Auroras Herz klopfte bis zum Hals. Am liebsten hätte sie ihre Aufregung und Freude laut in die Welt hinausgebrüllt. Aber natürlich gehörte sich das nicht. Daher neigte sie bloß den Kopf, als würde sie sich vor ihrem Auftraggeber verbeugen, und sagte ruhig: »Ich danke Ihnen für Ihr Vertrauen in meine Fähigkeiten, Signor Baroni. Ich werde Sie nicht enttäuschen.« Das war eine kühne Aussage. Aber Signor Baroni baute auf ihr Talent. Warum also sollte sie es nicht tun?

Kapitel 21

Nachdem sie bis sieben Uhr auf Micheles Rückkehr von der Baustelle gewartet hatte, beschloss Aurora, den Werkhof zu verlassen und alleine nach Hause zu gehen.

Nach dem Besuch bei Lorenzo Baroni hatten ihr Vater und sie sich gemeinsam in die kreative Planung gestürzt, Entwürfe skizziert, passende Materialien gesucht, Telefonate mit Lieferanten geführt und Kosten zusammengetragen. Gegen achtzehn Uhr hatte ihr Vater sich schließlich von ihr verabschiedet, und sie hatten ausgemacht, gleich am nächsten Tag mit der Planung fortzufahren.

Aurora lächelte, als sie die Tür zur Werkstatt abschloss und sich ebenfalls auf den Heimweg machte. Sie liebte es, mit ihrem Papa zu fachsimpeln, Kataloge durchzublättern, um die perfekten Steine herauszusuchen, Formen zu erschaffen und Pläne zu erstellen. Es grenzte für sie jedes Mal an Magie, wenn es ihr gelang, aus fester, toter Materie ein Märchen zu erschaffen, das das Leben der Menschen verschönerte. Selbstverständlich bereicherten auch hübsche Stoffe, ein gutes Mahl oder ein spannendes Buch das menschliche Dasein. Doch nur wenigen Dingen war es vergönnt, die Jahrhunderte, möglicherweise sogar die Jahrtausende zu überdauern. Sie kamen und gingen – mit der Mode, mit den Wünschen oder Bedürfnissen der Menschen ... Manchmal gab es aufgrund der wirtschaftlichen Lage gar keinen Platz für sie.

Bauwerke jedoch besaßen etwas Zeitloses.

Wer weiß, vielleicht würden in ferner Zukunft noch Signor Baronis Nachfahren durch das Reich wandeln, das Aurora erschaffen hatte, und auch sie würden das Charisma dieses Ortes noch spüren, selbst wenn dessen Entstehung bereits Jahrhunderte zurücklag. War es mit den Pyramiden nicht dasselbe?

Endlich erreichte sie das Mehrfamilienhaus, in dem sich ihre Wohnung befand. Sie sah hinüber zu den Bergwipfeln. Die Sonne näherte sich bereits dem Horizont. Bald würde sie abtauchen und das Val d'Intelvi in Schatten hüllen.

Aurora kramte nach dem Schlüssel und sperrte die Wohnungstür auf. Der Flur dahinter lag im Halbdunkel. Michele war also offenbar noch nicht zu Hause. Vermutlich trank er noch ein Feierabendbier mit seinen Freunden im *Grotto*.

Müde von dem aufregenden Tag schlüpfte Aurora aus ihrer Arbeitskleidung und stieg in die Badewanne. Sie schloss die Augen und genoss das heiße Wasser.

Plötzlich riss ein Knall sie aus ihrem meditativen Zustand. Das musste die Wohnungstür gewesen sein. Eilig wusch sie sich die Seife vom Leib und hastete aus dem Bad.

»Ich komme gleich!«, rief sie durch den Flur und streifte sich hastig eine weiche Bluse und einen karierten Faltenrock über. Bestimmt war Michele hungrig wie ein Bär.

Als sie die Küche erreichte, saß ihr Mann am Tisch und las die Zeitung. Obwohl er sie eintreten hörte, hob er nicht einmal den Kopf. Sie trat zu ihm, beugte sich hinab und gab ihm einen sanften Kuss auf die Wange. Keine Reaktion. Er verhielt sich, als wäre sie gar nicht da. Vermutlich hatte er einen anstrengenden Tag hinter sich und brauchte Ruhe.

Aurora öffnete den Kühlschrank, um sich ein Bild über ihre Essensvorräte zu machen. »Ich dachte, wir verwerten ein paar Reste. Wie wäre es mit kaltem Pastasalat mit Thunfisch, Oliven und Tomaten?« Sie drehte sich um. Endlich sah er sie an, doch sein Blick war eisig.

»Gehen wir heute noch irgendwohin, oder weshalb gibt es nichts Richtiges zu essen?«

Aurora blinzelte irritiert.

Ihr Mann schnalzte verärgert mit der Zunge. »Was guckst du denn so blöd? Hast die Frage nicht verstanden?«

Mit zitternden Fingern strich sie sich eine Haarsträhne aus den Augen. »Ich … habe nichts anderes eingekauft, ich war heute lange bei der Arbeit und … ich dachte, dass es Sinn macht, die Lebensmittel im Kühlschrank zu verwerten, bevor wir neue kaufen. Das hat meine Mutter auch immer so gemacht.«

Ein abfälliges Schnauben kommentierte ihre Aussage. »Mit dem kleinen Unterschied, dass sich deine Mutter den ganzen Tag auf die Vorbereitung einer guten Mahlzeit konzentriert und nicht einfach mal eben irgendwas Ungenießbares aus dem Hut zaubert.« Er faltete die Zeitung zusammen und schleuderte sie quer durch die Küche. »Verflucht noch mal, hast du den Altpapierbehälter verschoben? Ich habe sonst immer getroffen!«

Aurora schüttelte den Kopf. »Soll ich uns eine Minestrone machen? Ich hätte alle Zutaten hier«, schlug sie vor, in der Hoffnung, ihn damit ein wenig zu besänftigen.

Geräuschvoll schob er den Stuhl zurück und erhob sich. »Nein, lass es, ich habe ohnehin keinen großen Hunger. Ich hole mir etwas aus dem Kühlschrank.« Er schob sie unsanft beiseite und suchte mit zusammengekniffenen Augenbrauen die Regale ab.

»Was zum Teufel soll denn das?« Mit einem wütenden Funkeln in den Augen drehte er sich zu ihr um. Sie reckte den Hals, um herauszufinden, was er meinte. »Hier! Was ist das?« Er hielt ihr eine Tomate unter die Nase.

Verständnislos zuckte sie mit den Schultern. Worauf wollte er hinaus? »Eine … Tomate?«, schlug sie vorsichtig vor.

»Nein! Das ist eine Schande! Habe ich nicht gesagt, dass ich keine Tomaten mag? Ich will Pelati! Nichts anderes! Hörst du? Was ist daran so schwer zu verstehen, verdammt noch mal?!«

Entsetzt starrte sie ihn an. Sein Gesicht war knallrot, und eine Ader pulsierte an seiner Schläfe.

»Aber … die Pelati waren alle, und so anders schmecken die runden Tomaten nun auch wieder nicht. Sonst hätten wir überhaupt keine gehabt.« Hilflos hob sie die Hände.

Er trat einen Schritt näher auf sie zu, bis seine Nase ihre beinahe berührte. Angst flackerte in ihrem Inneren auf. Der Geruch von Bier und Zigarettenrauch umhüllte sie wie eine giftige Wolke. »Wenn ich sage, dass ich Pelati will, dann will ich keine Tomaten! Dann hättest du halt früher einkaufen gehen müssen! Aber nein, du musstest dich ja mal wieder bei irgendwelchen Kunden rumtreiben! Obwohl ich dir gesagt habe, dass ich das nicht will!« Drohend hob er die Faust mit dem Gemüse hoch und zerdrückte die Tomate vor Auroras Augen. Roter Saft und Kerne tropften auf den Küchenboden. Mit einem Ruck wandte er sich ab, riss den Deckel des Abfalleimers auf und schmiss die Tomatenreste mit einer zornigen Bewegung hinein. Scheppernd klappte der Deckel des Behälters zu.

»Kauf nie wieder so was Widerwärtiges, bloß um mich zu verspotten. Das dulde ich kein zweites Mal!« Aurora öffnete den Mund, um sich zu rechtfertigen, schloss ihn jedoch gleich wieder, als ihr Michele das Wort abschnitt: »Und halt jetzt endlich deinen blöden Mund. Du brauchst dich gar nicht zu entschuldigen. Überhaupt habe ich den Eindruck, dass ich dich kaum noch interessiere. Alles dreht sich ständig nur um dich. Ist dir das eigentlich bewusst?«

Und mit diesen Worten stürmte er hinaus, ohne ihr die Möglichkeit zu geben, sich zu seinen Anschuldigungen zu äußern. Er riss die Jacke vom Garderobehaken und rief im Hinausgehen: »Ich esse in der Pizzeria, weil meine faule Frau nichts kocht!«

Mit einem lauten Knall fiel die Eingangstür ins Schloss.

»Ich hätte dir etwas gekocht, aber du hast gesagt, du hast keinen Hunger ...«, murmelte Aurora leise. Sie ließ sich auf das geblümte Küchensofa sinken und verbarg das Gesicht in den Händen.

Als Aurora am nächsten Morgen erwachte, fühlte sie sich, als hätte sie gar nicht geschlafen. Sämtliche Glieder schmerzten, und ihre Augen waren vom vielen Weinen geschwollen und verklebt. Micheles Bettseite neben ihr war unberührt. Vermutlich hatte er bei seinem besten Freund Marcello übernachtet. Sie erhob sich stöhnend und schlurfte ins Bad. Ein Blick in den rahmenlosen Spiegel über dem hellblauen Waschbecken bestätigte ihr, dass sie genauso aussah, wie sie sich fühlte. Die Traurigkeit, die sie seit gestern beherrschte, erfüllte sie noch immer. Betrübt starrte sie an sich hinunter auf die sanfte Wölbung ihres Leibes und strich liebevoll mit der Hand darüber.

War sie ein schlechter Mensch? Eine unzumutbare Ehefrau? Verantwortungslos in Bezug auf ihr Kind?

Was ihre Mutter wohl dazu sagen würde? Bestimmt würde sie ihrem Schwiegersohn beipflichten. Mamma hatte ihr gesamtes Leben ihrer Familie geopfert und die Entscheidung ihrer Tochter, in die Baufirma einzusteigen, nie verstanden. Um ihr weiteres Leid zu ersparen, beschloss Aurora, sie nicht auch noch mit ihren privaten Problemen zu belasten. Sie hatte sich so entsetzlich über die Hochzeit und die Schwangerschaft gefreut; dieses Glück durfte sie jetzt nicht zerstören. Mamma litt schon genug darunter, dass die Beziehung zu Papa seit Tommasos Tod nicht mehr dieselbe war, obwohl er zumindest beruflich wieder langsam zur Normalität zurückkehrte. Die bleierne Stille zwischen ihren Eltern fiel Aurora jedes Mal auf, wenn sie ihnen einen Besuch abstattete. Es war, als sei das Band, das sie einst miteinander verbunden hatte, mit dem Tod ihres Sohnes unwiderruflich zerrissen. Nein, ihre Mutter hatte genug eigene Probleme. Aurora musste selbst einen Weg finden.

Im Moment blieb ihr jedoch keine Zeit, über ihre Situation nachzudenken, denn ihr Vater erwartete sie pünktlich im Werkhof.

In der Werkstatt brannte bereits Licht. Auroras Puls beschleunigte sich, als sie eintrat. Michele war gerade dabei, Material und Werkzeug zusammenzutragen.

»Hallo ...« Ihre Stimme klang heiser und unsicher. Sie blieb vor ihm stehen und hoffte inständig, er möge ihr irgendein Zeichen geben, dass sie aufatmen lassen würde.

Michele hob den Blick. Immerhin war er nicht mehr so wütend wie gestern. »Hallo«, sagte er knapp. Dann wandte er sich wieder seiner Arbeit zu.

Er war ganz offensichtlich immer noch sauer auf sie. Und in gewisser Hinsicht hatte er recht. Aurora hatte sich tatsächlich nicht an die Abmachung gehalten, sich auf die Schreibtischarbeit zu konzentrieren und nicht länger zu den Kunden hinauszufahren. Doch wie hätte sie das anstellen sollen? In eben diesem Moment war der Anruf von Lorenzo Baroni gekommen, und er hatte explizit nach ihr, Aurora, verlangt. Sie würden den Auftrag verlieren, wenn sie sich nicht persönlich um die Wünsche des Anwalts kümmerte. Michele sollte dankbar sein. Kunden wie der wohlhabende Baroni sicherten die Zukunft ihrer Firma und somit auch ihre und die ihres gemeinsamen Kindes. Bestimmt würde ihr Mann das nach einer Weile auch so sehen.

Doch da er sie nach wie vor mit eisernem Schweigen strafte, zuckte sie mit den Schultern und ging zu ihrem Vater ins Büro.

Papa sah von seiner Arbeit auf. Entsetzt schnellten seine Augenbrauen in die Höhe. »Ist dir nicht gut, Kind? Du siehst ... müde aus.«

Aurora bemühte sich um ein sorgloses Lächeln und winkte ab. »Mach dir keine Sorgen, Papa, das ist die Schwangerschaft. Mein Körper muss sich erst an all die Veränderungen gewöhnen und mit so vielen Umstellungen zurechtkommen, da ist es normal, dass ich ein wenig erschöpft bin. Aber das macht nichts, ich bin sicher nicht die einzige Schwangere mit diesem Problem.«

Doch so leicht ließ ihr Vater sich nicht beruhigen. Sein Blick blieb ernst und bohrte sich in ihren. Unangenehm berührt wandte sie den Kopf und griff wahllos nach einem Blatt auf dem Schreibpult. »Ist das für Baronis Garten?«

Er nickte, ohne jedoch den Blick von ihr abzuwenden. »Fühlst du dich gut genug, heute die genauen Orte für das

Dreigespann der Gartenanlage zu markieren und weitere Vermessungen vorzunehmen?«

»Aber ja doch, auf jeden Fall. Ich freue mich!«

»Gut, dann rufe ich Baroni an, ob es ihm in einer Stunde passt, und fahre dich hin. Du kannst mich anrufen, wenn du bei ihm fertig bist und ich dich wieder abholen soll.« Papa sah sie nachdenklich an.

»In Ordnung.« Sie unterstrich ihre Worte mit einem Lächeln, um ihrem Vater die Sorgenfalten auf der Stirn zu nehmen. Es gelang ihr nicht.

Gegen neun Uhr hielten sie mit der Vespa vor dem schmiedeeisernen Tor zu Baronis Anwesen. Aurora hatte sich einen Sack mit Vermessungsutensilien und Schreibzeug umgebunden. Noch bevor sie die Klingel der Villa Domenica erreichte, wendete ihr Vater schon die Vespa und verschwand aus dem Sichtfeld.

Ein seltsames Kribbeln breitete sich in Auroras Inneren aus, während sie wartete.

Endlich schwang das Tor auf. Lucilla, die Haushälterin, erschien am Haupteingang und winkte sie zu sich. Aurora beeilte sich, den Vorplatz zu überqueren und die Stufen zur Eingangstür zu erklimmen.

»Folgen Sie mir. Signor Baroni wird Sie gleich persönlich begrüßen. Ah, da ist er ja schon!« Die dunklen Augen der Angestellten leuchteten erfreut auf. Sie zeigte die Treppe hinauf, wo der Hausherr auf dem oberen Treppenabsatz stand und freundlich zu ihnen hinuntersah. »Somit wende ich mich wieder meinen Aufgaben zu.« Sie nickte ihrem Chef freundlich zu und verschwand mit federnden Schritten in einem der angrenzenden Flure.

Aurora hob den Kopf. »Buongiorno, Signor Baroni.«

»Buongiorno, Signora Mandelli.« Er stieg gemächlich die Treppe herab. Heute trug der Anwalt ein hellgraues Anzugensemble, darunter einen gleichfarbigen Feinstrickpullover und eine schmale, weinrote Krawatte. Passend dazu hielt er einen steinfarbenen Filzhut mit einem bordeauxroten Hutband in der Hand. »Ich habe ein furchtbar schlechtes Gewissen, dass ich Sie heute nur kurz begleiten kann, weil ich danach einen wichtigen Kundentermin wahrnehmen muss. Sollte Ihnen jedoch während dieser Zeit etwas fehlen, rufen Sie bitte Lucilla. Ich hoffe allerdings, dass ich zurück bin, bevor Sie wieder weg sind. Dann können wir den Stand der Dinge noch kurz zusammen besprechen.« Er öffnete die Eingangstür, setzte den Hut auf und wies mit der Hand nach draußen. Aurora folgte seiner Geste. Gemeinsam nahmen sie denselben Weg in den Garten wie schon am Tag zuvor.

»Mögen Sie Mode?«, fragte Baroni unvermittelt, als sie am Fuß der Steintreppe ankamen, die ins ebene Gelände hinabführte. Verdattert sah Aurora ihn an.

»Ja ... welches Mädchen nicht?« Sie schmunzelte und senkte verlegen den Blick.

»Nicht jede hat Geschmack. Sie schon.« Er blickte mit erhobenem Kopf in die Ferne. Aurora wollte gerade Luft holen, um etwas zu sagen, als er fortfuhr: »Woher ich das weiß?« Er musterte sie lächelnd von der Seite. Ihrem verblüfften Gesichtsausdruck entnahm er wohl, dass er ihre Frage erraten hatte. Ein schelmisches Funkeln blitzte in seinen Augen auf. »Nun ... sollte ich überhaupt je eine Frau gesehen haben, die Ihren Beruf ausübt, so tat sie dies zweifellos nicht in derart geschmackvoller Kleidung.«

»Ich ...« Aurora spürte Hitze ihren Hals hinaufwallen. Sie sah an sich herab. Seit sie vor drei Jahren in der Baufirma ihres Vaters angefangen hatte zu arbeiten, trug sie ihre selbst geschneiderte Arbeitskleidung: hochgeschnittene, die weibliche Form betonende, robuste Stoffhosen und dazu eine schlichte Bluse. Aufgrund ihres wachsenden Babybauchs hatte sie die Arbeitshose an den Seitennähten außerdem mit einem elastischen Stoffstück ergänzt. »Ich nähe mir die Kleider selbst, das habe ich von meiner Großmutter gelernt. Die übliche Männerkluft steht mir nicht.«

»Sehen Sie, das meine ich. Sie sind eine Ästhetin. Und zwar konsequent.« Ohne auf eine Antwort ihrerseits zu warten, ging er los. »Und, haben Sie bereits ein grobes Konzept für die Anlage?«

Aurora beeilte sich, zu Baroni aufzuholen. »Das haben wir in der Tat. Sobald es so weit ausgereift ist, dass wir es präsentieren können, zeigen wir es Ihnen. Jedenfalls habe ich mir vorgestellt, dass das Dreigestirn – Sie erinnern sich: der Brunnen, der Tempel und das Amphitheater – zusammen ein gleichschenkliges Dreieck bilden. Eine Form, die in ihrer Magie schon Jahrtausende alt ist. Was halten Sie davon?«

Der Anwalt blieb stehen, verschränkte die Arme hinter dem Rücken und fixierte sie. Erneut war nicht auszumachen, was sich genau in seinen Gedanken abspielte.

»Sie mögen Geometrie?«

»Ein bisschen ... Ich kenne mich in der Theorie allerdings zu wenig aus.« Aurora hoffte inständig, dass er sie nun nicht ausfragte und sie sich mit ihrem mangelnden Wissen blamierte. Daher fuhr sie eilig fort: »Bauwerke bestehen aus Geometrie ... gelegentlich auch aus Chaos, was meistens jedoch von einer höheren Warte aus betrachtet erneut eine Form von Ordnung ist.« Sie biss sich entsetzt auf die Lippen. »Vielleicht sollte ich nicht so viel reden und jetzt damit beginnen, das Gelände auszumessen und die Fixpunkte zu markieren.«

Ein feines Lächeln erhellte Baronis Gesichtszüge. »Ich lausche Ihren Schilderungen ausnehmend gerne.« Er warf einen Blick auf seine Armbanduhr.

»Leider muss ich Sie nun tatsächlich Ihrer Arbeit überlassen. Meine fordert ihren Tribut. Die Leute streiten zu allen möglichen Zeiten, selten jedoch dann, wenn es mir passt. Also … es hat mich sehr gefreut, mich mit Ihnen zu unterhalten, Signora Mandelli, und ich bin außerordentlich neugierig, wie sich das Projekt nun entfaltet.« Mit diesen Worten tippte er sich an den Hut, drehte sich um und erklomm die Steintreppe zu den zwei Haupthäusern.

Aurora blieb noch einige Sekunden stehen. In ihrem Kopf herrschte ein heilloses Durcheinander.

Sie hielt sich die Hand an ihre glühende Stirn. Schließlich gab sie sich einen Ruck, kramte in ihrer Umhängetasche und holte das Werkzeug hervor. Gegen Mittag war es ihr zumindest gelungen, das Dreieck abzustecken und zu definieren. Erschöpft vom vielen Herumwandern ließ sie sich im Schatten eines Baumes nieder und suchte in der Tasche nach ihren belegten Broten und der Wasserflasche.

Ein Pfiff ließ sie zusammenzucken. Überrascht wandte sie den Kopf in die Richtung, aus der der Ton gekommen war, und kniff die Augen zusammen, um besser sehen zu können. Am oberen Rand der Steintreppe stand eine zierliche Gestalt und winkte. Lucilla.

Aurora blieb nichts anderes übrig, als ihre Sachen wieder einzupacken und zu ihr zu gehen.

»Gott sei Dank, da sind Sie ja. Zum Glück waren Sie nicht am anderen Ende des Gartens, sonst hätte ich den gesamten

Weg auf mich nehmen müssen. Die Anweisung des Herrn war klar und deutlich: Ihnen sei eine warme Mahlzeit im Speisezimmer zu servieren. Es ist bereits alles vorbereitet. Kommen Sie, bestimmt sind Sie hungrig!« Lucilla eilte davon, und Aurora folgte ihr, während sie das Gehörte schrittweise verarbeitete.

Das Speisezimmer der Villa sah aus wie eine Mischung aus Wohnzimmer und Ballsaal. Eine an einen wolkigen Himmel bei Sonnenuntergang erinnernde Verzierung nahm die gesamte Decke des Zimmers ein. Pastelltöne von Blau bis Rosa flossen sanft ineinander über. Weiße Vorhänge verhüllten eine die ganze Raumlänge einnehmende Fensterfront mit Blick auf die verwilderte Grünanlage, ließen jedoch genug Tageslicht herein, um sich bei Sonnenschein die Beleuchtung sparen zu können. Der Kronleuchter, der über dem Tisch thronte, kam demnach erst beim Abendessen oder bei besonders finsterer Witterung zum Einsatz. Massive Holzmöbel, die mal in der Farbe von flüssigem Honig, mal in der von geschmolzener Schokolade lackiert waren, flankierten den Raum, in dessen Mitte ein lang gezogener Esstisch mit geschwungenen Beinen und Holzstühlen stand. Auroras Schritte wurden beim Eintreten von einem Teppich mit orientalischem Muster gedämpft. Am Kopfende des Tischs stand ein einzelnes Gedeck bereit. »Der Herr bedauert es außerordentlich, dass er Ihnen nicht, wie es der Anstand geboten hätte, beim Mittagessen Gesellschaft leisten kann. Selbstverständlich holt er das bei anderer Gelegenheit nach. Damit Sie sich mangels eines Gesprächspartners aber nicht langweilen, so seine Worte, hat er Ihnen aus seiner Bücherei einen Wälzer hiergelassen, der Sie interessieren dürfte.« Lucilla schmunzelte. »So, setzen Sie sich doch, ich serviere Ihnen gleich die Suppe und etwas Wasser.«

Aurora sah sich immer noch erstaunt in dem Raum um. Da ihr Magen jedoch protestierend grummelte, beeilte sie sich, Platz zu nehmen.

Neben ihrem Teller lag ein Buch von den Ausmaßen der Bibel, nur dass es keine war.

Eine Geschichte der Geometrie stand in goldenen Lettern auf dem Einband.

Neugierig blätterte sie in dem Buch.

Lorenzo Baroni hatte ihr ein Werk über die Ursprünge und Entwicklung der Geometrie mit all ihren Zweigen überlassen. Zahlreiche Grafiken, Biografien und Fotos illustrierten das Buch.

Während sie sich von den Pyramiden über da Vinci bis zu den neuzeitlichen Wundern der Wissenschaft durchblätterte, folgte der Suppe ein Salat, dann ein Fisch mit Gemüse und schließlich noch ein Pannacotta.

Mit vollem Magen und ebenso wohlgenährtem Hirn machte sich Aurora nach dem Essen wieder an die Arbeit. Die Stunden flogen dahin, ohne dass sie es bemerkte. Irgendwann zeigte ihr der Stand der Sonne an, dass es wohl an der Zeit war, ihren Vater anzurufen. Sie klopfte sich den Dreck von der Kleidung, packte ihre Sachen zusammen und lief zurück zur Villa. Bestimmt durfte sie kurz Baronis Telefon benutzen. Ob sie den Hausherrn wohl noch mal zu Gesicht bekommen würde?

Oben an der Treppe kam ihr Lucilla entgegen. »Wunderbar, da sind Sie ja. Ich dachte mir, dass Sie Ihre Arbeit für heute bald beenden. Möchten Sie noch einen Tee oder einen *caffè*, bevor Sie gehen?«

Aurora schüttelte den Kopf. »Nein, vielen Dank. Aber dürfte ich wohl kurz meinen Vater anrufen, damit er mich abholt?«

»Aber natürlich!« Lucilla lief voran und führte Aurora zum Telefon im Eingangsbereich. Papa versprach, sich demnächst auf den Weg zu machen.

»Er wird in ungefähr zwanzig Minuten hier sein«, erklärte Aurora der Haushälterin.

»Sind Sie sicher, dass Sie keinen Tee mehr möchten, bis Ihr Vater hier ist? Immerhin dauert es ja noch ein Weilchen.«

Aurora wackelte unschlüssig mit dem Kopf. »Ach, warum nicht. Sehr gerne, vielen Dank.«

Während sie in der Empfangshalle auf Lucilla und den Tee wartete, vernahm sie Stimmen aus der oberen Etage.

»Ein Glas Wein? Alfredo hat uns außerdem ein sehr delikates Abendessen zubereitet.«

Lorenzo Baroni erschien auf der Treppe, begleitet von einer Dame in einem schwarzen, hochgeschlossenen Kleid mit Kurzhandschuhen. Die Haare fielen ihr in rotbraunen Locken auf die Schultern und waren mit glitzernden Klammern aus dem Gesicht gekämmt. Als der Anwalt Aurora erblickte, blieb er kurz stehen.

»Signora Mandelli! Sie sind immer noch da? Leider war es mir nicht möglich, früher von meinen Terminen zurückzukehren, und nun ist mir ein Überraschungsgast dazwischengekommen.« Er wandte sich lächelnd an die elegante Dame neben ihm. »Geh doch schon mal in den rosa Salon und lass dir von Lucilla einen Aperitif servieren, ich komme gleich nach.«

»Das macht nichts.« Aurora bemühte sich um ein Lächeln, spürte innerlich jedoch eine leise Enttäuschung. Neugierig folgte ihr Blick der Schönheit in Schwarz.

In diesem Moment erschien Lucilla mit der dampfenden Tasse. »Hier ist Ihr Tee, Signora.«

Aurora nahm dankend die Tasse entgegen. »Herzlichen Dank für das Mittagessen und das Buch ...«, sagte sie dann an ihren Auftraggeber gewandt.

»Es freut mich, wenn ich damit Ihren Geschmack getroffen habe. Mit beidem. Wir sehen uns morgen, und ... schlafen Sie gut, Signora Mandelli.« Mit diesen Worten senkte er den Blick und eilte davon. Die Haushälterin sah ihrem Herrn stirnrunzelnd hinterher und wandte sich dann wieder an Aurora: »Wenn Sie sonst noch etwas brauchen, rufen Sie mich. Ansonsten würde ich mich nun Signor Baroni und seinem Gast widmen.«

»Herzlichen Dank, Lucilla, Sie haben schon genug für mich getan!«

Sie verabschiedeten sich, und Aurora blieb alleine in der leeren Eingangshalle zurück. Nach einer Weile vernahm sie endlich von draußen das Knattern der Vespa. Es klingelte. Lucilla eilte herbei, um das Tor zu öffnen, und Aurora erhob sich und verabschiedete sich von der Haushälterin. Gedankenversunken lief sie ihrem Vater entgegen und kletterte hinter ihm auf den Mitfahrersitz, ohne ihn zu begrüßen.

»Guten Abend, Tochter.« In seiner Stimme schwang eine unausgesprochene Frage mit.

»Hallo Papa.«

»Ist etwas passiert?«, fasste er seine Neugierde nun doch in Worte.

»Nein? Warum?«

»Du wirkst so ... seltsam.«

»Ich hatte einen anstrengenden Tag und bin müde.«

Ob das die Wahrheit war? Sie wusste es selbst nicht.

Kapitel 22

Schweigend aßen Aurora und Michele zu Abend. Bis auf das Kratzen der Löffel auf den Tellern und ein leises Schlürfen herrschte in der Küche gespenstische Stille. Michele starrte grimmig an Aurora vorbei an die leere Wand hinter ihrem Rücken.

»Wie war dein Tag?«, fragte sie vorsichtig nach einer Weile, jederzeit eine emotionale Explosion erwartend.

»Gut«, erwiderte er knapp und stopfte sich einen Bissen Brot in den Mund.

Sie senkte den Blick und konzentrierte sich auf ihre Minestrone. Obwohl ihr das Gericht nach dem Rezept von Nonna Camilla gut gelungen war, fühlte es sich an, als läge statt ihres Magens ein dicker Knoten in ihrem Bauch. Sie zwang sich dennoch, etwas zu essen. Da sie nun nicht mehr ausschließlich für sich selbst verantwortlich war, musste sie dafür sorgen, dass es ihr an nichts mangelte.

Aurora hatte ihren Teller erst zur Hälfte geleert, als Michele seinen demonstrativ von sich schob, sich ruckartig erhob und kommentarlos im Wohnzimmer verschwand. Kurze Zeit später ertönte die gedämpfte Stimme des Nachrichtensprechers aus dem Rundfunk, begleitet von Micheles Prusten, als er seine Liegestützen und Bauchübungen machte.

Mit einem Seufzer stand sie auf und starrte aus dem Fenster. Die Nacht hatte sich über Castiglione gelegt. Eine Mondsichel thronte über den dunklen Umrissen der Berge, und vereinzelt glimmten Sterne durch den leicht bewölkten Himmel. Trotzdem hatte der Wetterbericht für den kommenden Tag Sonne prophezeit, wofür Aurora angesichts ihrer Vermessungsaufgabe im Freien sehr dankbar war. Lediglich gegen Abend würde es zu einigen Gewitterschauern kommen. Bis dahin war sie aber hoffentlich fertig.

Müde räumte sie das Geschirr vom Tisch, verstaute die Suppenreste und wusch alles ab. Dann ging sie ins Bett.

Als sich Michele kurz nach Mitternacht zu ihr legte, erwachte sie aus einem von wirren Träumen beherrschten Dämmerschlaf. Er sah, dass er sie geweckt hatte, betrachtete sie einige Sekunden lang und presste ihr dann einen Kuss auf den Mund. Seine Hand tastete dabei nach ihrem Körper.

»Ich bin müde, Michele ... ich habe schon geschlafen ...«
Sie konnte die Augen kaum noch offen halten, und ihre Glieder waren nach dem Marsch durch das Baroni-Gelände schwer und taub.

»Hauptsache dir geht es gut, was?«, knurrte er. Und mit diesen Worten löschte er das Licht, wandte sich von ihr ab und rückte so weit von ihr weg, wie es in dem schmalen Ehebett möglich war.

Als Aurora am nächsten Morgen hinter ihrem Vater auf die Vespa stieg, um sich von ihm nach Argegno fahren zu lassen, freute sie sich wie ein kleines Kind auf ihre Arbeit bei der Villa Domenica. Bereits beim Frühstück waren ihr noch einige zusätzliche Ideen für die Gartengestaltung gekommen. Das Amphitheater sollte mit Wildblumen überwuchert werden – dazu würde sie sich, mit Baronis Einverständnis, Tipps bei einem Gärtner holen. Lange, schmale Bäume sollten das Rundtheater wie Wächter umzingeln. Den verspielten Tempel mit Seeblick wollte sie auf ein Podest aus drei Treppenstufen setzen. Eine Hommage an die Dreifaltigkeit, die sich sowohl in der Religion, im Menschen als auch in der Geometrie widerspiegelte. Als sie sich dem Anwesen näherten, beschleunigte sich Auroras Puls. Hoffentlich fand Signor Baroni heute etwas Zeit, um ihre Ideen zu besprechen.

»Danke Papa.« Sie hüpfte vor dem Eisentor des Anwesens vom Mitfahrersitz und drückte ihrem Vater einen dicken Schmatz auf die Wange.

»Du hast ja gute Laune heute! Das Projekt tut dir gut, mein Liebes.« Sie wollte sich schon abwenden, als er sie am Arm festhielt. »Bevor ich es vergesse: Deine Mamma lässt fragen, ob ihr beide uns am kommenden Sonntag zu einem späten Mittagessen besuchen kommt. Zur Messe geht ihr jungen Leute ja nicht mehr. Sie würde euch gerne wieder einmal sehen, ganz zu schweigen von Nonna Camilla, die nicht mehr genau weiß, ob du nun in der Schule bist oder anderswo.«

Auroras beschwingte Stimmung löste sich augenblicklich in Luft auf, und ein Schatten legte sich über ihr Herz. Sie hatte keine Ahnung, wie sich Michele benehmen würde.

»Ja ... von mir aus sehr gerne. Ich bespreche es noch mit Michele, ja?«

Papa ließ den Blick forschend über ihr Gesicht gleiten. Er kniff die Augen zusammen und legte die Stirn in Falten, schwieg jedoch. Dann nickte er und fuhr davon.

Aurora trat ans Tor und klingelte. Sofort schwang es auf, und die Haushälterin kam ihr entgegen.

»Ah, Signora Mandelli, wie schön, Sie zu sehen. Signor Baroni musste heute leider schon früh aus dem Haus. Er lässt sich entschuldigen. Möchten Sie gerne einen Tee zum Start, oder wünschen Sie gleich loszulegen?«

Enttäuschung machte sich in Aurora breit. »Ich gehe dann direkt aufs Gelände, vielen Dank.« Sie bemühte sich um ein Lächeln. Die Euphorie von der Herfahrt war wie weggeblasen.

Lucilla nickte. »Nicht vergessen: Der Herr lädt Sie auch heute zum Mittagessen ein!«

»Vielen Dank.« Aurora lächelte Lucilla dankend zu und ging zur Steintreppe, die hinab in den Garten führte. Sie verbrachte den gesamten Vormittag damit, weitere Fixpunkte im Gelände zu markieren – Orte, die ihr für eine Steinbank oder eine andere Kleinigkeit wie einen Froschweiher besonders geeignet schienen. Pflichtbewusst notierte sie sich alles, trug Distanzen und Maße ein.

Als sie sich auf den Weg zurück zur Villa machte, um das Mittagessen einzunehmen, zogen Wolken am Himmel auf und verdeckten stellenweise die Sonne.

Auch dieses Mal servierte ihr Lucilla ein köstliches mehrgängiges Menü bestehend aus Suppe, Salat, Hauptgang und Dessert. Nebenher versank Aurora weiter in den Geheimnissen der Geometrie.

Der Nachmittag neigte sich bereits dem Ende zu, als ein einzelner Regentropfen auf Auroras Nase klatschte. Verwundert hob sie den Kopf. Sie war so sehr in ihre Arbeit vertieft gewesen, dass sie den Wetterumschwung gar nicht bemerkt hatte. Am Himmel türmten sich bauchige grauweiße Wolken und lieferten sich mit der Sonne einen Krieg über Licht und Schatten. Die Luft roch nach Feuchtigkeit.

Ein zweiter Tropfen fiel in Auroras Gesicht. Ihm folgten rasch weitere. Unglücklicherweise befand sie sich mitten in der weitläufigen Gartenanlage, auf der Lichtung, auf der in naher Zukunft das Amphitheater stehen sollte. Es würde also noch einen gehörigen Fußmarsch benötigen, ehe sie sich irgendwo unterstellen konnte. Eilig packte sie ihre Messinstrumente und den Schreibblock in die Umhängetasche. Ein frischer Wind kam auf und rüttelte an den Baumkronen. Aurora lief durch die lockere Anordnung der Bäume Richtung Haus. Als sie die offene Fläche vor der Villa erreichte, schüttete es bereits wie aus Kübeln. Der See zu ihrer Linken kräuselte sich im Wind, und die Wellenkronen schäumten.

Mit gesenktem Kopf rannte sie dem Gebäude und der schützenden Trockenheit entgegen. Dabei wäre sie beinahe mit der Gestalt am Fuße der Steintreppe zusammengestoßen.

»Achtung!«

Erschrocken riss sie den Kopf hoch und starrte ihr Gegenüber mit weit aufgerissenen Augen an. Der Anwalt stand in gewohnt makellosem Aufzug vor ihr, ein mildes Lächeln im Gesicht.

»Nun machen Sie nicht so ein Gesicht, ich hatte nicht vor, Ihnen als Gespenst zu erscheinen! Kommen Sie unter den Schirm, Sie sind ja völlig durchnässt.« Mit einem Blick auf ihre Kleidung, die nun nass an ihrem Körper klebte, fügte Signor Baroni noch an: »In Ihrem Zustand müssen Sie vorsichtig sein. Folgen Sie mir, Lucilla gibt Ihnen etwas Trockenes zum Anziehen und serviert Ihnen einen wärmenden Tee. Danach besprechen wir endlich Ihre Skizzen.«

Aurora war gezwungen, sich mit Signor Baroni unter den schwarzen Schirm zu quetschen. Ihre Arme berührten sich bei jedem Schritt, was bei ihr ein seltsames Gefühl auslöste, das sie nicht näher benennen konnte.

Beim Eingang angekommen, schüttelte Lorenzo Baroni den Regenschirm aus, hielt ihr die Tür auf und bat sie mit einer einladenden Geste einzutreten. Beim Gehen verursachte sie ein schmatzendes Geräusch auf den Fliesen. Entsetzt blieb sie stehen und starrte ihre durchweichten Schuhe an.

»Ich sollte sie besser ausziehen. Entschuldigen Sie bitte.«

Eine warme Hand legte sich auf ihre Schulter. »Nicht doch, Signora Mandelli, ich bitte Sie. Wozu sind denn Steinböden da? Man kann sie problemlos reinigen. Lucilla?!« Trotz der Tatsache, dass er nach der Haushälterin rief, klang seine Stimme weder herrisch noch ungeduldig, sondern viel eher wie eine freundliche, respektvoll geäußerte Frage.

Die zartgliedrige Frau mit dem federnden Gang erschien mit leicht geröteten Wangen. Sie musste sich beeilt haben.

»*Sì, Signore?* Was wünschen ... ah, ich sehe schon.« Ein schelmisches Lächeln verzog ihren Mund.

»Geben Sie Signora Mandelli doch bitte etwas Trockenes zum Anziehen von Laura. Sie sollten in etwa dieselbe Größe haben.«

Lucilla nickte beflissen und winkte Aurora, ihr zu folgen. »Kommen Sie, meine Hübsche, ab nach oben.« Mit schwingenden Hüften stieg sie die Steintreppe voran nach oben und versicherte sich nach jeder Stufe, dass ihr Aurora auch folgte.

Diese zog sich trotz allem die nassen Schuhe aus und folgte der Bediensteten eilig. Oben angekommen, blickte sich Aurora mit weit aufgerissenen Augen um. Zum Glück bemerkte sie gerade noch rechtzeitig, dass sogar ihr Mund leicht geöffnet war.

Vor ihr breitete sich ein lang gezogener Flur aus. Fresken zierten die Wände, und eine Decke aus honigfarbenem Holz bildete den Himmel dieses Märchens. Skulpturen in Gold- oder Bronzetönen standen an den Wandabschnitten zwischen den bodenlangen Fenstern, und zartgolden schimmernde Tagesvorhänge filterten das zwischenzeitlich trübe Nachmittagslicht. Durch das weiche, matte Licht der Wandlampen wirkte der Gang, als sei er von Fackeln oder Laternen erhellt. Holzsessel mit Stoffbezügen luden zum Ausruhen ein.

»Es ist wundervoll, nicht wahr?« Lucilla musste ihren Blick richtig gedeutet haben. Aurora nickte, unfähig, auch nur ein Wort über die Lippen zu bringen. »Der Herr hat hier bereits einen Innenarchitekten damit beauftragt, das Mobiliar anzupassen. Sie erraten nicht, wie dieses Schmuckstück noch vor kurzer Zeit ausgesehen hat ... ähnlich wie der Garten, den Sie nun in ein Märchen verwandeln.« Die Angestellte zwinkerte ihr belustigt zu und blieb vor einer raumhohen zweiflügligen Holztür stehen, die ebenfalls mit Malereien und Schnitzereien verziert war.

»Bitte, das sind Lauras Gemächer. Treten Sie ein.«

Aurora zögerte. »Hat die Dame denn nichts dagegen, wenn ich ihre Räume betrete und mir ihre Kleider ausleihe? Ich kenne keine Frau, die da besonders tolerant wäre ...«

Die Haushälterin legte den Kopf in den Nacken und lachte. »Da haben Sie wohl recht. Aber Sie kennen die Schwester unseres Herrn Anwalt nicht. Sie ist ein außerordentlich freundlicher, spendabler und außerdem unkomplizierter Mensch. Sie würde ihren Bruder windelweich klopfen, sollte sie erfahren, dass er Ihnen keine trockene Kleidung zum Wechseln angeboten hat.«

Nun dämmerte es Aurora langsam. Die Dame in Schwarz ... das musste Signor Baronis Schwester gewesen sein. »War das die wunderschöne und elegante Frau, die ihn gestern besucht hat?«

Lucilla nickte. »Ganz genau. Sie ist allerdings heute Morgen schon wieder weitergereist. Wenn sie den weiten Weg von Rom in die Provinz antritt, bleibt sie selten lange, weil sie noch so viele Freunde besuchen möchte, bevor sie erneut in die Hauptstadt zurückkehrt.«

Aurora trat ein. Das klang nach einer viel beschäftigten und selbstständigen Frau. Bewundernswert.

»Sie würden sie mögen, da bin ich sicher. Sie hat ein sehr gewinnendes Wesen. In ihrer Seele ist sie ein Weltenbürger, der sich allen Menschen verbunden fühlt.« Das verträumte Leuchten in Lucillas Augen bestätigte ihr, dass es sich bei Lorenzo Baronis Schwester in der Tat um eine besondere Persönlichkeit handeln musste. Nicht nur optisch, sondern auch charakterlich.

Lucilla riss die Tür zu einem zweiflügligen Schrank auf. »Lassen Sie mich mal sehen, was wir da haben. Ich gehe davon aus, dass Sie kein Abendkleid möchten ...« Ein albernes Kichern begleitete ihr Selbstgespräch. »Hier, ein Langarmkleid von schlichter Alltagseleganz. Das steht Ihnen bestimmt gut.« Sie drehte sich um und musste wohl Auroras gerötete Wangen gesehen haben, denn sie wirbelte sofort wieder herum, hängte das Kleid zurück und suchte weiter. »Aber natürlich, was für eine blöde Idee, da passt ihr Bäuchlein ja gar nicht rein. Nehmen wir also einen hochgeschnittenen Faltenrock mit elastischem Bund und eine weite Bluse in Grün dazu. Bitte schön.« Mit einem strahlenden Lächeln bot sie Aurora die neu ausgewählten Kleidungsstücke an.

»Frotteetücher finden Sie im Bad. Ich gehe nach unten und koche Ihnen einen Tee.«

Und mit diesen Worten schloss sie die Zimmertür hinter sich und ließ Aurora alleine. Die sah sich mit großen Augen im Zimmer um. Über ihrem Kopf spannte sich eine mit Fresken verzierte Decke, die irgendwelche mythischen Szenen zeigte. Die Lieblingsfarbe der Herrin ließ sich aus den Stoffen, die für die Vorhänge, den Bettüberzug und die Teppiche ausgewählt worden war, erraten: Ein dunkles Altrosa, das an getrocknete Rosenblätter erinnerte. Der Kleiderschrank, der Nachttisch sowie eine Schminkkommode mit Spiegel waren aus weiß lackiertem Holz und verliehen dem Raum eine luftige Frische. Vor den bodenlangen Fenstern mit Sicht auf den Comer See befand sich eine gemütliche Sitzecke mit Polstermöbeln und einem Salontisch aus Glas. Auch die Sessel und das kleine Sofa griffen die vorherrschende Farbnuance in Form von Blumenmustern auf weißem Untergrund auf. Der Geist der Herrin war selbst ohne ihre Anwesenheit in vielen Details spürbar. So standen auf dem Schminktisch Parfümflakons, Pinsel und Haarbürsten, und auf dem Salontisch lag ein aufgeschlagener Liebesroman, den sie wohl bei ihrem letzten Besuch liegen gelassen hatte.

Mit einem Seufzer und einem Lächeln wandte sich Aurora ab und ging ins Badezimmer.

Das Bad glich in seinen Ausmaßen einem Tanzsaal. Die Wände bestanden aus unverputzten Steinmauern, die Aurora das Gefühl vermittelten, als befände sie sich in einem Weinkeller. Für den Plattenboden hatte man weiße Fliesen mit schwarzen Verzierungen gewählt. Ein rundes Tischchen mit einem Stuhl nahm die Raummitte ein. Darauf stapelten sich Badetücher. Hinter der frei stehenden Badewanne hatte man rosafarbene Vorhänge angebracht, obwohl kein Fenster in die Mauer eingelassen war. Stattdessen hing dort ein Bild, das einen Blick auf ein Kornfeld gewährte. Rechts, unterhalb eines ovalen Spiegels, stand ein ebenfalls mit Füßen versehenes Waschbecken. Daneben räkelte sich ein Metallgebilde der Decke entgegen und diente vermutlich als Kleiderständer.

Aurora beeilte sich, sich mit einem der flauschigen Badetücher abzurubbeln und die Haare zu trocknen. Dann streifte sie sich die Kleider über, die Lucilla ihr gegeben hatte, und ging nach unten. Im Eingangsbereich fiel ihr ein, dass Lucilla ihr gar nicht gesagt hatte, in welchem Raum man sie nun erwartete. Doch bevor sie sich dazu weitere Sorgen machen konnte, erschien Lorenzo Baroni im Flur und winkte sie zu sich.

»Wir nehmen den Tee und den *caffè* wie gewohnt im blauen Zimmer zu uns. Na kommen Sie, nur nicht so scheu!«

Aurora folgte ihm, wobei der Faltenrock bei jedem Schritt um ihre Beine flatterte. Sie liebte den leichten Stoff und den Schnitt der Kleidung. Sie fühlte sich darin sehr feminin, elegant und sinnlich, komplett anders als in ihrer Arbeitskleidung.

»Die Kleider meiner Schwester stehen Ihnen tatsächlich hervorragend.« Lorenzo Baroni musterte sie von der Seite, während sie das letzte Stück zusammen gingen. Er hielt ihr die Tür auf und bedeutete ihr mit einer Kopfbewegung einzutreten.

»Ihre Schwester hat aber auch einen erlesenen Geschmack«, erwiderte Aurora. »Darin sieht wirklich jede Frau gut aus, wage ich zu behaupten. Bestimmt trägt sie diese Sachen allerdings mit noch mehr Grazie als ich, so zauberhaft und schön, wie sie ist.«

»Solcherlei Komplimente würde sie entschieden abweisen.« Er zwinkerte ihr zu.

Sie setzten sich jeweils auf einen der Sessel, und Lorenzo goss ihnen die Getränke ein. Aurora entdeckte, dass jemand ihre Umhängetasche bereits hereingebracht hatte und griff danach, um ihre Skizzen hervorzuholen.

»Ich hatte noch ein paar Ideen, die jetzt jedoch noch völlig lose im Raum stehen. Wenn sie Ihnen gefallen, zeichne ich natürlich alles noch mal in einen Plan.« Sie wühlte in ihren Zetteln. »So stelle ich mir das Dreieck in der Anordnung vor. Wenn Ihnen andere Plätze innerhalb des Gartens besser gefallen, lässt sich das selbstverständlich noch anpassen.« Aurora faltete ein weiteres Blatt auf. »Da Ihnen der Heidegarten bei der Pfarrkirche San Giorgio zugesagt hat und Sie offenbar einen Geometrieklassiker bei sich zu Hause haben, schloss ich daraus, dass Sie gerne lesen. Ich meine sogar, dass Sie es bei unserer ersten Besichtigung der Gartenanlage nebenher erwähnten. Daher habe ich mir erlaubt, einige Leseecken in Ihrem Gelände einzuplanen. Steinbänke, kleine Weiher, ein schattiges Plätzchen unter einem Baum ...« Sie hob den Blick, um zu sehen, was ihr Kunde von ihren Ideen hielt.

Seine Augen glitzerten. »Faszinierend. Wunderbar ... Sie liegen absolut richtig, Signora Mandelli.« Er lehnte sich in seinem Sessel zurück und griff nach dem Espresso. »Wissen Sie, in meinem Beruf braucht man ein Hobby als Ausgleich. Etwas Stilles, Meditatives. Ich habe meistens mit Menschen zu tun, die sich gerne die Köpfe mit einem Beil abhacken würden. Nur sind wir nicht mehr im Mittelalter, und es ist die Aufgabe von Advokaten wie mir, die Gemüter so weit zu besänftigen, dass vernünftige Lösungen gefunden werden können. Das ist oft gar nicht so leicht.« Er seufzte und überkreuzte die Beine.

»Was sind denn Ihre Fachgebiete, wenn ich fragen darf?«

»Hauptsächlich Familienrecht. Erbschaften, Scheidungen, Eheverträge ... und immer geht es um Geld, verbunden mit menschlichen Schicksalen. Das wäre alles einfacher, wenn ich als Notar tätig wäre oder mich auf den Konkurs von Firmen spezialisiert hätte.« Er seufzte.

»Oh ... wie furchtbar.« Aurora griff ebenfalls nach ihrer Tasse und nippte an ihrem Tee. Das warme Gebräu rann wohltuend ihre Kehle entlang und wärmte sie von innen her.

»Tja, und das Schlimmste ist, wenn man auch noch die Scheidung seiner eigenen Schwester begleiten muss.«

Aurora sah ihn an und wartete, ob er noch etwas dazu sagte. Sie wagte es nicht, ihn mit Fragen zu löchern, auch wenn sie ihr noch so auf der Zunge brannten.

Lorenzo Baroni trommelte mit den Fingern auf die Armlehne seines Sessels. »Deshalb ist sie gestern so überraschend hier hereingeschneit. Sie möchte sich von ihrem Ehemann scheiden lassen. Heute früh hat sie sich dann gleich auf den Weg gemacht, um es unseren Eltern zu beichten. Eine Scheidung ist hierzulande ja noch immer eine Seltenheit. Schließlich sind wir im katholischen Italien.« Er lachte trocken. »In Rom scheint das allerdings nicht unbedingt der Fall zu sein. Da greifen die Leute schneller zum Anwalt als hier auf dem Land. Jedenfalls ... hat sie sich in einen anderen Mann verliebt. Unsere Eltern werden mäßig begeistert sein.« Er betrachtete nachdenklich seine Espressotasse. Plötzlich stahl sich ein winziges Lächeln auf seine Lippen. »Laura hat immer schon ihren Willen durchgesetzt. So hat sie gegen den Rat unserer Eltern viel zu früh und offenbar den falschen Mann geheiratet, und nun beehrt sie die Familie mit einer Scheidung nach nur einem Jahr Ehegemeinschaft. Gottlob ist der misslichen Verbindung nicht auch noch ein Kind entsprungen. Obwohl ich meinerseits nicht unglücklich bin. Ich konnte den Kerl nie leiden, den sie damals an Land gezogen hat. Es war offensichtlich, dass er nur hinter ihrem Vermögen und ihrem Status her war ...« Er schüttelte den Kopf. »Aber lassen wir das Thema, ich möchte Sie nicht mit meinen familiären Tragödien langweilen. Gibt es noch weitere Dinge, die wir besprechen sollten?«

Aurora ging ihre Notizen durch und schüttelte den Kopf. »Das wär's für den Moment. Herzlichen Dank für Ihre Zeit. Wenn es für Sie in Ordnung ist, melden wir uns wieder, sobald wir einen Entwurf und eine Kostenzusammenstellung haben.« Sie warf einen Blick aus dem Fenster. »Meine Güte, wie spät ist es?«

Signor Baroni schaute auf seine Armbanduhr. »Sechs Uhr. Aber Sie haben recht, draußen sieht es aus, als wäre es schon tiefe Nacht. Soll ich Sie nach Hause fahren?«

»Das ist nicht nötig, ich kann gerne meinen Vater anrufen, er holt mich ab.«

Der Anwalt maß sie mit einem langen Blick, ehe er weiterfuhr: »Mit der Vespa. Bis nach Castiglione. Bei diesem Wetter? Aber nein, ich habe einen Wagen und bringe Sie selbstverständlich nach Hause.« Er stand auf.

Aurora erhob sich ebenfalls und strich ihren Rock glatt. »Wenn es Ihnen tatsächlich nichts ausmacht, wäre das wirklich sehr freundlich. Dürfte ich meinen Vater kurz benachrichtigen, damit er sich keine Sorgen macht?«

»Selbstverständlich.« Signor Baroni führte sie in den Empfangsbereich und reichte ihr den Telefonhörer.

Als sie aufgelegt hatte, gingen sie nach draußen. Baroni bedeutete ihr, unter dem Dach des Hauses im Trockenen zu warten, bis er das Auto aus dem Unterstand geholt hatte. Kurze Zeit später fuhr er mit einem nachtschattenblauen Wagen vor. Aurora riss beeindruckt die Augen auf. Auf sein Winken hin beeilte sie sich einzusteigen.

»Das ist ein wunderschönes Auto«, bemerkte sie, als er losfuhr. Sofort wandte er sich ihr mit einem stolzen Lächeln zu. »Nicht wahr? Das ist meine Giulietta, eigentlich ein Alfa Romeo Giulietta TI, aber ich nenne sie nur bei ihrem Vornamen.«

Aurora kommentierte diese Erklärung mit einem sanften Grinsen. »Ein edler Name für eine elegante Dame.«

»O ja, das ist sie«, pflichtete er ihr bei.

Nach nur zehn Minuten Fahrt parkte der Anwalt den Wagen auf dem Gehsteig vor Auroras Wohnung.

»Ich bringe Ihnen die Kleidung so schnell wie möglich zurück. Und ...« – sie senkte den Blick, ehe sie weitersprach –, »danke für alles. Sie sind sehr freundlich.«

Signor Baroni neigte den Kopf mit einem leichten Lächeln. »Gern geschehen. Die Kleider eilen nicht. Laura hat genug Alternativen.« Er zwinkerte ihr zu. »Ich danke Ihnen, Signora Mandelli, dass Sie mich an Ihrer Schöpferkraft teilhaben lassen, und ... für die angenehme Gesellschaft. Schlafen Sie gut und passen Sie gut auf sich auf.«

Aurora spürte, wie sie bei seinen Worten errötete, und beeilte sich, aus dem Wagen zu klettern. Sie hob zum Gruß die Hand und eilte zur Eingangstür des Mehrfamilienhauses.

Bevor sie eintrat, drehte sie sich jedoch noch mal zu Lorenzo Baroni um. Der hob lächelnd die Hand zum Abschied und fuhr davon.

Kapitel 23

Schweigend lief Aurora neben Michele her. Der Feldweg unter ihren Füßen fühlte sich bereits nach Heimat an, auch wenn das Landhaus ihrer Eltern noch einige Minuten entfernt war.

»Ich freue mich auf Mammas Sonntagsbraten und auf Nonna Camilla.« Sie blickte ihren Mann von der Seite her an, doch der ignorierte sie und starrte in die Ferne.

Ein Versuch war es wert gewesen.

»Sie werden denken, dass wir Streit haben, wenn wir uns nachher so anschweigen«, sagte sie.

Diesmal wandte er sich ihr tatsächlich zu. »Ich streite mich nicht. Ich frage mich vielmehr, was in letzter Zeit mit dir los ist. Du schottest dich vollkommen von mir ab. Ständig bist du gereizt und müde. Vielleicht liegt es ja an den Hormonen. Deine Eltern werden Verständnis dafür haben, immerhin bist du ihre Tochter.«

Aurora starrte ihn ungläubig an. »Ich bin weder gereizt noch müde. Im Gegenteil, ich fühle mich wohl und ausgeglichen. Die Arbeit macht mir Freude, und die Schwangerschaft verläuft völlig problemlos.«

Er zuckte mit den Achseln und schenkte ihr ein verzerrtes Lächeln. »Siehst du, du merkst es nicht mal. Ein Hoch auf meine Geduld.«

Sie erreichten das Haus ihrer Eltern und ließen die seltsame Diskussion daher im Raum stehen. Auroras Mutter wartete bereits in ihrer Kochschürze an der Eingangstür. »Da seid ihr ja, wie schön!« Sie eilte herbei und schloss Aurora in die Arme. Die Wärme ihrer Umarmung tat gut. Aurora atmete den vertrauten Duft ihrer Mutter ein, der sich mit dem Röstaroma des Sonntagsbratens und dem Duft von Polenta vermischte.

Mamma schob sie einen halben Meter von sich und betrachtete sie eingehend. »Ich habe dein Lieblingsessen gekocht, *brasato e polenta*. Du bist ganz bleich, bestimmt isst du zu wenig. Bekommt dir die Schwangerschaft nicht so gut?« Liebevoll strich sie ihr über die Wange, einen mitfühlenden Ausdruck in den Augen. Dann wandte sie sich Michele zu, der sie mit einem entspannten Lächeln ansah.

»Komm her, Schwiegersohn. Schön, dich zu sehen! Wie fühlt man sich als werdender Papa?«

»Blendend!«, erwiderte Michele grinsend. »Was erwartest du bei so einer zauberhaften Gattin?«

Auroras Mutter ließ sich von seinem Charme innerhalb weniger Sekunden umgarnen. Es war, als sei der Michele von eben verschwunden und durch einen neuen ersetzt worden – einen, der Aurora an jenen faszinierenden Mann erinnerte, in den sie sich ursprünglich verliebt hatte.

»Los, kommt rein und setzt euch. Nonna Camilla und Papa warten schon!« Mamma wedelte ungeduldig mit den Armen, und Aurora beobachtete ihren Mann erstaunt dabei, wie er plaudernd und lachend neben ihrer Mutter ins Haus trat.

Es folgte eine innige Begrüßung mit Auroras Vater und Großmutter, danach eilte Mamma geschäftig in die Küche, und die Herren und Camilla setzten sich.

Aurora half ihrer Mutter dabei, die heißen Töpfe hereinzutragen. Gemeinsam platzierten sie das Festessen auf dem Tisch.

Papa spendierte eine seiner wertvollen Weinflaschen. »Weil ihr öfter kommen solltet«, begründete er die großzügige Spende. »Auri, Schatz, für dich gibt es leider nichts davon, aber wir alle werden auf dich als werdende Mamma anstoßen!« Ihr Vater drückte sein Bedauern mit einem gespielt zerknitterten Gesichtsausdruck aus, und Michele belohnte seine Aussage mit einem schallenden Lachen. Sofort verschwand das amüsierte Glitzern aus Papas Augen, und sein Lächeln wirkte eingefroren.

»Wie war es in der Schule, Liebes?«, fragte Camilla und schaute Aurora interessiert an. Ihre Hände, die sie auf die Tischdecke gelegt hatte, zitterten leicht, und die rechte Augenbraue wollte sich bei der Frage nicht heben. »Hast du Carlotta und Elisabetta gesehen? Wie du siehst, sind sie schon wieder zu spät zum Essen.«

Ihre Worte versetzten Aurora einen Stich im Herzen. Erinnerte sie sich überhaupt noch an ihre Hochzeit? Das gemeinsame Nähen des Kleides? Oder hing sie irgendwo im Nebel der Vergangenheit fest, unfähig, sich daraus zu befreien?

»Ja, ich war bis jetzt in der Schule. Die Mädchen habe ich nicht gesehen. Bestimmt kommen sie bald zurück.« Sie schenkte ihrer Großmutter ein liebevolles Lächeln und drückte ihre Hände. Camilla nickte beruhigt und löffelte nun die Polenta, die ihr Auroras Mutter zwischenzeitlich geschöpft hatte. Die Hälfte davon landete wie üblich auf ihrer Kleidung und auf dem Tisch.

»Wie ich hörte, habt ihr einen großen Auftrag an Land gezogen?«, fragte Mamma zwischen zwei Bissen Braten.

»O ja, und was für einen!«, schwärmte Aurora und legte das Besteck nieder. »Wir erstellen gerade einen Plan für ein komplettes Gartenparadies. Geld spielt bei diesem Kunden ausnahmsweise keine Rolle. Signor Baroni ist unglaublich großzügig. Außerdem ist er von meinen Ideen fasziniert und nimmt alle Vorschläge mit Begeisterung auf!« Sie spürte, wie Hitze ihre Wangen wärmte.

Ein Arm legte sich um ihre Schulter. Aurora blickte auf. Es war Micheles. Sie konnte sich gerade noch davon abhalten, erschrocken zusammenzuzucken.

»Ist es nicht ein Wunder, wie talentiert unsere Auri ist? Ich staune immer wieder.« Er drückte ihr einen Kuss auf die Wange und zwinkerte ihr zu. »Aber so eine Begabung kann natürlich auch zu einer Bürde werden, wie jeder weiß.«

Auroras Mutter hielt im Essen inne und musterte ihn neugierig. »Was meinst du damit?«

Auf dieses Stichwort hatte ihr Ehemann offenbar gewartet. Seufzend tupfte er sich den Mund mit der Serviette ab und lehnte sich im Stuhl zurück. »Nun ... das Baroni-Projekt fordert von Aurora sehr viel Kraft, Präsenzzeit und Ausdauer. Körperlich und psychisch.«

Mamma starrte ihre Tochter an. »Bist du deshalb so bleich und mitgenommen? Ich habe es gleich geahnt, dass du dich nicht genügend schonst und dich selbst überforderst.«

»Was natürlich nicht besonders gesund für das Kind ist«, stimmte ihr Michele zu.

Auroras Mutter schluckte den Köder augenblicklich und wandte sich ihrem Mann zu, der eine steinerne Miene aufsetzte und ebenfalls aufhörte zu essen. »Daniele, wie konnte das passieren? Du hast mir doch versprochen, ein Auge auf unsere Tochter zu haben. Ich verstehe ja, dass der Auftrag des Anwaltes für uns sehr wichtig ist, aber Auroras Gesundheit und die ihres Kindes dürfen deshalb keinesfalls geopfert werden. Das wäre verantwortungslos.«

Jetzt reichte es Aurora. Sie hatte die Spielchen satt.

»Ich bitte euch! Ich bin hier jene, die schwanger ist, und ich kann sehr wohl selbst entscheiden, wie ich mich fühle und was mir schadet und was nicht. Ich verrichte schon seit geraumer Zeit keine körperliche Arbeit mehr, die das Heben von schweren Gegenständen oder andere ähnliche Belastungen involviert. Meine Aufgabe ist das Vermessen, Planen, Koordinieren, Berechnen und Beaufsichtigen der Bauarbeiten. Signor Baroni ist stets um mein Wohl besorgt, serviert mir Tee, eine warme Mahlzeit oder was ich sonst noch brauche.«

»Du bemerkst vielleicht nicht, wie du dich verändert hast, Aurora«, gab Michele zurück. »Ich schon. Du bist unausgeglichen und ausgelaugt. Selbst deiner Mutter fällt es auf. Sei bitte nicht so entsetzlich stur und sieh endlich ein, dass es nun besser ist, wenn du bis September einen Gang zurückschaltest und dich auf die Ankunft unseres Kindes konzentrierst. Du kannst nicht alles haben. Du wolltest dieses Baby unbedingt, jetzt verhalte dich bitte auch entsprechend. Meinetwegen hätten wir ja noch einige Jahre warten können.«

Das war eine Lüge. Aurora zitterte, ihre Gedanken rasten. So hatten sich die Dinge nicht zugetragen. Nicht so! Allerdings hatte sie mit ihren Eltern nie über die schwere Zeit der Kinderlosigkeit und ihren Besuch bei Dottore Alberti gesprochen. Die einzige Person, die wusste, wie viel Druck Michele ihr gemacht hatte, war Marisa. Bloß die war jetzt nicht hier, um ihr beizustehen.

»Aurora ...« Die sanfte Stimme ihrer Mutter holte sie zurück in die Realität. »Dein Mann hat recht. Es ist nicht das erste Mal, dass du deine Leidenschaft über die Vernunft stellst. Du erinnerst dich? Wir sprachen schon oft darüber.« Bevor Aurora darauf antworten konnte, wandte Mamma sich ihrem Mann zu. »Und du ... du wusstest das alles. Du hast ihr diesen Floh in den letzten Jahren überhaupt erst ins Ohr gesetzt! Lass endlich Michele ihre Arbeit verrichten, damit sie sich ausruhen kann!«

Auroras Mutter schossen die Tränen in die Augen. Auch das noch. Ihren Gefühlsausbruch ignorierend, erklärte ihr Vater jedoch mit monotoner Stimme: »Das sehe ich nicht so. Aurora übernimmt sich keinesfalls. Die Bewegung und die frische Luft tun ihr und dem Baby gut. Glaub mir, sonst sähe sie noch schlimmer aus.«

Mamma erhob sich und warf dabei den Stuhl um. Mit tränennassen Wangen schleuderte sie die Serviette auf den Tisch. »Weißt du was, Daniele? Mir reicht es. Seit Jahren geht es dir nur um die Firma und um dich selbst, nie um andere Menschen, am allerwenigsten um deine Familie. Ein Kind hast du bereits an diese verfluchte Arbeit geopfert, willst du das zweite auch noch in Gefahr bringen?« Sie stürmte aus dem Raum.

Auroras Vater fluchte leise vor sich hin.

»Wenn ihr so laut seid, macht mich das nervös und müde. Bringt mich jemand auf mein Zimmer für den Nachmittagsschlaf?« Nonna Camilla schaute hilflos in die Runde.

Aurora erhob sich. »Ich helfe dir. Ich habe ohnehin keinen Hunger mehr.«

Nachdem sie ihre Großmutter ins Bett begleitet hatte, räumte sie das Essen ab und wusch das Geschirr. Von

Mamma fehlte jede Spur. Vermutlich hatte sie sich in den Garten zurückgezogen, um allein zu sein.

Sie hätten nicht herkommen dürfen, dachte Aurora. Sie hätte ahnen müssen, dass es so enden würde.

Nachdem sie sich mit einer innigen Umarmung von ihrem Vater verabschiedet hatte, traten sie und Michele den Heimweg an. Auf halber Strecke blieb Aurora jedoch stehen.

»Musste das sein?«, fragte sie, und ihre Stimme zitterte bei der Frage.

»Ich weiß nicht, was du meinst.« Sein Blick bohrte sich herausfordernd in ihren.

»Warum konntest du dich nicht friedlich verhalten, damit wir das Essen genießen können?«

»Ich war gesellig und freundlich, genau wie du es gewünscht hast. Es ist nicht meine Schuld, wenn dein Zustand unangenehme Fragen aufwirft. Als Vater deines Kindes werde ich mich wohl noch sorgen dürfen. Und ganz offensichtlich teilt deine Mutter diese Bedenken.« Er zuckte gleichgültig mit den Schultern.

»Du hättest meine Eltern nicht in diese Sache mit reinziehen müssen. Sieh nur, was du jetzt angerichtet hast!«

Michele lachte blechern. »Ach komm schon, Auri, bei den beiden war doch längst die Luft raus. Spätestens nach dem Tod deines Bruders konnten sie sich ohnehin nicht mehr leiden. Das war für jeden offensichtlich. Ich habe nichts zerstört, was nicht bereits eine Ruine war.«

Sie kniff die Augen zusammen, um die Tränen zurückzuhalten. »Was ist bloß los mit dir? Ich erkenne dich nicht wieder.« Ihre Lippen bebten.

Sein kalter Blick schnitt wie eine Klinge in ihr Herz. »Nicht ich bin es, der seltsam geworden ist, sondern du.

Du entfremdest dich von mir. Manchmal habe ich den Eindruck, als hättest du bloß einen Ehemann gesucht, um weiterhin deine ehrgeizigen Pläne verfolgen zu können.«

Nun rannen Aurora die Tränen definitiv über die Wangen. »Aber ... ich liebe dich, Michele, das habe ich immer!« Ihre Stimme brach.

»Dann bemühe dich. Zeig es mir.«

Kapitel 24

Mai 1959

An einem warmen Maimorgen fuhr Aurora gemeinsam mit Michele und ihrem Vater zur Villa Domenica hinaus, um endlich mit den Gartenarbeiten zu beginnen. Dieses Mal erwartete Lorenzo Baroni sie bereits an der Eingangstür, das Eisentor stand offen. In einem dunklen Anzug mit Filzhut und in die Hosentaschen gesteckten Händen betrachtete er ihre Truppe beim Näherkommen.

Ein wolkenlos blauer Himmel spannte sich über ihren Köpfen, und die Sonne spiegelte sich im See. Schwemmholz und Treibgut bedeckten die Wasseroberfläche. Die vergangenen Regentage hatten alles mit einem feuchten Schimmer überzogen. Wie Edelsteine glitzerten die Wassertropfen auf den Büschen und Gräsern rund um den Vorplatz. Auroras Vater sprang als Erster vom Fahrzeug und eilte Lorenzo Baroni entgegen, um ihn zu begrüßen.

»Der große Tag!«, sagte dieser. »Endlich geht es los! Die Steine wurden gestern bereits angeliefert. Ich sage Ihnen, Signor Mandelli, ich habe die gesamte Nacht kaum geschlafen und bin schon seit fünf Uhr wach.« Der Anwalt gab ein wohlklingendes Lachen von sich.

Aurora wartete darauf, dass sich Michele ihr anschließen und ihn ebenfalls begrüßen würde. Unruhig trat sie von einem Bein auf das andere und strich sich die schweißnassen Hände an der Hose ab. Doch erst nach einer gefühlten Ewigkeit unterbrach ihr Mann das Abladen des Werkzeugs und des Hilfsmaterials und schlenderte gemächlich zu ihr herüber. Er setzte ein gewinnendes Lächeln auf und legte ihr den Arm um die Taille. Aurora konnte sich nicht erinnern, wann er das zuletzt gemacht hatte. Es musste Monate her sein. Verwirrt strich sie sich eine Haarsträhne aus dem Gesicht und führte ihn zum Herrn des Hauses, der sich immer noch angeregt mit ihrem Vater unterhielt.

»Signor Baroni, darf ich Ihnen meinen Mann, Michele Tunesi, vorstellen?«

»Lorenzo Baroni, sehr erfreut.« Er begrüßte Michele mit einem kräftigen Händedruck. Offenbar sah er Auroras Gesichtsausdruck an, dass der Bekanntmachung noch mehr folgen würde, denn er musterte sie mit erhobenen Augenbrauen. Auroras Vater kramte bereits nach einem Stofftaschentuch, um sich die Schweißperlen von der Stirn zu tupfen. Auch das entging Baroni nicht. Eine steile Falte bildete sich zwischen seinen Augen.

»Ähm ... also ... es gibt da etwas, das wir mit Ihnen besprechen müssen, Signor Baroni.« Sie räusperte sich, ehe sie weitersprach. »Aufgrund meiner Schwangerschaft sehe ich mich gezwungen, einen Gang zurückzuschalten. Ich hatte eigentlich vor, Ihr Bauprojekt bis zur Geburt des Kindes in beratender und gestalterischer Funktion zu betreuen, musste aber leider einsehen, dass das nicht möglich ist.« Sie spürte, wie sie unter seinem forschenden Blick rot anlief. Es gehörte nicht zu ihren Talenten, eine Geschichte zu erfinden, die ihrer Meinung nach nicht der Wahrheit entsprach. »Die Sache ist die … mein Gatte Michele, der nun bereits seit vielen Jahren ein treuer Mitarbeiter unserer Firma und die rechte Hand meines Vaters ist, wird die Arbeiten in Ihrem Garten koordinieren und auch ausführen. Mein Vater, und möglicherweise auch Teilzeitarbeitskräfte, werden ihn dabei unterstützen. Sollten Fragen in Bezug auf meine Planungen auftreten, die mein Mann nicht beantworten kann, kann er mich jederzeit anrufen oder die Angelegenheit abends mit mir besprechen.« Sie bemühte sich um ein belangloses Lachen, das jedoch kläglich scheiterte.

»Wir hoffen, dass Sie für den Gesundheitszustand meiner Tochter Verständnis haben, Signor Baroni«, schaltete sich nun auch ihr Vater ein. »Wir möchten Ihr Projekt jedoch auf keinen Fall auf den Zeitpunkt nach der Geburt meines Enkelkinds im September schieben. Bis Aurora sich von der Entbindung erholt hätte, wäre es bereits Spätherbst oder sogar Winter. In dieser Jahreszeit ist es nicht mehr sinnvoll, eine Gartengestaltung zu beginnen.«

Der Anwalt musterte Aurora wortlos und mit ernstem Gesichtsausdruck. Sein Blick glitt flüchtig über Michele, der mit einem zufriedenen Lächeln und gereckten Schultern neben ihr stand.

»Nun, ich bin kein Unmensch. Selbstverständlich habe ich volles Verständnis für Ihre Situation, Signora Mandelli, wenn mir Ihre Gesellschaft und Ihr kreativer Geist auch fehlen werden. Ich bin überzeugt, dass Sie sich mit Ihrem Gatten um eine zufriedenstellende Lösung bemüht haben, die meinem Projekt in keiner Weise schaden wird.« Er setzte ein versöhnliches Lächeln auf, das ihrem Vater einen erleichterten Seufzer entrang.

»Wir danken Ihnen, Signor Baroni«, sagte er. Und an Aurora gewandt: »Ich fahre dich kurz nach Hause, mein Kind. Und dann müssen wir hier wirklich loslegen!« Ihr Vater rieb sich die Hände, um seinen Arbeitswillen zu unterstreichen.

Lorenzo Baroni machte eine abwehrende Handbewegung. »Nicht nötig, Signor Mandelli. Lassen Sie das meine Sorge sein. Ich lade Ihre Tochter jetzt auf einen gemütlichen Tee bei mir im blauen Zimmer ein und fahre sie anschließend nach Hause. Dann können Sie und Signor Tunesi sich vollends Ihrer Arbeit widmen. Da ich mich neben dem Garten auch mit der Einrichtung des Gebäudeinneren befasse, hätte ich gerne ihre Meinung zu einem Thema. Gestatten Sie mir, Signora Mandelli?«

Es fühlte sich an, als ginge die Sonne in ihrem Inneren auf. Aurora nickte eifrig und schenkte Lorenzo Baroni ein herzliches Lächeln. »Mit Freuden.«

Sie drehte sich zu Michele um und wollte sich von ihm verabschieden, doch kurz bevor sie ihn erreichte, wandte er sich abrupt ab und marschierte davon.

Lorenzo Baroni führte Aurora wie schon die Male zuvor in das Zimmer mit den blauen Stoffsesseln. Noch ehe sie sich gesetzt hatten, eilte Lucilla mit einem Tablett herein. Wie immer war für ihren Chef eine Espressokanne dabei.

Nachdem die Haushälterin den Raum verlassen hatte, herrschte einige Minuten betretene Stille.

»Geht es Ihnen gut, Signora Mandelli?«

So simple Worte. Eine bloße Höflichkeitsfloskel, hätte er es nicht in dieser tiefgründigen Art und Weise betont, und würde er sie nicht so forschend ansehen.

»Den Umständen entsprechend ja. Mein Mann und meine Mutter machen sich etwas Sorgen, weil ich offenbar ziemlich angeschlagen aussehe.« Sie blickte auf ihre Tee-tasse.

»Ihr Vater nicht?«

Sie schüttelte den Kopf und lächelte. »Nein, er denkt, dass mir eine Aufgabe, die mir Freude bereitet, und das Arbeiten an der frischen Luft guttun. Ich schleppe ja keine Steine oder dergleichen.«

»Ein weiser Mann, Ihr Vater. Er besitzt ein gutes Herz. Ich vermute, dass Sie sich sehr ähnlich sind in Ihrem Wesen.«

Erstaunt hob Aurora den Kopf. Bevor sie fragen konnte, wie er zu der Annahme kam, erklärte er mit einem leichten Lächeln: »Ich bin Familienanwalt. Die Erfahrung auf diesem Gebiet bringt eine gewisse Menschenkenntnis mit sich. Das ist gewissermaßen die Geometrie, die meinem Metier zugrunde liegt. Womit wir gleich beim Thema wären.« Er erhob sich, ging zu einer Kommode und entnahm ihr ein Foto, das er Aurora reichte. Während er sich umständlich wieder hinsetzte, beobachtete er sie.

»Die Sache ist die ... *sie* wird hier demnächst einziehen. Wissen Sie, die Abende können in so einem großen Haus gelegentlich etwas einsam sein, selbst wenn man sie mit Arbeiten verbringt. Der neue Garten wird ihr gefallen, davon bin ich überzeugt. Aufgrund der Tatsache, dass ich genug Platz zur Verfügung habe, bekommt sie natürlich ihre eigenen Gemächer. Ich habe den Innenarchitekten damit beauftragt, mir einen Vorschlag für die Einrichtung zu machen. Stellen Sie sich vor, er war komplett überfordert.« Er lächelte. »Nun, in zwei Wochen wird die Dame jedoch einziehen. Ich möchte ihr nicht das Gefühl vermitteln, nicht vorbereitet zu sein. Sie würde sich schrecklich unwillkommen fühlen, verstehen Sie? Der einzige Mensch, der meiner

Meinung nach genug Fantasie und Geschmack hat, mein Problem zu lösen, sind Sie, Signora Mandelli. Was ... sagen Sie dazu? Haben Sie irgendwelche Ideen?«

Aurora ließ das Foto mit der zauberhaften, flauschig weißen Katzendame auf den Tisch sinken. »Ihre Augen leuchten wie Saphire in dem dunkel gepuderten Gesicht.«

»Das ist eine Birma-Katze, ich nenne sie Amira«, erklärte Baroni mit einem liebevollen Blick auf das Bild. »Haustiere haben auf diesem Anwesen Tradition«, fügte er noch an.

Sie studierte das Foto, während die Gedanken ungefiltert aus ihrem Mund sprudelten. »Nun, das Erste, woran man bei Samtpfoten denkt, ist natürlich Ägypten. Das ist meiner Meinung nach aber auch etwas klischeehaft und langweilig.«

»Ha! Genau meine Worte, als der Innenarchitekt mit dieser Idee ankam!« Der Anwalt schlug sich mit der Hand auf die Schenkel. »Entschuldigen Sie die Entgleisung, ich wollte Sie nicht unterbrechen, fahren Sie bitte fort.« Er machte eine auffordernde Handbewegung.

»Nun ... wenn ich ehrlich sein darf, Signor Baroni ... denken wir an das Wesen der Katzen: Die meisten von ihnen sind nicht gerne alleine. Ich würde die arme Lady also nicht in ein eigenes Zimmer sperren. Samtpfoten lieben es, herumzustreunen und Orte zu besetzen, die gerade nicht absichtlich für sie hergerichtet sind. Abgesehen davon suchen sie die Nähe ihrer Besitzer, wenn diese im Haus sind. Lassen Sie ihr doch diese Freude. Wenn die Dame dann noch genügend Futter erhält, wird sie sich im Paradies wähnen. Willkommen, geliebt und umsorgt.«

Lorenzo Baroni maß sie mit einem langen, nachdenklichen Blick. »Sie mögen Tiere, oder?«

»Ja sehr! Ich hätte liebend gern eine Katze oder auch einen kleinen Hund, aber mein Mann ... er ... findet Tiere störend und teuer.«

»Wenn das so ist, sind Sie herzlich willkommen, Amira gelegentlich einen Besuch abzustatten.«

»Das ist sehr freundlich«, hauchte Aurora. Sie war gerührt über das Angebot. »Kann ich Ihnen sonst noch irgendwie behilflich sein?«, fragte sie zaghaft und hoffte inständig, dass dem so war.

»Nein, Sie konnten mir mit Ihrer Intuition bereits unglaublich viel helfen, herzlichen Dank. Ich möchte mich dafür unbedingt erkenntlich zeigen.« Er erhob sich.

»Das Angebot, mich nach Hause zu fahren, nehme ich sehr gerne an, das ist wirklich sehr freundlich.« Sie stand ebenfalls von ihrem Sessel auf.

»Das meinte ich nicht. Ich habe ein Geschenk für Sie. Kommen Sie mit.« Er führte sie aus dem Zimmer und den Flur entlang zu einem anderen Raum. »Warten Sie bitte kurz hier, ich bin gleich wieder da.«

Aurora biss sich nervös auf die Unterlippe. Sie war es nicht gewohnt, beschenkt zu werden.

Nach fünf Minuten kehrte Lorenzo Baroni mit einem in Stoff geschlungenen Päckchen zurück. »Bitte sehr. Da Sie jetzt vermutlich viel Zeit totzuschlagen haben, dachte ich, das würde Ihnen gefallen.« Er reichte ihr das Geschenk.

Mit zitternden Fingern packte sie es aus.

»Eine Geschichte der Geometrie!«, rief sie überrascht. »Aber ... das kann ich unmöglich annehmen, das ist ein sehr wertvolles Buch. Im Umschlag steht, dass es eine Sonderausgabe für Sammler ist, von denen es weltweit nur eintausend Stück gibt.«

»Von Ihnen gibt es vermutlich nur eine einzige Ausgabe, und trotzdem lassen Sie mich an Ihrer Einzigartigkeit teilhaben.« Er lächelte. »Bitte ... nehmen Sie es. Und sollten Sie Heimweh nach Ihrem Werk haben ...«, er wies mit dem Finger hinter sich in Richtung des Gartens, »... kommen Sie einfach vorbei. Jederzeit. Auch wenn ich nicht da bin.«

»Danke«, stotterte sie und senkte verlegen den Blick. Mehr wusste sie darauf nicht zu sagen.

Gemeinsam verließen sie die Villa, und Lorenzo Baroni fuhr seine Giulietta vor. Aurora drückte das Buch an sich wie einen Schatz aus Edelsteinen, während sie in sein Fahrzeug kletterte und sich nach Hause chauffieren ließ.

Als er vor ihrem Haus hielt, drehte sie sich ein wenig in ihrem Sitz und sah ihn an. »Auf Wiedersehen, Signor Baroni, und nochmals vielen herzlichen Dank für das Buch und dass Sie mich nach Hause gefahren haben.« Sie reichte ihm die Hand.

»Lorenzo ... nennen Sie mich doch Lorenzo, wenn es Ihnen recht ist.« Er nahm ihre Hand in seine.

»Sehr gern. Dann ... Aurora«, antwortete sie ungelenk.

»Sehr schön. Pass gut auf dich auf, Aurora.« Ein Lächeln erhellte seine Gesichtszüge.

Sie stieg mit weichen Knien aus und ließ die Autotür zufallen. Unschlüssig blieb sie neben dem Fahrzeug stehen. Schließlich gab sie sich einen Ruck, winkte Lorenzo ein letztes Mal zu und formte mit dem Mund ein erneutes Dankeschön. Lorenzo neigte schmunzelnd den Kopf und hob die Hand. Er fuhr erst los, als sie die Haustür sicher erreicht hatte. Aurora stieg die Treppe zu ihrer Wohnung hinauf und sah sich um. Der Tag lag seltsam brach vor ihr. Sie war es nicht mehr gewohnt, nicht zur Arbeit gehen zu können.

Abgesehen von dem Projekt bei Lorenzo – Aurora lächelte leise in sich hinein, als sie diesen Namen dachte – gab es aber im Werkhof derzeit nichts für sie zu tun.

Eine Weile lief sie rastlos durch die kleine Wohnung, räumte ein wenig auf, wischte über die ohnehin schon saubere Küchenzeile und ließ sich schließlich auf einen Stuhl sinken. Nachdem sie eine Weile aus dem Fenster gestarrt hatte, beschloss sie, ein besonderes Menü für das Abendessen zusammenzustellen, um Michele damit zu überraschen. Eilig suchte sie nach der Kiste mit der Rezeptsammlung und stellte eine Einkaufsliste zusammen. Zum Start plante sie lauwarmes, geröstetes Grillgemüse an Balsamico, danach einen Barolo-Braten mit *orecchiette* – kleinen Öhrchennudeln – und *cime di rapa* – Stängelkohl. Zum Schluss würde es *cannoli* geben, ein gefülltes Gebäck aus Sizilien. Das klang nach einer reichhaltigen Speisefolge, doch ging sie davon aus, dass ihr Mann bei seiner Rückkehr hungrig sein würde wie ein Bär.

Nachdem sie alle Einkäufe getätigt hatte, begann sie am frühen Nachmittag mit den Vorbereitungen für das Abendessen. Gegen achtzehn Uhr hatte sie alles so weit parat, dass sie gleich bei Micheles Rückkehr loslegen konnte.

Pünktlich um halb sieben hörte sie den Schlüssel in der Wohnungstür. Sie eilte ihrem Mann im Flur entgegen.

»Da bist du ja, ich habe ...« Der Rest des Satzes blieb ihr im Hals stecken, als sie sein Gesicht sah. »Geht es dir nicht gut?« Besorgnis erfüllte sie bei seiner trübseligen Miene.

Er stöhnte und griff sich ans Kreuz. »Ich habe furchtbare Rückenschmerzen und bin fix und fertig. Deinen Vater in allen Ehren, aber langsam wird er alt.«

»Aber er ist doch noch keine fünfzig.«

»Trotzdem, glaub mir. Alles muss ich selbst machen, weil er keine Ahnung hat und sich nichts merken kann. Er hat sich zu lange im Büro verkrochen. Das hat Spuren hinterlassen.« Ächzend zog er sich die Schuhe von den Füßen.

»Wir könnten einen Mitarbeiter von einer anderen Firma ausleihen«, schlug Aurora vor und half ihrem Mann aus der Jacke.

»Nein, lass nur, das schaffe ich schon irgendwie. Ich nehme jetzt ein warmes Bad, dann geht es gleich schon wieder.«

Aurora nickte. »Ich bereite derweil das Essen vor. Es gibt ein Festmenü. Ich hatte ja schließlich den ganzen Tag Zeit!«

»Das möchte ich auch einmal sagen können«, brummte Michele und schlurfte ins Badezimmer.

Als er nach einer halben Stunde zurückkehrte, war das Abendessen fertig. Erwartungsvoll beobachtete Aurora ihren Mann dabei, wie er die Speisen kostete.

»Und? Wie findest du es?«, platzte sie heraus, als er auch nach dem zweiten Gang noch nichts sagte.

»Gut. Schmeckt gut.«

Aurora kämpfte die Enttäuschung nieder, die in ihr aufwallen wollte. Vermutlich war er einfach erschöpft. Immerhin hatte er den ganzen Tag an dem Amphitheater gebaut. Es wäre wohl vermessen anzunehmen, dass er dann noch die Energie besaß, über ihr Essen in einen Freudentaumel auszubrechen.

Nach dem Nachtisch räumte Aurora ab und wusch das Geschirr. Michele verzog sich derweil ins Wohnzimmer und hörte wie oft an den Abenden Radio und machte seine Kraftübungen. Während er abgelenkt war, schlich sie ins Schlafzimmer und verteilte die Kerzen, die sie am Vormittag im *supermercato* gekauft hatte. Sie vollzog ihre tägliche

Abendtoilette im Bad und schlüpfte dann nackt unter die Decke. Nicht jedoch ohne vorher etwas von dem ziegelroten Lippenstift aufgetragen zu haben, den sie sich für seltene Momente aufhob. Erwartungsvoll lauschte sie den Geräuschen aus der Stube und beobachtete das orangegelbe Flackern der Kerzenflammen, die den Raum in ein weiches Licht tauchten.

Endlich erstarb das Radio, und Schritte kamen den Flur entlang. Sie hörte den Wasserhahn im Bad. Ihr Puls beschleunigte sich.

Als Michele in der Tür erschien, blieb er wie angewurzelt stehen.

»Ich bin nackt, so wie du es magst«, sagte sie leise und lächelte ihm zu.

Er kratzte sich am Kopf, öffnete die Knöpfe seines Hemds und schlüpfte aus der Hose. Dann kam er in Unterhemd und Unterhose zum Bett und kroch unter die Decke.

»Würdest du bitte die blöden Kerzen ausblasen? Sonst fackelst du am Ende noch die Wohnung ab. Ich bin müde und möchte schlafen. Schließlich habe ich, im Gegensatz zu dir, nicht den ganzen Nachmittag damit verbracht, Hausfrauenzeitschriften zu lesen.«

Kapitel 25

Erneut hatte Aurora alleine zu Abend gegessen, begleitet nur vom Ticken der Küchenuhr, dem Summen des Kühlschranks und den gedämpften Geräuschen aus der Nachbarwohnung. Gegen neun Uhr fielen ihr beinahe die Augen zu, weshalb sie beschloss, nicht länger auf Michele zu warten, sondern sich schlafen zu legen. Abgesehen von den Wochenenden lebten sie in letzter Zeit einen völlig unterschiedlichen Rhythmus. Ihr Mann behauptete, nach der Arbeit erst einmal bei einem Bier mit seinen Freunden entspannen zu müssen. Der Druck, nun das gesamte Familieneinkommen zu stemmen, machte ihm ebenso zu schaffen wie die anstrengende körperliche Tätigkeit. Zudem war die Gartengestaltung der Villa Domenica jetzt in der Hauptsaison nicht der einzige Auftrag, den es zu bewältigen gab. Nebenher trudelten auch noch andere Sachen ein wie die Reparatur eines gemauerten Kamins, ein Steinplattenweg im Garten, Grundstücksmauern und vieles mehr, wie Aurora von ihrem Vater erfahren hatte.

»So etwas Kompliziertes und Unpraktisches wie das Baroni-Projekt habe ich in meiner ganzen beruflichen

Laufbahn noch nicht erlebt!«, schimpfte Michele wiederholt, wenn ihn die Rückenschmerzen quälten, und dann fühlte sich Aurora jedes Mal schuldig, die von ihr geplanten Arbeiten nicht selbst ausführen zu können.

Aurora kroch ins Bett und schloss die Augen. Es dauerte eine Weile, bis ihre Gedanken so weit zur Ruhe gekommen waren, dass sie einschlafen konnte. Gegen Mitternacht erwachte sie erneut. Micheles Bettseite war noch immer leer, die Wohnung dunkel. Mit klopfendem Herzen setzte sich Aurora im Bett auf. Sie warf sich einen Bademantel über und ging ins Wohnzimmer. Im Telefonbuch fand sie schließlich die Nummer vom *Grotto Ghiggi*, in dem sie als Erstes nach ihm fragen wollte.

Nach sechsmaligem Klingeln ging endlich jemand ran. Es war der Besitzer selbst.

»Hallo, hier ist Aurora Mandelli, ist Michele noch bei euch? Es ist schon spät, und ich mache mir langsam Sorgen.«

»Hört, hört, die Frau zu Hause macht sich Sorgen!«, brüllte der Wirt mit hörbar schwerer Zunge ins Telefon. Sein Kommentar wurde im Hintergrund mit ausgelassenem Johlen und Lachen kommentiert.

»Du bist hier falsch, meine Liebe, frag doch mal woanders nach.« Dieser Satz sorgte erneut für einen Sturm an Gelächter. Offenbar musste das ein besonders witziger Scherz sein.

»Das ist nicht lustig. Er ist noch nie so spät nach Hause gekommen, wenn er am nächsten Tag zur Arbeit muss. Falls er also da ist, richte ihm bitte aus, dass er sich bei mir melden soll.«

»Jaaaa«, lallte der Wirt. »Das würde ich ja, wenn er hier wäre. Isser aber nich', klar?« Erneut gingen seine letzten Worte im Gelächter der Anwesenden unter.

»Wie auch immer, danke trotzdem.« Aurora legte auf und seufzte. Vermutlich war Michele Teil der krakeelenden Meute, wollte aber noch nicht nach Hause kommen. Jedenfalls klang es so. Und da sie ohnehin nicht wusste, wen oder wo sie sonst anrufen sollte, ging sie zurück ins Bett und versuchte zu schlafen.

Gegen drei Uhr in der Früh kehrte ihr Ehemann heim.

Aurora setzte sich auf und schaltete das Licht der Nachttischlampe an. Ein sichtlich gut gelaunter Michele lehnte im Türrahmen.

»Ups, habe ich dich geweckt?« Er torkelte zu ihr, beugte sich zu ihr herab und hauchte ihr einen Kuss auf den Mund. Er stank nach Alkohol und abgestandenem Rauch.

»Du wirst morgen früh bei der Arbeit immer noch nach Alkohol stinken, und das ist mir peinlich. Lorenzo Baroni ist ein guter Kunde. Er wird denken, wir nehmen unsere Aufgabe nicht ernst.«

»Ach, reg dich nicht auf. Das war eine Ausnahme. Geburtstagsfeier bei einem Kollegen. Hab vergessen, es dir zu sagen.«

Aurora nickte nur und beschloss, es dabei zu belassen. Sich mitten in der Nacht mit einem betrunkenen Mann zu streiten, würde ohnehin zu nichts führen. Also legte sie sich wieder hin und ließ Micheles Nachttischlampe an. Nach fünf Minuten kehrte dieser aus dem Bad zurück, entkleidete sich und schlüpfte neben ihr unter die Decke. Reflexartig öffnete sie noch mal kurz die Augen. Er hatte das Bettlaken wegen der sommerlichen Temperaturen nur bis zur Hüfte hochgezogen und wandte ihr den Rücken zu. Wie immer.

Es waren nur zwei Sekunden.

Dann löschte er das Licht.

Auf seinen Schulterblättern waren rote Kratzspuren.

Vielleicht wurde sie ja langsam verrückt oder mutierte zu genau der Sorte Ehefrau, die sie nie hatte sein wollen. Es fühlte sich entwürdigend an, zu solchen Mitteln greifen zu müssen, doch das Misstrauen nagte unaufhörlich an ihr, sodass ihr letzten Endes keine andere Wahl blieb. Um kurz nach sechs am folgenden Abend versteckte sich Aurora in einer Seitengasse gegenüber dem Werkhof des Baubetriebs. Während die ersten Menschen bereits dem Feierabend entgegeneilten, ihre Einkäufe nach Hause trugen oder in einem Café die letzten Sonnenstrahlen genossen, kauerte sie dicht an die Hauswand gepresst im Schatten. Kurz nach achtzehn Uhr fuhr die Piaggio vor, und Michele lud das Material von der Ladebrücke. Auroras Vater eilte herbei, um ihm dabei zu helfen. Nach einer Viertelstunde schlossen sie die Tür zum Baubetrieb, hoben die Hand zum Abschied und trennten sich. Papa schlug den Weg in Richtung Cerano ein; Michele nahm die entgegengesetzte Straße, die ins Dorfzentrum von Castiglione führte. Aurora folgte ihm mit zehn Metern Abstand und schlich von Hausecke zu Hausecke, immer darauf vorbereitet, im Notfall in eine Seitengasse springen zu können. Ihr Ehemann ging zielsicher an der Kreuzung, wo er für den Heimweg nach links hätte abbiegen müssen, vorbei. Noch war nicht klar, welches Ziel er hatte. Schließlich bog er nach rechts ab und nahm die Straße zum *Grotto Ghiggi*.

Mit langsamen Schritten kehrte Aurora nach Hause zurück. Was war bloß mit ihr los, dass sie diese Kontrollsucht entwickelt hatte und ihrem Mann nach einem anstrengenden Tag nicht einmal mehr ein kühles Bier mit Freunden gönnte? Es musste ihre eigene Unzufriedenheit und Langweile sein, die sie zu solchen Taten trieb.

Das ungute Gefühl blieb trotzdem.

Und es verstärkte sich noch, als sie gegen Mitternacht aus einem unruhigen Schlaf erwachte und auf die Toilette ging. Das Bett ihres Mannes war nach wie vor leer. Schon wieder ein Geburtstag? Plötzlich hellwach, zog sie sich an und verließ das Haus. Nach wenigen Minuten erreichte sie das *Grotto*.

Sämtliche Fenster waren dunkel. Das Lokal hatte also längst geschlossen.

Ein stechender Schmerz durchschnitt ihre Brust. Nur ruhig jetzt, dachte sie. Tief atmen. Bestimmt gibt es für all das eine Erklärung.

Mit sich überschlagenden Gedanken lief sie nach Hause zurück und ließ die Wohnungstür hinter sich ins Schloss fallen. Der Flur lag unverändert dunkel vor ihr; abgesehen vom gelegentlichen Knacken und Knarzen des Gebäudes war kein Geräusch zu vernehmen. Ein Blick ins Schlafzimmer bestätigte ihr: Michele war nicht daheim.

Mit zitternden Fingern entkleidete sie sich und legte sich wieder ins Bett, wo sie mit offenen Augen an die Decke starrte, bis ihr Mann schließlich gegen zwei Uhr hereintorkelte. Dieses Mal schaltete er keine der Lampen an, sondern schlich ins Bad und kroch dann leise unter die Bettdecke. Offenbar nahm er an, dass sie schlief.

Aurora sah der Bialetti beim Kochen zu und wartete auf das Rauschen des heraufsprudelnden Kaffees. Das Atmen fiel ihr schwer, und ein zäher Nebel hatte sich seit der Nacht über ihr Gemüt gelegt.

»Buongiorno, *amore*.« Michele hauchte ihr einen Kuss auf die Wange. Das hatte er schon sehr lange nicht mehr getan.

Er stank nach Alkohol und Zigaretten. Offenbar hielt er es nicht für nötig, sich kurz zu waschen, bevor er sich ihren Kunden zeigte.

Auroras Herzschlag beschleunigte sich, doch sie schaffte es nicht, ihm die alles entscheidende Frage zu stellen.

»Entschuldige, dass es gestern wieder später geworden ist. Marcello hat Probleme mit einem Mädchen. Sie hat ihn abblitzen lassen, und er hat jemanden gebraucht, mit dem er reden konnte.«

Aurora nickte und zwang sich zu einem Lächeln.

»Geht es dir nicht gut? Du siehst müde aus.« Michele musterte sie forschend.

»Das Baby lässt mich nicht gut schlafen«, log sie und wandte den Blick ab, um erneut dem Kaffee zuzusehen.

»Umso besser, dass du nicht mehr arbeitest. So hast du den ganzen Tag Zeit, dich auszuruhen.«

Sie nickte und schenkte ihm den fertigen Espresso ein. Er schüttete ihn in einem Zug hinunter. »Ich muss los, dein Vater und Baroni warten.«

Er küsste sie noch einmal flüchtig auf die Wange und verschwand.

Aurora konnte sich den ganzen Tag lang auf nichts konzentrieren. Von einer inneren Unruhe geplagt, tigerte sie durch die Wohnung, setzte sich an den Küchentisch und stand wieder auf, um ihre endlosen Runden zu drehen. Einmal griff sie nach der Zeitung, legte sie jedoch, ohne sie überhaupt gelesen zu haben, einige Minuten später wieder weg. Sie schaltete das Radio ein und brachte es gleich darauf zum Schweigen. Als Letztes holte sie ihre Nähutensilien und starrte sie minutenlang mit leerem Blick an. Als sich das Licht draußen veränderte und das Ende des Tages ankündigte, seufzte sie.

Genau wie am Tag zuvor postierte sie sich gegen halb sechs in der Nähe des Werkhofs. Michele steuerte wieder zielsicher das *Grotto* an. Dieses Mal jedoch folgte Aurora ihm und verharrte in ihrem Versteck. Die Nacht brach über Castiglione herein. Aus den bunten Häuserfassaden wurden schattenhafte Schemen, die sich vor dem mit Sternen gesprenkelten Himmel abhoben. Ringsum gingen die Lichter hinter den Fenstern an und warfen blassgelbe Kegel auf die dunklen Gassen.

Gegen zehn Uhr trat ihr Ehemann wieder auf die Straße, zündete sich eine Zigarette an und verabschiedete sich von ein paar anderen Männern, die mit ihm herausgekommen waren. Marcello, sein bester Freund, war nicht einmal dabei. Dann machte sich Michele auf den Weg, jedoch eindeutig nicht nach Hause. Aurora folgte ihm in sicherem Abstand. Mit jedem weiteren Schritt beschleunigte sich ihr Puls. Sie rang mit dem Wunsch umzudrehen, heimzukehren und ihm das, was auch immer er ihr dann sagen würde, zu glauben. Der Schmerz wartete wie eine Prophezeiung in ihrem Herzen. Musste sie die Wahrheit wirklich um jeden Preis wissen? War es manchmal nicht einfacher, ihr auszuweichen und wegzusehen, in der naiven Hoffnung, dass sich die Dinge vielleicht doch noch von alleine regeln und wieder in ihre gewohnten Bahnen zurückkehren würden?

Doch trotz der Zweifel trugen ihre Füße sie weiter.

Vor einem Einfamilienhaus mit Vorgarten blieb Michele stehen, öffnete das Tor, das auf das Grundstück führte, und ging zur Eingangstür, wo er die Klingel betätigte. Da der Garten nur von einer niedrigen Mauer mit Eisenzaun umgeben war, konnte Aurora die Schaukel und den Sandkasten sehen, die darin standen.

Die Tür des Hauses wurde aufgerissen, und eine Frau in Auroras Alter erschien im hell erleuchteten Rechteck des Türrahmens. Sie war bloß mit einem seidenen Morgenmantel bekleidet, der ihrer schlanken Figur schmeichelte. Dazu trug sie High Heels.

Aurora konnte nicht hören, was die beiden redeten – was sie sah, war allerdings beredt genug.

Die Frau mit den goldblonden Locken packte Michele mit einem anzüglichen Grinsen am Hemd, zog ihn zu sich und drückte ihm einen stürmischen Kuss auf die Lippen. Stolpernd folgte er ihr ins Haus, woraufhin die Frau der Tür einen Tritt versetzte, sodass sie zufiel.

Aurora fühlte sich wie gelähmt. Sie spürte nichts. Gar nichts. Langsam trat sie aus dem Schatten ihres Verstecks hervor und warf einen Blick auf den Briefkasten.

Gabriella Bernardini war ihr Name. Paolo Brambilla der ihres Ehemanns.

Die Familie mit dem zu restaurierenden Wohnzimmerkamin ... sie erinnerte sich.

Ganz offensichtlich befand sich Signor Brambilla seit einigen Tagen außer Haus.

Jetzt erst brach der Schmerz über Aurora herein. Keuchend rang sie nach Luft und hielt sich an den Eisenstäben des Gartenzauns fest. Ihre Knie gaben unter ihr nach, und sie sank zu Boden.

Durch den Tränenschleier hindurch sah sie ihren Ehemann mit Gabriella Bernardini hinter den Tagesgardinen der Fenster, vereint in einem schattenhaften Tanz, der keine Zweifel mehr ließ.

Was war bloß aus dem Schmetterling geworden?

Es fühlte sich an, als habe man ihm die Flügel gebrochen.

Kapitel 26

Die Wohnungstür fiel hinter Aurora ins Schloss, doch sie nahm es kaum wahr. In ihrem Innern herrschte ein Vakuum. Die Tränen waren ihr kurz vor der eigenen Haustür ausgegangen, und auch das Schluchzen in ihrer Kehle war erstickt. Seitdem erfüllte sie absolute Stille. Langsam schlurfte sie zum Telefon und hob den Hörer ab. Sie wählte eine der beiden einzigen Nummern, die sie auswendig kannte.

Nicht die ihrer Eltern. Das hätte sie nicht über sich gebracht. Noch nicht.

»Pronto?« Eine verschlafene Stimme meldete sich am anderen Ende. Als Aurora einige Sekunden zögerte, fragte sie nach: »Hallo? Wer ist da?«

»Hallo Alessandro ...«, begrüßte sie Marisas Ehemann. »Kann ... ich Marisa sprechen? Bitte?« Die Worte verließen ihren Mund als monotoner Einheitsbrei. Als wäre sie eine Maschine.

»Moment ...« Es knackte und rauschte. Aurora hörte, wie Alessandro irgendwas zu Marisa sagte und dabei ihren Namen erwähnte. Offenbar hatte er ihre Stimme erkannt.

»Aurora? Ist etwas passiert?« Die Freundin klang deutlich besorgt.

»Kann ich zu dir kommen? Jetzt? Ich ... es geht mir sehr schlecht.«

»Wo ist Michele? Bist du alleine?«

Aurora schwieg einige Sekunden. »Bitte hol mich ab. Ihr habt doch ein Auto, oder? Ich erkläre dir alles, wenn ich da bin. Ich kann unmöglich hierbleiben.«

»Wir kommen sofort, rühr dich nicht von der Stelle. Mach keine Dummheiten, hörst du? Wir sind gleich da!« Marisa legte auf.

Aurora schleppte sich zu der kleinen Couch in der Küche und ließ sich darauf niedersinken. In ihrem Kopf dröhnte es, und ihr war schwindlig.

Eine Viertelstunde später klingelte es an der Tür. Sie stand auf, lief mit letzter Kraft die Treppe hinunter zum Hauseingang und sank in die rettenden Arme ihrer Freundin. Es fühlte sich so unendlich gut an, die Wärme von Marisas Umarmung zu spüren.

Ohne weitere Worte bugsierte diese Aurora auf den Rücksitz des Wagens und setzte sich neben sie. Alessandro startete das Fahrzeug und fuhr los in Richtung Argegno.

Sie erreichten das Haus der Marinos gegen Mitternacht.

»Wenn es euch nichts ausmacht, dann ...« Marisas Mann blieb unschlüssig im Eingangsbereich stehen und knetete seine Finger.

»Schon gut, Schatz, geh ruhig schlafen. Du musst morgen früh raus.« Marisa drückte ihrem Mann einen Kuss auf den Mund und strich ihm liebevoll über den Rücken. Aurora wusste, dass Alessandro einen gut bezahlten Job bei einer Bank hatte und gelegentlich auch Termine außerhalb der normalen Bürozeiten wahrnehmen musste, um Kunden zu treffen oder an Sitzungen teilzunehmen.

Als Alessandro gegangen war, fasste Marisa Aurora am Arm und führte sie in den Salon. »Setz dich. Ich hole uns etwas zu trinken. Bestimmt magst du auch etwas essen, so wie du aussiehst.« Marisas besorgter Blick strich über ihr Gesicht und ihre Gestalt und blieb einige Sekunden lang an ihrem gewölbten Bauch hängen.

»Das ist sehr freundlich, danke.« Tatsächlich verspürte Aurora trotz allem leichten Hunger, da sie seit dem Mittagessen nichts mehr zu sich genommen hatte.

Nach zehn Minuten kehrte Marisa mit einem Tablett zurück und servierte ihr einen Früchtetee und ein Sandwich. Sich selbst goss sie einen starken, schwarzen Espresso ein, dem sie nicht einmal Zucker beigab. Dann setzte sie sich Aurora gegenüber auf einen Sessel und musterte sie schweigend.

Diese senkte den Blick und nahm einen Schluck Tee.

»Michele ... betrügt mich mit einer anderen Frau.« Ihre Mundwinkel zitterten, und ihre Stimme verlor sich in einem Flüstern. Die nahenden Tränen brannten in ihren Augenwinkeln, doch sie hielt sie zurück.

Marisa beugte sich nach vorne und strich ihr sanft über die Hand. »Warum überrascht mich das nicht?«

»Ich weiß«, gab Aurora kleinlaut zu. »Du hast es nie offen gesagt, und ich wollte deine Worte auch nicht verstehen oder darüber reden. Aber du hast mich immer wieder vor ihm gewarnt. Ich verstehe nur nicht, wie es dazu kommen konnte. Ich habe doch alles getan, was er von mir verlangt hat. Alles.« Sie hob hilflos die Hände. Marisa wartete schweigend darauf, dass sie weitersprach. »Ich habe alles unternommen, damit ich endlich schwanger werde, weil Michele sich das gewünscht hat. Dann habe ich sogar versucht, mich von den Baustellen zurückzuziehen. Das hat aber nicht funktioniert, weil ein paar Leute explizit nach mir gefragt haben – zuletzt Lorenzo Baroni, du kennst ihn ja.« Marisa nickte. Aurora hatte ihr von ihrem großen Projekt erzählt und zu ihrer Überraschung erfahren, dass Lorenzo ein guter Bekannter von Alessandro war.

»Michele war außer sich vor Wut«, fuhr Aurora fort. »Er hat mir vorgeworfen, ich würde dadurch unser ungeborenes Kind gefährden, obwohl ich nie beabsichtigt hatte, mich körperlich zu betätigen. Um dem Konflikt mit ihm auszuweichen, habe ich schließlich sogar die Gartengestaltung der Villa Domenica aufgegeben und an ihn delegiert. Gottlob hatte Lorenzo Verständnis dafür. Statt also zu arbeiten, habe ich zu Hause gesessen. Ich habe gekocht und mich so sehr bemüht, ihm eine gute Ehefrau zu sein. Doch er hat das alles gar nicht registriert und sich ständig nur beschwert. Was ich nun verbrochen habe, um so etwas zu provozieren, weiß ich nicht.« Sie zuckte hilflos mit den Schultern und sah Marisa an, als wüsste die vielleicht eine Antwort.

»Du hast nichts falsch gemacht, Aurora«, sagte Marisa. »Tatsache ist, dass Michele seit Beginn eurer Beziehung ständig Forderungen gestellt hat. Ansprüche an dich, *notabene*, nicht an sein eigenes Verhalten. Du wolltest das lange nicht wahrhaben, was verständlich ist. Du warst so damit beschäftigt, ihm zu genügen und seinen Bedürfnissen gerecht zu werden, dass du deine eigenen dabei vollkommen vergessen hast. Aber für Michele ist es nie gut genug. Was auch immer du tust, es bildet bloß den Grundstein für seine nächste Forderung. Seine Unzufriedenheit ist ein Fass ohne Boden. Er ist von Neid zerfressen und gönnt dir weder dein Talent noch deine Herkunft.« Sie schwieg einen Augenblick und sah Aurora fest in die Augen. »So wie ich das sehe, wollte er von Anfang an deinen Platz. Er strebt danach, die Firma an deiner Stelle zu führen und sich selbst zu verwirklichen. Du warst für ihn bloß der Weg dorthin, so hart das klingt. Deine einzigartige Begabung und die Nachfrage nach diesen besonderen Fähigkeiten haben ihm allerdings einen Strich durch die Rechnung gemacht.«

Sie sahen sich lange schweigend an.

»Er hat mich nie geliebt, oder?«, sagte Aurora schließlich leise. »Im Gegensatz zu mir hast du das immer erkannt.«

Marisa nickte stumm.

Jetzt kullerten doch die Tränen über Auroras Wangen. »Marisa ... ich fürchte, dass ich gar nicht weiß, wie sich Liebe anfühlt. Wenn das, was ich für Zuneigung hielt, in Wahrheit keine war, was ist es dann?«

Die Freundin erhob sich, setzte sich neben Aurora auf die Lehne des Sessels und nahm ihre Hand. »Du wirst sie erkennen, wenn du sie erlebst, weil sie so anders sein wird als alles, was du mit Michele erlebt hast. Sie wird dich befreien, nicht knechten wie bisher. Liebe fordert nicht, sie ist einfach. Du wirst sie eindeutig erkennen, weil der Mann, der dich wirklich liebt, dich so annehmen wird, wie du bist. Mit deinen unkonventionellen Ideen, mit deinen liebenswerten Seiten – und auch mit den nervigen Marotten. Wer dich wirklich liebt, wird dich dabei unterstützen, die beste Version deiner selbst zu sein.«

Marisas Worte trösteten und erschreckten Aurora gleichermaßen. Zu wissen, dass ihre Freundin sie verstand und unterstützte, erfüllte sie mit Erleichterung. Doch zugleich schnürten ihr die Konsequenzen, die sich unweigerlich aus diesen Gedanken ergaben, die Luft zum Atmen ab.

»Sollte man nicht versuchen, zusammen einen Weg zu finden? Immerhin haben wir uns durch die Ehe für ein gemeinsames Leben entschieden und uns gelobt, im Guten wie im Schlechten zusammenzustehen. In zwei Monaten erblickt unser Kind das Licht der Welt. Sollten wir uns nicht um seinetwillen zusammenraufen?«, fragte Aurora zweifelnd.

»Ich weiß, dass dir die meisten Menschen dazu raten würden. Man wirft eine Beziehung nicht einfach weg – das Wohl des Kindes, die Heiligkeit der Ehe, was denken die Leute ... Mir sind die traditionellen Argumente durchaus bekannt. Hätte ich je den Eindruck gehabt, dass Michele dir guttut, dass er dich wahrhaftig liebt und ihr bloß eine temporäre Krise habt, dann würde ich dir auch genau das raten, aber er war damals der Falsche für dich, und er ist es heute mehr denn je. Lass dir von ihm nicht die Flügel stutzen, bloß weil er selbst keine Ahnung hat, wie man fliegt.«

Erneut blitzte das Bild des Schmetterlings vor Auroras geistigem Auge auf. Marisa wusste nichts davon, und doch zeichneten ihre Worte genau diese Metapher.

»Und jetzt?«, fragte Aurora mit dünner Stimme.

»Trenne dich von ihm, bevor es noch schlimmer wird, Aurora. Und glaub mir, es wird schlimmer werden. Schütze nicht nur dich, sondern auch dein Kind.«

»Meine Eltern werden mich verstoßen«, murmelte sie und biss sich auf die Unterlippe.

Marisa drückte ihr einen Kuss auf die Wange. »Sag nicht solche Sachen. Du bist ihr einziges noch lebendes Kind. Nichts schmerzt sie mehr, als dich unglücklich zu sehen. Ich erinnere mich noch gut an das Gesicht deines Vaters auf der Hochzeit. Es würde mich überraschen, wenn er einen solchen Ausgang der Geschichte nicht längst ahnt.«

»Und Mamma? Für sie sind die Traditionen, die Ehe und geregelte Verhältnisse so wichtig. Sie hat immer unter meiner Andersartigkeit gelitten.«

»Aber sie liebt dich Aurora, unterschätze das nicht. In erster Linie ist sie deine Mutter. Niemals würde sie es gutheißen, dass du der Tradition wegen leidest. Vielleicht versteht sie dich nicht immer, aber ganz sicher liebt sie dich von Herzen. Lebe endlich deine Bestimmung und mache sie stolz! Rede morgen mit Lorenzo, lass dir von ihm helfen. Mein Mann und ich werden dich finanziell unterstützen, sollte das nötig sein. So wie ich Lorenzo allerdings kenne, hilft er Menschen in Not auch umsonst. Es ist ja nicht so, dass er das Geld brauchen würde ...« Marisa zwinkerte amüsiert und schmunzelte.

Obwohl ihr nicht danach zumute war, erwiderte Aurora ihr Lächeln. »Nein, daran mangelt es dem Herrn bestimmt nicht, wenn er sich mitten auf seinem Grundstück ein Amphitheater bauen lässt.«

Marisa nahm Auroras Hände und drückte sie. »Los, versuchen wir, ein wenig zu schlafen. Du musst dich ausruhen.«

Sie reichte Aurora den Arm und führte sie in ein Gästezimmer auf derselben Etage, auf der auch sie und Alessandro schliefen. Als Aurora in die Laken sank, glaubte sie sich im Paradies. Ein zarter Duft nach getrockneten Blumen hing in der Luft, und eine friedliche Stille erfüllte den Raum.

Das erste Mal seit ... seit sehr, sehr langer Zeit schlief sie tief und fest und erwachte erst wieder, als jemand an ihre Zimmertür klopfte und ihren Namen rief.

Kapitel 27

»Soll ich dich wirklich nicht begleiten?«, fragte Marisa, als sie den Wagen am nächsten Morgen vor dem Tor zu Baronis Villa zum Stehen brachte. Aurora schüttelte den Kopf. Ihr Blick schweifte ängstlich zu der Piaggio und der Vespa hinüber, die beide unter einem Baum auf dem Vorplatz des Anwesens geparkt waren.

»Ich muss diesen Schritt alleine tun. Ich kenne Lorenzo ja mittlerweile ein wenig und denke, dass ich bestimmt einen Weg finden werde, ihm mein Anliegen vorzutragen.«

Marisa umarmte sie. »Gut. Ruf mich an, wenn ich dich abholen soll.«

Mit einem leichten Schwindelgefühl stieg Aurora aus und klingelte. Ihr Mund war trocken, und das Blut rauschte in ihren Ohren. Hastig sah sie sich um, doch Michele und ihr Vater waren nirgends zu sehen.

Lucillas freundlich strahlendes Gesicht erschien im Türrahmen. Sofort schwang das Eisentor auf, und sie winkte Aurora zu sich. Hastig ging diese auf den Haupteingang der Villa zu und stieg die Stufen empor. »Signora Mandelli, was für eine hübsche Überraschung! Kommen Sie rein«, begrüßte die Haushälterin sie und schloss die Tür hinter ihnen, was Aurora einen erleichterten Seufzer entlockte. »Signor Baroni ist leider nicht da, sondern in seinem Büro.

Haben Sie etwas mit ihm abgemacht? Soll ich ihn anrufen?«
Die Haushälterin hob fragend die Augenbrauen.

»Ich ...« Aurora knetete ihre Hände und spürte, wie sie
errötete. »Ich würde tatsächlich sehr gerne einen Termin
mit Signor Baroni vereinbaren. Einen juristischen. Es handelt sich um eine dringende Angelegenheit, bei der ich seinen Rat brauche.« Sie schluckte leer und beobachtete das
Gesicht der Angestellten. Die riss erstaunt die Augen auf.

»Setzen Sie sich doch kurz hierhin.« Sie wies auf einen
der Stühle im Eingangsbereich. »Ich rufe ihn gleich an. Falls
er keine festen Kundentermine hat, kann er bestimmt herkommen.«

Sie griff zum Telefon und erklärte ihrem Chef in knappen
Worten Auroras Anliegen.

»Gut ... ist gut.« Sie nickte und legte auf. Dann wandte
sie sich wieder an Aurora. »In einer halben Stunde ist er da.
Möchten Sie derweil vielleicht einen Tee trinken?«

»Das wäre sehr lieb, gerne.« Sie folgte Lucilla ins bereits
bekannte blaue Zimmer und setzte sich. Nach fünf Minuten
erschien die Angestellte mit einem Tablett. Dankbar griff
Aurora nach der Teetasse. Die Wärme, die mit dem Aufguss
durch ihren Körper strömte, tat ihr gut. Dennoch kam ihr
die Wartezeit vor wie eine Ewigkeit.

Endlich schwang die Tür auf, und Lorenzo stand im
Raum. Mit einem erleichterten Seufzer erhob sie sich, um
ihn zu begrüßen.

»Lorenzo ... entschuldige, dass ich hier so überfallartig
hereinplatze. Vielen Dank, dass du dir trotzdem kurz Zeit
nimmst.«

Er ließ den Blick über ihre Erscheinung gleiten, die Stirn
in Falten gelegt. »Jederzeit, Aurora. Was Lucilla am Telefon

erwähnte, klang nicht gut.« Er wies auf den Sessel und bedeutete ihr, sich wieder zu setzen. Dann griff er ebenfalls nach einer Tasse und goss sich etwas Früchtetee ein.

Mit dem für ihn doch recht ungewöhnlichen Getränk in der Hand lehnte er sich in seinem Sessel zurück und musterte sie. »Nun denn, möchtest du mir erzählen, was dich herführt und was dich bedrückt?«

Sie senkte den Blick und schluckte. »Ich habe bis weit in die Nacht hinein mit Marisa Marino gesprochen«, begann sie zögerlich. »Ich glaube, du kennst sie und ihren Mann Alessandro, nicht wahr?« Er nickte zur Bestätigung. »Das Verhältnis zwischen meinem Mann Michele und mir ist schon länger sehr angespannt. Warum, weiß ich gar nicht mehr so genau. Ich habe mich immer darum bemüht, seinen Wünschen gerecht zu werden und somit nicht für seinen permanenten Zorn verantwortlich sein zu müssen. Doch irgendwie ist mir das nie gelungen ...« Sie schwieg einen Augenblick. Dann gab sie sich einen Ruck und sah Lorenzo an. »Um es kurz zu machen: Er betrügt mich mit einer anderen Frau. Sie ist eine Kundin von uns, verheiratet und hat Familie. Vermutlich ist es bloß eine Affäre, aber ...« Sie brach ab und legte sich die Hände auf ihren runden Bauch. Die Tränen drängten bei der Erinnerung an das, was sie gesehen hatte, in ihre Augen. Mit einer energischen Bewegung wischte sie sie weg und schniefte. »Ich dachte, wir lieben uns und gründen eine Familie. Ich kämpfe, schon lange. Um seine Aufmerksamkeit, seine Zuneigung, seinen Respekt und seine Unterstützung. Doch egal was ich versucht habe, um ihm all das zu geben, was er sich wünscht, er hat es jedes Mal mit Füßen getreten, mich mit Anschuldigungen überhäuft und mir jede Form von Wärme und

Geborgenheit verweigert. Das war die einzige Realität, die ich kannte. Ich hielt es für die Normalität und habe mir eingeredet, dass ich mich einfach noch mehr bemühen müsste.« Sie machte eine Pause.

Lorenzo schwieg und ließ ihr Zeit, ihre Gedanken zu ordnen.

»Familienrecht ist dein Spezialgebiet. Abgesehen davon lässt sich deine Schwester scheiden. Was ... was erwartet mich da, falls ... falls ich es in Betracht ziehen würde?« Die letzten Worte verließen ihren Mund nur noch als ein Flüstern. Zaghaft suchte sie im Gesicht ihres Gegenübers nach einer Reaktion auf ihre Worte. Hielt er sie für verwerflich? Bevor er etwas dazu sagen konnte, fügte sie noch hastig hinzu: »Meine Entscheidung ist noch nicht definitiv gefallen. Ich weiß, dass er der Vater meines Kindes ist und ich mich um eine Versöhnung bemühen sollte. Doch wie soll ich mit einem Menschen eine Familie gründen, der mein Vertrauen missbraucht?«

»Er ist ein böser Mann.«

Lorenzos Blick bohrte sich bis in die Tiefen ihrer Seele. Einige Sekunden lang herrschte schockiertes Schweigen. Aurora hatte viel erwartet, doch nicht, dass er diesen Satz sagte. Nachdem er einen Schluck Tee genommen und sich geräuspert hatte, fuhr er fort.

»Seine Augen haben einen hinterlistigen und wirren Blick. Er ist von Neid und Hass zerfressen – auf die Welt, nicht nur auf dich. Er trinkt, wie mir regelmäßig aufgefallen ist. Und so sehr er sich auch bemüht, er besitzt nicht dein Talent. Tief in seinem Innern weiß er das, und das macht ihn krank. Seine Rache spürst du täglich in Form von Ablehnung, Unterdrückung und Demütigung. Du solltest dich von ihm trennen, solange er dich noch nicht vollkommen zerstört hat.«

Schweigend sah er sie an. Eindringlich, ernst, aber auch besorgt.

Aurora senkte den Blick. »Marisa hat Michele ganz ähnlich beschrieben«, sagte sie leise.

Lorenzo zuckte mit den Schultern. »Wie gesagt, ich arbeite viel mit Menschen und kann sie mittlerweile ganz gut einschätzen. Abgesehen davon hatte ich mehrfach Gelegenheit, deinen Ehemann zu beobachten und mich auch kurz mit ihm zu unterhalten. Er ist eine ordinäre Person.« Er sah sie an. »Selbst mein Onkel, Padre Giudici, hat mich bereits bei der Erstellung seines Heidegartens auf diesen Umstand angesprochen. Er sorgte sich um dich, obwohl er dich kaum kannte. ›Lorenzo‹, hat er zu mir gesagt, ›der Mann ist Gift für diese wunderschöne, zarte Blume. Ich hoffe, der Herr hält seine schützende Hand über sie, bevor sie daran zugrunde geht. Es wäre schade um ihre edle Blüte.‹«

Aurora schluckte. Warum hatten all diese Leute Michele so schnell durchschaut, während sie jahrelang mit der Überzeugung gelebt hatte, für Micheles Wut verantwortlich zu sein?

Als hätte Lorenzo ihre Gedanken erraten, legte er ihr eine Hand auf den Unterarm. »Quäle dich nicht mit Vorwürfen, Aurora. Er ist ein meisterhafter Blender. Doch gelang es ihm nicht, uns alle zu täuschen. Sei dankbar dafür. Wir glauben dir.«

Er stellte die Teetasse auf den Tisch und wechselte die Position in seinem Sessel. »Ich muss allerdings auch ehrlich zu dir sein: Eine Scheidung ist keine einfache Sache. Michele wird seine Zukunft an deiner Seite nicht kampflos aufgeben. Nicht zuletzt deshalb, weil er sich durch dein Verhalten gedemütigt und verraten fühlen wird. Menschen wie er, die sich selbst nie reflektieren, tun sich besonders schwer, wenn sie mit der Realität konfrontiert werden. Zudem bedeutet die Trennung von dir auch unweigerlich sein Ausscheiden aus der Firma deiner Familie.«

Aurora winkte ab. »Ach das. Er ist ein guter Handwerker. Er wird schnell eine neue Anstellung bei einem anderen Betrieb finden. Oder er wandert ins Ausland ab, wo man viel Geld für geschickte Leute wie ihn bezahlt.«

Lorenzo beugte sich nach vorne. »Ich habe mich, wie gesagt, gelegentlich mit deinem Mann unterhalten. Mal abgesehen davon, dass seine Fähigkeiten durchschnittlich, nicht aber überragend sind, ist es nicht seine Absicht, *irgendwo* als Maurer zu arbeiten. Er gibt gerne den angehenden Chef eurer Baufirma. Sein Ziel war es von Anfang an, Tommasos Platz einzunehmen und deinen Vater zu beerben. Deswegen hat er auch versucht, dich in den Hintergrund zu drängen. Dass deine Ideen und dein Talent auf so viel Begeisterung stoßen, passt ihm ganz und gar nicht. Und mit dem Wunsch nach einer Trennung würdest du ihn nun endgültig seiner sorgfältig geplanten Zukunft berauben. Rechne also weder mit Verständnis noch mit Vernunft seinerseits.«

Bei Lorenzos schonungsloser Darstellung durchlief Aurora ein eiskalter Schauer.

»Aber ... es muss ihm doch zum Wohle unseres gemeinsamen Kindes an einer gütlichen Lösung gelegen sein? Schließlich hat er mich betrogen, nicht umgekehrt. Er darf auch gerne weiterhin bei uns arbeiten. Nur was die Beziehung anbelangt ... das kann ich nicht mehr.« Ihr versagte die Stimme. Eine unsichtbare, eiserne Hand griff nach ihrer

Kehle. Das Schlucken fiel ihr schwer, und sie rang nach Atem, während die in sich verschlungenen Schatten von Michele und Gabriella erneut über die Mattscheibe ihrer Erinnerung zuckten.

»Rechne nicht mit Anstand und Umsicht, Aurora. Er ist kein Mann von Ehre. Das war er nie.«

Sie nickte. Plötzlich war ihr speiübel. »Darf ich mich ein wenig hinlegen? Mir ... ist nicht gut.«

Sofort sprang Lorenzo von seinem Sitzplatz auf und half ihr zum Sofa. Während sie sich hinsetzte, hob er ihre Beine und half ihr dabei, sich auszustrecken.

»Warte hier einen Moment, ich bringe dir ein kühles Tuch. Das wird dir guttun.« Er erhob sich und ging aufrecht und mit geschmeidigem Gang zur Tür. Kurze Zeit später kehrte er mit einem feuchten Waschlappen zurück und legte ihn ihr auf die Stirn. Gleichzeitig nahm er ihre Hand in seine.

»Ganz ruhig. So eine Entscheidung ist niemals einfach. In deinem Fall ist sie allerdings längst überfällig. Und nicht nur ich bin dieser Meinung. Dem Blick deines Vaters nach zu urteilen sieht er die Sache ähnlich. Aber ich kann mich irren. Rede selbst mit deinen Eltern. Solltest du dich dazu durchringen, dich von Michele zu trennen, werde ich alles Weitere für dich erledigen. Du brauchst dich um nichts zu kümmern. Und bevor du etwas sagst: Ich werde es kostenlos tun. Betrachte es als Anzahlung an das geistige Eigentum deiner Kreativität, die meinen Garten in ein wahres Paradies verwandelt. Das Einzige, das du tun musst, ist deinen Mann mit den Tatsachen zu konfrontieren. Du musst es ihm sagen. Je eher, desto besser. Kannst du irgendwo wohnen, bis alles vorbei ist?«

»Ich rede mit meinen Eltern ... und natürlich mit Michele.« Bei dem Gedanken daran wurde ihr ganz schwindlig.

Sie schloss die Augen und konzentrierte sich auf den kühlen Lappen auf ihrer Stirn.

»Aber ich möchte meine Schulden bezahlen, Lorenzo.« Sie schlug die Augen auf und suchte seinen Blick. Ein feines Lächeln erhellte seine Miene.

»Dann begleite mein Gartenprojekt, wie du es am Anfang getan hast. Weihe mich in deine Ideen ein. Übernimm erneut die Führung der Bauarbeiten. Dein Mann besitzt nicht das Talent dazu. Wenn du aufgrund der nahenden Geburt eine Pause brauchst, lasse es mich wissen. Der Garten kann auch im nächsten Frühjahr gebaut werden, ich habe keine Eile. Es lohnt sich stets, auf die guten Dinge im Leben zu warten. Glaub mir, ich weiß, wovon ich spreche.« Er drückte ihre Hand und musterte sie. Liebevoll.

»Danke, Lorenzo«, hauchte sie und schloss erschöpft von der emotionalen Aufregung erneut die Augen.

Sie musste eingeschlafen sein, denn als sie die Augen wieder aufschlug, war sie alleine im Zimmer. Dem Sonnenlicht nach zu urteilen, das durch die Tagesvorhänge drängte, musste es schon gegen Mittag sein. Ein Blick auf die kleine Standuhr auf einer der Kommoden bestätigte diese Annahme. Vorsichtig rappelte sich Aurora auf, blieb aber noch eine Weile sitzen. Auf dem Salontisch neben der Couch standen eine Karaffe mit Wasser und ein Glas. Daneben hatte jemand ein Tablett mit einem Sandwich gestellt. Als hätte er auf diesen Moment nur gewartet, knurrte ihr Magen. Hungrig griff sie nach dem belegten Brot und nahm einen Bissen. Die Übelkeit, die vermutlich der Aufregung und Erschöpfung zuzuschreiben gewesen war, blieb verschwunden.

Nachdem sie sich mit dem Essen und etwas Wasser gestärkt hatte, beschloss sie, Lucilla zu suchen und Marisa anzurufen. Sie fand die Haushälterin im Eingangsbereich beim Abstauben einiger Möbel.

»Bitte, bedienen Sie sich!« Sie zeigte auf das Telefon, als Aurora sie bat, es benutzen zu dürfen.

Marisa versprach, in einer Viertelstunde bei ihr zu sein.

»Soll ich hierbleiben?« Der Blick ihrer Freundin strich besorgt über ihr Gesicht.

»Er ist mein Mann. Ich schulde ihm eine private Unterredung. Da muss ich durch. Sollte die Situation eskalieren, rufe ich dich an.«

Marisa nickte und umarmte Aurora. Die bedankte sich noch einmal dafür, dass Marisa sie nach Hause gefahren hatte, und stieg aus dem Auto.

Die stille, leere Wohnung erdrückte Aurora beinahe. Sie versuchte, sich mit ein wenig Hausarbeit abzulenken, doch so richtig mochte ihr das nicht gelingen. Am Nachmittag beschloss sie, kurz rauszugehen und einige Einkäufe zu tätigen. Sie mussten ja trotzdem etwas zu Abend essen.

Als um Viertel vor sieben die Wohnungstür aufging, erstarrte sie mitten in der Bewegung. Michele kam nach Hause, dieses Mal ohne Feierabendbier und ohne seiner Affäre einen Besuch abzustatten.

Insgeheim hatte sie gehofft, noch etwas Zeit zu haben.

Mit vor der Brust verschränkten Armen stellte er sich in die Küchentür und sah sie an.

Kapitel 28

Aurora trocknete sich die Hände an der Kochschürze ab.

»Hallo Michele.« Ihre Stimme klang seltsam flach in ihren Ohren, und sie hatte Mühe, seinem forschenden Blick standzuhalten. Er schwieg noch immer. Der Wasserhahn der Küchenspüle tropfte. »Wie war die Arbeit?«

»Wo warst du gestern?«, fragte er.

Sie wich seinem Blick aus. »Ich habe meinen Eltern einen Besuch abgestattet«, log sie. »Entschuldige, wenn ich vergessen habe, es dir zu sagen. Schwangerschaftsdemenz.«

Er presste die Lippen zusammen, sagte aber nichts dazu. Plötzlich drehte er sich um und ging aus dem Zimmer. »Ich gehe mich jetzt waschen, danach können wir essen«, erklärte er über die Schulter hinweg.

Sie nickte und machte sich wieder an die Arbeit.

Nach einer Stunde war das Abendessen fertig. *Vitello tonnato* und Pelati mit Mozzarella und Basilikum, dazu etwas frisches Brot. Sie hatte sich für ein leichtes Sommermenü entschieden, auch wenn Michele sich für gewöhnlich beschwerte, wenn es kein warmes Essen gab.

Ihr Mann betrat die Küche, die Haare noch feucht. Er ließ den Blick über den gedeckten Tisch gleiten, enthielt sich jedoch eines Kommentars. Kurz zuckte ein Muskel an seinem Kiefer. Ohne ein weiteres Wort setzte er sich, schaufelte sich eine gehörige Portion auf den Teller und begann zu essen.

Aurora zog die Servierplatten etwas näher zu sich heran und nahm sich auch ein wenig von den Speisen. Nur mit Mühe gelang es ihr, überhaupt ein paar Bissen zu schlucken.

»Wie geht es Nonna Camilla?« Michele hob den Kopf und sah sie an. Der Ausdruck seiner Augen war neutral.

Erstaunt starrte Aurora zurück. In all den Jahren hatte er sich noch nie nach dem Befinden ihrer Großmutter erkundigt. Im Gegenteil. Meist redete er über sie, als sei sie selbst schuld an ihrer Krankheit, und als gönnte er ihr diesen Umstand sogar.

»Gut soweit, in Anbetracht ihrer Gebrechen. Wie immer.« Sie bemühte sich um ein Lächeln, was ihr nicht besonders gut gelang.

Sie sollte es ihm endlich sagen.

»Wie geht es mit dem Garten der Villa voran?«

»Prächtig. Baroni sucht oft meinen Rat. Fachlich versteht er natürlich nichts, weshalb ich ihm alles erklären muss. Wie mir scheint, ist er sehr beeindruckt. Jedenfalls meint er, er würde meine Arbeit und insbesondere meine Ideen auch an Freunde weiterempfehlen. Hoffen wir das Beste!« Er lachte und stopfte sich ein Stück kalten Braten in den Mund. »Mehr Sorgen bereitet mir dein Vater, Auri. Es tut mir leid, dir das sagen zu müssen, aber er ist fachlich nicht mehr lange tragbar. Sogar Baroni hat schon entsprechende Bemerkungen gemacht. Wir werden ihn in absehbarer Zeit von der Front nehmen müssen, wenn wir nicht wollen, dass wir Kunden wie den Anwalt und seine Freunde verlieren. Da muss man tadellose Arbeit abliefern.«

Aurora nickte. Sie sollte es ihm nun wirklich sagen.

»So ... ich bin satt, war lecker.« Michele schob den Teller von sich und trommelte sich auf den Bauch. Dann erhob er sich, kam um den Tisch herum und drückte ihr einen Kuss auf die Wange. Wie üblich ging er ins Wohnzimmer hinüber, schaltete das Radio ein, um eine Sportübertragung zu hören, und machte seine Kraftübungen.

Aurora räumte das Abendessen ab und wusch das Geschirr. Danach machte sie sich bettfertig und blieb in der Wohnzimmertür stehen.

»Ich gehe schlafen, ich bin total erschöpft. Mein Bauch drückt und zieht, und meine Beine fühlen sich furchtbar schwer an. Gute Nacht.«

»Mhm.« Er bedeutete ihr, ruhig zu sein, weil der Moderator gerade etwas Interessantes zu erzählen hatte.

Sie wandte sich ab und ging ins Bett. Obwohl sie sich ausgelaugt fühlte, konnte sie die Augen nicht schließen. Jede Faser ihres Körpers stand unter Strom, und in ihrem Kopf tobte ein heftiger Widerstreit. Sie konnte sich unmöglich von ihrem Ehemann trennen. Er war der erste Mann in ihrem Leben gewesen und hatte ihr nach dem Tod ihres Bruders zur Seite gestanden. Michele war der Vater ihres Kindes – eine Trennung zum jetzigen Zeitpunkt wäre ein Skandal. Die Menschen würden sie verurteilen. Bestimmt war sie nicht die einzige schwangere Frau, die akzeptieren musste, dass ihr Mann kurzzeitig die Wärme einer anderen suchte.

Doch zugleich geisterten Marisas und Lorenzos Worte durch ihren Kopf ...

Lass dir von ihm nicht die Flügel stutzen, bloß weil er selbst keine Ahnung hat, wie man fliegt.

Seine Rache spürst du täglich in Form von Ablehnung, Unterdrückung und Demütigung. Du solltest dich von ihm trennen, solange er dich noch nicht vollkommen zerstört hat.

Selbst Padre Giudici hatte offenbar gesagt: *Der Mann ist Gift für diese wunderschöne, zarte Blume. Ich hoffe, der Herr hält seine schützende Hand über sie, bevor sie daran zugrunde geht. Es wäre schade um ihre edle Blüte.*

Sie stand auf und öffnete das Fenster. Ihr war heiß, und ein schmieriger Schweißfilm bedeckte ihren gesamten Körper. Dann legte sie sich wieder hin und löschte das Licht. Das wirre Durcheinander in ihrem Kopf nahm kein Ende.

Bildfetzen gemeinsamer Erlebnisse huschten flüchtig vor ihrem inneren Auge vorbei ... Michele, der beschützend und tröstend den Arm um sie legte ... sein liebevolles Schmunzeln, wenn sein Blick bewundernd über ihre Gestalt glitt ... der Moment, als sie sich an ihrer Hochzeit den Ring übergestreift hatten ... der Zauber jener Nacht, als sie sich voller Leidenschaft geliebt hatten und daraus ein Kind entstanden war.

Doch welche davon waren ein reales Abbild der Tatsachen und welche hatten sich durch die Färbung ihrer Interpretation verzerrt? Sie wusste es nicht.

Irgendwann wurden ihre Lider endlich schwer. Doch als sie gerade einschlafen wollte, hörte sie die Haustür ins Schloss fallen. Augenblicklich war sie wieder hellwach und lauschte angestrengt in die Dunkelheit. Nichts.

»Michele?«

Keine Antwort. Er war fort. Wie die Abende zuvor.

An Schlaf war nun definitiv nicht mehr zu denken. Aurora lag hellwach in ihrem Bett und starrte an die Decke.

Erst gegen ein Uhr in der Früh kam er zurück. Nachdem er zuerst im Bad verschwunden war, entkleidete er sich und legte sich mit dem Rücken zu Aurora ins Bett. Sie gab vor, bereits zu schlafen.

Dann roch sie es. Dieses Mal war der Geruch nach Alkohol nur dezent. Dafür schwebte das Parfüm von Rosen und Vanille durch die Luft.

Gabriella Bernardini.

Aurora setzte sich auf und knipste das Licht der Nachttischlampe an.

»Willst du mir nicht endlich sagen, wo du jede Nacht hin verschwindest?«

Michele drehte sich ruckartig zu ihr um. »Spinnst du eigentlich, mich dermaßen zu erschrecken? Was ist bloß in dich gefahren?« Er setzte sich ebenfalls auf und starrte sie aus wütend funkelnden Augen an.

»Ich habe dir eine Frage gestellt und möchte jetzt gerne eine Antwort. Ich bin deine Ehefrau.«

Ein abfälliges Lachen, das sich in Schnauben verlor, kommentierte ihre Worte. »So? Bist du das, ja? Davon habe ich in letzter Zeit aber nicht viel gemerkt. Du lässt mich dich schon seit Monaten nicht mehr berühren. Was erwartest du von mir? Dass ich Mönch werde? Sei dankbar, dass ich eine andere Lösung gefunden habe. Der Firma wird sie sogar noch Vorteile bringen: Die arme Frau, eine Kundin von uns, war einsam und körperlich unterversorgt.«

»Das ist nicht wahr. Ich habe deine Nähe oft gesucht, mich mit jeder Faser meines Körpers danach gesehnt! Was auch immer du verlangt hast, ich habe es gemacht! Ich bin zu Hause geblieben, habe etwas Gutes gekocht und im Schlafzimmer auf dich gewartet. Aber du hast mir weder Wertschätzung noch Liebe entgegengebracht.« Sie spürte, wie ihr Blut in Wallung geriet und sie immer lauter wurde. »Und jetzt willst du mir einreden, ich soll froh sein, dass du mit einer anderen Frau schläfst? So etwas Absurdes habe ich in meinem gesamten Leben noch nicht gehört!« Wütend wischte sie die Tränen fort, die über ihre Wangen rollen wollten.

»Ja, das will ich damit sagen. Gabriella und ich haben uns auf eine Affäre geeinigt, die in dem Moment endet, wo ihr schnarchlangweiliger, impotenter Mann von seiner Geschäftsreise aus Rom zurückkehrt. Sie war ebenso in Not wie ich. Wir haben uns gegenseitig geholfen, das ist alles. Im Gegenzug dazu will sie ihren Mann sogar überreden, uns für weitere Arbeiten am Haus und im Garten zu beauftragen.« Auch er erhob die Stimme.

»Du widerst mich an, Michele!«, spie Aurora und war im selben Augenblick über ihre eigenen Worte entsetzt. Doch nun war es zu spät, sie zurückzunehmen. »Und du lügst! Ich habe dich nie abgelehnt, das Gegenteil war der Fall!«

Er erhob die Hand und verpasste ihr eine schallende Ohrfeige. »Du hast mich körperlich verhungern lassen, mit gezielter und skrupelloser Grausamkeit! Du warst wie aus Stein, nur auf deinen eigenen Vorteil und deine Karriere fixiert. Gib nicht mir die Schuld für Dinge, die du selbst getan hast!«

Aurora zitterte am ganzen Leib. Ihre linke Gesichtshälfte brannte wie Feuer, und in ihrem Ohr hörte sie ein hohes Pfeifen. Auf den Lippen schmeckte sie das Salz ihrer eigenen Tränen.

»Ich will die Scheidung, Michele. Ich erkenne dich nicht wieder. Du verdrehst mir die Worte im Mund und konstruierst eine Realität, die deinen Vorstellungen, aber nicht der Wahrheit entspricht.« Ihre Stimme war nur noch ein heiseres Flüstern.

Michele starrte sie entgeistert an. »Wenn du das tust, werde ich dich und deine Familie ruinieren, verlass dich drauf«, sagte er ruhig. Zu ruhig. Etwas in seinen Augen erlosch und machte einer Todeskälte Platz. »Ist es das, was du willst, ja?«

Sie nickte und schniefte. »Ja.«

Er legte den Kopf in den Nacken und lachte. Blechern, hohl, grausam. »Gut. Wir werden ja sehen. Mach dich auf was gefasst.« Er sprang aus dem Bett auf und kleidete sich an. Dann stürmte er aus dem Zimmer und knallte die Eingangstür hinter sich zu.

Erschöpft ließ sich Aurora nach hinten sinken. Leere breitete sich in ihrem Inneren aus. Mit letzter Kraft stand sie auf, schlurfte zum Telefon und wählte mit zitternden Fingern die Nummer ihrer Eltern.

»Hallo? Ich bin's ...« Sie wurde von einem heftigen Weinkrampf geschüttelt.

Dreißig Minuten später stand ihr Vater vor der Tür. Er war den ganzen Weg von Cerano nach Castiglione zu Fuß gekommen, so wie er es jeden Morgen zu tun pflegte. Nur dass er dieses Mal zwei Stunden früher unterwegs war als sonst.

Wortlos schloss er Aurora in die Arme und ließ sie weinen. Dabei strich er ihr tröstend über den Rücken und über die wirren Locken. Nach einer Weile schob er sie von sich und sah ihr fest in die Augen. »Hol deine Sachen.«

Kapitel 29

Ein weiterer ereignisloser Tag neigte sich dem Ende zu. Als sich die Sonne dem Horizont näherte, begab sich Aurora in die Küche, um ihrer Mutter bei der Vorbereitung des Abendessens zu helfen. Zwei Wochen waren mittlerweile vergangen, seit ihr Vater sie in den frühen Morgenstunden aus ihrer Wohnung geholt hatte. Seitdem lebte sie nun bei ihren Eltern und fühlte sich wieder in die Zeit zurückversetzt, als sie noch ein junges, naives Mädchen gewesen war. Einzig ihr geschwollener Bauch und ihr inneres Empfinden widersprachen dem. Sie fühlte sich, als hätte sie die Hölle durchwandert und einen Krieg überlebt und sei nun auf einer einsamen Insel gestrandet. Jahrzehnte älter.

Gleich am nächsten Morgen nach ihrem Auszug hatte sie Lorenzo angerufen und ihn gebeten, alles für die Scheidung vorzubereiten. Nun hieß es warten.

Gegen sieben kehrte Papa von der Arbeit zurück. Auroras Mutter stellte den Topf mit dem Steinpilzrisotto auf den Tisch, und Aurora brachte die Platte mit den *salsicce*, den schneckenförmigen Bratwürsten. Schweigend füllten sie die Teller und schnitten Nonna Camilla ein Stück Wurst in mundgerechte Scheiben.

»Michele ist immer noch nicht zur Arbeit erschienen«, sagte ihr Vater kauend. Das waren keine Neuigkeiten. Auroras

Ehemann hatte sich nach der Trennung auch bei ihr nicht wieder gemeldet. Als sie ihre Sachen aus der Wohnung geräumt hatte, war ihr jedoch aufgefallen, dass er selbst noch dort wohnte. Sie hatte es an Kleinigkeiten wie feuchten Badetüchern, getragener Kleidung oder dem schmutzigen Geschirr und den leeren Bierdosen gesehen.

»Gottlob hat Signor Baroni Verständnis für die ganze Situation und drängt nicht darauf, den Auftrag an jemand anderen zu vergeben«, antwortete Auroras Mutter ebenso standardmäßig wie jeden Abend.

Irgendetwas schien heute jedoch anders zu sein als sonst. Aurora betrachtete ihren Vater. Seine Miene wirkte düsterer als sonst. Etwas bedrückte ihn, doch tat er sich schwer, es zu äußern.

»Was ist passiert, Papa?«, fragte sie. »Ich sehe doch, dass dich etwas quält.«

Er wich ihrem Blick aus und fischte nach einem Stück Wurst. Auch Auroras Mutter wandte sich ihrem Mann mit besorgter Miene zu, doch es dauerte noch eine ganze Weile, bis der endlich mit der Sprache herausrückte.

»Man redet über dich«, sagte er. Trauer spiegelte sich in seinen Augen, als er Aurora ansah.

»Natürlich, das ist doch normal. Eine Scheidung ist nun mal keine alltägliche Sache hier auf dem Land. Bestimmt hat Michele im *Grotto Ghiggi* allen davon erzählt.«

Ihr Vater nickte. »Das hat er. Aber wie. Er behauptet, du hättest ihn wegen eines heimlichen Liebhabers verlassen, und das Kind sei womöglich nicht einmal von ihm.«

Entsetzt riss Aurora die Augen auf, legte das Besteck nieder und starrte ihren Vater an. »Aber das ist eine Lüge!« Verzweifelt rang sie nach Luft.

»Natürlich ist es das. Daran habe ich nie gezweifelt, Auri. Aber die Leute mögen solche Geschichten, weißt du.«

Sie schnappte empört nach Luft. »Wer hat dir das erzählt? Was erzählt man sich noch?«

Papa raufte sich die Haare. »Das spielt doch jetzt keine Rolle.«

»Doch, ich will es wissen!« Aurora schlug mit der Faust auf den Tisch. Erschrocken zuckte Nonna Camilla zusammen und ließ ihre Gabel fallen. Aurora entschuldigte sich leise.

»Roberto von der Apotheke kam damit an. Ein Flintenweib nennen sie dich. Wir sollen bei dir härter durchgreifen und dir nicht alles durchgehen lassen, meinte er. Außerdem munkelt man wohl, dass die Baufirma nicht mehr lange überleben wird, jetzt wo der Nachfolger weg ist. Das haben sie in Michele gesehen. Meinen Nachfolger!«

Auroras Mutter zischte empört und legte nun ebenfalls das Besteck nieder. »Du hast ihnen doch hoffentlich die Wahrheit erzählt, oder? Hast du ihnen gesagt, was unser Schwiegersohn wirklich gemacht hat? Wie er tatsächlich ist? *Das* gehört sich nämlich nicht!«

Papa schüttelte den Kopf. »Bitte ... was nützt das denn? In der Öffentlichkeit über andere Leute herziehen, das ist nicht mein Ding.«

Aurora stand auf und schob energisch ihren Stuhl zurück. »Wisst ihr was? Wenn die Leute sich schon das Maul über mich zerreißen, dann möchte ich ihnen wenigstens einen guten Grund dafür geben. Ich habe ja schließlich nichts mehr zu verlieren, oder?« Sie warf die Serviette auf den Tisch und stürmte zur Tür. Kurz davor wandte sie sich noch einmal um und erhob den Zeigefinger, um ihre Ansage mit Deutlichkeit und Ernsthaftigkeit zu unterstreichen.

»Ab morgen werde ich wieder auf der Baustelle sein. Ich werde Lorenzos Projekt, soweit es mir körperlich möglich ist, als Bauleiterin begleiten. Wir suchen uns neue Arbeitskräfte oder leihen uns welche von anderen Baufirmen. Und wir werden *bauen*, so wahr ich hier stehe. Und zwar nach meinen Vorstellungen! Wenn die Leute Geschichten brauchen, um sich die Zeit zu vertreiben, bitte. Dann sollen sie darüber tratschen, dass eine hochschwangere *Frau* arbeitet, dass eine *Frau* ihrer Bestimmung folgt. Ich bin der Schmetterling. Nichts anderes hätte mein Bruder Tommaso gewollt!«

Mit diesen Worten drehte sie sich um und polterte wutentbrannt die Treppe hinauf in ihr Zimmer.

Am folgenden Morgen stand sie früh auf, wusch sich und zog ein Sommerkleid und bequeme Schuhe an. Als Projektleiterin brauchte sie keine Arbeitskleidung. Sie traf ihren Vater beim Frühstück im Esszimmer und gesellte sich mit einem Tee und einer Brioche zu ihm. Er hob den Kopf und musterte sie eingehend von Kopf bis Fuß, ohne eine Miene zu verziehen.

»Ich vermute, dass Widerstand oder gute Ratschläge zwecklos sind, oder?« Er hob fragend eine Augenbraue. Seine Mundwinkel zuckten leicht.

»Korrekt.« Sie verschränkte die Arme vor der Brust und hielt seinem Blick stand.

»Das ist mein Mädchen.« Er trank seinen Espresso aus und aß seine Brioche, während er bereits vom Tisch aufstand. »Na, dann komm. Baroni fragt ständig nach dir. Er wird sich freuen, dass du wieder mit an Bord bist.« Stolz schwang in seiner Stimme mit. Aurora beeilte sich, ihr Frühstück ebenfalls zu beenden, und folgte ihm nach draußen.

Der kurze Marsch nach Castiglione zum Werkhof tat ihr nach den Wochen, die sie untätig in ihrer Wohnung und dem Haus ihrer Eltern verbracht hatte, richtig gut. Gierig sog sie die frische Luft ein, bis ihre Lunge beinahe zu platzen drohte.

»Ich habe das alles unendlich vermisst!«

Ihr Vater maß sie von der Seite her. »Was denn?«

»Das Aufstehen bei Sonnenaufgang. Eine sinnvolle Aufgabe. Etwas zu tun zu haben. Abends auf etwas zurückblicken zu können, das man geschaffen hat.«

Er lachte und kramte in seiner Hosentasche nach dem Schlüssel, um die Tür zum Werkhof zu öffnen. Aurora sammelte Schreibzeug, Messutensilien und weiteres Material und packte alles in ihre Umhängetasche, während ihr Vater Werkzeug und Baumaterial auf die Ladebrücke der Piaggio lud.

Zufall oder nicht, als sie vor der Villa Domenica vorfuhren, stand Lorenzo vor der Tür und setzte gerade einen seiner unzähligen Hüte auf, dieses Mal einen schwarzen Filzhut mit weißem Band. Als er sah, wer soeben ankam, hielt er mitten in der Bewegung inne.

»Aurora! Was für eine Überraschung!«

Mit diesen Worten eilte er kurz zurück ins Haus und öffnete das Tor. Dann lief er die wenigen Stufen vor dem Eingang hinunter und ihr entgegen. Als wüsste er nicht recht, wie er sie begrüßen sollte, blieb er einen halben Meter vor ihr abrupt stehen. Nach kurzem Zögern nahm er mit einer charmanten Neigung seines Kopfes ihre Hand in seine und hauchte einen Kuss darauf. Dann begrüßte er auch ihren Vater mit einem förmlichen Handschlag, wandte sich jedoch sofort wieder Aurora zu.

»Bist du gekommen, um *sie* zu sehen, suchst du meinen professionellen Rat oder ...?«

Aurora fühlte sich bei seinem Anblick, als ginge die Sonne in ihrem Herzen auf.

»Weder noch. Ich bin hier, um meine Arbeit wie versprochen wieder aufzunehmen, bis das Kind zur Welt kommt.«

Ein wissendes Lächeln umspielte Lorenzos Mundwinkel. »So glaube ich, dich zu kennen, Aurora. Genau so.« Er wandte sich um. »Lucilla? Lucilla!«

Die Haushälterin erschien im Türrahmen.

»Rufen Sie doch meine Sekretärin im Büro an und teilen Sie ihr mit, dass ich heute erst kurz vor dem Mittag dort sein werde. Meines Wissens stehen keine wichtigen Termine an, und wenn doch ... soll sie diese ausnahmsweise verschieben und sagen, dass ich zum Arzt musste. Würden Sie das für mich erledigen, ja? Verbindlichsten Dank!« Und an Aurora gewandt sagte er: »Los, gehen wir in den Garten! Ich habe da so einige Fragen.«

»Ich trage schon mal das Material hinunter. Geht ihr voraus«, verkündete Auroras Vater und wandte sich hastig ab, als fürchtete er, sie begleiten zu müssen.

Als sie außer Hörweite waren, blieb Lorenzo stehen und legte Aurora die Hand auf die Schulter. Die Berührung löste einen wohligen Schauer in ihr aus. Er betrachtete sie mit ernstem Blick.

»Wie geht es dir? Seit unserem Gespräch und dem darauffolgenden Telefonat vor einigen Wochen denke ich andauernd an dich, und daran, wie es dir wohl ergangen ist.«

Aurora seufzte. »Ich bin aufgewühlt. Einerseits bin ich erleichtert, Micheles Zorn, seine Demütigungen und die ständigen Forderungen nicht mehr ertragen zu müssen.

Andererseits aber fürchte ich mich auch vor einer Zukunft als alleinerziehende Mutter. Ich bin sehr traditionell aufgewachsen und habe mir mein Leben nie so unkonventionell und kompliziert vorgestellt. Es fühlt sich an, als hätte ich versagt, auch wenn ich tief in meinem Innern weiß, dass Michele es mir unmöglich gemacht hat, bei ihm zu bleiben.« Sie senkte den Kopf und musterte ihre Schuhe, als könnten diese ihr irgendwie helfen.

»Er hat dein Vertrauen missbraucht und dich verletzt. Kein Mann von Ehre würde das tun.«

»Trotzdem zerreißen sich die Leute nun über mich das Maul und unterstellen mir Untreue. Ich bin ihnen mit meiner Anwesenheit auf den Baustellen ja ohnehin ein Dorn im Auge. Das macht es ihnen leicht, Micheles Lügen über mich zu glauben. Ich war schon immer eine Außenseiterin, auch wenn meine Mutter lange erfolgreich versucht hat, das zu verstecken, um mich zu schützen. Aber am Ende hilft alles nichts. Ich bin, wer ich bin.«

»Richtig. Du bist, wer du bist. Eine zauberhafte, außergewöhnliche Frau, die etwas Besseres verdient hat als diesen Mann. Er weiß dich einfach nicht zu schätzen.«

Aurora schaute Lorenzo an. Er hielt ihrem Blick stand. Am Ende war sie es, die als Erste wegschaute. Ihr Herzschlag beschleunigte sich.

»Wie lange wird es dauern, bis ich alles hinter mir habe?«, fragte sie schließlich, um das Gespräch auf eine nüchterne Ebene zu lenken.

»Ich habe die grundlegenden Unterlagen für die Scheidung beisammen. Du musst jedoch wissen, dass sich so etwas nicht über Nacht regeln lässt. So ein Prozess kann unter Umständen Jahre dauern. Insbesondere dann, wenn sich ein Partner

dagegen wehrt. Da Michele seit der Trennung die Arbeit boy-
kottiert, also Privates und Berufliches nicht trennen kann,
gehe ich davon aus, dass er sich im Zuge des Rechtsstreits
nicht sehr sachlich und vernünftig zeigen wird. Es tut mir
sehr leid, dir diese wenig erfreuliche Prognose geben zu müssen, doch das entspricht meiner Erfahrung.«

Sie nickte und atmete tief durch. »Lass uns zum Amphitheater gehen. Ich nehme an, dass es mittlerweile nicht mehr
so aussieht, wie ich es geplant habe.«

»Nein, es sieht konstruiert aus, während deine Idee eine
komplett andere war.«

»Geordnetes Chaos«, sagten sie wie aus einem Mund,
sahen sich erschrocken an und verfielen in schallendes
Gelächter.

Kapitel 30

September 1959

Niemals in ihrem Leben würde sie diesen Tag vergessen. Die Berge, die den Comer See umringten, lagen da wie überwucherte grüne Buckelwale. Vereinzelt schmiegten sich bauchige weiße Wolkenformationen an ihre Gipfel. Ansonsten spannte sich ein milchig blauer Himmel über ihren Köpfen. Das Sonnenlicht kündete bereits den nahen Herbst an. Dennoch gab der Sommer den Kampf noch nicht auf und trumpfte noch einmal mit warmen Temperaturen.

Genau in diesem Monat, der nicht so richtig wusste, ob er der Unbeschwertheit des Sommers oder der Melancholie des Herbstes gehören wollte, geschah das größte Wunder in Auroras Leben.

Es begann, während sie mitten auf dem großen Felsplateau oberhalb des Sees stand und ihrem Vater und Carlo, ihrem neuen Mitarbeiter, erklärte, wie sie sich den Tempel vorstellte. Was als ein leichtes Ziehen begonnen hatte, wurde im Laufe des Vormittags zu krampfartigen Schmerzen, die sich in Bauch, Oberschenkel und Rücken ausdehnten. Noch machte sich Aurora deshalb nicht allzu viele Gedanken. Derlei Phasen hatte sie während der Schwangerschaft schon öfters gehabt.

Doch die Schmerzen nahmen kontinuierlich an Intensität zu und traten in immer kürzeren Abständen auf.

»Papa?« Aurora hielt sich den rebellierenden Bauch und setzte sich auf einen Steinquader. Ihr Vater hob sofort den Kopf. Ein Blick in ihre Richtung genügte ihm offenbar.

»Ich rufe Baroni. Warte hier!« Er ließ alles stehen und liegen und rannte davon. Zwanzig Minuten später erschien er mit Lucilla im Schlepptau.

»Los komm, mein Schatz. Wir helfen dir zurück zur Villa. Signor Baroni ist bereits auf dem Weg hierher. Er hat eine Hebamme organisiert. Deine Mutter habe ich auch angerufen. Ich dachte ...« Er brach ab und wurde leicht rot. »Du weißt schon, ich dachte, bei dieser Sache könntest du sie vielleicht ganz gut gebrauchen. Da bin ich dir keine besonders gute Stütze.«

»Lorenzo hat eine Geburtshelferin angerufen? Wo ...« Ließ er sie das Kind etwa in seiner Villa gebären?

Rechts und links von Lucilla und ihrem Vater gestützt, machte sie sich auf den Weg zurück zum Haus. Schritt für Schritt. Immer wieder musste Aurora eine Pause einlegen.

»Wie kommt Mamma denn von Cerano hierher? Sie kann doch gar nicht fahren.«

»Sie sucht noch nach einer Möglichkeit, und sonst nimmt sie den Bus ...«

»Und wenn sie es nicht rechtzeitig schafft?«

Mittlerweile hatten sie die Steintreppe, die vom Garten zum Eingang des Hauses führte, erreicht.

»Ich hole sie nachher ab. Mach dir keine Sorgen.«

Aurora hob den Kopf und schaute in das Gesicht, dem diese sanfte, tiefe Stimme gehörte. Ohne zu zögern trat Lorenzo auf sie zu, hob sie hoch und trug sie die Treppe hinauf.

»Danke ...«, keuchte ihr Vater und tupfte sich den Schweiß von der Stirn, während er ihnen folgte. »Das ... das ist wirklich sehr freundlich von Ihnen. Wir wüssten nicht, was wir sonst tun sollten. Mit der Piaggio können wir sie in diesem Zustand nicht mehr nach Hause bringen. Das wäre zu unruhig und würde auch zu lange ...«

»Daniele, das ist doch dein Name, richtig?«, unterbrach Lorenzo ihn freundlich. »Erstens: Bitte nenn mich endlich Lorenzo. Und zweitens: keine Ursache. Das ist nicht mehr als Anstand einer jungen Frau in ihrem Zustand gegenüber. Geh doch mit Lucilla ins blaue Zimmer und lass dir einen starken Kaffee und etwas zu essen geben. Ich kümmere mich um deine Tochter.«

Auroras Vater nickte erleichtert.

»Kommen Sie, Signor Mandelli«, sagte Lucilla. »Sie brauchen dringend einen Schub Energie!« Und wie ein treuer Dackel wackelte er hinter ihr her ins Haus.

Aurora schloss die Augen und seufzte. Mit ausladenden, kräftigen Schritten trug Lorenzo sie die große Steintreppe hinauf ins Obergeschoss. Als sie sich umsah, erkannte sie, dass sie sich in Lauras Gemächern befand. Sanft legte er sie auf das Bett und zog ihr die Schuhe aus.

»Geht es?« Er schaute sie besorgt an, setzte sich auf die Bettkante und strich ihr eine schweißnasse Strähne aus dem Gesicht. Mit zusammengebissenen Zähnen trotzte sie der nächsten Schmerzwelle und nickte.

Nach einer halben Stunde erschien eine etwas rundliche Frau um die fünfzig mit krausem grauem Haar. Neben ihrer markanten Nase besaß sie ein auffälliges Muttermal. Ruhige, freundliche Augen blickten Aurora an. Die Frau stellte ihre bauchige Ledertasche ab und trat zu ihr.

»Buongiorno, Signora. Ich bin Fernanda Ricci. Wie geht es Ihnen?« Sie fühlte Auroras Stirn und maß dann ihren Puls. Aurora schenkte der Frau ein gequältes Lächeln. Die tastete kurz ihren Bauch ab.

»Keine Sorge, meine Liebe, es sieht alles völlig normal aus. Eine Geburt ist kein Spaziergang, aber wir Frauen sind stark, deshalb hat Gott uns diese wunderbare Aufgabe zugedacht.« Sie lächelte und strich Aurora beruhigend über die Wangen. »Ein Tee wäre vielleicht hilfreich. Und etwas kaltes Wasser mit einem Lappen, bitte.« Die Hebamme wandte sich an Lorenzo, der sich ein wenig zurückgezogen hatte und nun in der Tür stand und die Hände knetete.

»Wird gemacht!« Er eilte davon. Es dauerte keine zehn Minuten, dann kam er mit einem Kräuteraufguss und einem kühlen, nassen Waschlappen zurück.

Aurora stöhnte erleichtert auf, als die Geburtshelferin ihr das kühle Stück Stoff auf die Stirn legte. »So, kommen Sie her, Signor Baroni. Halten Sie der werdenden Mutter doch bitte für einen Moment die Hand, bis ich alles vorbereitet habe, das wird sie beruhigen. Danach übernehme ich wieder.« Sie winkte ihn energisch zu sich.

Aurora öffnete die Augen und starrte Lorenzo ebenso perplex an wie er sie. Sie holte Luft, um die Hebamme über die Situation aufzuklären, damit Lorenzos Ruf nicht durch eine falsche Interpretation der Ereignisse beschädigt wurde. Dieser bedeutete Aurora, es gut sein zu lassen. Er zog einen Stuhl heran und setzte sich ans Bett. Dann nahm er ihre rechte Hand und umschloss sie mit seinen beiden Händen.

Die Hebamme erhob sich und packte ihre Utensilien aus.

»Das ist schön«, hauchte Aurora und suchte Lorenzos Blick. »Wo ist Mamma? Müsste man sie nicht abholen?«

»Sie hat vorhin angerufen. Ein Bekannter bringt sie auf seiner Vespa her, sie ist sicher bald da.« Er spielte mit ihren Fingern und streichelte beruhigend die Innenfläche ihrer Hand.

»Danke ...« Aurora drückte seine Hand fester und hatte vor Rührung plötzlich mit den Tränen zu kämpfen. Liebevoll strich er ihr eine davon aus den Augenwinkeln, bevor sie ihre Wange hinunterkullern konnte.

»Das ist doch selbstverständlich.« Er lächelte.

Sie schüttelte den Kopf und musste für einen Moment die Augen vor Schmerz zusammenkneifen, als eine weitere Wehe sie übermannte. »Ist es nicht«, keuchte sie. »Ganz und gar nicht. Das hat noch nie jemand für mich getan.«

»Ich weiß.«

Plötzlich wurde die Tür aufgerissen, und eine völlig aufgelöste Mamma stand im Türrahmen. »Gott sei Dank, ich bin noch nicht zu spät! Signor Baroni ... ich weiß gar nicht, wie ich Ihnen für Ihre Großzügigkeit danken soll.« Sie eilte auf ihn zu und fasste seine Hand. Dann stellte sie sich der Hebamme vor und sah sich nach einem Stuhl um. Lorenzo erhob sich sofort.

»Bitte, nehmen Sie meinen, Signora Mandelli. Und ... ach ja, wenn es Ihnen recht ist, nennen Sie mich doch Lorenzo.« Er wies mit dem Daumen hinter sich. »Ich schätze, dass ich hier nicht mehr gebraucht werde. Es ist wohl besser, wenn ich Daniele Gesellschaft leiste und ihm einen Grappa anbiete.« Mit diesen Worten ließ er die Frauen allein und schloss leise die Tür hinter sich.

Aurora sah ihre Mutter an. »Mamma ... danke, dass du da bist. Das bedeutet mir so unendlich viel.«

Ihre Mutter gab ein empörtes Prusten von sich. »Wo in Gottes Namen sollte ich denn sonst sein, wenn mein erstes

Enkelkind das Licht der Welt erblickt?« Sie tätschelte ihr liebevoll die Hand.

Die Abstände der Wehen wurden kürzer, und irgendwann war es Aurora nicht mehr möglich, sich mit ihrer Mutter zu unterhalten. Sie verlor jegliches Zeitgefühl und fühlte sich in einer nebulösen Zwischenwelt gefangen. Manchmal wurde ihr schwarz vor Augen, dann kehrte das Bewusstsein wieder zurück, und sie nahm schemenhaft wahr, wie sich die Hebamme und ihre Mutter um ihren Unterleib scharten.

Plötzlich fühlte es sich an, als bräche irgendwo in ihr ein Damm. Warme Flüssigkeit strömte aus ihr heraus, ihr Körper bäumte sich noch einmal auf, dann war alles ruhig. Und während Aurora noch versuchte zu verarbeiten, was gerade geschehen war, hörte sie den Schrei. Empört, rasiermesserscharf, neu.

Dann legte man ihr ein blutverschmiertes, warmes Bündel in die Arme.

»Das ist sie. Deine wunderhübsche Tochter.« Die Stimme der Hebamme drang von weither in ihr Bewusstsein. Aurora blickte erst sie an und dann an sich hinunter. Tränen verschleierten ihre Sicht, als sie das winzige Wesen auf ihrer Brust betrachtete.

»Willkommen«, flüstere sie. »Rosalba.«

»Eine weiße Rose – wie meine Mutter, Gott hab sie selig.« Die Augen ihrer Mutter glitzerten verdächtig. Sie beugte sich nach vorne und gab Mutter und Kind einen Kuss. »Nun bist du eine Mamma, Auri. Genau wie ich.«

Aurora hob den Kopf und wandte sich an die Hebamme. »Rufen Sie doch bitte meinen Vater und ... Signor Baroni.« Sie schaute ihre Mutter an. Beide schwiegen. Die Geburtshelferin nickte und verließ das Zimmer.

Fünf Minuten später wurde die Tür vorsichtig geöffnet, und Lorenzo streckte den Kopf herein. »Dürfen wir eintreten?«

Aurora nickte, und er trat mit Daniele im Schlepptau näher ans Bett heran. Die frischgebackene Nonna rückte mit dem Stuhl etwas zur Seite, damit die beiden Herren bessere Sicht auf die neue Erdenbürgerin hatten.

»Darf ich vorstellen, das ist Rosalba.« Stolz strich Aurora ihrem Mädchen über den dunklen Flaum auf dem Kopf.

Lorenzo kniete sich neben das Bett und ließ den Blick ehrfürchtig über das zarte Geschöpf gleiten. »Sie ist wunderschön ... genau wie ihre Mutter.« Er neigte sich nach vorne und hauchte ihr einen Kuss auf die Wange. Dann griff er nach ihrer Hand und wärmte sie in seiner. Dabei rückte er ein wenig zur Seite, damit Auroras Vater sein Enkelkind ebenfalls begrüßen konnte, ohne jedoch auch nur für eine Sekunde Auroras Hand loszulassen.

Ihr Vater beugte sich über das Gesicht seiner Enkelin und strich ihr behutsam über das kleine Näschen. Ein verzücktes Lächeln erhellte seine Gesichtszüge. Dann streckte er den Zeigefinger nach der Hand des Babys aus. Rosalba schlang sofort ihr Händchen darum. »Sie mag mich«, flüsterte er gerührt. Mit glänzenden Augen sah er erst seine Tochter und dann seine Frau an. Schließlich löste er langsam seinen Finger aus Rosalbas Griff, trat zu deren Großmutter und schloss sie in seine Arme.

Aurora konnte sich nicht erinnern, wann sie ihre Eltern zum letzten Mal so gesehen hatte.

Nach einer Weile wischte sich Mamma die Tränen von den Wangen und stieß ihren Mann liebevoll in die Seite. »Los, gehen wir. Wir machen uns auf den Heimweg und lassen die junge Mutter alleine. Sie braucht Ruhe. Ich komme morgen wieder. Mit Kuchen und Prosecco, wie es die Tradition verlangt! Ein Kind muss gefeiert und mit Lärm im Leben empfangen werden. Wir sind schließlich in Italien!« Mamma zwinkerte ihr zu, ein schelmisches Grinsen auf dem Gesicht.

Als die beiden gegangen waren, trat die Hebamme, die sich im Hintergrund gehalten hatte, nach vorne und fragte, an Lorenzo gewandt: »Möchten Sie die kleine Rosalba baden, Signor Baroni?«

Lorenzo lächelte und blickte abwechselnd zu Aurora und dem Baby. »Aber natürlich. Sehr gerne. Wenn die Mutter nichts dagegen hat?« Er hob fragend eine Augenbraue.

Aurora schüttelte lächelnd den Kopf. »Selbstverständlich nicht. Nimm sie ruhig.«

Als das Neugeborene quietschesauber in ein Tuch gewickelt an der Brust seiner Mutter lag und saugte, verabschiedete sich die Hebamme und versprach, am nächsten Tag wieder vorbeizuschauen. Mit einem leisen Klicken schloss sie die Tür hinter sich und ließ die drei allein. Abgesehen vom leisen Schmatzen des trinkenden Babys herrschte absolute Stille im Raum.

Aurora betrachtete ihre Tochter dabei, wie sie den rosigen Mund von ihrer Brust löste und einschlief. Sie hob den Blick. »Danke, Lorenzo. Für alles.«

Er sah sie stumm an. Dann beugte er sich vor und küsste sie. Auf die Lippen. Zärtlich und ohne Hast.

Sie erwiderte seinen Kuss, und ein Gefühl von Wärme und Geborgenheit breitete sich in ihr aus.

»Bleib so lange hier, wie du möchtest. Auch wenn es für immer ist.« Er strich ihr liebevoll über die Haare und drückte ihr einen Kuss auf die Stirn. Dann erhob er sich und ließ sie und das Neugeborene ruhen.

Kapitel 31

April 1960

Vor genau vier Jahren war Tommaso von ihnen gegangen. Wie damals bei seiner Beerdigung regnete es auf dem kleinen Friedhof in Strömen, und graue Wolkenberge türmten sich über den Bergwipfeln. Gelegentlich durchbrach das laute Grollen des Donners die Stille. Feuchtigkeit lag in der Luft und sorgte dafür, dass sich die Camilla-Locken, die in der Familie Mandelli prominent vertreten waren, kaum frisieren ließen. Rosalba verhielt sich ruhig in Auroras Armen und gab nur ab und zu ein sanftes Wimmern oder Brabbeln von sich. Nonna Camilla saß wie immer im Rollstuhl. Onkel Ugo hielt einen Schirm über ihr Haupt, während sie, vom leisen Trommeln der Regentropfen eingelullt, vor sich hin döste. Lorenzo stand an Auroras Seite und streichelte ihren Rücken.

Ihre Mutter weinte. Ihr Vater starrte ins Leere.

Aurora beobachtete den Schmetterling, der vor der Gräbermauer seinen gaukelnden Tanz aufführte. Gedankenverloren griff sie an das Amulett, das sie noch immer täglich trug. Der Anblick des kleinen Falters gab ihr Stärke und Zuversicht. Tommaso wollte also noch immer nicht, dass sie aufgab. Er hatte nie gesagt, dass es leicht werden würde, dennoch glaubte er an sie. Sonst hätte er ihr nicht zum wiederholten Mal seinen Boten gesendet. Das Symbol der Wiedergeburt.

Seit Auroras Trennung von Michele waren die Aufträge der Baufirma stetig gesunken – wie damals, als Aurora sich erstmals in die Geschicke des Betriebs eingemischt hatte. Anfangs hatte das Ausbleiben neuer Aufträge sie nicht allzu hart getroffen, weil sie mit Lorenzos Garten ohnehin ausgebucht gewesen waren. Im vergangenen Winter jedoch waren auch die sonst üblichen kleinen Innenausbauten und Reparaturen ausgeblieben. Ihr Vater konnte seinen finanziellen Verpflichtungen nur noch knapp nachkommen, und auch das nur dank der Tatsache, dass Lorenzos Projekt noch nicht beendet war. Der Moment der Wahrheit war jedoch unausweichlich.

Auroras Gedanken wurden unterbrochen, als sich die Gesellschaft aufmachte, die Kirche zu betreten. Ihr Vater hatte wie jedes Jahr an Tommasos Todestag eine Messe gebucht. Mittlerweile nahmen keine Dorfbewohner mehr daran teil; die Familie blieb für sich.

Nach der Messe gab es im Hause Mandelli traditionell *caffè* und einen Mittagsimbiss, danach würde man sich wieder trennen und das Leben seinen gewohnten Lauf nehmen.

Aurora sog den vertrauten Duft des Landhauses in sich auf. Es roch selbst nach all den Jahren immer noch gleich, wenn sie heimkehrte. Feuchter Stein, vermischt mit dem Geruch von Essen – heute süß, manchmal pikant.

Sie legten Rosalba zum Schlafen in Auroras Kinderzimmer. Lorenzo strich dem kleinen Mädchen liebevoll über die rosige Wange und küsste es sanft. »Schlaf schön, meine Rose.« Dann drehte er sich zu Aurora, schlang die Arme um ihre Taille und drückte ihr einen Kuss auf den Mund.

»Geht es dir gut? Ich hätte ihn gerne gekannt. Er muss ein wunderbarer Mensch gewesen sein, dein Bruder.«

Sie nickte. »Das war er.« Seufzend lehnte sie den Kopf an seine Brust und schloss die Augen. Sein Atem strich sanft über ihre Wange. Nachdem sie sicher waren, dass Rosalba eingeschlafen war, ließen sie die Tür offen und gingen nach unten ins Esszimmer.

Auroras Mutter hatte bereits alles aufgetischt. Die anderen Familienmitglieder saßen bereits um den Tisch. Auroras Vater saß stumm auf seinem Stuhl und starrte teilnahmslos auf die schwarze Brühe in seiner Tasse.

»Wenn wir deinen Garten beendet haben, Lorenzo, haben wir nichts mehr zu tun«, sagte er plötzlich. »Die Bank sitzt mir jetzt schon im Nacken. Ich werde den Kredit, den ich aufgenommen habe, um alte Gerätschaften durch neue zu ersetzen, nicht mehr bezahlen können. Die Probleme jähren sich ebenso wie die Lücke, die mein Sohn hinterlassen hat.« Alle sahen ihn schockiert an. »Ihr müsst mich nicht so ansehen«, sagte er. »Das ist die Wahrheit. Wegsehen nützt auch nichts. Es ist April, und niemand ruft an. Und nachdem ich mich letzte Woche ausnahmsweise ins *Grotto Ghiggi* gewagt habe, weiß ich auch, warum.«

»Ja, so sprich endlich, was ist denn los, Daniele?« Auroras Mutter konnte sich nicht mehr beherrschen. Rote Flecken zierten ihren Hals und verrieten ihre Anspannung.

»Es liegt an den Fumagallis aus Argegno. Sie sind in letzter Zeit überall in der Gegend unterwegs. Auch bei unseren Kunden.« Aurora wollte gerade Luft holen und etwas dazu sagen, als er weiterredete: »Michele arbeitet seit Anfang des Jahres bei ihnen.«

Ein Espressolöffel fiel scheppernd zu Boden. Mammas.

»Er will mir schaden, indem er unsere Kunden abwirbt. Sie kennen ihn und seine Arbeit.« Aurora fühlte, wie Kälte nach ihrem Herzen griff. Die Schatten der Vergangenheit gaben also noch keine Ruhe.

»Nicht nur das. Sie glauben seine Geschichte. Der gehörnte und geprellte Handwerker, der auf die Straße gesetzt wurde, weil das Töchterchen des Chefs einen anderen hat. Einen mit mehr Geld.« Papa schnaubte verbittert und schüttelte den Kopf.

Aurora konnte ihm nicht mehr folgen. Sie hob den Zeigefinger. »Moment mal. Wie bitte? Wen denn?«

Ihr Vater wies stumm auf Lorenzo. »Sie denken, du hättest schon vor dem Auftrag ein Verhältnis mit ihm gehabt, und das Kind sei seins. Daher hat er dich überhaupt mit den Arbeiten beauftragt und vertritt dich nun als Anwalt. Das glauben sie, weil Michele es ihnen erzählt hat. Natürlich ist dir daraufhin der mittellose Bauarbeiter nicht mehr gut genug gewesen.«

Aurora starrte ihren Vater mit offenem Mund an. »Aber ... das ist eine Lüge! Michele lügt immer! Warum merkt das denn niemand?« Verzweiflung schwang in ihrer Stimme mit. Plötzlich spürte sie die Hand ihrer Mutter auf ihrem Unterarm. »Weil sie neidisch sind, Liebes. Allen voran Michele selbst.«

Als Aurora und Lorenzo sich wenig später verabschiedeten und zur Tür gingen, eilte ihre Mutter ihnen noch einmal nach. »Warte, Auri, da kam noch ein Brief für dich an. Von Antonio. Aus der Schweiz.« Ihr Cousin wählte seit Auroras Trennung von ihrem Ehemann wieder die Adresse ihres Elternhauses, wenn er ihr Post sandte.

Das war der einzige Lichtblick des Tages. Sofort nahm sie den Umschlag mit freudig klopfendem Herzen an sich und steckte ihn in die Tasche ihres Mantels. Dann trat sie ins Freie.

Zu Hause in der Villa Domenica angekommen, begab sich Aurora in den rosa Salon und stillte Rosalba. Während das kleine Wesen glückselig an ihrer Brust trank, nahm sie den Brief ihres Cousins aus dem Umschlag und begann zu lesen.

Cara Aurora,

ich hoffe, dass Dich mein Brief rechtzeitig erreicht. Ich wollte dieses Jahr bei Euch sein, wenn sich Tommasos Todestag zum vierten Mal jährt. Leider wurde ich früher als erwartet in die Schweiz berufen. Das ungewöhnlich gute Wetter sorgt dafür, dass die Arbeiten vielerorts bereits wieder aufgenommen werden können. Ich drücke Dir, Onkel Daniele und Armida also auf diesem Weg mein tiefstes Beileid aus und sende Euch eine innige Umarmung. Egal wie viele Jahre vergehen, ich werde ihn niemals vergessen. Er war auch mir ein Bruder. Ein Teil meiner Kindheit.

Es hat mich außerordentlich gefreut, die kleine Signorina Mandelli an Weihnachten kennenlernen zu dürfen. Sie ist ein Goldschatz! Wenn ich sie das nächste Mal sehe, kann sie vermutlich schon sprechen und laufen. Ebenso erfreulich war auch das Treffen mit dem neuen Mann an Deiner Seite. Anders als sein Vorgänger hat Lorenzo dich wirklich verdient.

Zum Schluss meines Briefes möchte ich Dir noch ein
Geheimnis anvertrauen. Du bist wie immer die Erste, die
es erfährt … halt Dich fest! Ich werde meiner Elisa einen
Heiratsantrag machen, sobald ich all meinen Mut zusam-
mengekratzt habe. Ob sie ihn annimmt? Du lachst jetzt
vielleicht. Ich weiß, ich war der hartnäckigste Junggeselle,
den Gott je gesehen hat. Vermutlich hat er mich genau des-
halb mit Liebe gestraft! Sobald es Konkretes zu berichten
gibt, melde ich mich wieder. Natürlich bist Du dann auch
zu meiner Hochzeit eingeladen. Das gibt Dir endlich ein-
mal die Gelegenheit, das Val d'Intelvi zu verlassen und die
Fremde zu beschnuppern.
Bis bald und eine herzliche Umarmung in die Heimat,

Antonio

Mit einem Schmunzeln faltete sie den Brief zusammen und
steckte ihn zurück ins Kuvert. Zwischenzeitlich war Rosalba
an ihrer Brust eingeschlafen. Als sie die Kleine in ihren Stu-
benwagen legte, gesellte sich Lorenzo zu ihr. Er setzte sich
ihr gegenüber in einen Sessel und wartete, bis sie ihm ihre
volle Aufmerksamkeit schenkte.

»Liebling … ich kann euch möglicherweise helfen«,
begann er zaghaft.

»Ich möchte dein Geld nicht, Lorenzo«, erwiderte Aurora.
»Ich möchte den Leuten und ihrem Geschwätz nicht auch
noch recht geben. Wir müssen das alleine schaffen – durch
ehrliche Arbeit.«

Er schmunzelte und betrachtete sie liebevoll. »Vertraust
du mir immer noch nicht, Auri? Ich bin nicht Michele. Ich

biete dir keinen Handel an, der dir vordergründig helfen, dich in Wahrheit aber von mir abhängig machen soll. Du bist eine stolze und kluge Frau, und gerade das macht dich neben deiner Schönheit so attraktiv. Mir ist durchaus bewusst, dass ich dich nicht unterstütze, wenn ich dir deine Würde nehme und eure Probleme mit meinem Geld löse. Das meinte ich nicht.«

Aurora senkte betreten den Blick. »Du hast recht. Entschuldige bitte meine aufbrausende Art ...« Als sie wieder aufsah, hatte sich Lorenzos Schmunzeln zu einem breiten Lächeln gedehnt, und seine Augen sprühten Funken.

»Entschuldige dich nicht, Liebling, auch diese Seite an dir mag ich sehr gerne.« Er zwinkerte. Dann legte er die Fingerspitzen aufeinander. »Ich dachte vielmehr an Folgendes: Wenn mein Gartenprojekt beendet ist, machen wir eine Vernissage. Eine große Gartenfeier mit Darbietungen im Amphitheater, einem Gottesdienst in dem kleinen Tempel, heidnischen Geschichten beim Springbrunnen, gutem Essen, Musik ... und du wirst uns dein Werk erklären. Alles, was du mir im vergangenen Jahr erzählt hast. Deine Ideen, die Vision hinter dem Ganzen. Ich versichere dir, dass du die Leute mit deiner Präsenz und deinem Talent ebenso verzaubern wirst wie mich damals. Meine Freunde und Bekannte interessieren sich nicht für das Geschwätz, das im Tal umgeht. Und sie haben genug Geld, um sich ihren eigenen Garten Eden zu bauen – mit deiner Hilfe.«

Aurora fehlten die Worte. »Das würdest du für mich tun? Wo ich nicht einmal deine Frau bin und dir außerdem einen Bastard ins Haus gebracht habe?«

Lorenzo legte den Kopf in den Nacken und lachte. Das tat er äußerst selten. »Auri ... ich würde dich vom Fleck weg heiraten und Rosalba adoptieren. Ich bin mir allerdings fast sicher, dass *du* das nicht möchtest. Habe ich recht? Mir ist es einerlei, was wir auf dem Papier sind. Für mich zählt, was wir im Herzen sind. Eine Familie.«

Aurora erhob sich von ihrem Sessel und trat langsam auf ihn zu. Sie nahm sein Gesicht in beide Hände und sah ihm tief in die Augen. »Ich liebe dich, Lorenzo Baroni.«

Sie küsste ihn. Jetzt wusste sie, was Marisa damals gemeint hatte, als sie sagte, Aurora würde die Liebe schon erkennen, wenn sie sie vor sich habe.

»Und ich liebe dich von ganzem Herzen, Aurora Mandelli. Seit ich dich das erste Mal gesehen habe, damals, bei meinem Onkel. Und noch deutlicher wurde es mir, als du Jahre später das erste Mal in meinem Garten warst. Betörender als jede Blume, die ich je entdeckt hatte.«

Epilog

September 1978

Sie waren nicht die Einzigen, die Gäste aus der Fremde oder Heimkehrer aus der Schweiz erwarteten. Auf dem großflächigen Parkplatz, der Chiavenna als Busbahnhof und Umsteigepunkt für die Weiterreise Richtung Süden diente, wimmelte es von Menschen. Dem nervösen Gestikulieren und Schnattern nach zu urteilen, ging es den übrigen Anwesenden nicht besser als Aurora und Lorenzo. Sechs Monate waren eine lange Zeit, um sein eigenes Kind nur am Telefon zu hören. Noch war Rosalbas Bus aus der Schweiz nicht angekommen. Aurora trat von einem Bein aufs andere, verschränkte die Arme, fuhr sich durch die Haare und verrenkte alle zwei Sekunden den Kopf, um ja kein ankommendes Fahrzeug zu verpassen. Plötzlich spürte sie eine warme Hand, die nach ihrer griff. Als sie Lorenzo ansah, schenkte er ihr ein beruhigendes Lächeln.

»Bestimmt kommt sie gleich.« Er drückte tröstend ihre Hand. »Bei diesem stahlblauen, wolkenlosen Himmel ist nicht davon auszugehen, dass ihnen das Wetter einen Streich gespielt hat und sich die Reise deshalb verzögert. Die Straßen sind trocken und sicher.«

»Natürlich.« Aurora quetschte ein zerknittertes Lächeln auf ihr Gesicht – jedenfalls war sie fast sicher, dass es so aussah, weil es sich so halbherzig anfühlte. Die Witterung hatte sich in den letzten drei Tagen von ihrer allerbesten Seite gezeigt und den beinahe vergangenen Sommer nochmals mit Temperaturen bis zu dreißig Grad und gleißendem Sonnenschein aufleben lassen. Auch heute trug Aurora ein luftiges rotes Sommerkleid und offene Schuhe.

»Ob sie immer noch genauso aussieht wie früher? Ich meine, manche Leute kehren ja völlig verändert aus der Fremde zurück.« Ihr Magen zog sich bei dem Gedanken ängstlich zusammen.

»Auri, Schatz, sie war bei Antonio und seiner Elisa in den allerbesten Händen. Bestimmt haben sie auf unsere Rosalba ebenso sorgfältig geachtet wie auf ihre eigenen Kinder. Umgekehrt hätten wir es doch genauso gemacht. Mit Sicherheit war das Auslandspraktikum eine enorme Bereicherung für sie und die weitere Zusammenarbeit mit dir.«

Aurora nickte abwesend, denn in diesem Augenblick fuhr ein Bus auf den offenen Platz. »Da! Sieh nur! Das ist der Bus aus der Schweiz! Da ist sie drin!« Sie wollte sofort loslaufen, doch Lorenzo hielt sie mit sanftem Druck zurück.

»So warte doch, du springst dem armen Chauffeur ja noch vor die Motorhaube. Lass ihn erst mal parken und warte, bis sich die Türen öffnen.«

Mit klopfendem Herzen zählte sie die Sekunden. Konnte der gute Herr denn nicht schneller einen Parkplatz finden? Was dauerte das denn so entsetzlich lange?

Endlich blieb der Bus stehen, und die Türen öffneten sich.

Mit einem Satz sprang Aurora nach vorne und eilte quer über den Platz.

Ihre Tochter war erst die Zehnte, die in der Tür erschien, was ihren Nerven einiges abverlangte.

»Rosalba!« Sie schloss ihr Mädchen in die Arme und riss sie dabei beinahe von den Füßen. Nachdem sie sie eine Ewigkeit lang ganz fest an sich gedrückt hatte, schob sie sie schließlich ein wenig von sich und musterte sie eingehend.

Die glatten kastanienbraunen Haare, die sie von ihrer Nonna Armida geerbt hatte, glänzten im nachmittäglichen Sonnenlicht rötlich, und die dunklen, großen Augen sprühten Funken, während ein amüsiertes Grinsen Rosalbas Mundwinkel verzog.

»Mamma ... nun sieh mich nicht so an. Ich war bloß ein halbes Jahr im Ausland und bin nicht ausgewandert und drei Jahre untergetaucht.« Sie wandte sich von ihrer Mutter ab und trat auf Lorenzo zu, der den Weg zum Bus zwischenzeitlich auch hinter sich gebracht hatte.

»Papa!« Rosalba schlang die Arme um seine Mitte und legte ihren Kopf an seine Brust. Lorenzo drückte sie fest an sich. Dann nahm er ihr das Gepäck ab, und gemeinsam liefen sie zum Auto, um den Heimweg anzutreten.

»Und? Erzähl schon!« Aurora versuchte, den Blick ihrer Tochter im Rückspiegel zu erhaschen, um sie beim Gespräch ansehen zu können.

Diese fuhr sich mit den Fingern durch die Haare, so wie es Mädchen machten, wenn sie besonders attraktiv aussehen wollten. Die Geste war neu.

»Das habe ich dir doch schon am Telefon erzählt ... !«

»Du hast sehr selten angerufen, Liebling. Und dann warst du immer so wortkarg – ich weiß, weil die Verbindung sehr teuer war. Nun sag schon, hast du von Antonio viel gelernt? Arbeiten sie in der Schweiz mit anderen Techniken als wir?

Was hast du mitgenommen, hat dich etwas inspiriert?« Aurora hätte noch hundert weitere Fragen gehabt, aber alles der Reihe nach.

Rosalba schürzte die Lippen, die ebenso markant waren wie Auroras. Einzig die schmale Nase und die Form der Augen erinnerten an ihren Erzeuger – einen Mann, der weder den Titel Vater noch Ehemann jemals verdient hatte. Die Erinnerung an die Ära Michele war in jenem Moment verblasst, als Lorenzo sie nach zwei Jahren erfolgreich durch den Scheidungsprozess navigiert hatte und ihr mehrheitlich Gerechtigkeit widerfahren war. Von wem Rosalbas Sommersprossen stammten, wusste niemand. Sie verliehen ihrer Tochter jedoch einen kecken und rebellischen Ausdruck.

Rosalba zuckte mit den Schultern. »Jedenfalls kennt man es in der Schweiz noch weniger als in Italien, dass Frauen *muratrice* werden. Du glaubst gar nicht, wie oft die Leute mich schräg angesehen haben! Und wenn ich ihnen dann noch erklärt habe, dass meine Mamma eine eigene kleine Baufirma besitzt, waren sie komplett sprachlos. Selbstverständlich arbeiten die Schweizer anders als wir, was Material und Technik anbelangt. Sie müssen mit anderen natürlichen Gegebenheiten klarkommen. Gerade in dem Tal, wo Antonio wohnt, haben sie aufgrund der alpinen Lage mit langen, harten Wintern und massiven Schneemassen zu kämpfen. Das erfordert eine Bauweise, die größeren Belastungen standhält und auch von der Isolierung her anderen Anforderungen gerecht werden muss. Aber obwohl wir jetzt in den Sommermonaten zahlreiche Mauern gebaut haben, war ich wirklich erstaunt ...«

»Worüber denn?« Aurora reckte neugierig den Hals und suchte über den Spiegel das Gesicht ihrer Tochter.

»Na ja ... obwohl die Schweizer zahllose Mauern bauen, an den Straßen, Häusern oder in ihren Gärten, besitzen sie kein Talent dafür. Die Dinger sehen künstlich und ganz und gar nicht gefällig aus. Wenn sie optisch etwas hermachen sollen, werden sie stets von uns Italienern erstellt.«

»Das ist interessant, nicht wahr? Offenbar hat sich an diesem Umstand seither nichts geändert. Genau diese Erkenntnis hat ja schon Antonio damals überhaupt erst auf die Idee gebracht, ein eigenes Geschäft aufzubauen. Seine Natursteinmauern in all ihren verschiedenen Facetten sind bei den Schweizern sehr gefragt.«

Rosalba nickte. »Und wie! Er erhält zahlreiche Aufträge von Architekten oder anderen größeren Baufirmen, die ihn vor allem für besonders anspruchsvolle Arbeiten engagieren, oft auch bei den großen Villen in den Kurorten. Diese Kunden lieben Mauern, die nach Handwerk aussehen und nicht so, als wären sie von einer Maschine aufeinandergestapelt worden.«

»Woran habt ihr denn in den letzten Monaten gearbeitet? Du hast am Telefon gar nichts erzählt und musstest immer so schnell wieder auflegen«, fragte Aurora mit einem ganz leisen vorwurfsvollen Unterton in der Stimme.

Rosalbas Augen leuchteten, und ein breites Lächeln erhellte ihre Gesichtszüge. »Das hätte dir gefallen, Mamma! Wir haben eine Bruchsteinmauer am Ferienhaus eines Scheichs aus Dubai gemacht. Und nicht nur das. Er hat auch im Inneren seiner Villa zahlreiche Wände durch Natursteinmauern ersetzen und fünf riesige Kamine erstellen lassen. Es war ein wahrer Tempel von einem Haus, so etwas habe ich noch nie gesehen! Größer als die Villa Domenica, stell dir das mal vor, Papa! Und Remo hat alles mitgeplant. Er hat Antonio und mich oft mit auf die Baustelle genommen und uns um unsere Meinung gebeten, was die Ästhetik der Teilbauten anbelangte. Er war richtig begeistert von unseren Ideen. Vor allem von meinen. Mein femininer und sinnlicher Blickwinkel gefällt ihm, hat er gesagt.« Sie gab ein heiseres Lachen von sich und legte dabei den Kopf in den Nacken. Eine leichte Röte färbte ihre Wangen, und die Augen blitzten aufgeregt bei der Erinnerung.

»Remo? Wer ist Remo? Ist er ein Landsmann?« Aurora tauschte bei der Frage einen vielsagenden Blick mit Lorenzo. Dieser grinste nur verhalten und konzentrierte sich wieder auf die Straße.

»Remo Albrecht ist Architekt. Italien und unsere Art zu bauen interessieren ihn sehr, weshalb wir ins Gespräch kamen, als Antonio mich zum ersten Mal mit auf die Baustelle genommen hat. Ich fand eine seiner Ideen zu maskulin und zu stur – zu schweizerisch. Du weißt, was ich meine. Und das habe ich dem Herrn Architekten dann auch gesagt.« Sie zwinkerte. »Antonio ist ganz bleich geworden, der Arme. Anstatt mich und mein vorlautes Mundwerk jedoch von der Baustelle zu jagen, meinte Remo am Abend zu Antonio, er solle mich unbedingt zur nächsten Besprechung vor Ort mitbringen. Und von da an war ich Teil des Teams.« Sie reckte stolz das Kinn.

»Das klingt, als hätte sich mein lieber Cousin tatsächlich eine solide Existenz aufgebaut. Hoffen wir, dass er mehr Glück hat als wir.« Aurora seufzte. Zwischenzeitlich hatte die europäische Wirtschaftskrise auch vor der Schweiz nicht haltgemacht. Viele Italiener waren in den vergangenen Jahren wieder in ihre Heimat zurückgekehrt, weil es dort keine Arbeit mehr für sie gab. Auch Auroras kleine Baufirma, die sich vor allem bei der vermögenden Klientel gut positioniert hatte, kämpfte mittlerweile um Aufträge. Nach knapp zwanzig Jahren bedurfte es neuer Ideen, um sich auf dem hart umkämpften Markt zu behaupten.

»Ach bitte, Liebling. Du siehst das alles viel zu pessimistisch.« Lorenzo legte ihr eine Hand auf den Oberschenkel. »Uns fällt schon etwas ein, das war noch immer so. Gerade Rosalbas Praktikum in der Schweiz wird uns frischen Wind und neue Impulse bringen. Deshalb haben wir das ja auch unterstützt. Wir werden auch diese Krise überstehen. Gott wäre ein Narr, wenn er zwei so begabten und kreativen Frauen nicht all seine Liebe und Unterstützung zukommen ließe.« Er streichelte ihren Oberschenkel und schenkte ihr ein tröstendes Lächeln. »Lass uns jetzt nicht darüber reden. Gleich sind wir bei deinen Eltern. Sie freuen sich so, Rosalba zu sehen.«

»Remo kommt im Winter vielleicht her, um sich unsere Firma und unsere Arbeiten anzusehen. Im Sinne einer Studienreise gewissermaßen.«

Aurora hob den Kopf und betrachtete ihre Tochter im Rückspiegel.

»Eine *Studienreise*?«, wiederholte sie ungläubig und beobachtete, wie Rosalbas Gesicht kirschrot entflammte.

»Genau. Eine Studienreise«, bestätigte diese nickend, wandte den Blick ab und schaute aus dem Fenster. »Wir sind da! Nonno und Nonna warten schon bei der Kirche, seht mal!«

Aurora beschlich das ungute Gefühl, dass aus ihrer wunderschönen kleinen Raupe auch bald ein Schmetterling werden würde. Fragte sich bloß, wohin ihn seine Flügel dann trugen …